AMARANTE

TOME 1

DAVID M. SNOW

LES ÉDITIONS FLAME ARROW

Amarante (Trilogie Amarante, Tome 1)

Publié par Les éditions Flame Arrow (Flame Arrow Publishing)

ISBN 978-1-7772397-2-5

www.davidmsnow.com

www.flamearrowpublishing.com

*À mes parents
pour avoir rendu tous ces espoirs possibles*

1

SKYLER

Chaque respiration est un supplice. L'attente, insupportable. L'espace d'un instant, l'homme semble être enfin délivré de son mal, mais au dernier moment, il inspire une longue goulée d'air, comme s'il se noyait.

Skyler garde un œil attentif sur les signes vitaux irréguliers de son patient.

Les Fées s'acharnent sur leur victime cette fois-ci. Elles sont imprévisibles, mais surtout sournoises. À ce stade-ci, elles le raviront une fois pour toutes, en le laissant pénétrer dans leur royaume invisible. C'est un aller simple. D'abord, elles font rêver d'un monde où tout est possible, où le Déluge ne s'est jamais produit. Les visites se font un peu plus longues chaque fois, la séparation avec la réalité davantage difficile. Puis, la descente aux enfers commence.

Se laisser tenter n'a rien de honteux. Skyler aussi voudrait une seconde chance.

Mais les Fées n'existent pas, évidemment.

L'odeur de solvant qui émane du patient donne le signal pour préparer la procédure. Tout doit être prêt avant qu'il ne passe de l'autre côté. C'est un échange qui se fait rapidement, à peine quelques minutes. Chaque instant compte.

Skyler s'éloigne momentanément pour aller chercher ce dont il a besoin pour la suite. Il se fraie un chemin parmi les caisses de médicaments – surtout des antidouleurs – vers le fond de la salle circulaire où se trouve une armoire, un peu en retrait. Il retient son souffle et tire le grand tiroir dont le métal usé frotte par à-coups, comme s'il se lamentait. Une douzaine de sphères restantes reposent sur leur coussinet, endormies, dans l'attente d'un hôte. Celles qui manquent sont déjà pleines de vie. Skyler prend note qu'il devra aller se réapprovisionner bientôt dans l'entrepôt du centre de soins.

La douce fraîcheur du verre transparent sur sa paume le fait sourire. C'est une victoire qui changera le cours de l'Histoire. Les résultats tangibles prendront encore du temps, mais l'accomplissement est là.

Il referme le tiroir en prenant soin de ne pas pousser brusquement afin de ne pas les abîmer. Elles sont précieuses, le fruit de plusieurs années de recherche et de discussions envenimées avec son mentor, le docteur Nazar.

Skyler retourne auprès du mourant sous le regard observateur de Mira qui griffonne quelques notes. La peau de sa collègue est étrangement pâle, ses taches de rousseur presque invisibles dans la lumière blessante qui grille les couleurs sur son passage. La division Delta aurait déjà dû s'occuper du piètre éclairage de l'unité de soins mais, comme pour toutes les requêtes à bord de l'Arche, il faudra s'armer de patience.

Il place la sphère à la tête de lit, dans le trou relié à l'encéphalogramme : l'écran tactile intégré affiche des courbes qui s'entremêlent. Skyler prépare la calibration en vérifiant la signature de l'activité cérébrale de l'hôte : un amalgame de fréquences que le système reconnaît, un peu comme une empreinte digitale.

—Je ne suis pas certaine de comprendre, lui dit Mira qui s'approche du moniteur, stylo en main.

—Assure-toi d'ajuster la sphère aux fréquences maximales et minimales, explique-t-il en pointant les chiffres affichés. Si on veut avoir une chance d'encoder tous ses souvenirs, il faut être aussi exact que possible. La moyenne ne suffit pas, on doit faire un balayage visuel des données des dernières vingt-quatre heures.

— Les mesures du système ne sont pas bonnes ?

— Il a tendance à omettre les variations subites. Elles sont importantes pour stocker toute sa mémoire. Par contre, si la portée est trop large, les interférences sont trop nombreuses et ce sera impossible de distinguer les souvenirs les uns des autres.

— C'est bon à savoir.

Un râle étouffé attire leur attention. L'homme est dans un état critique.

— Tiens-toi prête.

L'attente a toujours quelque chose d'à la fois énervant et profondément triste. Même si, tout comme Mira, il est entraîné à ne pas être affecté par ce qui arrive à leurs patients, Skyler ne peut s'empêcher d'avoir un pincement au cœur pour Francisco. Le pauvre homme n'a personne avec qui passer ses derniers moments. Aucune famille pour l'accompagner.

Quand les Fées font leur travail, pourtant, leur victime ne ressent pas nécessairement de regret. Au contraire. Des regards perdus, des sourires béats. Un faux bonheur vers la mort.

Un long soupir rauque. L'odeur âcre qui retourne l'estomac. Francisco n'est plus.

— Maintenant, dit Sky d'un ton ferme.

Il surveille Mira qui active la procédure de transfert.

Quatre minutes. Ça ne prend que quatre minutes pour extraire les expériences vécues par un être pendant toute une vie. Ça semble bien peu, mais pas impossible.

Des étincelles naissent au centre de la sphère qui s'éveille. Elles deviennent de longs filaments comme des cheveux qui se diffusent dans l'eau, s'enchevêtrent et tourbillonnent dans le sens inverse des aiguilles d'une montre.

Si seulement tous ceux qui ont précédé Francisco dans la mort avaient pu avoir la même chance. La vie de chacun des Archéens est précieuse pour ceux qui repeupleront la Terre. Leurs ancêtres se sont battus pour survivre. Qu'en est-il de leurs joies, leurs peines, leurs craintes, leurs exploits ? Ce qui les rendait humains ?

Oubliés. Tous.

Le temps est écoulé lorsque le tourbillon ralentit et que la lueur se stabilise. La sphère brille d'un éclat écarlate, typique des victimes de la maladie. Les fréquences électriques déterminent la teinte qu'elle prendra : c'est une signature biologique qui ne trompe pas, chaque individu étant unique. Le Syndrome des Fées altère cette signature. On ignore pourquoi, mais Skyler compte bien le découvrir. À sa façon s'il le faut. Aucune chance que la division Delta s'en charge : ils ont d'autres priorités.

— Est-ce que tu as d'autres questions ? demande-t-il en déposant la sphère encore chaude dans un coffret de transport coussiné qu'il a sorti de l'armoire.

— Je crois que ça va, lui répond-elle en terminant de prendre ses notes. Reste plus qu'à essayer par moi-même la prochaine fois.

— Tu y arriveras, l'encourage-t-il avec un sourire. Tu as toujours été l'une des plus compétentes ici.

— Est-ce que c'est vraiment nécessaire ? fuse une voix qu'il aurait préféré ne pas entendre.

Chris. Le fils de Duke Kay, général du Parangon de la division Thêta. Premier de classe, il avait l'embarras du choix ; il aurait pu rejoindre les rangs d'une armée prête à lui répondre au doigt et à l'œil. Au lieu de ça, il a décidé de pourrir leur existence au centre de soin. Sûrement que son père n'en pouvait plus lui non plus. Maintenant, Chris est le problème de Skyler.

— Je veux dire, se donner tout ce mal pour des gens sans histoire ? ajoute Chris qui se croise les bras, son visage parfait déformé par son habituel rictus.

Chris le toise. Ses joues sont toujours aussi imberbes malgré sa jeune vingtaine, ce qui lui donne un air faussement innocent.

— Et la tienne, en vaut-elle vraiment la peine ? ne peut s'empêcher de rétorquer Skyler.

— Mes connaissances en médecine moderne pourront

servir aux générations futures. Quant à lui, dit Chris qui désigne le patient décédé d'un air dégoûté, le Syndrome a déjà affecté son cerveau au-delà de l'irréparable. Est-ce que tu veux vraiment que l'on se souvienne de ses accès de folie ? À quoi bon ?

— Et si c'était la clé pour nous sauver ? Tous ? demande Skyler, les doigts crispés sur le coffret.

Chris renâcle avec un demi-sourire amusé.

— Ne prends pas tes rêves pour des réalités. Ce n'est pas parce que la docteure Siria appuie tes idées qu'elles vont nécessairement faire une différence.

— Moi au moins j'essaie de faire quelque chose pour donner un sens à notre travail. À chacun de nous.

Chris s'approche assez pour que son souffle lui érafle le menton.

Skyler ne bronche pas. Depuis le temps, Chris est toujours le même. Il suffit de l'éviter autant que possible, voire l'ignorer, mais travailler ensemble complique les choses. Pourquoi Chris se donne-t-il autant de mal ? S'il s'appliquait autant avec ses patients qu'à lui pourrir la vie, personne n'aurait à se taper des heures supplémentaires à répétition.

Un éclat furtif passe dans le regard de Chris. De l'amusement ?

— Tu perds ton temps, raille le fils de Duke. Ce Syndrome est une fatalité qu'il faudra accepter. Ce n'est que la juste réponse à nos péchés.

Mira cligne des yeux et les dévisage tour à tour. Chris pense avoir la réponse à tout, un trait sûrement hérité de son père, mais s'il y a quelqu'un qui devrait passer plus de temps au sanctuaire à réfléchir à ses péchés, c'est bien lui. D'ailleurs, y est-il jamais allé ? Ce serait surprenant. Sa famille n'est pas reconnue pour être croyante. Même sa mère n'a pas eu droit à de véritables funérailles.

— Qu'est-ce que tu en sais au juste ?

— Pas besoin d'avoir la science infuse pour comprendre ça,

Sky. Tu me déçois. Vraiment. Je t'aurais cru plus perspicace, mais on dirait que sympathiser avec ces faibles t'a affecté.

—Je n'ai pas de comptes à te rendre, alors ôte-toi de mon chemin. J'ai du travail qui m'attend.

Chris considère sa demande pendant un long moment – suffisamment pour que Skyler songe à le pousser – puis il se tasse légèrement.

Une occasion ratée. Il y en aura d'autres.

—D'un côté, je comprends le docteur Nazar, dit Chris d'un ton pensif alors que Sky s'apprête à rejoindre le hall. Moi aussi j'aurais cédé simplement pour ne plus t'entendre râler.

—C'est ça, dit Skyler, le dos tourné, prêt à sortir.

Mira demande à Chris d'arrêter, mais Skyler ne s'y attarde pas. C'est toujours comme ça avec Chris. Il s'est opposé à ce projet depuis le début. D'après lui, les sphères de mémoire devraient être réservées à ceux qui le méritent vraiment. Qui est-il pour juger de ça ?

Chacun a droit à sa chance.

L'ÉCLAIRAGE CRU de l'unité de soins fait place à la lumière tamisée du corridor qui imite l'éclat ambré du crépuscule... du moins c'est ce qu'ils disent à ce propos à l'Académie. Skyler frotte ses yeux brûlants d'une main. L'oxygène sous-marin mal filtré contamine le vaisseau. Son père lui a souvent parlé des problèmes de ventilation et du taux d'humidité élevé auxquels lui et ses collègues de la division Delta, la plus importante de l'Arche, doivent faire face.

Skyler évite une flaque d'eau de justesse en se dirigeant vers l'ascenseur le plus proche. Sous l'éclairage du soir, les perles de condensation qui tapissent les portes brillent faiblement.

Skyler prend place parmi quelques Archéens civils qui arborent l'uniforme des Deltas – ils sont partout ou presque, étant donné la charge considérable qu'est l'entretien du vaisseau et de ses équipements. Certains discutent à voix basse entre eux. Skyler relâche légèrement le coffret qui semble vibrer dans ses mains. Il le serrait tellement fort que ses doigts en sont encore raides. Il effleure du bout des doigts les boutons numérotés de l'ascenseur. Certains sont presque effacés, comme celui du réfectoire ou des cabines, mais le sept, lui, est bien visible, même luisant. Il appuie dessus.

L'arrivée impromptue de Chris l'a mis dans un sale état. S'il pouvait arrêter de lui rendre la vie impossible… Chris a abusé de sa confiance par le passé et il ne la recouvrera jamais. Et son attitude désobligeante n'aide pas sa cause.

Le grincement métallique de l'ascenseur n'a rien pour rassurer, mais cela fait partie du quotidien. L'Arche a plus d'un siècle d'existence, cela va de soi.

Les gémissements d'un bébé qu'il n'avait pas aperçu plus tôt lui rappellent amèrement que leur avenir est incertain. Et pas seulement l'ascenseur qui prend un temps fou, mais les chances de sortir vivant de ce vaisseau.

Une fois arrivé au septième étage, Skyler longe le couloir jusqu'à deux grandes portes en verre. Il croise deux agents du Parangon qui patrouillent silencieusement, leur bâton électrique bien en évidence. Une voix électronique lui demande de s'identifier. Il passe le bracelet qu'il porte depuis sa naissance devant le lecteur. L'accès lui est automatiquement accordé. Une brise fraîche lui donne le frisson.

« Bienvenue aux Archives de l'Humanité. Que la rédemption vous soit offerte. »

Si seulement c'était si facile… la preuve qu'une machine a le pouvoir de banaliser des mots censés réconforter.

Il s'engage dans le lobby des Archives hautement protégées – caméras de surveillance bien en vue et portes dissimulées à même les murs –, car elles recèlent tout ce que les Archéens connaissent de la civilisation de leurs ancêtres. Chaque fois qu'il y entre, il a l'impression de pénétrer dans un lieu sacré ; dans une lumière diffuse, un simple corridor mène à une grande pièce circulaire où trône en son centre un bureau d'accueil, tout aussi rond. Les autres employés ne se préoccupent pas de lui, à l'exception d'une jeune fille qui lui prépare habituellement sa Nef. Ils s'échangent un sourire, sans plus.

Les Nefs lui font de l'œil. Visionner des fragments du monde perdu dans ces cabines privées est une expérience enivrante, et il y a déjà passé tout le temps qui lui était accordé ce mois-ci. Cette règle est stupide, car rares sont ceux qui fréquentent cet endroit, mais les Nefs sont limitées et elles doivent être à la disposition de tout le personnel autorisé.

Skyler s'approche du comptoir légèrement surélevé en granit sombre. Un rétroéclairage bleuâtre sur fond obscur n'est pas ce à quoi on s'attendrait des Archives. Elles ne contiennent pas de livres physiques, puisque les flots les ont presque tous emportés. Ceux qui ont été numérisés avant le Déluge subsistent dans des serveurs entreposés ici. Les autres sont perdus à jamais.

La docteure Siria ne s'y trouve pas. Telle qu'il la connaît, elle ne doit pas être bien loin.

Il traverse la grande pièce et s'infiltre entre les parois du mur sombre qui donne sur un couloir impossible à deviner en raison de l'illusion d'optique : noir sur fond noir, parfaite pour tromper les regards indiscrets. Une faible lumière au bout est tout ce qu'il a pour se guider et il presse le pas.

Cette pièce, spécialement aménagée pour le projet des sphères de mémoire, le fait frissonner. Une odeur de plastique neuf chauffé flotte dans l'air. C'est ici qu'elles sont entreposées et décodées. Pour l'instant, rien d'impressionnant, seulement une console et un réceptacle pour collecter les sphères. Une fois activées, les sphères révèlent les mémoires d'existences passées. C'est en tout cas ce que lui a assuré Nathan, l'ingénieur Delta qui a accepté de déroger au protocole régulier pour leur venir en aide.

—Déjà ? l'accueille la docteure Siria, son regard glissant de l'écran de la console vers le coffret. Si j'avais su qu'il y en aurait autant, j'aurais reconsidéré ta demande.

—Vous voulez que j'arrête tout? se défend-il, les récentes paroles acerbes de Chris en tête.

—Ne te méprends pas, dit-elle en riant alors qu'il ouvre le coffret au-dessus du réceptacle.

Les filaments de la sphère tournoient paresseusement et projettent une valse lumineuse rougeoyante sur les murs. La docteure Siria la dévore des yeux, hypnotisée. Elle se rapproche pour mieux la contempler avant qu'il ne la place dans le réceptacle.

—Je me serais simplement préparée davantage. C'est un grand privilège de pouvoir les ajouter à la collection.

La lueur jette des ombres curieuses sur le visage de Valentina Siria, l'unique médecin qui ose supporter son projet depuis le tout début. Même si Sky apprécie son mentor, le docteur Nazar, celui-ci ne s'est pas moins montré sceptique. La docteure Siria a réussi à le convaincre en prenant tous les risques à sa charge.

—Au moins, ces gens ne seront pas oubliés, dit-il en laissant à contrecœur le globe lumineux aux soins de sa mécène.

Une fois la sphère logée dans le réceptacle, ce dernier s'ouvre et l'engloutit. La pièce perd le rayon de vie qui la faisait vibrer. Ne reste que la froide absence.

—On aura bientôt besoin d'une solution pour que nos efforts ne soient pas vains, ajoute Skyler, brisant le silence contemplatif qui s'était installé. Même si je ne vois pas comment pour l'instant.

—Il ne faut pas perdre espoir, répond-elle, un léger sourire aux lèvres. Si nos ancêtres s'étaient laissés tenter par le désespoir, on ne serait pas ensemble aujourd'hui pour en parler.

Pour combien de temps doivent-ils espérer? Le repeuplement est improbable à l'heure actuelle et les sphères de mémoire n'en sont encore qu'à leurs débuts. Sans compter le Syndrome qui s'installe. Comment vaincre un ennemi qui n'existe pas?

2

ÉMILY

Fiona Reyes. Le nouveau cas qui s'ajoute aux dizaines de prisonniers détenus pour des crimes allant du simple vol de nourriture au réfectoire à la corruption. Mais sa situation est spéciale.

Fiona Reyes est une Dissidente.

Elle n'est pas arrivée seule. Il y avait cet autre gars avec elle, Milo. Sans nom de famille. Pas besoin d'en posséder un quand on est un Dissident. C'est une perte de temps. Personne ne s'en souviendrait même s'il en avait un. Pourtant, cette Reyes a quelque chose d'intéressant mis à part son nom de famille : son arrogance. On a rapporté qu'elle s'est débattue et a craché sur les agents qui s'occupaient de son cas. Qu'elle n'avait pas cet air ahuri qu'ont les autres Dissidents que l'on a capturés dans les dernières années.

Tenant dans ses mains deux cafés fumants, Émily traverse le couloir central qui mène au bloc des cellules. Elle bifurque à droite dans un passage isolé. La seule porte qui s'y trouve est entrouverte et Émily s'y infiltre. Le bureau est vide, mais ça ne fait rien. Yasmina avait l'air agité ce matin dans son courriel au sujet de Reyes. Émily pose une des tasses sur le poste de travail. La caféine devrait l'aider à passer au travers, et peut-être même la calmer. La capture de Dissidents lui fait toujours cet effet-là.

Émily ressort pour se diriger vers l'entrée des cellules scellées par une porte double qui peut littéralement résister à tout. Son propre bracelet ne lui en donne même pas directement accès.

— La nuit a dû être longue, dit Émily.

Elle tend la deuxième tasse de café noir au gardien qui s'empresse d'en prendre une gorgée. Son teint blafard se ravive un peu. Il a l'air plus jeune tout à coup.

— Bonne chance avec celle-là, lui souhaite Ludo. Elle n'a pas été facile à faire taire.

Ses cheveux et ses sourcils sont presque blancs, bien qu'il n'ait pas l'âge pour ça. Est-ce dû à un trauma subi dans l'enfance ? Ça ne l'empêche pas de rayonner d'une teinte sombre ; là où le reste de ses couleurs ont dû s'enfuir. Elles s'y agglutinent pour ne rien laisser filtrer. Il est difficile à lire, mais pas impossible. En ce moment, il est irrité, probablement par cette Reyes.

— Tu ne lui as pas trop donné de tranquillisants ? demande-t-elle en haussant les sourcils.

— Seulement le nécessaire.

Il a un rictus accroché aux lèvres, ses yeux pétillent.

— Comprends-moi, ajoute-t-elle en voyant qu'il n'apprécie pas son commentaire. Ce n'est pas facile d'interroger quelqu'un qui est dans les vapes.

Il grogne en guise d'assentiment, puis la laisse pénétrer dans ce qu'entre eux ils appellent le couloir des Oubliés.

Ludo se referme comme une huître dès qu'il se sent menacé. La dernière fois, il ne lui a pas reparlé pendant une semaine. Puisqu'ils doivent travailler ensemble, sa coopération est indispensable. Un jour pas si lointain, il avait tellement drogué un prisonnier que celui-ci peinait à se rappeler qui il était. Les méthodes de Ludo sont discutables, car elles empiètent sur les interrogatoires d'Émily. Dresser un rapport satisfaisant du profil psychologique des détenus n'est pas une mince affaire. Et si le travail est bâclé... mieux vaut ne pas y penser.

Sur fond de bourdonnement des conduits, les pas d'Émily résonnent. Un pas assuré. Être en plein contrôle de soi-même est primordial au cas où ça se gâterait. Pour minimiser les interférences avec l'analyse, le travail doit se faire sans la protection d'un garde, sans quoi se concentrer est impossible. Une attitude flegmatique peut faire bien des miracles avec certains détenus qui croient pouvoir l'amadouer. Or, ils se butent à un mur encore plus résistant que la cellule qui les confine.

Un écran s'active dès qu'Émily s'arrête devant la cellule numéro vingt-quatre : elle y pose une main. La prisonnière, à la longue chevelure sombre, fait dos à la caméra de surveillance. Va-t-elle lui sauter dessus comme un animal enragé?

Un signal sonore lui indique que le lecteur a pris connaissance de son bracelet et Émily entre.

La porte se referme comme si elle aspirait l'air de la cellule du même coup. Le bourdonnement d'un peu plus tôt fait place à un bruit sourd, comme si on lui couvrait les oreilles. La jeune prisonnière éclate d'un rire guttural. Un désagréable frisson parcourt l'échine d'Émily.

— On m'envoie déjà un agent d'élite, lui dit Fiona Reyes sans se retourner. Ils ne perdent pas de temps.

Reyes fixe le mur dénué de fioritures, les mêmes murs ternes qui tapissent tout l'intérieur du vaisseau, des plaques de métal imbriquées dans un dédale atone. Ces cellules ressemblent en tout point à la cabine des Bates, le désordre en moins. Elles sont oppressantes. Encore plus quand... non, ne pas y penser.

Émily déglutit. Sa gorge se comprime dangereusement, ses poumons manquent d'air.

Elle déteste cet endroit.

— Non. Et plus vite tu parleras, plus vite ce sera terminé, parvient-elle à énoncer en prenant une goulée d'air.

— Je ne dirai rien tant que je ne verrai pas Milo.

L'autre prisonnier sans nom de famille? Pour qu'ils puissent élaborer un plan d'évasion?

— Tu n'es pas en position de négocier quoi que ce soit.

Reyes se retourne vers Émily, les bras croisés : son visage est de marbre.

—Tu veux savoir où se trouvent les autres Dissidents, c'est ça ? dit Reyes d'un ton nonchalant.

—Évidemment.

—Si je te le dis, est-ce que je pourrai voir Milo ?

Elle insiste tellement... est-il son petit ami ? Pourquoi se trahir si tôt ? Pas très futée, pour une Dissidente.

—C'est tout ce que tu veux ?

—Si c'est pour avoir la paix, pourquoi pas ? Ce n'est pas comme si c'était un secret.

Reyes la fixe. Ses joues creuses font ressortir ses pommettes saillantes.

—Et alors, où sont-ils ?

—Tu dois me promettre avant que tu m'amèneras le voir.

—Très bien, dit Émily d'un ton détaché. Si c'est ce qu'il faut pour te faire parler.

Trop facile. Quelle idée a-t-elle derrière la tête ? Connaître la couleur personnelle de Reyes l'aiderait à déceler ses intentions. Mais, toujours rien. Concentre-toi Émily.

—Partout, dit Reyes.

Émily tourne lentement autour de la prisonnière qui la suit du regard. Les couleurs sont timides aujourd'hui.

Reyes la dévisage, incertaine. Est-ce qu'elle entend ce qu'Émily entend ?

—Ils sont partout, répète Reyes les bras sur les hanches. Voilà, tu l'as, ta réponse. Maintenant, je veux voir Milo.

—Tu mens, dit Émily en s'immobilisant.

L'air ondule autour de la détenue, son rire guttural se réverbère de nouveau sur les murs gris de la cellule. Des variations se profilent, émanent de ses cheveux sombres, une espèce d'impression. Encore un peu, et la couleur de son aura se révèlera.

Émily recommence à tourner autour de la prisonnière.

—Et comment est-ce que tu peux en être certaine ? lui demande Reyes par bravade. Tu ne me connais pas.

—J'en sais suffisamment pour savoir que tu ne donnerais pas ce genre d'information aussi facilement.

L'hésitation de Reyes révèle des pointes rosées dansantes autour de sa chevelure sombre.

— Ce n'est pas le genre de réponse que tu veux, mais je n'ai pas l'intention de perdre mon temps avec toi, insiste Reyes d'un air faussement suffisant.

— Ça tombe bien, moi non plus, rétorque Émily en se dirigeant vers la porte. Tu sais maintenant à quoi t'en tenir pour ma prochaine visite.

— Hey, attends !

Le désarroi de Reyes est palpable.

Un horrible frisson parcourt le dos d'Émily. Pendant un instant, son enveloppe corporelle n'est pas la sienne. Sa peau est d'une blancheur aveuglante, des taches de rousseur lui ravagent les avant-bras. Ses cheveux s'allongent et lui brûlent les épaules, ils ont des reflets roussis qu'on pourrait prendre pour du feu. Non ! Ce n'est pas vrai qu'elle va céder.

— Je suis désolée, mais j'ai un emploi du temps assez chargé, dit Émily d'une voix plus douce.

— Tu m'as promis que je verrais Milo, hurle Reyes.

Une terreur camouflée se terre dans le regard de Reyes. C'est l'effet qu'Émily produit auprès des prisonniers.

Sa bouche est pâteuse et son visage engourdi.

— Je n'ai rien promis du tout, dit Émily en la fixant droit dans les yeux.

L'écho de ses propres mots lui est étrangement familier.

Émily se détourne et pose un pied à l'extérieur de la cellule. Une poussée dans son dos la projette sur le mur opposé. Fiona, enragée, est accrochée à son dos et essaie de l'étrangler. Son corps répond instinctivement à cet assaut. Elle recule et coince son assaillante contre le mur. Fiona resserre son emprise sur sa gorge. Émily donne un violent coup avec l'arrière de son crâne sur le visage de Fiona, qui desserre les doigts. Émily en profite pour saisir le bras qui lui presse la gorge et projette Fiona au sol. En un instant, cette dernière est immobilisée, face contre terre, le bras bloqué derrière son dos.

—Ne t'avise plus jamais de me toucher, l'avertit Émily dans un murmure.

—Va te faire foutre, crache Reyes.

—Rien ne m'empêche de me débarrasser de toi ici maintenant. Alors, réponds à ma question. Où se cachent les Dissidents ?

—Tu l'as eue... ta réponse, articule difficilement Reyes sous le poids du pied appuyé sur son dos.

—Si c'est ce que tu veux...

Émily la relève d'un mouvement brusque qui lui fait pousser un cri de douleur et la jette dans la cellule dont elle scelle aussitôt la porte. La tension dans ses muscles se calme légèrement, mais le rire de cette Reyes résonne fort dans sa tête et ravive la violence de l'assaut.

Son corps est pris de tremblements inexplicables. Elle s'adosse au mur pour reprendre contenance. Ludo ne doit pas la voir dans cet état de faiblesse, ou bien il le rapportera à Yasmina. La dernière personne sur cette Arche à qui il faut déplaire.

Le poids du corps meurtri de Reyes sous ses mains... par ses mains est encore présent. Sa propre sécurité avait été en péril. Rien d'autre n'aurait pu la sauver.

Émily frotte ses joues humides du revers de la main. Ce n'est pas le moment.

***

ELLE TRAVERSE le couloir des Oubliés dans le sens inverse en tentant de clarifier ses idées. Une attaque-surprise est toujours déstabilisante. Vue la résistance de Reyes lors de sa capture, il était presque évident qu'elle essaierait quelque chose. Ce n'est pas la première fois que ce genre de situation se produit. Reyes n'avait aucune chance.

Pourquoi ses muscles refusent-ils de se détendre?

Elle laisse échapper un soupir. Chaud, brûlant.

Les ongles enfoncés dans ses paumes, elle ralentit le pas à

l'approche de la porte double et jette un dernier regard vers la cellule vingt-quatre.

Les Dissidents… Ils doivent être très organisés, pour réussir à échapper à la vigilance constante du Parangon. Étonnant qu'ils soient encore en vie après toutes ces années à vivre comme des reclus aux étages inférieurs. Mais depuis l'Incident, ratisser les zones condamnées de l'Arche est devenu encore plus problématique. Et si…

Ludo semble surpris de la voir revenir si vite. Il boit d'un trait le reste de son gros café.

—Coupe-lui les rations pour deux jours, dit Émily à son intention sans s'arrêter.

Il ne répond rien. Le regard de Ludo suit son geste pour essuyer la commissure de ses lèvres où perle du sang. Soudain, elle parvient à identifier la couleur de Fiona Reyes : rose. Mais pas n'importe quel rose : celui de ces fleurs qui poussaient sur la Terre… plus maintenant, bien entendu, puisque tout est submergé. La couleur de Reyes, difficile à saisir, est finalement nette. Suffisamment pour savoir exactement le genre de personne qu'elle est.

Reyes ne mentait pas.

Émily traverse le couloir jusqu'à l'ascenseur. Elle présente son bracelet et passe dans une machine cylindrique qui détecte tout objet qui se trouverait sur elle. Toutes ces procédures sont tellement pénibles.

C'est à se demander qui sont les vrais prisonniers ici.

3

SKYLER

Après avoir rempli le pot d'eau, Skyler le place doucement sur le côté de la table démodée, ancrée dans le mur dégarni. Le rose pâle ajoute un peu de vie au décor trop terne de la cabine de ses parents qui l'ont négligée. Elle ressemble drôlement à un nid de métal grossier qui pourrait tout aussi bien avoir coulé au fond de la mer comme toutes les anciennes villes.

Ses parents n'ont jamais réparé les armoires mal fixées du minuscule coin cuisine, ni remplacé le tissu taché et abîmé du sofa. Unique attrait de leur foyer, le billet d'embarquement de la famille Goldberg, vieux de plus d'un siècle, est fièrement encadré et accroché sur un pan de mur plus grand que les autres. Ils auraient pu avoir un hublot qui leur laisserait entrevoir les profondeurs de l'océan et leur donner un souffle de liberté, mais ces cabines sont prisées. Peut-être qu'au moment où il deviendra officiellement médecin, Skyler pourra-t-il le demander.

Il admire les chrysanthèmes dont les pétales extérieurs ont à peine commencé à s'épanouir, dévoilant peu à peu l'intérieur de leur cocon. Leur arôme herbeux est apaisant. Ce sera un déjeuner un peu différent des autres.

La fatigue le gagne alors qu'il termine de préparer la table. Il frotte ses yeux brûlants. La nuit a été longue. Le Syndrome des

Fées prend de plus en plus d'ampleur et quelqu'un doit se charger de tous ces nouveaux patients. Impossible de se fier à Chris qui préférerait qu'on les abandonne à leur sort.

Skyler tourne la tête : sa mère est hypnotisée par l'écran de l'ordinateur. Pendant un instant, elle est méconnaissable : ses cheveux courts, sa posture affaissée, ses épaules renfoncées vers l'avant, sa peau crayeuse. Sans compter sa manie récente de constamment s'enlacer le ventre.

Elle se retourne, comme si elle se sentait observée. La gorge de Skyler se noue. L'éclat des yeux de Murielle n'est plus le même. Autrefois, son regard était si lumineux, empreint d'amour maternel. Il est aujourd'hui ravagé par la douleur. Un abîme dans lequel elle est réfugiée depuis cinq ans.

Skyler l'invite à venir manger le repas qu'il a préparé – privilège des grandes familles qui ont le droit d'obtenir des ingrédients pour cuisiner chez eux – et s'installe devant une assiette fumante de poisson. Ce n'est pas l'idéal, mais les choix sont limités. Il ne peut pas se permettre d'être difficile dans un vaisseau qui doit subvenir aux besoins de près de deux mille survivants. C'est un sacrifice nécessaire.

Murielle ne semble pas l'avoir entendu, le regard rivé sur l'écran figé. Même si Skyler a chaque fois l'impression de ne plus exister à ses yeux, il doit s'y résigner. C'est sa faute si sa mère s'est vidée de sa joie de vivre, de son énergie... de tout son être. Il est le seul coupable.

Il commence à picorer dans son assiette, mais n'a pas d'appétit. Est-ce le manque de sommeil ou le fait de devoir accepter cette réalité ? Murielle a encore le regard perdu comme si elle cherchait quelque chose... ou quelqu'un. Le mouvement saccadé de ses yeux est troublant. Même si les symptômes sont trompeurs, elle n'est pas atteinte du Syndrome. Elle serait déjà morte, sinon : les victimes ne survivent que quelques semaines après le diagnostic. Elle résiste à tous les traitements connus et, dans une telle situation, on ne peut qu'espérer que le temps fasse son travail.

Ou qu'elle lui pardonne.

Au lieu de cela, Skyler doit endurer le jugement accusateur de son père absent qui s'attend à ce qu'il s'occupe de sa mère au quotidien. Dylan travaille la plupart du temps et ne rentre que rarement. Juste le strict nécessaire.

Le fumet des assiettes encore intactes commence à se dissiper.

— Maman, tu devrais venir manger, répète-t-il.

Elle ne lui répond toujours pas, comme si elle récitait un mantra silencieux, éloignée de la réalité. Finalement, d'un mouvement las, elle arrache son regard aux photos de famille et le rejoint en traînant des pieds. Ses traits sont tirés, témoins d'une insomnie persistante. Visiblement à contrecœur, elle s'assoit en face de lui. La boule se resserre dans la gorge de Skyler. Le malaise s'intensifie chaque fois qu'elle le fixe avec ce regard profond qui lui rappelle sa culpabilité.

Murielle finit par attraper sa fourchette qui tinte contre l'assiette. Elle gratte et en racle le fond pour émietter son poisson, mange du bout des lèvres. Son mutisme s'étire. Les oreilles de Skyler cillent, assourdies par le bruit répété de l'ustensile. Il déglutit et sa nourriture lui roule dans la bouche.

Sa mère suçote de manière exagérée un haricot et elle lui lance un regard inquisiteur qui l'incite à terminer son plat. La nourriture est précieuse à bord. Gaspiller ne serait pas responsable.

Un fracas de métal et de porcelaine le fait avaler de travers. Murielle fixe les chrysanthèmes avec des yeux fous.

— Pourquoi est-ce que tu les as mises sur la table ? scande-t-elle.

— J'ai cru que tu les aimerais, répond-il en déposant délicatement sa fourchette. Tu vois comme elles sont belles ?

Le visage de Murielle se teinte rapidement d'un rosé plus sombre que les pétales. La colère et la tristesse remplacent l'éclat terne de ses yeux, qui se détachent des fleurs pour se fixer sur lui :

— Est-ce que tu sais ce que c'est ? lui demande-t-elle sur un ton qui frôle l'hystérie.

— Maman, je...

— Ne m'appelle plus comme ça ! Tu l'as fait exprès !

L'accusation le transperce jusque dans ses entrailles. La tension paralyse ses muscles.

— Je te jure que je n'y avais pas pensé ! Tu dois me croire !

Elle s'empoigne la poitrine et se met à sangloter. Il se lève d'un bond et fonce ouvrir l'armoire de la pharmacie dans la salle de bain. Il y prend un comprimé puis retourne à la table. Rapidement, il laisse tomber la gélule blanchâtre dans la main de Murielle, qui s'empresse de la porter à ses lèvres en tremblant et l'engloutit d'un seul trait entre deux hoquets.

Il s'empare des fleurs qui se défont sous ses doigts et les jette à la poubelle. Quelques secondes suffisent pour que sa mère s'apaise. Évidemment, le médicament n'a pas encore agi, mais il lui donne l'impression que tout est réglé.

Elle s'essuie les joues du revers de la main et retourne s'étendre sur le sofa décrépi. Elle semble de retour dans son abîme. N'est-ce pas là un pâle sourire ?

La crise est passée, mais pour combien de temps ?

———

Il se réveille, nauséeux, dans l'odeur un peu rance de son ancienne chambre, encombrée des babioles accumulées par son frère Allen durant l'adolescence. Il s'est endormi sans s'en rendre compte.

Le matelas du lit superposé est comme il s'en souvient : petit et inconfortable, coincé dans l'angle du mur et du plafond. Allen n'aimait pas les hauteurs, mais Skyler en a toujours retiré une sensation de légèreté. La veilleuse de nuit qu'un ami de leur père avait réchappée d'une des chasses projette des étoiles qui tournoient paresseusement. Tout reste inchangé. En fermant les yeux, Skyler se convainc presque d'entendre les ronflements d'Allen ou les paroles inaudibles qu'il marmonnait dans son sommeil.

Skyler s'extirpe du mince drap humide et se cogne la tête au plafond. Il se frotte le crâne en ravalant un juron. Il saute en bas du lit et s'accroupit pour ouvrir le tiroir d'Allen. Une vague de nostalgie le submerge devant les artefacts du passé : des carnets de toutes les tailles remplis de notes jusque dans les marges, des figurines de superhéros aux noms oubliés, et un avion téléguidé avec lequel ils s'amusaient ensemble si souvent dans les corridors de l'Arche. L'une des ailes est cassée et le bout de plastique manquant gît au fond du tiroir. Le fâcheux accident s'est produit lors d'une course aérienne. Chris avait réussi à convaincre son père de lui procurer un avion à lui aussi. Il ne pouvait supporter de ne pas posséder un jouet qu'Allen ou Skyler avait. Bien entendu, étant le fils de Duke Kay, il désirait gagner à tout prix, mais Allen était compétitif. Devant son inévitable défaite, Chris avait coincé Allen au dernier tournant et l'impact contre le mur avait sectionné l'aile gauche. Chris ne s'en était pas particulièrement voulu et à partir de ce moment, Allen avait délaissé son avion.

Murielle pousse un gémissement. Sky referme brusquement le tiroir pour la rejoindre dans le salon.

Il aurait dû rester éveillé pour s'assurer que la médication avait soulagé sa crise. Durant les premiers mois de sa dépression, les calmants ne suffisaient pas. À l'époque, Dylan n'avait pas eu le choix de s'en occuper. Les cris de Murielle peuplaient leurs nuits et Skyler dormait peu. Une période longue et pénible. Une rechute pourrait survenir à tout moment, et c'est pour cela qu'il a l'habitude de la veiller une fois ses tranquillisants ingérés.

Mais non, elle respire de façon lente et régulière. Ses gémissements sont certainement dus à un rêve.

Une persistante odeur de poisson le pousse à sortir une chandelle au citron qu'il place sur la petite table de cuisine, là où les fleurs de la douleur se trouvaient. Bien que les ressources soient limitées sur le vaisseau, les chasses aux débris sont souvent fructueuses, quoiqu'imprévisibles. Cette chandelle, par exemple, était bien conservée dans une boîte d'aluminium. L'eau grignote la majorité des objets non emballés, surtout organiques, mais certains résistent longtemps.

Le cliquetis de la serrure annonce le retour de Dylan. Skyler allume la bougie sans broncher.

— Je suis rentré.

La flamme vacille au passage de son père. Murielle se réveille aussitôt en gémissant.

Skyler décide de dégraisser la poêle et récite mentalement les faits et gestes que son père accomplit dans la minute qui suit son arrivée : il dépose sa mallette sur la table de la cuisine et s'approche de sa femme ; il l'enlace puis ils s'échangent un baiser rapide ; il entre dans la minuscule chambre à coucher, ôte son uniforme gris cendré − typique de la division Delta − et enfile un peignoir avant d'aller se doucher. Tout ça comme si les dernières vingt-quatre heures n'avaient jamais existé. Indifférent. Pourquoi s'en faire quand il n'y a aucun problème à la maison ?

— Les courants marins sont encore instables, annonce Dylan de sa voix de spécialiste. La prochaine chasse devra attendre. Les tempêtes se multiplient pour faire changement.

Comme pour lui donner raison, l'Arche tangue légèrement, pas assez pour que la chandelle glisse par terre, mais suffisamment pour mettre Skyler sur le qui-vive.

Il ne répond pas. Il n'a pas envie de parler à l'océanographe. Dylan ne tombe en mode père à temps partiel qu'après sa douche. Et encore. S'il n'a pas des analyses à rendre d'urgence pour le lendemain. Dylan ne le relance pas non plus. Pas étonnant. Il ne s'est jamais donné la peine de se préoccuper des silences de Skyler.

Murielle affirme depuis son adolescence que Skyler ressemble à Dylan. Elle se trompe. Il n'y a que des différences, surtout maintenant qu'il est adulte. Pour n'en citer que quelques-unes : Dylan est plus blond que lui, son tonus musculaire a disparu avec le temps et il se rase à la lame. Peut-être que si elle avait encore toute sa tête, sa mère dirait qu'il a aussi hérité de son addiction au travail. Il n'est pas convaincu que ça lui plaise, si c'est pour en négliger sa propre famille.

Dylan reprend sa mallette et installe ses dossiers urgents sur son bureau fiché dans l'autre coin de ce qui tient lieu de salon, juste derrière l'ordinateur. Puis, il s'enferme dans la salle de bain, un luxe sur l'Arche.

Pas de bonjour. Pas de « comment ça va ? ». Pas de « merci d'avoir pris soin de ta mère ». Ça va de soi, apparemment.

La fatigue frappe Skyler de plein fouet et il est tenté de se défiler pendant que son père est sous la douche. Mais son erreur de l'après-midi...

Murielle gémit sur le sofa, de retour dans les limbes. Il ne peut pas la laisser tant que Dylan n'a pas terminé. Il devra donc à nouveau l'affronter. Pire : lui parler.

Leurs échanges s'en tiennent à l'essentiel. Malgré l'apparent calme de Dylan à son égard, Skyler sait qu'il lui en veut pour ce qui est arrivé.

C'est réciproque.

Skyler frotte avec plus de vigueur la peau de poisson qui a calciné au fond de la poêle. Une goutte de sueur s'écrase sur son avant-bras, mais il redouble d'ardeur.

Dylan aurait pu tenter de faire ce qu'on attend d'un père : être là pour ses enfants. Mais il a toujours été absent. Même dans l'épreuve, que Skyler a surmontée seul. Sans aucune aide. D'une certaine façon, il a prouvé à Dylan qu'il n'avait pas besoin de lui.

Skyler vient à bout de la peau qui décolle au moment où Dylan, fraîchement lavé, entre dans la chambre et en ressort dans des vêtements civils. Il se dirige vers son espace de travail, puis s'arrête pour embrasser Murielle sur la joue.

Il se tourne vers Skyler, d'un air inquisiteur.

— Ta mère est bouillante.

Quoi ? Skyler lâche la poêle et va vérifier par lui-même en appuyant son poignet sur le front de Murielle. Il est effective-ment brûlant.

—La dernière fois que je l'ai examinée, elle n'avait pas de fièvre, se défend Skyler, soudain inquiet.

—Qu'est-ce qu'elle a mangé ?

—Que veux-tu qu'elle mange, franchement ?

Dylan hausse les sourcils et Skyler se reprend, plus calme :

—C'est sans doute à cause de sa crise d'aujourd'hui.

—Qu'est-ce qui est arrivé ? Ça fait longtemps qu'elle n'en a pas eu, l'interroge son père qui plisse le front.

La naïveté de Dylan le déconcerte. L'état de Murielle est loin de s'améliorer : une crise est toujours prête à éclater. Elles sont devenues plus fréquentes et imprévisibles. Elle ne mange presque pas et dort à peine, sauf sous tranquillisants.

Mais évidemment, son père n'est jamais là. Il ne sait pas ce qu'elle traverse.

—Et alors ? s'impatiente Dylan, bras croisés.

—Ça t'intéresse, d'un seul coup ?

La sueur perle sur le front de Murielle et elle tremble comme une feuille. Skyler tâte son pouls. Il est rapide. Elle a probablement attrapé un virus. Le système d'origine peine à filtrer l'air souillé. Malgré les entretiens réguliers, rien ne peut remplacer la fraîcheur de la surface.

—Il faut faire baisser sa température, dit Skyler en pressant légèrement sur les joues de sa mère.

Puis, devant l'inaction de son père, il s'exclame :

—Dylan !

Son expression d'enfant étonné l'exaspère. Dylan se décide enfin à aller chercher une serviette à main humide que Skyler place sur le front de Murielle. Que croit-il ? Que parce qu'il est médecin, il doit tout faire ? Ce n'est pas comme si Dylan ne savait pas quoi faire.

Son père l'observe pendant un instant, puis va s'installer à son bureau de travail. Skyler préfère se concentrer sur le massage des points de pression, en particulier celui entre les arcades sourcilières. Il n'a pas l'énergie pour affronter Dylan une fois de plus.

La peau de sa mère est devenue mince et fragile et il n'ose pas appuyer trop fort de peur qu'elle se craquelle. Murielle s'est réveillée et a ouvert les yeux.

— Maman, est-ce que tu te sens mieux ?

— Ne t'en fais pas pour moi, lui répond-elle le regard vitreux. J'aimerais aller à la toilette.

Il la débarrasse de sa serviette et l'aide à se relever. Une fois à l'intérieur de la salle de bain, elle lui assure qu'elle peut rester seule, sagement, le temps qu'elle se ressaisisse. Il la laisse et s'installe à la table, la bouche sèche.

De la cire chaude liquide entoure la flamme qui oscille au gré de sa respiration, comme des battements de cœur.

Les paupières de Skyler se ferment dangereusement, mais des toussotements le rappellent à l'ordre. Il entrouvre la porte de la salle de bain et trouve sa mère agenouillée devant la cuve. Il lui demande si tout va bien. Un faible gémissement en guise d'approbation lui parvient.

La fatigue est sur le point de gagner, il ne tiendra plus debout très longtemps. Il se tourne vers Dylan.

— Est-ce que tu peux t'occuper de maman pour une fois ? lui dit-il plus sèchement qu'à l'habitude.

Son père ne l'écoute pas, absorbé par son travail ô combien plus important !

— Dylan, elle a besoin de toi, insiste-t-il, la gorge serrée.

— Ne t'inquiète pas. Tout va bien aller, lui répond Dylan d'une voix distraite.

Ses paroles préférées pour le faire taire.

— Non, ça ne va pas, rétorque Skyler en se rapprochant. Son état ne s'améliore pas. Je ne peux pas prendre soin d'elle seul.

— Tu en fais trop, Sky. Ça lui passera. Depuis le temps, tu devrais le savoir.

— Tu ne comprends pas. Tu ne comprends rien ! Son état empire et toi tu n'es jamais là pour t'en occuper !

Dylan se retourne enfin pour le regarder. Son visage affiche une sérénité déconcertante qui donne presque envie de vomir.

— Sky...

— Non, laisse-moi parler. La personne dont elle a le plus besoin en ce moment, c'est toi ! Pas moi. Il serait temps que tu t'en rendes compte !

— Sky !

Il ne veut plus rien entendre. Dylan ne pense qu'à son travail. Il se fout de sa famille. Est-ce une vengeance de sa part ?

Skyler fonce vers la porte, fulminant. Dylan l'interpelle, mais il l'ignore. Il se fige finalement quand son père durcit le ton :

— Est-ce que tu veux réellement savoir pourquoi ta mère est dans cet état ?

Les paroles résonnent, menaçantes. Va-t-il lui aussi le pointer du doigt ? Lui rappeler qu'il a brisé leur famille ? Causé la dépression de sa mère ?

Skyler sort sans attendre la suite.

Il se rappelle vaguement la veille lorsqu'il se réveille. Un coup d'œil à l'horloge lui apprend qu'il n'a dormi que quatre heures. Son uniforme de travail lui colle à la peau et les draps ne sont même pas défaits.

Il soupire.

Skyler n'a eu aucun répit depuis qu'il a commencé à l'unité de soins, juste après sa graduation. Il s'attendait à être occupé, mais l'augmentation des cas de Syndrome a compliqué les choses. Les effectifs ne répondent pas à l'afflux des patients toujours plus nombreux. Et comme il ne peut pas compter sur Chris pour l'aider, Skyler se tape tout le sale boulot. Si Chris prenait son travail plus au sérieux au lieu de perdre son temps à critiquer les sphères de mémoire... Mais ce serait trop lui demander. Skyler ne se fait aucune illusion à son sujet : Chris n'obéit qu'à lui-même. Tel est le fils de Duke Kay.

Skyler quitte le relatif confort de son oreiller. Baignée d'une lumière artificielle tamisée, sa cabine n'est pas aussi grande que celle de ses parents, mais ça lui suffit. Or, ce « luxe », ils le doivent au billet d'embarquement hérité des Goldberg : un bout de papier qui détermine leur sort, sans quasi possibilité de le changer. Un système injuste basé sur le droit de passage que se sont procuré les ancêtres de leur famille.

Le parcours des Goldberg est exemplaire : une arrière-arrière-grand-mère chirurgienne, une arrière-grand-mère au Commandement, un grand-père scientifique, et maintenant son père océanographe et sa mère infirmière, du moins avant sa maladie. Skyler espère devenir un médecin accompli, une chance que bien peu ont. Il ne croit pas que diviser les Archéens par l'héritage familial soit réaliste, compte tenu de leur situation précaire. La solidarité devrait être la clé.

Par contre, il n'a pas l'impression de trop profiter du privilège de sa famille, puisque la nouvelle génération doit se contenter du strict minimum : un passage obligé. Il ne s'en plaint pas, son travail à l'unité l'accapare et il est rarement dans sa cabine. Ça lui évite aussi de se sentir seul. Tout l'espace est occupé. Son lit et un bureau simple, avec l'ordinateur relié au système central de l'Arche. Quant à la salle de bain, il la partage avec les autres passagers de l'étage. Pas de petit coin-cuisine non plus. Le réfectoire a tout le nécessaire de toute façon, et ça lui permet de sortir de sa coquille.

Il prend une douche dans l'aire commune qui se trouve à quelques pas de sa cabine. Il ne perd pas de temps – l'eau chaude est comptée –, pas plus de trois minutes trente. Il enfile des vêtements civils et retourne prestement chez lui. Il remplit un grand verre d'eau dont il prend une gorgée. À côté de son lit, il allume une lumière artificielle plus puissante que les autres, puis arrose, mais sans excès, les lys, iris et chrysanthèmes qu'il a plantés il y a quelques semaines. La terre compostée s'imbibe et se noircit. Les pousses poindront bientôt avec de la chance.

Dommage qu'il ait dû jeter les chrysanthèmes roses. Ils ont pris du temps pour fleurir, et s'y sont repris plus d'une fois. Il a lu dans les archives comment leurs ancêtres entretenaient leurs jardins avant le Déluge, et il a essayé de le reproduire. Ça n'a pas été une tâche facile, mais il a appris de ses erreurs lamentables : trop d'eau et les plantes se noient, surtout quand elles ne sont encore que de jeunes pousses ; elles demandent un engrais qui irrigue bien. Ça, ça a été la partie la plus difficile. Comment trouver la terre dont il avait besoin ? De fréquentes visites au Parc de l'Humanité, mais surtout des essais-erreurs l'ont récompensé en produisant quelques chrysanthèmes.

Il est sûrement le seul qui fait pousser des plantes comme passe-temps ici, mais c'est l'idéal pour se vider l'esprit des patients qui inondent l'unité de soins, de jour comme de nuit.

En plus, l'Arche manque cruellement de vie sauvage. Les Archéens sont condamnés à naviguer dans les profondeurs du Grand Océan, sans jamais avoir l'occasion de connaître ce que la vie terrestre était réellement. Mais est-ce logique d'abandonner pour autant ? Quand viendra le temps de repeupler, Skyler sera prêt et pourra se mettre au travail, accomplir ces tâches autrefois anodines et les enseigner. Tout a commencé avec les graines qu'il a subtilisées à la division Delta, qui cultive dans les serres tous les fruits et légumes consommés sur l'Arche. Reste à voir s'il réussira à faire pousser ces lys et ces iris, maintenant, dans des conditions moins qu'optimales.

Il les contemple, mais aucune tige n'est encore apparue. Peut-être devra-t-il réviser sa façon de faire. Personne n'a dit que ce serait facile.

Une fois la terre bien humide, il boit d'un trait l'eau inutilisée et s'installe devant l'ordinateur. Il jette un coup d'œil à son fond d'écran déniché dans les archives.

Une marée de gratte-ciel réfléchit les dernières lueurs du soleil couchant. Ces édifices sont les vestiges d'une métropole autrefois prospère, engloutis depuis maintenant plus d'un siècle. L'Arche en croise à l'occasion, et une équipe de plongeurs en ratisse régulièrement les entrailles en quête d'objets utiles. La vie dans ces villes paraît bien mystérieuse : tant de choses à faire et sûrement pas assez de temps pour tout essayer.

Au lieu de ça, il fait partie des mille sept cent cinquante-deux passagers, selon le dernier rapport officiel, un exploit imputable aux meilleurs scientifiques d'antan. Skyler appartient à la cinquième génération de survivants : cela relève presque de l'impossible, mais ils sont encore loin de pouvoir repeupler la Terre. Le Grand Océan n'indique aucun signe d'abaissement de son niveau. Et ce ne sera pas de sitôt, d'après Dylan. Les Archéens ont arrêté d'espérer depuis belle lurette, de toute façon. Ils acceptent leur réalité comme une fatalité, comme en témoignent les patients qu'il a traités depuis son entrée en fonction.

Lui reste optimiste. Même s'il n'a jamais l'occasion de faire partie des colons, ses futurs enfants le pourront peut-être, et il veut absorber le plus d'informations possible pour être prêt à mettre du sien.

Il vérifie rapidement ses messages : la plupart ne concernent que les annonces habituelles de l'équipage. Un rappel de la simulation trimestrielle ? Le temps passe si vite qu'il a l'impression que la dernière date d'il y a une semaine.

Un tintement suivi d'une notification de message vidéo occupe l'écran et attire son attention. Il accepte. Le visage d'Émily apparaît.

« Tu comptais te défiler encore longtemps comme ça ? Aucune de tes excuses ne réussira à te faire pardonner. Comment as-tu pu m'abandonner à mon triste sort pendant tout ce temps ? J'erre dans les couloirs de ce vaisseau maudit nuit et jour pour te retrouver. Si ça continue, je vais en savoir plus sur mes prisonniers que sur toi. Peu importe, on se voit à La Orilla vendredi soir. Si tu ne viens pas, avec tout le mal que j'ai eu pour avoir une réservation, je te le ferai repayer en double. Tu le regretteras, crois-moi. »

Il sourit. Sa meilleure amie lui a prouvé plus d'une fois qu'elle arrive toujours à ses fins. Il l'a trop négligée ces derniers temps. Ce sera bon d'être en sa compagnie.

Skyler fait une rapide recherche sur l'entretien des lys et des iris, puis voyant l'heure, met l'ordinateur en veille. Il s'assoit sur le bord de son lit et enfile son uniforme de travail qui arbore le signe Oméga, un symbole grec, une autre civilisation disparue.

Alors qu'il attache son sarrau bleu marine, son regard s'arrête sur le cadre posé sur la table de nuit. Il avait quatorze ans à l'époque et ils avaient passé une belle journée en famille à piqueniquer et s'amuser au Parc de l'Humanité.

Avec son frère.

La photo de famille est déchirée là où Allen devrait se trouver. Elle était parfaite sans ce trou béant. Mais leur famille ne sera plus jamais la même, tout comme cette photo. Il pourrait la rapiécer, la recoller, mais cette déchirure est une cicatrice que même le temps ne peut réparer. Malgré les promesses de Dylan que tout ira bien.

Skyler aimerait bien y croire. Vraiment.

Mais il sait trop bien que rien ne sera jamais comme avant.

Jamais.

4

ÉMILY

— ÉMILY BATES. J'AI UNE RÉSERVATION POUR DEUX PERSONNES.

La jeune femme très chic à l'accueil du seul restaurant de l'Arche pianote sur son ordinateur. Le cœur d'Émily cogne dans sa poitrine au même rythme.

Un courant d'air frais s'amuse à chatouiller ses épaules dénudées. L'occasion de porter cette robe ne s'est jamais présentée depuis la graduation, de même que le sac à main d'un bleu métallisé encore neuf qui s'agence parfaitement avec sa robe noire. Un frisson lui parcourt l'échine. Ce soir, elle n'est pas une simple Bates. Elle est mademoiselle Bates.

— Vous avez bien dit Bates?

Le sifflement de son nom lui engourdit les tympans. Émily regarde instinctivement autour d'elle. Personne ne semble avoir entendu. Bien. De ses doigts, la jeune femme à l'aura ambrée tambourine sur son coude, comme si elle s'apprêtait à réprimander un enfant qui a commis un gâchis par mégarde. Émily se raidit : et si on lui refusait l'entrée parce qu'elle n'est pas digne de ce restaurant huppé?

Émily feint un sourire décontracté et hoche la tête :

— Est-ce qu'il y a un problème ?

Ambre – décide de l'appeler Émily – lui décoche un regard

perplexe, puis vérifie son écran de nouveau, les yeux sautillants. Après un instant, Ambre se reprend à deux fois avant de déclarer d'une voix hésitante :

— Je vais aller voir si votre table est prête. Attendez-moi.

Ambre s'éclipse derrière une porte moulée à même le mur et laisse Émily en plan.

D'autres personnes attendent, assises, mais Émily a des fourmis dans les jambes. Elle fait les cent pas dans le splendide lobby, ses talons étouffés par la moquette cramoisie, probablement le seul endroit de tout ce vaisseau où il y en a, d'ailleurs. N'est-ce pas une entorse aux règles de sécurité ? Ce besoin des grandes familles de se distinguer... Comme c'est charmant. Et ces peintures qui ornent le couloir qui mène jusqu'à La Orilla !

Émily les contemple avec des émotions contradictoires. Un véritable temple de la renommée. La célèbre famille fondatrice composée de l'ingénieuse Stella, son mari et sa fille, s'exalte de leur plus grande création en arrière-plan : l'Arche. Juste à côté, c'est une scène biblique tout droit sortie du dernier repas avec le Messie. Sûrement pas des œuvres originales. Des répliques.

L'art est une échappatoire de choix sur l'Arche. Émily frotte ses doigts douloureux, les marques encore bien présentes dans sa peau devenue calleuse. Toutes ces nuits à gribouiller jusqu'à ne plus pouvoir tenir un crayon ne lui semblent pas si lointaines tout à coup. S'occuper l'esprit, déconnecter quand tout son monde bascule, elle l'a appris à ses dépens. Mais s'afficher en public ? Jamais ! Ces peintures – certains les appelleraient des oeuvres – ne sont que des accès de folie de prisonniers d'un vaisseau qui vogue sur une planète fantôme.

Elle en met du temps, cette Ambre ! Et Sky ! Il n'est toujours pas arrivé lui non plus. Après tout le mal qu'elle a eu pour obtenir illégalement une réservation. Ambre n'est pas dupe. Les Bates ne sont pas des habitués ici. La seule mention du nom fait hausser les sourcils depuis la trahison de maman. On se méfie.

— Une petite prière de rédemption?

Émily se retourne. Une jeune fille à l'aura violette remet des cartes aux personnes qui attendent, un panier au bras. Violette est postée là, vêtue de son ample tunique aux manches évasées, prête à assaillir tous ceux qu'elle croise. Les clients ne semblent pas s'en offusquer. Des croyants, cela va sans dire. Violette fait le signe de croix pour chaque carte donnée. Depuis quand les prêtresses se disséminent-elles dans le vaisseau ? Maman s'en était toujours méfiée, elle qui n'appuyait pas leurs méthodes douteuses. Elle avait emprunté sa propre voie en aidant les plus démunis et ceux qui nécessitaient une oreille attentive. Maman aurait dû être la seule et unique prêtresse du sanctuaire de l'Arche. Les gens l'admiraient. Elle leur inspirait un avenir meilleur. Maintenant, ce sont des gens comme Violette qui la remplacent.

Violette cherche sa prochaine cible des yeux, croise ceux d'Émily, et se dirige vers elle. Oh non. Pas maintenant. Ambre ! Où est-elle ? Trop tard.

Émily s'apprête à dire qu'elle n'en veut pas, mais Violette la devance :

— C'est une bien belle peinture... ou pas, ça dépend, dit-elle d'une voix douce et assurée devant la scène biblique. Étrange pour un restaurant tu ne trouves pas ?

Cette fille, qui doit être à peine plus vieille qu'Émily, voue un culte à un Dieu punisseur. Est-elle en train de tester la foi d'Émily ?

Violette n'attend pas son dû et poursuit :

— On pourrait penser qu'on apprendrait de nos péchés avec le temps, mais ces endroits existent encore pour continuer de nous tenter.

Émily la dévisage un moment. Si par là Violette entend le restaurant La Orilla, c'est bien dommage pour elle. Un souper au restaurant tous les soirs serait divin. Bien mieux que de rester coincée dans la cabine familiale miteuse où ramener un plat réchauffé du réfectoire.

Violette est absorbée par la peinture, puis détache son regard pour lui adresser un sourire contrit, pas le moindrement dérangée par son silence.

— Mademoiselle Bates, roucoule Ambre d'une voix duveteuse. Veuillez me suivre.

Un sourire se glisse sur les lèvres d'Émily. Sa conversation avec une croyante, qui plus est une prêtresse, ne lui manquera pas. Émily rejoint Ambre, sa salvatrice inespérée, sans même jeter un regard en arrière. Cette discussion a été des plus étranges. Qu'était-elle censée lui répondre?

Les doux effluves de la salle à manger la ramènent au moment présent, un rappel de sa victoire. Quand elle pénètre dans l'immense salle à manger, tous les plats qui se promènent d'une table à l'autre la font saliver. La rencontre impromptue d'un peu plus tôt est déjà loin. La seule fois où elle a pu jouir d'un moment de fantaisie remonte à sa cérémonie de graduation. Cette fois, c'est encore mieux. De grandes fenêtres parées de rideaux tapissent les murs et pendent mollement. Trois lustres plongent l'endroit dans une pénombre rougeoyante, des dizaines de tables sont disposées çà et là, les serveurs valsent avec leurs plateaux remplis de victuailles qui devraient être interdites sur ce vaisseau. Et, comble du luxe, un pianiste roule ses notes allègrement, accompagné d'une violoniste qui surplombe le brouhaha contenu des clients.

Ambre lui indique une table placée contre l'une de ces fausses fenêtres, un peu en retrait, mais avec une bonne vue sur le duo de musiciens. On lui tire la chaise et Émily s'installe avec un soupir de satisfaction, son sac à main sur la table. Elle se surprend à sourire en s'imprégnant de son environnement. Fini le temps où les Bates se voyaient refuser ces privilèges, du moins pour ce soir. Parfois, connaître les bonnes personnes suffit pour contourner les règles.

— Appelez-moi Cohen, se présente un homme brun à l'aura de jade et dont le complet met en valeur sa stature élancée. Je serai votre serveur pour la soirée. Un apéritif pour commencer ?

Il s'affaire à allumer une bougie qu'il place au centre de la table. Il lui sert son plus beau sourire pétillant.

— Du mousseux ? lui demande-t-elle d'une petite voix, ses papilles déjà impatientes.

— Bien sûr. Êtes-vous accompagnée ?

— Oui. Ce sera pour deux.

L'aura de Cohen tressaute. De la déception ?

— Un ami, précise-t-elle en se sentant rougir.

Il lui lance un regard intéressé avant de partir.

Cohen a l'air bien sympathique. Ses bras sont drôlement habiles pour tenir en équilibre ces coupes sur son plateau qu'il fait voler d'un endroit à l'autre.

— Voilà pour vous mademoiselle Bates… et votre ami, lui dit-il en posant avec grâce deux flûtes bien remplies, la mousse à ras bord.

Se moque-t-il d'elle ou la prend-il au sérieux ? La façon dont son aura tressaute est déconcertante.

— Merci Cohen.

— Je repasse plus tard pour votre commande mademoiselle Bates?

Elle hoche la tête. Cette soirée est en l'honneur de leur amitié à elle et à Sky. Aussi bien que Cohen ne découvre pas la triste réalité des Bates. Il perdrait tout intérêt dès qu'il saurait.

Il s'excuse, puis Émily s'empare de la flûte et boit une petite gorgée, question de savourer. Les bulles frétillent généreusement sur sa langue et le liquide sublime tourbillonne dans sa bouche. Ce goût divin ne devrait pas être réservé qu'à une poignée de familles. Pourquoi l'ascendance condamne-t-elle de pauvres âmes comme elle ? Tout ça aurait pu changer par l'accession de son père au titre de commandant du Parangon, mais les choses ne se sont pas passées comme prévu. C'est ce maudit Duke Kay qui s'est vu attribuer cet honneur, donnant automatiquement le droit à sa famille d'avoir cette vie impossible à atteindre sinon. Une occasion ratée injustement, mais ce soir ça importe peu. Émily sirote sa réussite.

La musique légère se mélange à son humeur festive et elle en profite pour sonder les autres. Un groupe du Parangon est bruyant, avec leurs cris de joie et leur tapage. Duke ne semble pas se trouver parmi eux, mais elle n'en est pas certaine. Ce serait trop peu subtil de se retourner complètement pour vérifier. Certains pourraient la reconnaître comme étant la fille de Jeremy Bates. De l'autre côté de la salle, Mira la rousse est assise en compagnie de son père Horacio Torres. Une autre famille prestigieuse. Une lignée de scientifiques qui ont révolutionné les serres hydroponiques. Évidemment, les Torres ont droit à un traitement spécial.

— Émily?

Sky traverse la salle sous la supervision d'Ambre qui lisse la pointe de ses cheveux raides. Il a le souffle court, le visage rosi par l'effort.

— Il était à peu près temps, dit Émily en réprimant un sourire.

— À moi aussi, tu m'as manqué, lui répond-il avec un sourire en coin, égal à lui-même.

Sa chemise est légèrement déboutonnée, ses manches retroussées. Il s'est même permis de conserver une barbe de trois jours qui paraît plus foncée qu'à l'habitude sous l'effet de l'éclairage tamisé. Son allure est parlante : il a travaillé toute la journée. La faible densité de son aura le confirme.

— Ce que je ferais sans toi Sky, ajoute-t-elle en l'enlaçant amicalement. Ces prisonniers vont me rendre folle.

— Ils te mènent la vie dure ? Je te croyais plus forte que ça.

— Ce serait plutôt l'inverse. Ils n'ont aucune chance.

Elle renâcle intérieurement. Reyes. Elle risque d'être un défi à moyen terme, mais rien qui puisse compromettre sa soirée avec Sky.

— Mais bon, assez parlé de travail, dit-elle en se rassoyant en même temps que Sky sur sa chaise magnifiquement veloutée. Tu vois où ça nous mène ? On ne s'est pas vus depuis des semaines et on parle de travail. Je ne me suis pas démenée durant tout ce temps pour gâcher notre soirée à La Orilla.

— Tu aurais dû me le demander.

C'est vrai. Skyler est un Goldberg, une autre des grandes familles. Il n'en a pas l'air. Pas d'excentricités ni de sourires forcés. Même Ambre n'a pas l'air de l'avoir reconnu quand il est arrivé.

Sky prend une gorgée de la flûte et soupire de satisfaction.

— Je voulais te faire une surprise, s'explique-t-elle. Tu sais, la nourriture du réfectoire me rend malade, surtout le poisson. Je te jure, des fois j'ai l'impression que l'odeur me colle à la peau, même après la douche. Ce soir, c'est ma désintox. Si j'avais dû attendre que tu réserves à ma place, je serais déjà intoxiquée.

— Tu n'as pas changé, même si je ne suis pas là pour te ramener à l'ordre, répond-il en prenant une autre gorgée du mousseux.

— Même le temps ne peut venir à bout de moi.

Les fois où il lui a évité des confrontations inutiles, elle ne les compte plus. Une bonne chose que les temps à l'Académie soient révolus. Depuis la mort de maman, la jeune Émily innocente prête à s'embarquer dans les pires tirades a pris congé.

Cohen est de retour et lance des coups d'œil furtif à Sky qui consulte le menu attentivement sans s'apercevoir de sa présence. Émily retient un rire et détaille le menu à son tour. Les options sont toutes aussi alléchantes les unes que les autres. Après avoir procédé à une élimination déchirante – sauf pour le poisson –, elle s'arrête sur un choix végétarien. Tout le poisson des dernières années imprégné dans sa peau a besoin d'être éliminé.

Leur serveur revient armé d'une bouteille de vin blanc.

— Est-ce que tu veux me rendre saoule ? s'énerve Émily. Ça ne regarde pas bien si on tombe dans le vin.

— Vaut mieux en profiter non ? se contente-t-il de lui répondre en lançant un regard à Cohen du coin de l'œil.

— Qu'est-ce que ça signifie au juste?

— Regarde-moi, dit-il en se désignant. Au lieu de partir à la chasse, je travaille sans relâche. Ce n'est pas ce que tu veux.

Tandis que Cohen revient avec une entrée de potage, les traits marqués de Sky lui sautent aux yeux. Il semble plus âgé... plus mature ? La dernière fois qu'ils se sont vus remonte à... l'anniversaire de sa petite sœur?

— Je ne savais pas que tu avais décidé de porter la barbe, le taquine-t-elle.

Sky se flatte machinalement le menton et freine son mouvement comme s'il ne s'en était pas rendu compte lui-même.

— J'imagine que ça vient avec l'âge, dit-il pour sa défense.

— Dit le mec de vingt ans. Ce n'est pas une critique, ça te va bien.

L'énergie manque un peu de ferveur. Il ne doit pas l'avoir facile au centre de soins. La médecine. Plutôt la torturer que l'obliger à faire pareil travail.

— Prenons une minute pour apprécier ce délice dépourvu de poisson, dit-elle en humant le fumet du potage. Allez, je ne rigole pas. Ferme les yeux.

Émily ouvre un œil pour s'assurer qu'il en fait de même. Sky a aussi gardé un œil ouvert pour la regarder et ils éclatent de rire.

— À tous les poissons qui seront sauvés d'une mort injuste durant ce repas...

— Tu es sérieuse, là ? lui demande-t-il avec un demi-sourire qu'elle peut sentir même si elle ne le voit pas, puis un soupir. T'es pas possible Émy.

— Laisse-moi terminer, dit-elle en gardant son sérieux. Que notre sacrifice soit le témoin de notre bon vouloir. Amen.

— Depuis quand est-ce que tu fais une prière avant de manger ?

Elle ouvre brusquement les yeux au moment même où résonne le bruit d'une bouteille qu'on sabre. Les agents du Parangon s'en donnent à cœur joie.

— N'aie pas cet air surpris, dit-elle. Il faut savoir être reconnaissant. Et je te cite : si l'on en croit les Archives, les survivants du Déluge en ont pour des millénaires à se repentir des actes de leurs ancêtres inconscients. Il faudra s'y faire, surtout si c'est notre mission.

— Tu crois vraiment à une punition divine ?

Le ton de Sky est perplexe.

— Ce n'est pas la question, répond-elle.

— C'est quoi alors ?

— Je t'expliquerai quand tu arrêteras de me juger. Peut-être au dessert.

— Pourquoi attendre si longtemps ?

Les contours de son aura s'impatientent, mais il peut bien attendre un peu.

— Je veux profiter du moment que l'on passe ensemble tous les deux, ici maintenant. On en reparlera.

Ils terminent leur potage et Cohen, tel un vautour, échange leurs bols pour des assiettes bien garnies de pâtes. Des pâtes crémeuses aux asperges ? Pas ce qu'il y a de plus exotique, mais ça ira très bien. Tant qu'il n'y a pas de poisson dedans.

Après deux bouchées, Émily s'excuse pour aller au petit coin.

Elle replace la serviette sur la table, saisit son sac à main et se dirige vers la salle de bain située dans le lobby. La fraîcheur de l'extérieur lui donne un frisson et elle se frictionne les épaules. Elle s'immisce rapidement dans l'aire de repos. Ses cheveux courts sont un peu défaits, mais quelques retouches suffisent à les remettre en place.

Violette est postée à l'entrée, infatigable.

— Encore toi ? lui demande Émily.

La prêtresse aux longs cheveux marron se contente de lui sourire et agiter son panier qui contient des cartes de prières multicolores.

— Les gens ont besoin d'espoir à toute heure du jour, lui répond Violette. Même la nuit. Surtout la nuit.

— Désolé, je ne suis pas... articule Émily.

— Croyante ? Pas besoin de l'être quand on mène une bataille commune.

—Qu'est-ce que tu veux dire ?

Violette commence à rire, puis se reprend :

—Au fait, Émily, tu peux m'appeler Dinah.

Dinah ? Aucune des grandes familles ne lui vient en tête. Ni aucun des jeunes qu'elle a côtoyés à l'Académie. L'Arche n'est pourtant pas si grande quand on y pense. Les parents de Dinah auraient dû l'appeler Violette, avec une aura comme la sienne. Va pour Violette.

Émily demande :

—Je ne crois pas que l'on se connaisse?

—Non, en effet. Étonnant, quand on pense que l'on vit sur le même vaisseau. Mais ta mère était bien connue des Farrell au sanctuaire, affirme Dinah alias Violette en se signant.

Émily s'accroche à son sac à main qu'elle referme sèchement. Dire que c'était « sa » soirée.

—Eh bien, je dois y aller, dit Émily d'une voix étranglée. À une autre fois peut-être.

—Peut-être.

Émily presse le pas pour retourner se fondre dans la cacophonie enchanteresse de La Orilla. De retour à la table, elle surprend Ambre avec un bouquet de roses, en conversation avec Sky. Émily ralentit le pas pour s'immobiliser à côté de son siège.

—Je suis certaine que ça lui ferait plaisir, dit Ambre en lissant ses cheveux de sa main libre.

—Je n'en veux pas, l'interrompt Émily en s'assoyant, les joues en feu.

Le faux sourire d'Ambre se fige, mais Sky ne se laisse pas désarçonner par sa réplique.

—Je vais en prendre deux, lui dit-il de sa voix éternellement douce.

Bon, qu'est-ce que ça veut dire au juste ? Sky présente son bracelet qu'Ambre scanne rapidement. Elle lui tend deux roses, puis se trémousse jusqu'à la table suivante et répète son manège.

—Pour notre amitié, explique Sky calmement en lui offrant une rose. À ton tour maintenant. Sens-la.

Émily hume la rose, puis la dépose. Son odeur est subtile, sûrement gâchée par le mousseux qui fait son effet. Sky fait de même.

— Tu sais que les fleurs sont extrêmement rares, poursuit-il en faisant tourner l'une d'elles entre ses doigts. On devrait les chérir pendant qu'elles existent encore.

— Un romantique, mon Sky, dit Émily en se radoucissant. Dommage qu'il n'y ait personne pour en profiter.

— Pour l'instant, c'est mon jardin qui me sert de pratique. Plus tard, qui sait, la chance se présentera.

— Ambre était une candidate de choix, réplique-t-elle du tac au tac.

— Ambre ?

Sky ne peut pas voir les auras. Elle rectifie :

— La fille qui t'a vendu les roses.

— Oh, dit-il simplement. Tu crois ?

Émily lève les yeux au ciel :

— Tu es trop difficile.

Ils continuent leur repas et le tintement de leurs ustensiles se mélange au piano qui roule ses notes, sans la violoniste qui s'est retirée pour une pause bien méritée. Elle a enchaîné plusieurs solos depuis leur arrivée. Émily termine son plat et son estomac commence à capituler. Si on lui avait dit qu'elle mangerait autant il y a quelques semaines à peine, elle ne l'aurait pas cru.

— La prochaine fois, je pourrais te cuisiner quelque chose à la place, dit Sky qui entame maintenant une coupe de vin blanc. Ce restaurant n'est plus ce qu'il était.

Sky connaît probablement tous les repas du jour qu'ils ont à offrir. Est-ce que la vie a conspiré pour la priver de ces petits bonheurs de la vie ? Et pour quelle raison ? Aucune qui soit valable si ce n'est un lamentable billet d'entrée acheté il y a plus d'un siècle.

La justice dans toute sa beauté.

— Il faudra pour ça que tu prennes congé, répond Émily

après une bouchée plutôt délicieuse, surtout le fromage divin. Ils te surmènent à l'unité de soins.

— Tu diras ça à Chris.

— Qui te dit que c'est de sa faute ? Il n'y a pas que lui qui travaille avec toi. D'ailleurs, tu devrais te plaindre au docteur Nazar. C'est lui qui gère la charge de travail, non ?

La relation entre ces deux-là est tendue, mais Sky peut être borné quand il veut. Il sait qu'elle est amie avec Chris et il voudrait qu'elle lui passe ses messages à sa place.

— Si tu voyais ce qu'il fait pour me nuire, tu ne prendrais pas sa défense aussi facilement.

— Tout est une question de perspective. Tu vois, j'ai cette nouvelle prisonnière qui croyait pouvoir me manipuler. Je l'ai prise à son propre jeu. Maintenant elle doit me prendre pour la pire salope de l'Arche. Et quand je lui donnerai ce qu'elle voudra, son avis sur moi changera encore.

— C'est quoi le rapport avec Chris ? demande-t-il la tête inclinée.

— Écoute, je me souviens depuis l'école que tu ne le portes pas dans ton cœur. Tu devrais songer à t'ouvrir à d'autres possibilités.

— La seule que je vois c'est qu'il est narcissique et qu'il prend plaisir à faire de ma vie un enfer. Après toutes ces années, il est resté le même. Tu sais qu'à cause de lui mon projet sur les sphères de mémoire a failli ne pas passer ?

L'énergie de Sky est légèrement instable.

— Tu n'as pas pensé un moment qu'il voulait peut-être uniquement créer un dialogue ?

— Ouais et bien c'est raté. Et même s'il était sincère, il perd son temps. Il a fait le con une fois de trop.

— Donne-lui une chance, on était gamins à l'époque.

— Tu sais ce que j'en pense.

Il se referme sur lui-même et ses yeux gris troublés détaillent le contenu de son assiette. Son teint est trop pâle. Émily soupire intérieurement pour ne pas ajouter de l'huile sur le feu. Sky a toujours été difficile à lire. Ses nuances de turquoise qui valsent d'un extrême à l'autre n'en révèlent pas davantage sur ses états d'âme. Un vrai mystère ambulant. Mais ce qui le rend vraiment unique, c'est son dévouement, sa sincérité. Il n'est pas tout rose, mais il se donne tellement pour les autres qu'il en vient à s'oublier.

Le piano cède sa place à un tourne-disque qui enchaîne avec une valse. Elle s'esclaffe devant le regard étonné de Sky qui termine sa coupe. Il lui lance d'une voix plate :

— Je ne suis pas certain que je veuille savoir pourquoi tu ris aux éclats.

— Tu le sais aussi bien que moi, dit-elle en s'épongeant les yeux. On dirait bien que tu n'as toujours pas appris ta leçon.

Émily termine son vin et telle une fusée, Cohen vient remplir gracieusement leurs verres, débordant légèrement de la limite autorisée par la coupe. Cohen lui fait un clin d'œil ? Ou peut-être pas. Son état d'ivresse lui joue des tours.

— À cette graduation mémorable, dit Émily en retenant un fou rire, sa coupe levée.

Sky hésite un instant avant de faire tinter leurs verres.

— Si on veut, dit-il avant d'en engloutir une bonne gorgée. Rappelle-moi son nom déjà...

— Léandre. Bon sang, tu ne te souviens même pas du nom de tes propres collègues de travail.

— N'essaie pas de détourner l'attention, dit Sky. C'était toute une soirée. Pauvre gars, devoir endurer un tyran comme toi.

— Hey, s'exclame-t-elle en le tapant avec sa serviette de table. Il fallait bien qu'il se dégourdisse un peu. Si ça se trouve, je lui ai fait vivre une expérience inoubliable. Il aurait peut-être attendu encore vingt ans avant de se décider. Je me demande bien s'il va se résoudre à révéler ses sentiments à Mira une fois pour toutes.

— Pas de sitôt. Surtout pas avec le traumatisme que tu lui as fait vivre.

Elle le fusille du regard, prend une gorgée et dépose férocement sa coupe en faisant gicler un peu de vin sur la table, ce qui arrache un sourire à Sky.

—Je tiens à te rappeler que c'est toi le responsable de la fin tragique de toute cette soirée.

—Quoi, moi ? Tu dois te tromper de personne.

—C'est vrai, à ce moment-là tu devais avoir trop bu, mais je me souviens très bien avoir dû intervenir.

—De quoi tu parles ? dit-il en faisant tourner son verre.

Alors comme ça, Skyler Goldberg ne se souvient pas du dénouement de la soirée. Pourtant, il n'a pas osé montrer le bout de son nez pendant les trois jours qui ont suivi.

Elle sirote le reste de son vin en soutenant le regard inquiet de Sky. Un sentiment de triomphe la submerge.

—Si tu voulais m'inviter pour me torturer, tu aurais dû me le dire avant et j'aurais passé mon tour.

—Ce n'est pas de la torture, seulement un bon moment passé avec mon meilleur ami.

—Allez, vas-y, insiste-t-il en terminant son verre lui aussi, sous la douce mélodie du piano. Je veux savoir.

Émily s'abstient puisque Cohen vient les débarrasser et leur sert le dessert : un gâteau au chocolat comme elle n'en a jamais mangé. Elle prend une bouchée sous le regard observateur de Sky qui attend. Elle ferme les yeux. Le velouté de chocolat fond et l'amène dans un autre monde.

—Tu as d'abord cru que Chris avait demandé à Léandre de me séduire ce soir-là, dit-elle la bouche pleine.

—Qu'est-ce que j'ai fait ? s'enquiert-il en se raclant la gorge.

—Tu as voulu régler son compte à Chris et vous avez commencé à vous battre. Ce n'était pas joli à voir, mais je vous ai séparés. C'était la première fois que je te voyais passer à l'action. Tu m'as rendue fière, si ça peut te rassurer.

—Pas étonnant qu'il ne me lâche pas, dit-il d'une voix tendue.

—Ne le prends pas comme ça. Tu avais bu comme pas mal

tout le monde. Chris ne t'en veut pas. Et tu es officiellement entré dans mon fan-club.

—Je ne sais pas si c'est une si bonne chose que ça. Le club du tyran.

—Que je te revois dire ça, le réprimande-t-elle — ce qui lui vaut un sourire. Vois-le d'un bon œil, personne n'osera t'embêter.

—À part Chris.

—Qui sait ? Il veut peut-être seulement se rapprocher des vainqueurs. Tu avais nettement l'avantage sur lui, si je me rappelle bien. Tu as dû l'impressionner. Personne ne s'attendait à ça venant de ta part. On m'a tout de suite pointée du doigt pour t'avoir rendu comme ça.

—Content que cette époque soit terminée.

Qu'en est-il d'aujourd'hui ? Leurs nouvelles responsabilités les ont éloignés l'un de l'autre. Ils réussissent à peine à se voir une fois par mois.

Tout le monde entonne un joyeux anniversaire sur fond de piano et de violon. Sky et Émily se joignent à eux et se retournent vers le fêté qui n'est nul autre qu'Horacio, le père de Mira. Léandre les rejoint en tenant un gâteau aux dizaines de bougies, Ambre et Cohen à ses côtés. Mira enlace tendrement son père ému. Une fois toutes les bougies éteintes, les applaudissements retentissent et la soirée se poursuit sous des airs plus festifs, la violoniste ayant repris de la vigueur.

—Promets-moi qu'à partir de maintenant, Sky, dit Émily les yeux brillants, tu viendras me rejoindre au moins une fois par semaine au réfectoire, sinon je te rendrai la vie impossible en répandant des rumeurs sur ta barbarie tyrannique. Assez pour que même tes patients se méfient de toi.

—N'y pense même pas.

—Alors, promets-le-moi.

—Très bien, dit-il en faisant tinter sa coupe contre celle d'Émily une dernière fois.

Malgré son apparente sobriété, elle a un peu de difficulté à se lever lorsque vient le moment de quitter le restaurant. Cohen vient les débarrasser et leur souhaiter une bonne soirée. Son regard semble envieux, presque triste. Sky prend soin de recueillir les roses et ils sortent du restaurant ensemble, se soutenant l'un et l'autre avec des fous rires. Il la raccompagne jusqu'à sa cabine, et ils s'enlacent brièvement sur le pas de la porte.

Peut-être que les choses pourraient redevenir comme avant, après tout. À condition de le vouloir réellement.

— N'oublie pas ça, tu l'avais oublié sur la table.

Sky lui donne son sac à main. Décidément, elle n'est pas faite pour cet élan de féminité. Ils se laissent, et Émily se laisse choir sur son lit, les paupières lourdes. Elle se frotte les yeux : ses doigts sont gras et collants. Le mascara. Pas question de dormir avec ce maquillage sur la figure.

Elle roule sur le côté et plonge la main dans son sac à main afin de trouver un mouchoir pour se démaquiller. Elle en sort une carte violette à la place.

Une prière de rédemption.

5

SKYLER

Skyler cogne à la porte : un coup sec, puis deux et enfin trois. Leur code spécial. Depuis l'Incident, où des agents du Parangon ont ratissé les dortoirs pour s'assurer que des passagers clandestins ne s'y terraient pas, madame Farrell reste méfiante. Disons qu'ils ne s'y étaient pas pris de la manière la plus... douce. Sous le couvert de la limitation des naissances, le Parangon se croit autorisé à employer tous les moyens qui lui semblent nécessaires pour veiller à la sécurité et le maintien de l'ordre dans le vaisseau. Cela inclut les altercations physiques, les menottes magnétiques, mais surtout leur taser redouté : un bâton aussi long qu'un bras chargé à bloc pour laisser des marques permanentes sur la peau tendre. Une façon d'imprimer dans la mémoire des récalcitrants les fautes qu'ils doivent expier.

Sous le regard des caméras de surveillance, Skyler cogne à nouveau. Toujours pas de réponse. Pourtant, c'est son heure habituelle. Il s'empare de sa carte clé spéciale prêtée par le centre de soins pour vérifier que madame Farrell ne s'est pas assoupie. Ça ne serait pas la première fois. Lorsqu'il entend le déclic de la serrure, il entrouvre la porte puis il s'annonce.

Une odeur âpre de sauge lui retourne l'estomac. En retenant son souffle, il jette un rapide coup d'œil à l'intérieur pour réaliser qu'elle n'y est pas. Les affaires de madame Farrell traînent partout ; des bâtonnets d'encens brûlés sont abandonnés sur le mobilier; ses vêtements sont éparpillés, des feuilles chiffonnées par-dessus. Même le comptoir de sa grande cuisine est encombré d'assiettes, d'ustensiles et d'une substance poudreuse qui ressemble drôlement à de la farine. Il ne faut pas s'en étonner, c'est madame Farrell.

Élaine Farrell est une patiente bien connue, au centre de soins. Elle est la dernière de la deuxième génération de survivants à être encore en vie. Le commandant Hawk l'invitait à participer aux consultations avant qu'elles finissent par se tenir à huis clos : il attache une importance particulière aux Farrell qui ont joué un rôle crucial durant l'Embarquement.

À ce moment-là, les rescapés du Déluge allaient vers une mort certaine, alors qu'ils tentaient de rejoindre l'Arche entreposée à flanc de montagne. Le temps était violent et la pluie torrentielle. Le convoi dont ils faisaient partie a eu un terrible accident. Abram Farrell et sa famille ont décidé de rester derrière pour secourir les quelque cent trente-sept survivants. Les autres familles sorties indemnes de leur véhicule, quant à elles, s'étaient réfugiées dans le vaisseau. Elles menaçaient de partir sans ceux piégés dans les débris. Les enfants des Farrell, Tomas et Claire, ont réussi à garder la porte ouverte contre toute attente, en s'infiltrant à bord pour convaincre le commandant. Ils ont pris un énorme risque ; l'Arche aurait pu se briser et ne jamais pouvoir être jetée à la mer, puisqu'elle était exposée aux intempéries. Or, les Farrell étaient d'avis que les humains ne pouvaient pas s'abandonner les uns les autres dans cette épreuve. Que chaque vie comptait. Pour un nouveau commencement, ils devaient se montrer solidaires. Le courroux de Dieu était une preuve suffisante du besoin de changer. Abram, sa femme Hannah et leurs enfants Tomas et Claire sont devenus les premiers héros du Déluge. D'ailleurs, si ça n'avait été d'eux, Skyler ne serait pas là aujourd'hui. Auguste et Silvia Goldberg, ses arrière-arrière-grands-parents, se trouvaient parmi les rescapés sauvés par les Farrell.

Skyler referme derrière lui la porte qui se verrouille automatiquement. Puisqu'Élaine n'est pas dans sa chambre, il n'y a qu'un endroit où elle peut être. En théorie, l'état physique de madame Farrell ne lui permet pas de parcourir de grandes distances, mais l'en dissuader reviendrait à parlementer avec un mur. Skyler n'a jamais voulu entrer dans ce débat sans issue ; il laisse ça à Chris.

Skyler s'engage dans le couloir, mais une paire d'agents du Parangon l'intercepte : un homme au teint brun de taille moyenne et une jeune femme aux longues tresses. D'un ton brusque, ils lui demandent de s'identifier. Skyler obtempère sans poser de question. L'agent Miles, d'après son badge qui pend à son cou, prend les devants pour faire son contrôle sous le regard observateur de sa partenaire, l'agente Auberon. Il s'étire pour scanner le bracelet de Skyler afin de vérifier qu'il a bien le droit de se promener sur cet étage. La manche de l'uniforme de Miles révèle de l'encre sur son avant-bras, chose plutôt rare sur le vaisseau. Allen avait cette étrange fascination pour les tatouages.

L'agent Miles et l'agente Auberon le libèrent finalement au bout d'une minute angoissante. Skyler ne s'attarde pas, et se dirige vers l'ascenseur, tout au bout du couloir qui semble s'allonger. Il lui faut au moins cinq minutes en marchant d'un bon pas. La sueur et l'humidité lui poissent le visage. Difficile de s'imaginer qu'à son âge, madame Farrell puisse être aussi bornée. Avec le temps, elle aurait dû s'assagir. Mais Élaine Farrell est l'antithèse de cette croyance.

Il atteint enfin le sanctuaire de l'humanité, une vaste chapelle dont les murs sont tapissés de milliers de fines inscriptions dorées ; les survivants du Déluge, qui ont péri depuis l'Embarquement. Le sanctuaire est suffisamment grand pour accueillir une centaine de croyants à la fois. De longs bancs de métal sont cordés par dizaines de chaque côté de l'allée jusqu'au large autel, sous le signe de trois poissons entremêlés qui symbolisent la naissance, la vie et la mort dans une roue éternelle. L'ichthys, l'emblème de la religion originelle, aussi vieille que le premier Déluge biblique.

L'encens brûle dans tous les coins et Skyler se racle la gorge. Il balaie du regard la salle en quête de madame Farrell. Ce n'est pas l'heure de la messe, mais certains croyants sont installés sur le prie-Dieu, mains jointes et front appuyé. D'autres se retrouvent devant l'inscription d'un défunt, agenouillés sur des coussins.

— Skyler !

Jacinthe, la meilleure amie de sa mère, empoigne le banc pour se relever, les bras bien larges comme si elle essayait de ne pas renverser sur le côté. Son sourire édenté est comme il s'en souvient. Skyler contient un rire timide et regarde furtivement autour. Personne ne semble leur accorder la moindre importance, à l'exception d'un vieillard assis à proximité qui marmonne quelque chose dans sa barbe.

— Je n'aurais jamais cru te croiser ici, ajoute-t-elle d'une voix perçante. Ça fait tellement longtemps que je ne t'ai pas vu !

Elle fait un mouvement pour lui pincer une joue, mais se retient au dernier moment. Jacinthe est petite, et sa coupe de cheveux encercle son visage ovale. Ses vêtements trop amples ressemblent à une chemise de nuit. Plus jeune, Skyler pouvait toujours compter sur elle pour lui ramener une paire de chaussettes différentes qu'il avait fini par donner, car il en avait trop. D'ailleurs, les provisions inépuisables de coton de Jacinthe étaient étonnantes. Elle passait son temps à tricoter durant ses pauses à la clinique. Jacinthe était un peu comme une tante à ses yeux quand elle rendait régulièrement visite à ses parents.

— Oui ça fait un bail, répond-il en toussotant, la gorge irritée par la fumée de l'encens.

— Qu'est-ce qui t'amène ici ? À ma connaissance, les Goldberg n'ont jamais été de fervents croyants. Quoique Murielle... eh bien, même ta mère je ne l'ai pas vue depuis... trop longtemps pour que je m'en souvienne.

Elle couine et se balance d'un pied sur l'autre, ses mains

englobant son ventre – d'ailleurs pas si gros que ça – comme s'il menaçait de tomber et de rouler dans l'allée. Elle saisit l'épaule de Skyler, et reprend, le visage grave :

— Mais dis-moi, j'espère qu'il n'y a pas de mortalité chez les Goldberg ? Tu sais, depuis que ton frère... ta mère... enfin, tu vois ce que je veux dire. Je contacte souvent Murielle, mais... elle ne parle pas beaucoup. Je ne lui pardonnerais pas de me laisser dans l'ombre pour une nouvelle aussi importante que le décès de...

— Je suis ici pour le travail, Jazz, l'interrompt Skyler à bout de souffle.

Le visage de Jacinthe s'illumine et elle reprend sa position confortable, mains sur les hanches, prêtes à toute éventualité, ventre ressorti.

— Le docteur Nazar t'envoie faire ses commissions ? Il ne changera jamais. Il est tellement débordé. Je me demande pourquoi il s'entête à s'occuper de toutes les nouvelles recrues au lieu de les déléguer à la docteure Zanya qui, on ne se le cachera pas, pourrait en faire un peu plus pour l'aider. Pauvre petite bête. Un cœur vaillant, ce Nazar !

— Et toi, Jazz ? Visite de routine au sanctuaire ?

— Oh ! tu me connais, dit-elle d'un air distrait en se caressant le ventre. Je suis venue prier pour le bébé. À chaque fois, c'est la même chose. Mais depuis la petite... je ne peux pas me défiler.

Chacune de ses grossesses est un évènement. Il en a entendu parler au centre de soins, d'ailleurs. La chance n'a pas toujours souri à Jacinthe, mais elle compte bien utiliser son droit d'avoir deux enfants.

— Ce sera un garçon ou une fille cette fois ? reprend-il pour alléger la conversation.

— On ne le sait pas encore, répond-elle d'un air déçu. Chris nous a dit que le bébé n'est pas dans une bonne position pour le déterminer.

Et pourtant, avec des tests sanguins, c'est simple. Pourquoi Chris ne leur a-t-il pas proposé ?

— Mais ça ne fait rien, ajoute-t-elle son visage serein. Nathan et moi avons choisi de laisser la vie suivre son cours. C'est ce que le Déluge nous a appris de plus important : accepter notre nouvelle réalité. Arrêter de se battre contre quelque chose de trop gros pour nous.

—Je comprends, répond-il avec empathie.

Quelque chose remue en lui, mais il décide d'en faire fi.

—N'en parle pas à Nathan, lui dit-elle dans un murmure. On a eu une autre dispute à ce sujet récemment. Tu sais comme il peut être à fleur de peau. Surtout aujourd'hui. Tu savais que c'est l'anniversaire du décès de son cousin ? Il ne veut pas le dire, mais c'est évident que ça l'affecte encore.

Il suit le regard de Jacinthe et aperçoit un peu plus loin Nathan, l'ingénieur qui a aidé au développement des sphères de mémoire, agenouillé devant les inscriptions. Il se relève du coussin pour passer son bracelet au-dessus d'un des lampions électroniques qui s'allume d'une lumière bleutée. Le visage du défunt apparaît sous forme d'hologramme à travers la flamme électrique qui paraît vivante.

Le bruit du gel antiseptique le fait sursauter. Jacinthe se frotte frénétiquement les mains jusqu'aux avant-bras.

—Mais dis-moi, comment va Murielle ? demande-t-elle en ajoutant plus de gel. Si tu savais comme elle me manque. La dynamique à la clinique a tellement changé depuis qu'elle est partie.

—Elle est toujours en traitement, répond-il, la gorge nouée.

—Pas d'amélioration ? Est-ce que ses crises sont aussi... violentes ?

Skyler hoche discrètement la tête et détourne le regard.

—Tu en veux ? lui demande-t-elle en agitant la bouteille d'antiseptique.

—Non, ça va, merci.

—C'est pour le bébé, dit-elle comme si elle ressentait le besoin de se justifier. Bon, je crois qu'il a terminé. Dis à ta mère que je l'embrasse.

Aussitôt que Jacinthe rejoint Nathan, Skyler soupire et s'engage dans l'allée centrale pour sonder les environs. Madame Farrell ne peut pas être bien loin.

— Je me demandais quand tu allais arriver, l'interpelle une vieille femme au dos arrondi, agenouillée devant l'autel. Un peu plus et j'allais te retrouver pour te rappeler de ne pas m'oublier comme cet imbécile.

— Ne vous en faites pas. Je ne laisserai personne d'autre s'occuper de vous. J'ai appris ma leçon la dernière fois.

Skyler a eu le malheur de s'absenter quelque temps pour terminer le projet de sphères de mémoire et, bien évidemment, c'est Chris qui l'a remplacé.

— Si j'avais été en charge de cette Arche, je ne l'aurais jamais laissé entrer, fie-toi sur moi, reprend-elle. Le Déluge n'a pas que de mauvais côtés comme ose le croire tout le monde ici. Il a un pouvoir purificateur ; il ouvre les yeux. Parfois, seul un désastre d'envergure peut réveiller les gens, même les plus crétins.

Skyler réprime un sourire.

Il l'aime bien.

Elle se relève comme si son corps n'avait pas traversé le temps et s'approche de l'autel où deux bassins sont moulés à même le granit. Elle s'empare d'un bol qu'elle remplit d'eau et le soulève jusqu'à la hauteur de son front. Puis, elle verse son contenu dans le bassin de gauche. Lentement. Le son creux de l'eau qui se déverse résonne dans la chapelle.

Une fois qu'elle a terminé, elle se retourne vers lui avec un air un peu niais. Sa chevelure argentée contraste parmi les autres croyants.

— Je me sens libérée, pas toi ? dit-elle en lâchant un soupir.

Si l'odeur d'encens et le bourdonnement sourd du vaisseau sont ce qui correspond à ce sentiment de délivrance, il va passer son tour.

— Je devrais revenir plus souvent ici, comme avant, continuet-elle en le rejoignant, le regard perdu dans le plafond comme si elle le découvrait pour la première fois. Il faut savoir laisser sa place à un certain moment, même si ça me brise le cœur.

— Vos petits-enfants ?

— Oui.

Madame Farrell est convaincue qu'elle a deux petits-enfants qui s'occupent du sanctuaire en son absence. Skyler ne les a jamais rencontrés, mais ce n'est pas dans ses habitudes de venir ici. Avec la démence de madame Farrell qui s'accentue, difficile de départager le vrai du faux. Ça n'a pas été facile pour elle de quitter ce lieu où elle passait la majeure partie de son temps quand elle n'était pas en consultation avec l'équipage.

Elle lui raconte que ses petits-enfants sont ce que tous les Archéens auraient dû être en étant forcés de s'entraider sur l'Arche pour survivre.

— Les Farrell auront été l'exception à la règle du début à la fin, poursuit-elle. Sans eux, tu ne serais probablement pas là, ni la plupart des gens sur ce bateau maudit. Ils voyaient à travers le mensonge et au-delà des apparences. Ils croyaient à la rédemption à laquelle chacun a droit. Et qu'est-ce que ça donne maintenant ? Un manque d'humanisme. Cette chapelle devrait être pleine à craquer tous les jours que le Bon Dieu veut bien nous accorder. Personne ne sortira de cette Arche tant et aussi longtemps qu'ils s'entêteront à perpétuer l'erreur humaine.

Même si son discours est un peu difficile à suivre, il n'y a qu'une personne avec un tel vécu qui puisse tirer de pareilles conclusions. Skyler ne prétend pas comprendre, mais il y a là une sagesse que, il l'espère, il pourra élucider avec de la chance.

— Mes petits-enfants seront là pour les remettre sur le droit chemin. Et tu seras là pour les aider, n'est-ce pas ?

— Je ferai de mon mieux, dit-il en essayant d'imaginer ce dont ils ont l'air.

— Tu es un bon garçon, toi, ajoute-t-elle en lui tapotant le bras de sa main libre. Tu me rappelles mon petit Philippe. Ou grand, ça dépend.

Elle ricane d'une blague connue d'elle seule. Elle glisse son bras dans celui de Skyler qui la mène jusqu'à l'antichambre cachée derrière. Alors qu'il l'aide à s'asseoir, elle poursuit :

—Si seulement ils pouvaient tous être comme toi, les Archéens. On jurerait que tu as du sang de Farrell qui coule dans tes veines. Pas que les Goldberg ne soient pas une bonne famille, mais tu sais ce que je veux dire.

—Je le prends comme un compliment, même si je ne crois pas être à la hauteur de ce que vous prétendez.

—Arrête avec ta modestie. Je sais reconnaître une âme pure quand j'en vois une. Je dirai à mes petits-enfants de prendre bien soin de toi une fois que je ne serai plus là, car on ne se le cachera pas, mon heure approche.

—Jusqu'à présent, vous défiez toutes les statistiques. Vous pourriez être surprise de voir le prochain commandant de votre vivant.

—Je préfère ne pas me rendre jusque là. À chaque fois, c'était la même chose : on me demandait mon avis, mais on n'en faisait qu'à sa tête. C'était pour bien paraître tout ça. J'ai fait tout ce qui était en mon pouvoir pour garder cette Arche en vie, mais mon influence avait des limites. Déranger les vieilles habitudes n'a jamais été bien vu. Bien que l'âge ne soit pas un facteur déterminant comme tu as pu t'en apercevoir, il y a toujours de ces gens bornés.

Elle inspire un bon coup, soudain nostalgique.

—Je sais qu'on ne veut plus écouter une vieille folle divaguer. Mais... je me rappelle que tu m'as parlé de ces boules de mémoire.

—Les sphères de mémoire, oui.

—Et elles fonctionnent? Tu m'as dit qu'une boule... désolée, une sphère peut immortaliser mes souvenirs.

—En effet. Les tests effectués aux Archives jusqu'à présent sont concluants.

—Eh bien, mon garçon, s'il y a bien une chose qui me ferait plaisir, ce serait d'avoir ma propre sphère. Qui sait? Ça pourrait peut-être ouvrir les yeux à certains. Une image vaut mille mots, comme on dit.

Skyler extirpe la tablette sur laquelle se trouve le dossier médical de madame Farrell.

—Je ferai de mon mieux, dit-il en le notant. Prête pour un test de routine ?

—Je sais comment ça fonctionne, mon petit, dit-elle en soufflant dans le tube relié à la tablette. Tu sais ce que l'autre chenapan a fait ? Il m'a fait souffler dix fois ! Dix fois, je te dis. Un peu plus et je m'évanouissais.

Skyler retient un rire.

—Voulez-vous le rapporter au docteur Nazar?

—Avec plaisir, dit-elle d'un air fier. Le jour où un Kay va encore m'époumoner de la sorte, je serai déjà morte !

—Et comment va votre jambe ?

—Ah, ça...

Elle retrousse le bas de son pantalon et dévoile un hématome violacé qui couvre une bonne partie du genou.

—Je vais demander au docteur Nazar de vous prescrire des anticoagulants, dit-il en prenant une photo à l'aide de la tablette. Essayez de marcher souvent pour éviter que le sang stagne.

Il l'aide à se redresser et elle glisse à nouveau son bras dans le sien.

—Tu devrais penser à te trouver une compagne, bientôt. Tu as quoi ? Seize ans déjà ?

—Vingt ans.

—Encore pire. Le temps presse. Un beau garçon comme toi ne peut pas rester célibataire éternellement.

Ils sortent du sanctuaire, puis traversent le corridor jusqu'à l'ascenseur, l'air humide et libre d'encens permet à Skyler de respirer convenablement. Madame Farrell lui donne ses conseils ingénieux pour séduire une fille digne de lui sur l'Arche, préférablement une croyante. Il sait où elle veut en venir; sa petite-fille aussi est célibataire. Avant qu'il puisse même trouver une excuse pour éviter un rendez-vous arrangé, Élaine s'arrête brusquement dans ses explications, ce qui le force à s'immobiliser du même coup.

— Où est-ce qu'on va comme ça ? J'espère que tu n'essaies pas de m'amener à cette clinique. Je vais très bien.

— On retourne à votre cabine, madame Farrell. Je vais vous aider à y mettre de l'ordre pendant que vous vous reposez.

— Mon garçon, je te dis que je vais très bien. Viens. Allons au parc à la place. C'est beaucoup mieux.

Avant qu'il ait le temps d'ajouter quoi que ce soit, elle entre en premier dans l'ascenseur et appuie sur l'étage du parc en arborant un sourire moqueur, fière de son coup.

Skyler la rejoint avec un pincement au cœur.

Elle va lui manquer.

6

ÉMILY

L'écran brille dans l'éclairage tamisé de la cabine familiale des Bates. Son estomac vide se retourne en voyant les mots lumineux affichés. Elle lâche un soupir.

Émily,

Il me semblait avoir été très claire que la prisonnière 590 est notre priorité. Le commandant Hawk a été catégorique à son sujet. La menace croissante des Dissidents doit être maîtrisée dans les plus brefs délais. On ne voudrait pas décevoir le commandant, n'est-ce pas ?

Ton dernier rapport n'était pas à la hauteur. Tu es mon agente. Dois-je te rappeler que la Division Zeta assure la sécurité de ce vaisseau ? Nos détenus sont loin d'être innocents et inoffensifs. Ils complotent et pourrissent notre vie déjà précaire. Rappelle-toi que j'ai bien voulu t'octroyer ton titre d'agente malgré la réputation discutable des Bates. Ne me le fais pas regretter. Où sont les résultats ? Que les Dissidents se trouvent partout sur l'Arche est un fait en soi. Aussi bien dire que l'on vit tous dans le même bateau ! Ton prochain rapport devra être exemplaire ou je me verrai dans l'obligation d'intervenir.

Par ailleurs, j'ai entendu dire par Ludo que tu as coupé les rations de la prisonnière 590 et je sais que tout espoir que j'avais en toi n'est pas perdu. Souviens-toi de notre vision commune. Je suis certaine que ta mère approuverait.

Yasmina Mirza, Gardienne en chef, Division Zeta

Émily ferme les yeux un instant. Yasmina a-t-elle raison de la blâmer pour son premier interrogatoire de Reyes ?

— Émy, qu'est-ce que tu fais? J'ai besoin de ton aide, lui lance Gabrielle qui surgit de la petite chambre.

Sa petite sœur termine d'enfiler le haut de son uniforme et dépose son sac près de la porte. Émily éteint l'écran et reprend la pièce de miroir qu'elle avait déposée.

— Donne-moi une minute, lui répond Émily qui tapote l'un de ses yeux fermés avec son ombre à paupières.

La réflexion de son visage est embrouillée par la surface trop abîmée et par le piètre éclairage. Quand on est une Bates, on doit se contenter du minimum. Ses yeux se nimbent d'une ombre violette foncée. Bien. Mais cette frange ? Ça ne va pas. Elle fourrage dans un tiroir du rangement fixé au mur. Des objets disparates y sont entassés dans le désordre le plus complet. Elle pêche un tube au fond et fait tomber du même coup quelques babioles qui y étaient coincées. Génial. Elle applique une eau gélatineuse sur sa frange rebelle pour qu'elle tombe adroitement sur le côté.

Satisfaite, Émily s'essuie les mains sur son vieux pantalon noir et se penche pour ramasser les objets tombés, qu'elle replace dans leur désordre naturel. Puis quand vient le temps de remettre en place un cahier, elle se fige.

La curiosité la gagne et elle l'ouvre.

Son vieux cahier de dessin ! Il est rempli. Des pages et des pages de portraits, beaucoup de maman. Il y en a aussi de papa, Sky,

Gabrielle, Chris et même de prisonniers. Chaque portrait comporte une simple couleur qui contraste avec les dégradés de gris, sa signature caractéristique. Les auras apparaissent sur certains, mais pas tous. Ce n'est qu'à l'adolescence qu'elles sont apparues : quand elle s'est mise au dessin. À quand remonte son dernier portrait ? Deux ans ? Trois ans ? Un sentiment de vide l'empoigne.

— Mes cheveux ne se peigneront pas tout seuls. On ne voit rien ici, s'énerve Gabrielle postée à côté d'elle, brosse en main. Qu'est-ce que tu fais?

Émily ferme le cahier d'un coup, puis le jette dans le fatras du tiroir.

— Rien du tout, lui répond-elle en s'emparant de la brosse. Arrête de bouger, veux-tu?

Émily tâche de démêler la tignasse de sa sœur qui lui tombent jusqu'aux fesses. Du haut de ses douze ans, Gabrielle ne s'est jamais coupé les cheveux, ne serait-ce qu'une seule fois. Les cheveux très longs sont si encombrants, pourtant. Et c'est trop féminin. Même chose pour le rouge à lèvres et le fond de teint. Bon, d'accord, un peu de mascara de temps en temps, ça peut aller, mais ça s'arrête là. Par contre, maman adorait ça. Peut-être que Gabrielle veut porter une partie d'elle en gardant sa tignasse. Ou bien c'est le désir de papa de voir sa femme toujours en vie à travers Gabrielle qui l'empêche de les lui faire couper ?

— C'était comment hier soir ? s'enquiert sa sœur d'une voix mielleuse.

— Qu'est-ce que tu veux savoir ?

— Eh bien, ce n'est pas tous les soirs que tu vas au restaurant. Et avec un garçon ! renchérit-elle en croisant les bras, l'index levé.

— Gaby. Arrête d'insinuer des choses. Je te signale que j'étais avec Sky. On ne s'était pas vus depuis un bout.

— Bon, dans ce cas, poursuit-elle visiblement déçue. Comment c'était, le restaurant ?

— Imagine le souper d'anniversaire de tes douze ans avec tes meilleurs amis Brian et Laura, mais avec encore plus de monde.

Ensuite, toute la nourriture du réfectoire que tu peux manger à volonté.

— Mon Dieu... murmure-t-elle d'une petite voix.

— Et pour finir, des musiciens qui jouent du piano et du violon sur place.

Gabrielle se retourne vers elle, les yeux grands et la bouche ouverte.

— Tu ne peux pas être sérieuse ! C'est impossible !

Gabrielle a toujours adoré le piano. Maman en écoutait en boucle quand elle faisait le ménage de la cabine.

— Je t'ai dit de ne pas bouger, dit Émily en réprimant un sourire.

— Est-ce que tu vas m'emmener un jour ? S'il te plaît, s'il te plaît...

— Peut-être.

Gabrielle gronde, reprend sa brosse puis marmonne un « merci pour mes cheveux ».

Libérée, Émily en profite pour s'agenouiller, les mains jointes, devant sa photographie préférée près de la porte d'entrée : maman. Sur cette photo, elle est inconsciente du destin qui la guette, son regard serein et qui sait lire à travers son âme. Cette femme est toute la féminité dont Émily n'a pas hérité : une longue chevelure plus sombre, des boucles d'oreilles et une robe scintillante. Elle a l'air heureuse.

Émily sent que Gabrielle vient la rejoindre dans son rituel.

Maman les a quittées depuis près de huit ans, mais sa présence se fait sentir parfois, comme en ce moment. Est-ce seulement une impression ? Un peu comme les auras ? Maman disait pouvoir les distinguer, et s'en servir pour lire les gens et les guider. Selon elle, c'est leur véritable mission au sein de l'Arche. Elle avait vu juste. Peu après sa mort, les auras se sont dévoilées pour Émily. Elles lui ont montré sa véritable mission : rétablir un semblant de justice. Une justice refusée à maman lorsqu'elle a été condamnée.

Une fois le rituel terminé, Émily soupire de soulagement.

Maman n'a pas totalement disparu. Elle est là, quelque part, et la guide à travers ces couleurs qui vibrent. Son aide l'aidera à affronter les détenus qui ne connaissent aucune justice.

Elle se relève, suivie de Gabrielle, qui saisit son sac d'école. Elles sortent de leur cabine et marchent ensemble sans un mot jusqu'à l'ascenseur comme chaque matin.

Le couloir est très achalandé en cette matinée où les adultes se rendent à leur travail et les enfants à l'école. Une vague d'uniformes aux couleurs unies se masse jusqu'aux ascenseurs. Gabrielle l'enlace lorsque vient le temps de se séparer. Émily lui embrasse le front, puis se dirige vers le réfectoire via les escaliers de service.

Le message de Yasmina refait surface et ses entrailles se compriment. La journée va être longue. Ce ne sera pas facile de satisfaire les demandes de sa patronne. Trois jours sans rations peuvent laisser les prisonniers dans un sale état. Maintenant, ce sera de voir ce qu'il en est de Reyes. Retirer la moindre information sur les Dissidents ne sera pas une mince affaire.

Le réfectoire est bondé en cette matinée. L'écho du brouhaha se répercute dans le puits de lumière haut de plusieurs étages et c'en est presque étourdissant. Sans compter les centaines d'auras qui se fondent. L'amalgame qui se crée au milieu d'une foule rend difficile la distinction des couleurs les unes des autres. Au début, les maux de tête étaient pénibles, mais plus maintenant. Il suffit d'ignorer les auras, tout simplement.

Des effluves de pain et de café embaument. Les machines distributrices intelligentes sont alignées contre les murs. Il n'y a rien de pire que les longues files d'attente du réfectoire qui peuvent prendre plusieurs dizaines de minutes. Émily balaie l'endroit du regard : la file tout au fond fera l'affaire. En moins de deux minutes, elle brandit son bracelet devant le lecteur et une sélection de collations apparaît sur l'écran. Une barre protéinée suffira, son estomac est encore retourné. Elle déplore la file hallucinante pour le café et décide de s'en passer. Pas l'idéal avec la journée qui s'annonce. De toute façon, elle a déjà utilisé ses trois cafés de la semaine. Pas question d'en quêter un à quelqu'un d'autre qui se fera le plaisir de le lui rappeler la semaine suivante.

Émily rejoint la prison en une dizaine de minutes de marche. Les mots de Yasmina résonnent comme un tambour. *Ton prochain rapport se doit d'être exemplaire ou je me verrai dans l'obligation d'intervenir.* Qu'elle intervienne serait la pire chose qui pourrait arriver. Perdre son emploi est le moindre de ses soucis.

Devenir chasseuse de reliques aurait été bien mieux. Cela avait été un rêve à une certaine époque. Mener des expéditions sous-marines pour découvrir des trésors engloutis est fascinant. Il y a des trouvailles de toutes sortes oui, mais pouvoir nager dans un espace aussi vaste que le Grand Océan ou même rencontrer des créatures sous-marines doit être une expérience si unique. Quelque chose que la prison ne pourra jamais lui offrir. L'adrénaline qui court dans les veines et qui donne une énergie incomparable. Toutes les histoires abracadabrantes qui se propageaient au sujet des chasses à l'Académie faisaient l'objet de discussions passionnées. Avec Sky, Chris et Allen, ils avaient même recréé leurs propres chasses à bord du vaisseau. L'Arche ne comptait pas vraiment de nouveautés qui pouvaient rivaliser avec les chasses. Il fallait improviser.

Sa nostalgie se brise lorsqu'elle contourne l'atrium pour rejoindre le corridor à l'accès protégé. Elle agite son bracelet au-dessus du lecteur, la porte glisse. Elle s'y engouffre et marche d'un pas nonchalant jusqu'à un autre ascenseur bien dissimulé. Elle entre. L'œil de la caméra de sécurité la dévisage tout au long de sa descente tandis qu'elle croque dans sa barre qui lui érafle le palais. Elle ne bronche pas. Tous ces enregistrements sont filtrés par le Parangon sous le commandement de Duke Kay. Pourtant, ç'aurait dû être le père d'Émily! La condition des Bates aurait été bien meilleure au sein de l'Arche. Il n'y aurait pas non plus de règles stupides pour se faire plaisir à La Orilla en bonne compagnie. Ni pour se procurer du papier, des livres et d'autres gadgets qui sont presque impossibles à obtenir. Mais la vie a décidé autrement du sort de la famille. Maman...

L'ascenseur freine sa descente dans la prison des Oubliés. Un lieu bien caché, dont personne ne connaît exactement la position dans l'Arche, à l'exception des membres de la division Zeta. Une protection supplémentaire contre les éventuelles tentatives d'évasion. Tiens, voilà la meilleure partie : le Voyeur, ce fameux cylindre qui voit à travers tout, surtout les vêtements. C'est à se demander qui se trouve derrière cette fabuleuse invention. Ce que l'on ne ferait pas au nom de la sécurité.

Quand on vient souvent ici, on reconnaît l'odeur de la folie dès qu'on approche. Le hall principal est d'une austérité oppressante. Il est dépouillé, avec une porte scellée menant aux cellules en son centre. Porter des vêtements légers ici est essentiel, étant donné que l'air y est plus chaud qu'ailleurs dans le vaisseau.

Ludo fait les cent pas, il se parle à lui-même. Émily ralentit le pas pour lui jeter un regard incertain. Son aura argentée frétille quand il s'aperçoit de sa présence. Il semble embarrassé d'être pris en flagrant délit, mais ça ne fait rien. Rester ici presque en permanence amène nécessairement son lot d'excentricités.

Elle le salue, l'air de rien, puis s'enquiert du cas Reyes.

— Elle a été folle de rage pendant toute la nuit suivant ta visite, lui répond Ludo qui se frotte le cou. Elle ne sera pas facile à persuader.

— Lui as-tu coupé les rations comme je te l'ai demandé ?

— Oui et depuis, elle s'est calmée un peu. Elle doit croire que si elle se comporte sagement, elle obtiendra notre pitié.

— Parfait. Autre chose ?

— Yasmina s'est faite insistante.

Comme c'est nouveau. Un gentil rappel que Yasmina détient le pouvoir de la réassigner à un poste sordide. Le statut inférieur des Bates ne l'oblige pas à la garder, mais Yasmina a fait un compromis en disant qu'elles s'entendraient bien étant donné leur vision commune. Un doux réconfort quand on pense au travail misérable de Ludo.

— Elle ne craquera pas facilement, dit Émily d'un air détaché en se débarrassant de l'emballage de sa barre dans une poubelle de compostage. Je parle de Reyes.

— Le Parangon prépare une purge des niveaux inférieurs du vaisseau et ces informations tomberaient à pic, l'informe-t-il en se croisant les bras. Le dernier convoi a été un échec qu'ils ne peuvent se permettre une seconde fois.

Ce problème aurait dû être réglé bien avant que les niveaux inférieurs de l'Arche soient condamnés depuis l'Incident d'il y a deux ans. L'Arche a percuté un débris de haut calibre, probablement les vestiges d'un gratte-ciel submergé. Résultat : les étages inférieurs ont été partiellement inondés. La brèche a été colmatée, mais les dommages demeurent critiques. Puis on a découvert l'existence des Dissidents. On les soupçonne d'être des passagers clandestins qui se sont isolés des autres Archéens dans le passé, pour des raisons obscures, et qui ont échappé à la vigilance du Parangon. Personne ne sait qui ils sont réellement ni comment ils ont pu réussir l'exploit de rester invisibles si longtemps. Ils ont profité d'une brèche dans le système de sécurité, ce qui n'a rien de rassurant. Le Parangon a lancé une expédition pour ratisser les étages inférieurs, mais ils ont sous-estimé les Dissidents qui se sont approprié une partie de l'Arche à leur insu.

— Je verrai ce que je peux faire, répond-elle en se pinçant les lèvres. Dis-lui que j'ai besoin d'encore un peu de temps.

— Elle a dit qu'elle viendrait faire un tour aujourd'hui et qu'elle s'en chargerait elle-même si tu ne réussissais pas.

Joie. Même Ludo est au courant. N'aurait-elle pas pu garder son message confidentiel ?

Ludo regarde furtivement vers le bureau de Yasmina : son aura argentée ondule. Est-ce que Yasmina aurait réussi à soumettre Ludo l'imperturbable ?

— Si ça prend plus d'une heure, viens me chercher, dit Émily en se dirigeant vers la grande porte centrale.

Ludo lui jette un regard interrogateur.

— Simple précaution. J'ai tendance à perdre la notion du temps quand je m'attelle à la tâche.

—Je ne voudrais pas être à sa place, dit-il en dévoilant à peine quelques dents en guise d'approbation.

Il lui ouvre la lourde porte qui mène aux cellules.

Émily s'infiltre dans le couloir des Oubliés qui empeste. En plus d'y faire chaud, l'état des conduits d'aération de cette section est exécrable, des vestiges des dommages causés par l'Incident. Évidemment, Yasmina pourrait demander à les faire réparer, mais elle semble avoir d'autres priorités. Ce n'est pas comme si les prisonniers avaient des besoins pressants. Encore moins ses employés.

Reyes a besoin d'aide. Qui sait ce qu'elle a dû vivre dans les profondeurs de l'Arche avec les autres Dissidents. Même si Yasmina la considère comme la prisonnière 590, elle n'en reste pas moins un être humain en difficulté. Si seulement la justice de l'Arche était différente, peut-être y aurait-il un moyen moins radical d'obtenir des informations. Ou mieux : guider les gens, comme maman le faisait. On ne se remet généralement pas d'un séjour dans cette fichue prison. Pourquoi faire les choses ainsi ?

Les détenus ne sont pas seulement des marginaux qui ont contrevenu au code de conduite du vaisseau. Plusieurs sont en réalité coincés entre la réalité et la fiction : ils sont un danger non seulement pour les autres, mais pour eux-mêmes.

C'est le cas des voisins de cellule de Reyes : Clarissa Reed et Alexander Griffin. Une bien triste histoire qui a bien failli leur coûter la vie. On les a interceptés alors qu'ils attaquaient un groupe de plongeurs qui revenait d'une chasse, convaincus qu'ils avaient été enduits d'une substance létale lors de leur plongée. D'après Reed et Griffin, on ne pouvait pénétrer dans les territoires interdits dictés par les Fées. Ils s'étaient emparés de ce qui leur était tombé sous la main pour s'en prendre aux plongeurs. Le Parangon les a neutralisés tant bien que mal. Dresser un profil psychologique d'eux s'est révélé impossible. Le simple fait de les maintenir en vie est problématique. Ils refusent de boire l'eau qu'on leur donne. Ou bien s'ils le font, c'est en cachette.

Et leur aura est insaisissable. Comme s'ils étaient déréglés.

Ils souffrent d'un problème pour lequel on n'a aucun remède. En attendant d'en trouver un, ils restent ici en sécurité.

Émily s'introduit sans s'annoncer dans la cellule de Reyes qui est recroquevillée dans un coin, les cheveux gras. Elle est pieds nus et porte les mêmes vêtements que la dernière fois à en juger par la crasse qui s'y est accumulée. L'oreiller et les minces draps de son petit lit ont été jetés par terre. Le regard de Reyes s'enflamme d'une animosité animale à la vue d'Émily. Son aura rosée a laissé place à un rouge écarlate instable.

—Je sais à quoi tu penses, dit Émily en se rapprochant suffisamment pour sentir que sa prisonnière a besoin d'une bonne douche.

—Si seulement tu pouvais savoir à quel point tu es pathétique, crache Reyes avec plus de force qu'il ne lui en reste. Tu ne me connais pas et je t'en donnerai jamais l'occasion. Tu croyais pouvoir me détruire en me faisant crever de faim pour que je te révèle ce que tu veux. Eh bien, va en enfer.

—Je suis ici pour te donner ce que tu veux.

—Ma liberté, ma dignité ? dit la prisonnière en serrant sa mâchoire, le regard meurtrier.

Sa voix est rauque, sa gorge trop asséchée par la déshydratation. Reyes fait pitié à voir.

—C'est à toi de décider, dit Émily en croisant les bras.

—Et puis quoi encore ?

—Viens et tu verras, dit Émily en s'accroupissant.

Reyes a un mouvement de recul et se cogne contre le mur.

—Je ne veux pas avoir affaire avec toi. Dégage.

—Tu ne voudrais pas faire attendre Milo, lui répond Émily de sa voix la plus douce. Il est impatient de te voir lui aussi.

Les lèvres de Reyes tremblent, puis elle lance un juron. Le silence s'installe et les secondes s'égrènent.

Reyes se relève avec peine, probablement assaillie par de violentes crampes à l'estomac vu la façon dont elle se tortille.

—Tu me dégoûtes, lui dit la Dissidente d'une voix hargneuse.

Émily l'amène sans un mot vers une salle commune bien

éclairée où de la nourriture et de l'eau les attendent sur l'une des tables. C'est la procédure normale quand les prisonniers voient leurs rations être coupées. On ne voudrait pas être responsable de morts ici dans la prison. Pas que ça déplairait à certains, quoique Yasmina peut avoir de drôles de sautes d'humeur. Une fois quand on a découvert qu'Alexander Griffin gravait des dessins dans sa cellule et les aires communes où il pouvait aller à l'occasion, on a poussé l'investigation un peu plus loin. On s'est rendu compte qu'il cachait une cuiller et on a voulu la lui confisquer. Évidemment qu'il ne s'est pas laissé faire. Il a conjuré les soi-disant Fées de venir à son aide. Il s'est jeté sur Iris, une ancienne collègue de travail, et s'est mis à l'étrangler avec une force surhumaine. Griffin a causé des dommages irréversibles à sa gorge, la pauvre. Elle n'a plus jamais été capable de parler. Du coup, elle a quitté ses fonctions, traumatisée. Yasmina aurait théoriquement pu déroger aux procédures dites normales, comme elle a l'habitude de le faire pour les cas spéciaux. En tant que gardienne en chef, tout lui est permis. Mais étrangement, elle n'en a rien fait. Depuis, Griffin reste dans son monde, dont les frontières sont définies par les quatre murs de sa cellule.

Une telle situation est rare, et tuer Griffin n'aurait servi à rien. Vivre avec une mort sur la conscience est, de plus, un poison. Une limite infranchissable.

— Attends-moi là, lui dit Émily sur le point de refermer la porte.

— Hey, dit Reyes en retenant la porte d'une force étonnante pour son état. Je ne suis pas stupide. À quoi tu joues ?

— Je sais que tu ne me feras jamais confiance, mais je ne fais que mon travail, répond-elle en contenant une remarque acerbe. Je reviens.

Émily referme la porte et la laisse seule dans la salle commune. Le regard de Reyes lui brûle le cou. Un soupir s'échappe de sa gorge. Ce qu'elle ferait pour ne pas avoir à jouer les hypocrites.

Elle traverse le couloir dans la direction opposée et bifurque vers la droite. Le prisonnier 591 devrait se trouver par là. Voilà.

En pleine méditation, Milo a les jambes croisées sur son lit. Son aura est orangée. Il ne semble pas l'avoir entendu et elle se racle la gorge de crainte de le faire sursauter. Il est tellement rare de voir des détenus si calmes.

Il ouvre de grands yeux bleus aux longs cils. Sa peau est pâle et marquée par des taches de rousseur. S'il n'était pas un de ses prisonniers, elle le trouverait mignon.

Elle lui demande de la suivre et il obtempère sans protester. Dieu merci, un répit.

Quelques instants plus tard, Émily revient en compagnie d'un Milo frêle et bien silencieux. Elle leur laisse un moment pour se retrouver. Elle s'appuie sur le mur adjacent, et écoute leurs échanges via l'écran de vidéosurveillance. Ils n'ont pas besoin de mots pour parler. Il y a des sanglots, une longue étreinte. Émily détourne le regard, son estomac faisant des siennes.

Elle soupire.

Une fois qu'elle est certaine que leurs assiettes sont vides, elle entre.

—Qu'est-ce que tu veux ? lui demande Reyes en se levant, parlant d'une même voix pour elle et son compagnon.

Reyes a repris de la vigueur, son aura est plus stable et éclatante.

—Je suis venue te prévenir, dit Émily calmement, sans se laisser impressionner.

Peu importe ce qu'elle lui dira, il est trop tôt pour que Reyes lui fasse confiance. À moins d'user d'honnêteté. Ou du moins, d'avoir l'air sincère.

—Le Parangon lancera un assaut sur ta communauté très bientôt. Ils n'épargneront personne.

—Pourquoi est-ce que tu me dis ça ?

Son ton est incrédule. Elle poursuit en gesticulant :

—Et tout ça ? Tu veux des remerciements ?

—Non, mais il reste un moyen d'éviter un carnage.

—Je ne dirai rien, riposte-t-elle en croisant les bras.

—Comme tu veux. Sache qu'il existe bien pire que mes petits interrogatoires.

—Ils ne courent aucun danger.

—Comment est-ce que tu peux en être aussi certaine ? N'es-tu pas là avec ton copain ?

Ils échangent un regard indéchiffrable. Milo évite de croiser son regard en se cloisonnant dans son mutisme.

Pourquoi est-ce qu'ils s'entêtent à croire qu'ils ne craignent rien ? La réponse de Reyes durant le premier interrogatoire, comme quoi les Dissidents se trouvent partout, lui revient en tête. Faut-il vraiment prendre ce que Reyes dit au pied de la lettre ?

—Tu peux me laisser prendre le relais, Émily, l'interpelle Yasmina qui entre, accompagnée de Ludo.

Qu'est-ce qu'elle fait ici ? Et son interrogatoire ?

Yasmina ajoute à son intention d'une voix lasse :

—Tu peux ramener le prisonnier 591 à sa cellule. Je n'ai pas besoin de lui.

—Ne le touchez pas ! s'exclame Reyes, hors d'elle.

—On pourra en discuter une fois dans mon bureau, répond Yasmina en faisant un signe à Ludo qui sort des ténèbres.

Reyes n'a pas le temps de se débattre, on lui plante immédiatement un sédatif dans le cou. Ludo a l'habitude de maîtriser les prisonniers. C'est lui qui a sauvé Iris d'une mort certaine, après tout.

Il la porte hors de la salle commune.

—Je compte sur toi pour t'occuper du prisonnier 591. N'est-ce pas?

Émily hoche la tête en se mordant la langue. Sa patronne ouvre la bouche pour lui dire quelque chose d'autre, mais se ravise au dernier moment, un sourire satisfait. Son aura pulse d'excitation.

Yasmina disparaît dans l'obscurité du couloir.

Milo a le regard vide. Émily avait presque oublié qu'il se

tenait là. Elle s'approche de lui pour réactiver ses liens et ses yeux se posent naturellement sur les dessins gravés dans la table. Les rayures sont profondes, précipitées, le travail de plusieurs semaines. Des êtres ailés entourent un homme – Griffin ? – avec quelques arbres similaires à ceux du Parc de l'Humanité. Il y a même le profil d'une ville barbouillée. Mais d'où tient-il ces images, ces... visions ? Un frisson parcourt le dos d'Émily et elle s'empresse de guider Milo hors de là. Loin.

Une fois Milo de retour dans sa cellule, Émily sort du couloir des Oubliés et chasse les étranges dessins de son esprit. Yasmina. Émily ne peut s'empêcher de se sentir désolée pour Reyes. Et aussi pour Milo.

Personne ne sait ce qu'il advient des détenus qui entrent dans le bureau de Yasmina.

7

ÉMILY

Ses doigts sont endoloris. Émily n'a pas tenu un crayon depuis longtemps, pourtant elle esquisse furieusement les traits du visage imprégné dans son esprit. Les muscles de ses mains se souviennent comment ajouter les dégradés avec la bonne pression, les ombres proportionnées sous les yeux, le profil de la mâchoire, la saillance des pommettes, la définition du grain de la peau. Chaque courbe, chaque trait est révélateur. Ils évoquent une histoire invisible, dissimulée sous ce visage. Ce ne sont pas des mots, mais des impressions, parfois même des images fugaces.

Sous ce visage-là se cachent une enfance difficile, l'isolement, un manque d'attention, un besoin de se retrouver. Mais il y a plus : un calme placide, dépouillé. Une façon de faire la paix avec le présent inéluctable à travers cette quiétude intouchable. Serait-ce lié à son emprisonnement ? À sa copine Fiona ?

Son ressenti est chaotique, un emmêlement qui la dérange.

Quelque chose manque... Peut-être que ses yeux sont trop mornes ? le coin de sa bouche un tantinet raide ? sa mâchoire pas assez effilée ? Milo est taciturne et calme. Que cache-t-il sous ses airs distants ?

La pointe de son crayon s'arrête sur le contour des yeux,

comme pour le percer. Elle retourne à la bouche, entrouvre les lèvres comme s'il s'apprêtait à souffler mot. Son aura a une énergie puissante. Des jaunes et des oranges vibrants. Comme s'il s'empêchait d'être lui-même. À cause de la prison ? À cause d'Émily ?

La seule façon de s'en assurer est de passer plus de temps avec Milo. Non pas parce que Yasmina lui a demandé, mais parce qu'elle-même le veut. Fiona Reyes est peut-être perdue, mais cela ne signifie pas d'abandonner pour autant. Milo est sa chance de se rattraper.

Émily met de côté son carnet à dessin et observe sa sœur Gabrielle, couchée sur le petit sofa en train de lire un livre papier dans une position impossible. Un livre de contes où la magie devient réalité, idéal pour s'évader de cette cabine pitoyable.

Dire que Gabrielle le lit encore ! Cela doit bien faire une centaine de fois. Ce livre est un trésor en soi. Son acquisition a été un coup de chance. Les rumeurs au sujet du Corbeau, un trafiquant faisant partie d'une espèce de marché noir, étaient beaucoup trop tentantes. L'anniversaire de Gabrielle approchait et elle méritait un cadeau unique pour ses onze ans. L'apparition opportune du Corbeau ne pouvait signifier qu'une chose : il pourrait l'aider. Leurs correspondances ont été strictement électroniques et confidentielles. Ils se sont donné un lieu de rendez-vous où déposer le paquet en question. Mais on devait payer à sa manière. L'unique monnaie d'échange à laquelle elle avait accès était les tranquillisants utilisés sur les détenus à la prison. Ludo et Yasmina en font un usage abusif et donc, quelques paquets en moins ne feraient qu'éviter de mauvais traitements injustifiés. Pour finir, Ludo n'a eu qu'à se modérer jusqu'au ravitaillement suivant. Par chance, le paquet manquant n'a pas éveillé de soupçons.

On cogne à la porte.

Émily se lève et se faufile jusqu'à l'entrée en évitant de se cogner contre les armoires de rangement. La porte grince et s'ouvre sur un Chris au regard enfantin, les mains glissées dans les poches de son uniforme de l'unité de soins.

— Alors comme ça tu t'es souvenu de la journée ? dit-elle en l'invitant à entrer.

Il sent la cire pour les cheveux et le gel douche à la menthe. Sa chevelure d'un blond mat cendré est lissée vers l'arrière avec soin, comme s'il arrivait d'un entretien important et son menton imberbe lui donne un air angélique. Son charme naturel est toujours aussi impeccable !

— Je me suis dit que ce serait moins ennuyant à deux, lui répond-il avec l'ombre d'un sourire, tandis que Gabrielle se jette dans ses bras pour l'accueillir.

— Du calme, dit Émily, une main sur l'épaule de sa sœur.

— Tu voudras jouer avec moi tantôt, Chevalier ? lui demande Gabrielle d'une voix suppliante. Nous devons reconquérir mon royaume.

— Plus tard, lui répond Émily à sa place. Finis d'abord ta lecture.

— Écoutez ce que votre sœur vous dit, Princesse, dit Chris d'une voix solennelle en faisant un salut.

Tous les samedis c'est la même chose ; papa doit travailler pour le Parangon, et Gabrielle ne peut rester toute seule. Un peu de compagnie ne fait jamais de tort dans ces moments-là.

Une fois Gabrielle retournée à sa lecture, Émily offre à boire à Chris qui s'installe à la table de cuisine. Il jette un regard de biais sur le carnet encore ouvert et le prend pour l'examiner de plus près.

— Tu t'es remise au dessin ? lui demande-t-il, les sourcils froncés. C'est un beau portrait. Il en a de la chance, ton nouvel amant.

Émily lui arrache le carnet des mains et le range dans un des tiroirs au-dessus de sa tête.

— Ne commence pas avec tes histoires, le rabroue-t-elle en retournant à la bouilloire qui siffle.

—Ne fais pas ta farouche avec moi, Émy, dit-il sans paraître offusqué. Il n'y a rien de mal à combler ses temps libres.

Elle ignore sa remarque et ajoute des feuilles de thé séchées dans deux tasses en acier inoxydable. Elle y verse l'eau bouillante qui libère des volutes de fumée, puis va le rejoindre avec les tasses qu'elle place délicatement sur la table.

Émily brise la tension du moment en disant :

—Tu as l'air de quelqu'un qui a quelque chose de spécial à me dire.

L'aura de Chris est mordorée et changeante, aujourd'hui. Lumineuse même.

Chris lève un sourcil intéressé.

—Je rêve du jour où je pourrai te surprendre au moins une fois, répond-il en s'adossant confortablement. Tu passes trop de temps avec ces satanés prisonniers. Chaque instant perdu avec eux, tu pourrais le passer à faire de grandes choses.

—Oublie ça, dit Émily en balayant ses paroles du revers de la main. Je n'ai pas envie de me retrouver sous la dictature de ton père.

—Et pourtant, tu as tout ce qu'il faut pour lui tenir tête.

Chris lui offre son plus beau sourire, ses dents éclatantes.

—N'essaie pas de me convaincre. Tu perds ton temps. Dis-moi plutôt ce qui te brûle les lèvres.

Il s'éclaircit la voix et adopte un air faussement pompeux qui lui fait rouler des yeux à tous les coups. Elle en profite pour siroter son thé et vérifier s'il est assez infusé.

—J'ai l'honneur de t'annoncer que tu devras t'adresser à moi en tant qu'Officier Kay. J'ai été sélectionné par Laurène Milcah, deuxième officière et conseillère du commandant Hawk dans la gestion des Divisions, en tant que Potentiel.

—Vraiment ? Toi ? dit Émily qui feint la surprise, heureuse de ne pas s'être risquée à prendre une grosse gorgée. Oh oui, j'oubliais, le fils de Duke Kay, dont le père a certainement joué un rôle important dans ta nomination.

—Tu m'en vois offensé, répond-il une main sur la poitrine.

Pourquoi est-ce que tu ne reconnais pas mon talent inné ? Au moins, l'officière Milcah, elle, s'en est rendu compte.

—Tu n'as pas besoin qu'on te le rappelle.

Émily prend une bonne lampée, qui la détend aussitôt, avant de poursuivre :

—Je croyais qu'être médecin, c'est ce qui t'avait toujours plu. Quoique c'est une maigre consolation pour le poste de haut gradé au sein du Parangon que tu n'as jamais obtenu. Tout ça parce que ton père ne voulait pas de toi dans ses pattes.

—Je ne lui en veux pas, mais ça fait son temps.

—Ça ne fait que deux ans qu'on a gradué.

—Ce n'est pas en traitant des patients sans espoir de survie que je vais pouvoir changer les choses.

—Ces gens te font confiance, dit Émily d'un ton plus ferme en repensant à ce que Sky lui a dit l'autre soir. Même si le traitement ne fonctionne pas, tu as quand même le pouvoir de leur offrir du support, de les accompagner. C'est un rôle important qui devrait te rendre fier.

—Ce n'est pas moi tout ça, tu devrais le savoir.

Évidemment qu'un jour ou l'autre il lui aurait fallu davantage. Ses notes à l'Académie faisaient l'envie de tout le monde. C'est l'occasion rêvée pour lui de se dépasser.

—Quand est-ce que tu vas me faire visiter ta cabine spéciale ? dit Émily en buvant plus de thé pour chasser l'étrange sécheresse qui s'est installée dans sa gorge nouée.

—Je n'ai pas encore accepté. Je préférais t'en parler avant. Voir ce que tu en penses.

Une mutation. De meilleures conditions. Une nouvelle cabine. Des accès partout sur l'Arche.

Mais en quoi son avis peut-il lui importer ? Si c'est la voie qu'il veut emprunter, alors il n'y a rien à redire. Il a peut-être finalement trouvé sa mission véritable.

—Évidemment que tu dois accepter. Tu pourras m'emmener partout grâce à ton nouveau statut.

—J'aurais dû savoir que tu voudrais profiter de mes privilèges, dit-il le regard espiègle. Et qu'est-ce que j'aurai en retour ?

—Tu pourras continuer à jouir de mes précieux conseils, sans avoir à être mon prisonnier.

Il renâcle avec un faux sourire et Émily étouffe un rire en terminant son thé. Elle se lève pour refaire le plein d'eau chaude et jette un coup d'œil sur la table. Chris n'a pas touché à sa tasse ? Quelque chose le préoccupe.

—As-tu revu Sky, finalement ? lui demande-t-il d'un air soudain sérieux.

—Oui, répond-elle en faisant mollement couler l'eau chaude. Pourquoi tu me poses la question ?

—Simplement pour savoir.

Sa voix est distante et il se décide finalement à porter la tasse à ses lèvres.

L'histoire entre ces deux-là est étrange. Ils se côtoient depuis des années et travaillent même ensemble, mais ils ne réussissent pas à communiquer. Et pourtant, Chris s'enquiert toujours de Sky quand il lui rend visite.

—Un jour, vous devrez régler votre problème en ayant une bonne discussion tous les deux, dit-elle en tâtant le terrain.

—Pour ça il faudra que tu dises à Sky de nous laisser une chance de parler. Il est toujours hostile envers moi.

—Ce ne serait pas plutôt l'inverse ? dit-elle en arquant un sourcil.

—Qui ? Moi ? Tu dois te tromper de personne.

—Chris, arrête de faire comme si tu étais innocent.

—J'ai fini, Chevalier ! s'exclame Gabrielle, indifférente à leur conversation. Vous êtes convoqué pour un conseil d'urgence contre nos envahisseurs.

Il évite habilement la question en se joignant à Gabrielle, comme si leur discussion n'avait jamais eu lieu. Classique.

Gabrielle est allée chercher sa doudou qu'elle a enroulée autour de son cou pour imiter une cape. Elle s'est aussi improvisé un bâton qui tient lieu de sceptre avec des bouts de plastiques raboutés. De quoi aurait l'air Gabrielle si elle l'accompagnait de la sorte durant un interrogatoire dans une cellule ? Sa sœur pourrait en dissuader plus d'un. Reyes n'aurait d'autre choix que de se soumettre à la redoutable Gabrielle.

Si seulement Reyes avait décidé de coopérer, elle aurait pu s'éviter le pire. Elle a eu sa chance, mais en a décidé autrement. Émily se mord la lèvre et va jeter le reste de son thé. Elle se sent pleine tout à coup.

Gabrielle relève la tête et de sa petite voix emplie d'une confiance qui aurait rendu leur mère fière, entonne :

— D'abord, je dois vérifier votre allégeance pour votre princesse, Chevalier.

— Oui, Majesté, répond Chris qui a enfilé sa propre cape fichée d'une ceinture d'où pend une fausse épée.

— Est-ce que vous jurez sur votre tête et votre sang de me prêter allégeance jusqu'à votre dernier souffle ? demande-t-elle en appuyant le pommeau de son sceptre sur son épaule droite.

— Oui, Majesté.

— Même si vous croyez que mes décisions sont insensées, vous ne les discuterez pas ? continue-t-elle en changeant le sceptre d'épaule.

— Jamais je n'oserais faire une telle chose. Il n'y a pas plus fidèle serviteur que moi, ma princesse.

— Prêtez-vous serment ? termine-t-elle, le pommeau sur sa tête baissée.

— Sur ma vie, dit-il en un souffle d'un air dramatique convaincant.

Gabrielle a un air satisfait qui illumine son visage. Émily éclate de rire. Sa sœur a tout d'une Bates.

— Bien, reprend Gabrielle en brandissant un petit tableau gribouillé. J'ai du travail pour vous, Chevalier. Et contentez-vous de m'appeler Majesté.

Émily retient un gloussement en voyant Chris qui doit renoncer à son air suffisant et répondre au doigt et à l'œil à sa sœur. Quand il perd son air prétentieux, il a tout pour fonder une famille heureuse.

PAS DE NOUVELLES de Reyes depuis deux jours déjà. Qu'est-ce que lui a fait Yasmina exactement ?

Couper les rations d'un prisonnier n'est jamais une chose facile à faire. Il y aurait peut-être eu un autre moyen de la faire parler. Un moyen plus efficace. Une approche moins radicale, plus douce peut-être ?

Et puis après quoi ? Reyes aurait su qu'elle pouvait faire n'importe quoi. La manipuler même.

Émily soupire d'agacement.

Elle se relève, genoux rougis, la prière à sa mère terminée. Maman a un regard qui la transperce comme pour lui dire de ne pas oublier sa mission. Qu'elle aurait pu faire mieux.

Machinalement, Émily s'engouffre seule dans le couloir. Gabrielle est partie plus tôt ce matin. Ses copains Brian et Laura sont venus la chercher.

Encore un peu dans les vapes, Émily se laisse transporter par la masse de gens en uniformes vers le réfectoire.

Le portrait qu'elle a fait de Milo l'attire dans des pensées inexplicables. Elle ne fait que son travail : s'occuper de la psychologie des prisonniers. Et quand elle reçoit des demandes spéciales, elle les exécute. Elle n'a pas vraiment son mot à dire.

Et pourtant...

Et si les Dissidents existaient en grand nombre, en communauté ? Reyes ne se trouvait pas dans la base de données des Archéens enregistrés. Elle pourrait tout simplement être le fruit d'une grossesse non déclarée. Ce ne serait pas nouveau. Mais la façon dont elle a parlé des Dissidents laisse penser à quelque chose de beaucoup plus... important. Elle a dit qu'ils étaient partout. Et si les dessins de Griffin avaient un lien ?

Le seul qui peut lui en dire plus, c'est Milo.

Cette pensée flotte dans son esprit alors qu'elle se place dans une des interminables files d'attente du réfectoire. La clarté sauvage de l'immense puits de lumière artificielle lui fait plisser les yeux. C'est le plus près du soleil qu'on peut atteindre dans les profondeurs abyssales du Grand Océan.

Son tour vient finalement. La distributrice automatique de repas conçue spécialement par la Division Delta. Émily inspire un coup et présente son bracelet qui fait s'illuminer aussitôt le grand écran tactile de la fameuse distributrice.

« Que désirez-vous prendre pour votre petit-déjeuner, Émily ? » lui demande une voix électronique féminine qui se veut douce et apaisante.

Étrangement, ça lui fait l'effet contraire.

—Ne fais pas l'air de ne pas savoir, rétorque-t-elle agacée. Depuis qu'on se connaît, j'en suis rendue au moins à sept mille petits-déjeuners. Et les choix ne s'améliorent pas.

« Les préférences des passagers ne sont pas prises en compte dans mon algorithme pour vous permettre d'user de votre pouvoir de décision. »

—Je trouve ça ridicule de devoir discuter avec une machine qui ne peut même pas penser par elle-même, mais quand même. Donc, je répète, la prochaine fois, arrête de me demander ce que je veux. Ou bien, arrange-toi pour avoir au moins un deuxième choix.

« Vous avez le choix entre le gruau traditionnel et le gruau des temps modernes. »

—C'est ce que tu considères être deux choix différents ?

Une irrésistible envie de rire l'assaille. Et puis quoi encore ? Les machines auraient donc dû rester muettes.

« La Division Delta fait tout en son pouvoir pour vous faire découvrir des saveurs uniques. »

—J'imagine.

« Donc, ce sera le gruau des temps modernes ? »

—Le gruau.

La machine lui crache littéralement un tas qui ressemble plutôt à du vomi, et un haut-le-cœur agite son estomac. C'est ça, les avantages d'être une Bates, une famille dont on ne veut plus. Malheureusement, ses ancêtres n'ont pu que se permettre un billet économique, suffisant pour sauver la lignée des Bates, mais insuffisant pour avoir droit à une nutrition digne de ce nom.

Son père répétait sans cesse qu'ils avaient une chance que des milliards d'êtres humains n'avaient pas eue. Mais à quel prix ?

Émily s'empare de son bol et d'une cuiller en métal, puis prend place à sa table habituelle, un peu en retrait du puits de lumière. Elle plante sa cuiller dans la masse gluante et informe. Pardon. Le gruau des temps modernes. Elle jette un coup d'œil au contenu des assiettes des autres, dont le murmure discret témoigne d'un matin ardu pour plusieurs. On est loin de La Orilla.

Heureusement elle n'est pas la seule à être piégée dans un désastre culinaire. Mais il y a mieux. Les effluves de café et de gaufres lui parviennent au loin. Ce qu'elle ne donnerait pas pour avoir du sucre qui fond dans sa bouche.

—Je peux ? lui demande Sky, d'un bleu vif qui rayonne, plateau en main.

— Depuis quand est-ce que tu dois me le demander ? répond-elle avec un sourire, le cœur plus léger. Je me demandais si tu allais te décider à travailler moins pour qu'on puisse manger ensemble comme on le faisait avant.

— Ce n'est pas que je n'ai pas essayé, mais il y a toujours à faire, se défend-il en replaçant ses assiettes et ustensiles dans un ordre à la signification connue de lui seul. Tiens, je me suis dit que tu aimerais.

Il lui tend une assiette de gaufres avec un œuf en plein centre. Émily doit avoir les yeux exorbités, car il a l'air amusé.

— Tu me sauves la vie, répond-elle, ses papilles gustatives à l'agonie. Tu m'as drôlement manqué, tu sais ça ?

— Je savais que ça te ferait plaisir, dit-il en prenant une bouchée de sa propre assiette. Et puis, tes prisonniers ne te mènent pas trop la vie dure ?

— J'ai connu pire, dit-elle en trouvant un moyen d'éviter le sujet de Reyes. Si tu peux trouver un remède miracle qui va renvoyer ces Fées d'où elles viennent, ça me faciliterait la tâche.

— Tu devrais en parler à Chris. Il en sait plus que moi sur le sujet. Pour le moment, je ne fais que limiter les dégâts.

Un bruit de bol qui se brise en percutant le sol fait planer un silence de mort. Une éclaboussure peu appétissante du fameux gruau est cramponnée au sol. Deux gamins se moquent d'une petite fille qu'ils ont probablement bousculée et lui jettent du bout des pieds les restes de son gruau. Son visage est rouge d'humiliation. Émily serre les poings. Ces pauvres cons n'ont-ils pas mieux à faire ?

Sky se lève pour aller voir la petite, échange quelques mots avec elle. Elle hoche la tête en retenant de peine et de misère les larmes qu'elle s'empresse d'essuyer du revers de son tricot. Skyler lui donne son assiette et le visage de la petite s'illumine. Émily ne sait pas ce qui la retient d'aller leur dire sa façon de penser, à ces imbéciles.

Sky revient s'asseoir à leur table.

— C'était noble de ta part, mais tu vas manger quoi maintenant ? demande-t-elle en sachant très bien que peu importe leur famille d'origine, ils ne sont autorisés à prendre chaque repas qu'une seule fois.

— Je n'avais pas tellement faim de toute façon, lui répond-il en se croisant les bras. Ne t'inquiète pas pour moi. L'important c'est que cette fille ait quelque chose à manger. Le reste, je peux faire avec.

Il lance un regard en sa direction, l'air satisfait.

— Ils ne changeront jamais, dit Émily en repensant aux deux gamins. On croirait qu'avec les générations ils apprendraient, mais ce n'est qu'un perpétuel recommencement. C'est à croire que la bêtise est dans nos gènes.

— Donne-leur une chance.

— Tu les défends maintenant ? Je te rappelle que c'est un gamin de ce genre qui t'a mené la vie dure à l'époque.

Un éclat furtif passe dans les yeux de Sky, mais il ne réagit pas comme elle l'espérait.

— Ce n'est pas ce que je dis, mais ça fait partie de leur développement, dit-il d'un air songeur, son bleu vif ayant cédé à une couleur plus terne. Ils testent les limites.

—Au détriment des autres ? Après ils se retrouveront au tribunal et je devrai m'occuper de leur cas pour les années à venir. J'essaie d'être proactive. Mieux vaut s'attaquer à la source du problème pendant qu'il est encore temps.

—Est-ce vraiment la solution ? Ils vont recommencer de toute façon. Je ne serais sûrement pas un bon parent, mais j'irais d'une façon plus passive, moins... directe.

—En les privant de leur gruau favori ? dit-elle ironiquement, cuiller en main.

—Je ne sais pas exactement comment t'expliquer, mais il doit y avoir un autre moyen.

Leurs opinions ont toujours été divergentes sur ce point, et s'aventurer dans cette direction peut s'avérer périlleux.

—Tu veux du gruau des temps modernes ? dit-elle pour changer de sujet.

—Je n'y tiens pas.

Sky est de nouveau distant. Émily profite du silence qui se glisse entre eux pour terminer les gaufres qu'il lui a offertes. À quoi ressemblerait le portrait de Sky ? Ses traits ont changé depuis leur graduation ; son visage est plus carré, le poil de sa barbe plus dru, ses épaules plus imposantes; son teint plus pâle fait ressortir de fines taches de rousseur qui étaient autrefois dissimulées. Ses yeux sont toujours aussi bleus, son éclat d'habitude vif est devenu éphémère.

Le silence de Sky est déroutant et son aura n'en révèle pas davantage. C'est étonnant qu'après deux ans de travail à lire les gens, cela ne fonctionne toujours pas avec lui. Bien qu'ils soient proches, ils n'abordent jamais le passé. Ils se connaissent depuis des années et ne devraient pas avoir de secrets l'un pour l'autre. Mais Sky garde ses secrets mieux que la prison de l'Arche.

Ses gaufres englouties jusqu'à la dernière miette, Émily fixe son bol quelques secondes et se lève. Ingurgiter ce gruau des temps modernes ne fait définitivement pas partie de ses plans.

Elle ne veut surtout pas gâcher le goût sucré divin qui subsiste sur sa langue.

— Je dois faire un tour à la prison, dit Émily pour briser le silence. On se revoit pour le souper ?

— Si je ne dois pas faire des heures supplémentaires, pourquoi pas, répond-il d'une voix absente.

Ils se disent au revoir, mais Sky s'est replié sur lui-même. Lui rappeler son adolescence était une mauvaise idée. Sa famille n'est pas très soudée, ce qui n'a pas dû être facile pour lui. Chaque fois qu'elle lui a rendu visite chez ses parents, ses échanges avec eux ont toujours été très pragmatiques. Il ne parle jamais d'eux d'ailleurs. En plus de la mort d'Allen qui a été un coup dur pour tout le monde. Mais ça fait plusieurs années déjà.

Émily s'approche d'une des chutes à déchets placées en bordure du réfectoire et y jette le bol avec son contenu avec une joie irrépressible.

Elle quitte le brouhaha pour rejoindre les ténèbres relatives des couloirs de l'Arche, en repensant à sa tactique pour approcher Milo. Sa coopération ne sera sûrement pas facile à gagner. Il voudra marchander pour sa sécurité, chose qu'Émily ne peut pas lui promettre.

Elle se mord la lèvre.

Elle se joint à un petit groupe tout juste avant que les portes de l'ascenseur se ferment, mais elle échoue lamentablement : les portes se referment sur sa hanche et une alarme se déclenche.

Émily échange un sourire embarrassé avec la jeune famille, dont le garçon la dévisage. Elle se détourne et grommelle en se frottant le flanc. Elle appuie frénétiquement sur le bouton de fermeture des portes qui mettent une éternité à se débloquer.

Alors qu'elles se referment enfin, un son strident venu de l'extérieur s'engouffre, et tous les occupants échangent des regards inquiets. Le blocage des portes était sûrement la fois de trop. Si ça continue, cette Arche n'en aura plus pour longtemps.

Mais soudain, alors que l'ascenseur les transporte déjà, Émily se rend compte qu'il s'agissait de cris d'effroi.

8

SKYLER

Les cris d'horreur lui glacent le sang, l'adrénaline court dans ses veines. Skyler ne se souvient pas s'être levé, mais il est debout, le regard rivé dans la direction qu'indiquent les doigts pointés : une jeune femme prête à sauter du haut des dix étages du puits de lumière.

Elles sont là. Les Fées.

Un ennemi invisible qui leur échappe. Les possibilités de survie de la victime sont limitées, mais s'il y a une infime chance de la dissuader...

La surcharge d'adrénaline accumulée déferle dans ses jambes qui le propulsent vers le couloir le plus proche.

Est-ce qu'elle sera morte avant même qu'il ait le temps de la rejoindre ?

Cette pensée le hante tandis qu'il se précipite vers les ascenseurs. Il appuie frénétiquement sur le bouton d'appel en sommant cette fichue machine de se dépêcher.

La montée est lente, rythmée par son pouls qui se fracasse dans ses oreilles. Il se stabilise sur la rampe pour se calmer. Les étages défilent au compte-gouttes.

Il est trop tard. Comme la dernière fois, il sera trop tard.

Sa gorge se noue. Les souvenirs menacent de ressurgir et ses doigts se tordent sur le métal de la rampe devenue humide.

Il n'est pas comme avant. Il peut éviter le pire.

L'ascenseur s'immobilise.

Dixième étage.

À chaque enjambée, le sol se dérobe sous ses pieds comme si la gravité se neutralisait momentanément.

Il flotte.

À mesure qu'il avance, il sonde du regard les alentours afin de localiser la femme, le cœur battant : sa pâle figure est sur sa gauche. Elle est assise sur le garde-fou, dos à lui, les bras levés comme si elle était prête à s'envoler. Merde !

Il ne la connaît pas, mais une impression pénible le submerge. Il pourrait s'agir de sa mère... la femme se retourne pour le dévisager.

Va-t-elle sauter ? Qu'est-ce que ces Fées lui disent donc pour la pousser jusque là ?

Il cligne des yeux : la femme, qui n'a que quelques années de plus que lui, le scrute intensément, le visage ravagé par la douleur. Ses lèvres remuent, mais ce qu'elle marmonne n'a aucun sens. Il s'approche prudemment. En bas, deux gardes du Parangon sont arrivés pour faire état de la situation.

Qu'est-il censé faire pour aider cette femme ? Skyler pourrait tout aussi bien se trouver parmi la foule pétrifiée, cela ne ferait pas de différence. Les gens en bas se couvrent la bouche de leur main, de crainte d'émettre un cri qui déclencherait le pire.

Skyler serre des dents et passe en revue tout ce qu'il a appris dans ses cours, mais les solutions lui échappent. Son impuissance le dégoûte.

— Non, dit-il fermement comme si le mot lui-même avait un pouvoir tangible.

— Tu ne pourras pas m'en empêcher. Il est trop tard maintenant, lui répond-elle en baissant les bras, sanglotante. Elles m'avaient dit que ce jour arriverait tôt ou tard.

— Il y a un autre moyen, tente-t-il pour gagner du temps.

Un autre moyen de quoi ? De rejoindre ces putains de Fées ? À ce qu'il sache, elles n'existent pas. Comment entrer dans le monde imaginaire qui s'est enraciné dans sa tête depuis trop longtemps – des semaines, des mois ? – et qui lui fait voir des choses dont elle seule peut témoigner ? Il faut la raisonner avec une logique inconnue de lui. Les patients au dernier stade présentaient des symptômes similaires, mais leur cas était tout aussi unique. Le Syndrome se conforme à l'architecture psychologique de sa victime, comme si la maladie communiquait de l'intérieur, directement avec l'esprit de son hôte, en altérant ses circuits. Le cerveau du patient devient son propre ennemi. La seule chose qui ne change pas, c'est que les Fées gagnent toujours.

Elle saisit le garde-fou, ses jointures blanchies, pour mieux le dévisager.

—Tu ne me connais même pas. Tu ne sais pas... ce que je dois endurer, ajoute-t-elle avec un regard plus dur.

—Je sais qu'elles te chuchotent à l'oreille, répond-il d'une voix calme, assurée. Elles sont là. Ici.

Est-ce qu'elles les observent, se rient de sa piètre tentative ? Elles pourraient flotter, se jouer de lui sans qu'il en ait la moindre idée. Elles sont invisibles. Il n'y a rien.

La ressemblance de la jeune femme avec Murielle est frappante. Elle a les cheveux courts, plus clairs que ceux de sa mère qui sont roux. Ils sont ébouriffés et sales. Par endroits, ils sont moins épais, probablement arrachés lors d'un de ses accès de folie. Ses traits sont tirés, son teint pâle... la mort est déjà installée.

La femme lâche la barrière, elle est maintenant presque en équilibre. Le bout de ses pieds embrasse le vide. Cette fine ligne qui sépare la vie de la mort est si étroite. Skyler retient son souffle, de crainte de la voir tomber s'il s'autorise une respiration de plus. Il est la seule personne qui se dresse entre elle et la fin. S'il manque son coup, tout sera perdu.

Il sera perdu.

Que dire pour la ramener à la réalité ?

Il se risque à s'approcher lentement tout en gardant un contact visuel :

— Je m'appelle Skyler. Et toi, c'est quoi ton nom ?

Une larme roule sur la joue de la femme. Son regard dur s'adoucit et elle fixe quelque chose à sa gauche.

Il n'y a rien.

— Qu'est-ce que ça peut faire ? s'exclame-t-elle d'une voix étranglée, une pointe de colère perceptible. De toute façon, je ne vaux plus rien. Je ne suis personne. Pas ici en tout cas.

Skyler se souvient subitement de ce qu'il a appris lors de ses cours de médecine. En fait, de ce qu'il ne faut surtout pas faire. Règle numéro un : ne pas prétendre comprendre ce que la victime traverse.

— Pourquoi est-ce que tu dis ça ? tente-t-il en faisant un pas de plus vers elle. Moi ça m'importe. Ton nom. Qui tu es.

— J'ai dû trahir mon nom toute ma vie. Un nom qui n'a plus de sens, qui n'en a jamais eu. Elles sont prêtes à me donner la chance que je n'ai jamais eue d'être quelqu'un. Est-ce que tu sais ce que ça fait, de devoir nier sa propre existence ? De se cacher de soi-même ?

Les familles ? Leur statut au sein de l'Arche ? Même si Skyler ne comprend pas vraiment où elle veut en venir, il se contente de garder le silence tandis qu'elle se laisse distraire par ses amies imaginaires. Elle leur répond en psalmodiant une langue étrange connue d'elle seule. Il en profite pour réduire la distance qui les sépare.

— Qu'est-ce qu'elles te disent ? demande-t-il, plus près du but, figé sur place.

— Elles me protègent de toi, dit-elle en reportant son attention sur lui. Dans le ciel, ici, tu ne peux pas m'atteindre. Elles m'ont enveloppée de leur bulle qui m'emmènera dans leur royaume céleste où tout est possible.

Elle prend une courte pause en fixant ce même point vide à

sa gauche, la bouche entrouverte. Elle a un moment d'hésitation avant d'ajouter :

— Elles me demandent si tu veux venir avec moi. Avec nous.

— Et qu'est-ce qu'elles ont à me promettre ? s'enquiert-il curieux, les muscles tendus.

— Tu n'es pas obligé de te mentir à toi-même. Tu veux venir les rejoindre. Cette chance ne se présentera pas à nouveau avant que...

Ce sont les Fées qui le tiennent.

Sa respiration s'accélère. Elles ne sont pas réelles. Cette femme est atteinte du Syndrome qui risque de la tuer s'il ne fait rien pour la sauver.

— Je travaille au centre de soins. Je peux t'aider.

Elle tend l'oreille vers ses amies imaginaires avant de répondre :

— Elles sont désolées pour toi. Je le suis aussi. Pour avoir manqué ta chance. Elles ne pourront plus garantir ta sécurité à partir de maintenant.

— Est-ce que tu peux arrêter de les écouter un moment ? Regarde-moi dans les yeux.

Qu'est-ce qu'il fait planté là ? Qu'est-ce qui lui a pris de venir jusqu'ici ? Est-ce qu'il s'imaginait pouvoir jouer les superhéros ? qu'elle allait le suivre tout bonnement, comme dans les histoires qui se terminent toujours bien ? Celles qu'on raconte aux enfants ?

Après un long moment, elle semble vouloir abandonner le garde-fou pour le rejoindre, mais elle s'esclaffe plutôt d'un rire de jeune fille.

— Rien ne pourra jamais changer. Ni pour moi. Ni pour toi. Pas ici.

— Et si tu me laissais te prouver le contraire ?

— Tu n'as pas ce genre de pouvoir. Nous sommes tous les deux coincés sur ce vaisseau. La seule différence est que j'ai une chance d'en échapper. Pas toi. Plus maintenant.

— Prends ma main, dit-il ignorant sa remarque.

Elle hésite.

— À quoi bon vivre, si c'est pour nier sa propre existence ? lui demande-t-elle songeuse tout en consultant la Fée à sa gauche.

Une étrange odeur de terre mouillée emplit le nez de Skyler. Une lueur mystérieuse brille dans les yeux de la femme.

— Une vie de plus ou de moins... je ne serai qu'un mauvais souvenir que tout le monde aura tôt fait d'oublier.

— Moi, je me souviendrai de toi, répond-il la main toujours tendue.

Elle semble revenir d'une contrée lointaine. Un léger sourire flotte sur ses lèvres et son regard est serein tout à coup.

— Je m'appelle Clarissa.

Elle écarte les bras et se laisse tomber.

Skyler se jette en avant, le torse par-dessus la rampe, ce qui expulse l'air de ses poumons. Sa main se referme sur une cheville et le poids le tire vers l'avant. Il arc-boute ses pieds et ses genoux contre le garde-fou pour se retenir.

Merde !

Des cris d'horreur fusent depuis le réfectoire. Il ne pourra pas tenir bien longtemps. Ses bras faiblissent déjà. Comment va-t-il la remonter ?

Il est trop tard. Quelqu'un va mourir par sa faute.

Clarissa vole au-dessus de la foule composée de petits points noirs lointains. Les doigts de Skyler glissent lentement le long du pied nu qui lui échappe. Le vide. Pendant une fraction de seconde, son existence s'arrête.

Le corps ne tombe pas.

Il flotte ?

Non. Une main étrangère la retient. Mais qui... ?

— Si tu veux la sauver, c'est maintenant ou jamais, l'interpelle une voix féminine. Je ne tiendrai pas longtemps.

Il s'empresse de saisir l'autre pied. Ils tirent de toutes leurs forces jusqu'à faire basculer Clarissa de leur côté. Puis, ils la déposent au sol, le souffle court.

L'inconnue à ses côtés doit avoir le même âge que lui. Elle est coiffée d'un bandana et de longues tresses marron entrelacées de billes lui encadrent le visage.

—Je suis désolée, lui dit-elle en détournant le regard.

Il la dévisage un moment sans comprendre.

Clarissa. Son corps. Inerte.

Skyler s'agenouille pour tâter l'artère de son cou, la main tremblante. Ne sentant rien, il ferme les yeux pour se concentrer davantage. Toujours rien. Pas de pouls non plus au niveau du poignet. Il écoute sa cage thoracique pour détecter le moindre souffle ou battement de cœur.

Silence. Elle ne respire pas.

Les Fées ont gagné.

L'histoire se répète.

Chaque jour se ressemble depuis cinq ans ; les échecs se succèdent sans qu'il puisse empêcher l'inévitable.

Cette première fois où il a rencontré la mort. Son innocence dérobée en même temps qu'Allen... son frère.

Devant le corps sans vie de Clarissa, la douleur lui enserre la poitrine. L'étau de sa culpabilité referme ses mâchoires sur lui. Il aurait pu la raisonner, faire tomber le voile de ses illusions. C'est vrai, il n'existe aucun traitement contre le Syndrome, mais il aurait au moins pu essayer. Après s'être repassé des milliers de fois le jour où Allen s'est lui-même laissé emporter par ses fantasmes, Skyler s'est infligé à répétition toutes les paroles qu'il aurait pu trouver pour le dissuader de s'accrocher à sa folie.

Il n'était pas atteint du Syndrome. Enfin, Skyler ne croit pas. Les Fées ne sont que la manifestation d'une faiblesse qui se trouve en chacun. Une faille qu'elles utilisent pour mieux s'incruster. Allen, lui, a succombé à sa propre obsession.

Et maintenant, Skyler doit vivre avec la constante réminiscence de son impuissance. Allen, Clarissa et tous les autres noms qui s'ajouteront au sanctuaire.

Une chandelle de plus sera allumée ce soir.

À quoi bon devenir médecin s'il ne peut pas sauver la vie d'un seul patient ? Il n'est qu'un spectateur voué à revoir la même conclusion rejouer continuellement.

Skyler serre des dents, il a du mal à avaler. Il faut que ça change.

— Tu ne pouvais rien faire pour l'aider, lui lance l'inconnue accroupie près du corps, les bras croisés. Elle était déjà perdue.

— Si on pensait tous de cette façon, l'Arche n'existerait pas, rétorque-t-il.

— L'espoir... il pousse à commettre des actes dont on ne se serait pas cru capable, insiste-t-elle en se relevant et en faisant s'entrechoquer les billes retenant ses tresses. Mais il a ses limites.

— Pourquoi est-ce que tu es venue m'aider dans ce cas ?

— Pour te sauver de toi-même, lui répond-elle en le fixant droit dans les yeux.

Skyler hausse un sourcil, incertain de ce qu'elle entend par là. Elle prétend le connaître, alors qu'ils viennent à peine de se rencontrer. Elle n'a pas la moindre idée de ce que ces dernières années lui ont fait. Personne ne le sait. Ce sont ses parents qui doivent vivre avec les conséquences de ses actes. Sa mère.

Ce fardeau, il doit le porter seul.

Les paroles de l'étrangère restent en suspens, noyées par le bruit précipité de bottes qui frappent le métal. Le Parangon.

— Allez, viens ! le presse-t-elle en saisissant sa main d'une poigne étonnamment puissante.

— Pourquoi partir ? se défend-il tandis qu'ils dévalent le couloir opposé. Je n'ai rien fait de mal.

— Tu penses vraiment qu'ils vont se donner la peine de te questionner ? Ils croiront que tu es infecté comme elle, et ils voudront mener leurs propres expériences sur toi.

— C'est insensé. Effectuer les biopsies est le travail de la Division Oméga.

— Les règles, c'est eux qui les font, tranche-t-elle d'un ton sans appel. Par là.

Skyler jette un coup d'œil derrière lui pour s'assurer qu'ils ne sont pas suivis. Ils n'iraient pas jusqu'à le soupçonner de quoi que ce soit en lien avec Clarissa. N'est-ce pas ?

CE N'EST que lorsqu'ils arrivent dans une nouvelle section de l'étage où l'éclairage d'habitude froid a fait place à une luminosité ardente que la fille aux tresses lui libère la main.

Le contact subsiste quelques secondes et la sensation est presque étrange. Depuis combien de temps est-ce que quelqu'un ne l'a pas touché, si ce n'est pour le travail?

De grandes portes coulissantes glissent à leur approche et une bouffée d'air humide les enveloppe. Ils traversent un sas qui les décontamine. Une fine bruine les asperge, puis une fois le processus désagréable terminé, ils pénètrent dans l'un des deux endroits où Skyler aime passer le peu de temps libre qu'il a. Le Parc de l'Humanité.

Le plafond est inexistant, les arbres s'étirent sur plusieurs mètres de hauteur. L'odeur du feuillage mélangé au sol humide lui emplit les poumons et il a l'impression de revivre. Ses sens sont intoxiqués, sa tête légère. Il oublie l'espace d'un moment le fantôme de son passé. Il retient un sourire niais qui menace de surgir.

Skyler inspire profondément en s'engageant sur le sentier, la fille aux tresses à quelques mètres devant lui. Un réconfort, une connexion à la terre d'antan... sur ce vaisseau. Difficile à croire, mais si nécessaire.

—Je ne me lasserai jamais de cet endroit, s'exclame Skyler, fasciné par les grands arbres qui balaient le sol de leur feuillage.

Leur nom lui échappe. Il ne s'est mis à s'intéresser sérieusement aux plantes que lorsqu'il a commencé à travailler au centre de soins. Ses connaissances limitées sur les chrysanthèmes, les lys et les iris qu'il cultive, il les doit aux archives qu'il a dû éplucher longtemps.

Skyler pose sa main sur les rides d'un tronc d'arbre qui

s'égrènent sous ses doigts. Il hume une des feuilles d'un vert vif à la hauteur de ses yeux. Il peut presque sentir la sève lui couler dans la gorge tant l'odeur est riche. Un heureux changement de l'horrible relent métallique de l'Arche.

— C'est étonnant que tout ceci n'existe plus à la surface, dit-il, songeur, en prenant délicatement la feuille dans sa paume pour l'effleurer de son pouce.

— Je ne croyais jamais pouvoir en voir non plus, dit l'inconnue qui contemple cette beauté de la nature à ses côtés.

L'écho de sa voix se fane dans un grincement métallique qui résonne dans la carcasse du vaisseau. Les pieds de Skyler se dérobent sous lui. Il lance un regard surpris à l'inconnue, qui s'est figée.

Il bascule, les yeux fermés.

Les soubresauts successifs du sol lui coupent le souffle. Des bruits de fracas se répercutent tout autour de lui. Sa roulade prend fin dans un arbuste. Il se débat avec des brindilles à l'aveuglette.

Ce n'est que lorsque l'Arche semble s'être stabilisée pendant de longues secondes que Skyler réussit à se libérer et ouvre les yeux. Des branches de toutes les tailles jonchent le sol.

L'arbuste dans lequel il était coincé est truffé de boudins de fleurs cramoisies. Un parfum terreux qu'il n'a jamais senti auparavant lui titille les narines. Une autre fleur à ajouter à sa liste.

— Est-ce que ça va ? s'enquiert l'inconnue qui le rejoint d'un pas chancelant à travers le maquis. J'ai à peine eu le temps de m'accrocher.

L'étendue des dégâts fait peine à voir. Pourvu que sa mère et Émily n'aient rien. Le centre de soins et les autres lieux publics sont heureusement équipés pour ce genre d'évènement. Tout le mobilier est fixé au sol. N'empêche que les chutes soudaines demeurent un risque réel.

— Je crois que je n'ai rien de cassé, lui répond-il en se relevant, le dos légèrement endolori. Juste quelques égratignures.

Il s'en remettra rapidement. Ses écorchures sont superficielles. Le parc, lui, prendra du temps à récupérer. La vie est si fragile.

—J'imagine que c'est ce que Dylan voulait dire, déclare Skyler pour tenter d'expliquer ce qui vient d'arriver.

— Dylan ?

— Mon père. Il est océanographe. Les courants marins sont particulièrement violents ces temps-ci.

La fille aux tresses acquiesce en silence et retourne sur le sentier, mais d'un pas plus lent, comme perdue dans ses pensées. Il la suit.

Ils marchent avec le soleil artificiel qui perce le feuillage clairsemé et une chaleur se diffuse sur sa peau. Ils prennent soin d'éviter les bouts de branches qui parsèment le chemin. Il y en a parfois des plus gros qu'ils doivent enjamber.

—Je ne t'ai jamais vue auparavant, reprend Skyler pour briser le silence qui s'est installé. Qu'est-ce que tu fais sur l'Arche ?

— Si je te le dis, tu ne me croiras pas.

Elle ramasse une branche de bon calibre qu'elle utilise comme appui.

— Est-ce que tu peux au moins me dire ton nom ?

Elle hésite un bref instant. Skyler s'apprête à prendre la parole quand elle se décide à répondre :

— Tessa. Tessa Farrell.

La surprise doit se lire sur son visage, car elle réplique du tac au tac sur la défensive :

— Quoi ?

—J'ai présumé pendant longtemps qu'Élaine n'avait pas réellement eu de petits-enfants. Tu sais, avec sa démence qui prend de l'ampleur, on ne peut pas toujours la croire sur parole.

— Donc, tu es le résident qui s'occupe d'elle régulièrement, Skyler Goldberg, c'est ça ?

— Elle t'a parlé de moi en bien j'espère, s'inquiète-t-il en repensant au tempérament imprévisible d'Élaine.

Parfois madame Farrell a le don de mélanger l'identité des gens. Un effet secondaire de sa démence peut-être, mais même à son premier stade, il y a deux ans, elle montrait déjà des signes de prosopagnosie d'après le docteur Nazar, son médecin traitant.

—Je ne la vois pas souvent, dit-elle en détournant le regard. Je suis pas mal occupée.

—Ça n'est pas bon signe si tu évites la question, dit-il en se rapprochant de la lisière du petit bois qui donne sur une fausse grande plaine relativement épargnée. Parfois, c'est mon collègue Chris qui s'en charge, alors si elle est de mauvaise humeur ces jours-là, ça se peut que ce soit à cause de lui. Elle ne l'aime pas.

—Le fils de Duke Kay qui s'est lancé en médecine plutôt que de suivre les traces de son père ?

—Je préfère la version de l'histoire où c'est son père qui n'a pas voulu de lui dans ses pattes, rectifie-t-il, ce qui lui vaut un sourire en coin de Tessa. Comment le sais-tu?

—Ça fait partie de mon travail.

Les seules personnes qui ont accès au registre des passagers travaillent soit pour l'équipage, soit pour la prison, soit pour...

—Eh bien! Le Parangon a un membre rebelle, à ce que je peux voir. Je ne sais pas si ça devrait me rassurer.

—Différentes visions s'opposent au sein du Parangon. Duke ne respecte pas toujours les ordres de l'officière Diana du Commandement et certains sont au courant. Autant de gens, autant d'opinions.

—Allons droit au but. Pourquoi m'as-tu amené ici ? la presse-t-il, plus sérieux.

—Pour te prévenir.

Elle réduit l'espace qui les sépare : elle est si proche que les effluves salins de sa peau titillent Skyler dont le corps se raidit.

—De quoi au juste ? demande-t-il, sceptique, alors que son cœur s'accélère.

La façon dont son regard ambré le transperce ne le laisse pas indifférent. Elle en sait plus sur lui qu'elle ne veut lui dire. C'est ce que le Parangon fait, non, enquêter sur les gens ?

—Reste avec ta famille demain. Ils ont besoin de toi.

—Qu'est-ce qu'il va leur arriver ? demande-t-il, énervé.

— Rappelle-toi de Clarissa et de sa détresse.

Les images le percutent sauvagement. Le visage de son frère remplace celui de Clarissa, puis c'est celui de sa mère. Elle souffre, l'absence de son père rajoute à son calvaire. Skyler doit réparer sa faute.

Il lutte de tout son saoul pour étouffer les larmes.

— Rappelle-toi la raison pour laquelle tu travailles de manière aussi acharnée, continue Tessa qui lui offre un regard empli d'empathie. Comment les choses auraient pu tourner autrement.

Sa voix est douce et naturellement chantante, et Skyler ne peut s'empêcher de vouloir l'entendre davantage. Or, quelque chose éveille sa curiosité. Tessa a un visage qui se prête au rire, mais est voilé par un sentiment qu'il pourrait reconnaître n'importe où : une sorte de mélancolie profonde. Pourquoi ?

Il a la troublante impression que Tessa le comprend, qu'elle partage les chaînes qui le retiennent contre son gré dans sa souillure. Et si le même destin tragique qu'a rencontré Clarissa guettait sa mère ? Le seul moyen de lui éviter cette fatalité, de repousser les Fées qui profiteront de la faiblesse de Murielle pour la prendre en otage, est de rester à ses côtés pour veiller sur elle.

— N'oublie pas qui tu es, chuchote Tessa.

Elle s'éloigne, les billes de ses tresses tintent à intervalles lents et réguliers. Soudain, l'évidence frappe Skyler. Il a déjà rencontré Tessa, il n'y a pas si longtemps.

LES LUMIÈRES du vaisseau se sont tamisées pour imiter la nuit terrestre. Les plafonds ternes n'ont rien à voir avec le ciel étoilé dont on leur a tant parlé. Ce ciel qui s'étendrait à l'infini, chaque scintillement étant un accès à un monde différent, hors d'atteinte. Un lieu loin de l'Arche et de ses entrailles qui les digèrent depuis trop longtemps. Ce soir, Skyler doit se contenter de ces quatre murs métalliques qui le privent de la liberté de rêver. Sans les Fées. Sans sa mère qui s'enfonce.

Heureusement que Murielle n'a pas été blessée lors du « tremblement de mer », comme Dylan les appelle. L'expression est revenue à l'esprit de Skyler une fois de retour dans la cabine dans laquelle il a grandi.

Il a passé la soirée à prendre soin de Murielle. Il lui a ramené ses pâtes favorites : celles au saumon. Ils ont aussi regardé des vidéos de l'ancienne Terre et des milliards de possibilités qui se seraient offertes à eux s'ils avaient pu naître à une autre époque. Il ne lui fait pas de promesses. Elles sont faites pour être brisées de toute façon. Mais en son for intérieur, il imagine déjà comment la deuxième chance de l'humanité pourrait être utilisée. Avec sa famille. À redonner à sa mère sa joie d'autrefois. Lui montrer que la vie a de belles choses à lui offrir même si l'un de ses fils ne pourra jamais revenir.

Tessa a rappelé à Skyler que sa place est aux côtés de sa mère avant toute autre chose. Il compte demander dès demain à la Division Oméga de lui octroyer la charge de sa mère à plein temps. Il a fui sa responsabilité en croyant que soigner les autres lui ramènerait son frère. Pendant tout ce temps, il a négligé sa propre famille.

Maman.

Il doit demander pardon.

9

SKYLER

La jeune fille basanée qui travaille aux archives est en train de brosser ses longs cheveux de jais. Ses yeux sautent en même temps d'un bout à l'autre sur l'écran. Elle reconnaît Skyler tout de suite du coin de l'œil et scanne son bracelet de sa main libre. La préposée lui adresse ce même sourire timide qu'à l'accoutumée, sans dire un mot. Elle fait glisser un jeton doré sur lequel est inscrit un numéro. Skyler marmonne un merci embarrassé, mais la jeune fille est déjà replongée dans son brossage machinal, le regard rivé sur ce qui semble être cent fois plus intéressant.

Skyler prend connaissance de la Nef qu'elle lui a attribuée et pénètre dans un couloir perpendiculaire scellé qui s'ouvre une fois son bracelet présenté. Les Nefs sont alignées les unes à côté des autres, séparées par du verre givré. Skyler prend place dans la sienne et il est accueilli par l'odeur familière de la lavande qui le calme aussitôt. La porte se barre automatiquement comme si tout l'air était aspiré vers l'extérieur.

Il y règne un silence total.

Ses oreilles bourdonnent encore quand il insère le jeton dans une cavité sur le bras du siège incliné. La pièce luit, un circuit s'illumine à même la structure du siège. On lui souhaite la bienvenue en le désignant par son nom. Puis, un écran flotte devant lui avec différents menus qu'il peut sélectionner grâce à de simples gestes de la main.

Clarissa Reed. La dernière victime du Syndrome. Cela n'a pas été difficile de la localiser dans le registre. Ce matin quand ils se sont croisés, Émy lui a avoué que plusieurs prisonniers présentaient des symptômes similaires à Clarissa et qu'ils avaient tous essayé de s'évader à un moment ou un autre. Seulement, rares sont ceux qui réussissent.

Leur conversation lui a donné une idée. Si le Syndrome est répandu même à la prison, les archives pourraient en contenir des traces. Quelqu'un aurait pu l'avoir noté à travers l'histoire de l'Arche. Ce n'est qu'une intuition, mais ça vaut le coup d'essayer. Le projet des sphères de mémoire a nécessité beaucoup de recherches et c'est à ce moment que la richesse des archives s'est dévoilée peu à peu aux yeux de Skyler. Elles sont imparfaites dans leur classement, et les enregistrements tendent à être de mauvaise qualité, mais de petits trésors s'y cachent à l'occasion.

Skyler décide de lancer une recherche dans les archives du centre de soins. Certains médecins des deux premières générations ont entretenu un journal médical qu'ils publiaient mensuellement, mais ils ont abandonné la pratique pendant la période des Furies, l'âge noir de l'Arche. La surpopulation a entraîné des conséquences désastreuses : un manque de nourriture et une surcharge des besoins en oxygène. Et comme si cela n'avait pas été assez, plusieurs parties du vaisseau devaient être changées. Quand le Commandement a repris le contrôle de la situation, ils ont instauré des mesures plus strictes, comme la régulation des naissances pour éviter une autre catastrophe qui aurait bien pu signer leur arrêt de mort à tous.

Skyler passe au peigne fin les publications du journal en question. En voulant retourner au menu précédent, il effleure par inadvertance le nom d'un des auteurs et tombe sur sa page personnelle. Une liste de ses contributions apparaît, rien de bien spécial, mais un mot attire son attention. *Chroniques*.

Des enregistrements privés. C'est très inhabituel. Normalement, il n'y a que les documents officiels ou la sélection de vidéos de l'ancienne terre de disponibles. Rien de confidentiel.

Skyler clique sur le premier enregistrement qui date de 2089. Une image remplit l'écran.

« Est-ce que ça fonctionne ? Allô ? Bon. C'est très étrange pour moi de m'enregistrer. Heureusement que je suis seule dans mon petit bureau comme vous pouvez le voir. Mon nom est Ivanka Torres. Je suis résidente ici au centre de soins de notre fameuse Arche. Future médecin ! Moi même je n'y crois pas. Mais ce ne sera pas avant d'avoir passé toutes ces simulations de chirurgies à n'en plus finir pour obtenir ma licence officielle. Qu'importe. »

Cette Ivanka est aussi rousse que Mira, mais le blond s'y mélange davantage. Sa peau est si pâle que ses taches de rousseur ressortent beaucoup plus, surtout avec la lumière fluorescente typique du centre de soins.

« Je me suis dit que ce serait bien de répertorier mes expériences au travail. Rien de mieux pour se préparer à un examen. Je dois être dingue. En fait, je ne connais personne qui fait de journal vidéo du même genre. Qui prendrait le temps de les regarder de toute façon ? Ce n'est pas comme si j'étais célèbre pour avoir inventé un nouveau médicament. Vous devez donc vous demander ce que cette Ivanka Torres peut bien avoir à partager ? Ça va. Je me pose aussi la question en ce moment. Si ça en vaut vraiment la peine.

Comment dire ? Je ne sais pas ce qui se passe, mais des cas suspects ont commencé à arriver. Rien que l'on nous a enseigné à l'Académie de l'Arche. Et je suis une bonne étudiante. Bien entendu, j'ai demandé à mon mentor, le docteur Taylor, et il s'est fait drôlement silencieux. »

Elle se fige, la bouche béante.

« Ah! Mais qu'est-ce que c'est que ça ? »

Elle lève les yeux au plafond.

« Désolée. Je dois avoir hérité du pire bureau du centre de

soins. Celui dont personne ne veut parce que la tuyauterie fuit. Bon, où en étais-je ?

Ah oui! Les cas suspects. Ils sont hystériques. Certains sont morts subitement. C'est à n'y rien comprendre. J'espère que l'on ne me questionnera pas lors de l'examen à ce sujet. Mais pour être honnête, c'est le moindre de mes soucis en ce moment.

Mais qu'est-ce qu'il leur arrive à la fin ? C'est comme si les gens devenaient fous sur cette Arche. Est-ce qu'ils ont été enfermés trop longtemps ? Le manque d'exposition au soleil est reconnu pour avoir des effets pervers sur l'humeur, sur le système nerveux et tout, mais bon, les suppléments de vitamine D dans les repas du réfectoire devraient faire l'affaire. Non. Il y a quelque chose d'autre.

J'ai un mauvais pressentiment. C'est comme si... »

Elle pousse un cri devant les objets qui volent de son bureau pour s'écraser au sol. Sa chaise se renverse et la caméra vacille pour finalement s'interrompre.

Un tremblement de mer ? Les conditions de l'Arche n'ont jamais été faciles.

Le système propose à Skyler de lire automatiquement les deux enregistrements suivants. Le cœur battant, il accepte. Cette fois-ci, Ivanka est au cœur de l'action. Elle filme en marchant.

« Je ne pensais jamais voir ça. Les morts se succèdent les uns après les autres. Mais le pire, c'est ce qui se passe avant. Regardez. »

Il y a des cris en bruit de fond.

« Les patients hurlent. Certains parlent tout seuls. Ils sont tous devenus fous ! Et que peut-on faire pour les aider, sérieusement ? Même si on les met sur le respirateur artificiel, leur système nerveux flanche. Le centre de soins est débordé et ça ne compte pas ceux que l'on sort de leur cabine. On pense à une épidémie, mais ça n'a aucun sens. J'ai côtoyé d'innombrables patients infectés et pourtant je n'ai rien. »

Ivanka se tourne.

« Restez couché. Vous êtes malade. Mais qu'est-ce que... Au secours ! Arrêtez-le ! »

La voix d'Ivanka s'étrangle et la caméra tombe à terre. On ne voit plus que des pieds.

Un bruit sourd sur la droite de Skyler le fait sursauter. Le grésillement de l'interphone, puis :

— Oh, Skyler ! Je ne voulais pas te faire peur, s'exclame la docteure Siria avec son regard perpétuellement étonné.

— Oui, dit-il encore sonné par la dernière vidéo. Qu'est-ce qui se passe ?

— En fait quand tu auras un moment, pourrais-tu me rejoindre dans la salle des sphères ? J'ai quelque chose à te montrer.

— D'accord. Je serai là dans un instant.

La docteure Siria s'en va. Skyler s'empresse de reculer la dernière vidéo qui s'est mise en marche.

Ivanka semble avoir survécu puisqu'elle se trouve sur un lit, probablement celui de sa cabine.

« Comment ça marche ce truc déjà ? Ah oui. Ça m'apprendra à ne pas m'en servir pendant tout ce temps.

Je ne sais pas pourquoi je m'obstine à faire ces enregistrements. Mes parents ont péri de la mystérieuse maladie. Ils me manquent atrocement. Et j'ai survécu. De justesse. »

Elle montre des marques cicatrisées sur son cou.

« L'un des patients m'a étranglé. C'est le docteur Taylor qui m'a sauvée. Cet évènement nous a rapprochés grandement. Maintenant que je suis officiellement médecin, il n'y aura plus de risques de malentendus, puisque lui et moi nous fréquentons. Mais enfin.

On évite de reparler de cette mystérieuse maladie qui a tué neuf cent cinquante Archéens. C'est une catastrophe. Mais on se remet. On s'adapte. Nos ancêtres ont bravé le Déluge, eux. Ça doit être dans nos gènes !

L'avenir qui nous attend est bien nébuleux, mais la vie sur l'Arche reprend lentement son cours. Avec l'aide du Parangon, les Deltas ont nettoyé l'Arche de fond en comble. Et maintenant, mon bureau au centre de soins est enfin décent.

— Qu'est-ce que tu fais chérie ?

— Oh désolée ! Je termine un truc. Laisse-moi une minute.

Bon alors je ne crois pas continuer ces enregistrements. C'est difficile d'être seule depuis que je suis médecin et en amour à plein temps. Désolé de vous avoir fait perdre votre temps. »

La vidéo s'interrompt brusquement. Skyler a l'esprit en surchauffe. Est-ce le Syndrome des Fées ? Il serait apparu si tôt ?

Il vérifie la date du premier enregistrement. 13 février 2089. C'était il y a soixante-dix ans ! Pourquoi le Syndrome reviendrait-il maintenant ? S'il s'agit bien de la même chose. Mais les ressemblances sont trop frappantes.

Skyler continue à fouiller, au cas où il trouverait d'autres vidéos filmées en 2089. Rien. Nada. Les archives contiennent surtout des livres numérisés et des images. Éplucher les autres catégories requiert beaucoup de temps, et encore plus pour consulter le profil de tous les auteurs qui ont contribué au journal médical. Des heures de plaisir en vue. Ou pas. Tout dépendra des résultats.

Il retire le jeton encastré et la Nef s'assoupit. Il sort du couloir privé et dépose rapidement la pièce sur le comptoir d'accueil parsemé de longs cheveux noirs. Nulle trace de la préposée. Il ne l'attend pas et va rejoindre la docteure Siria qui doit s'impatienter dans la salle des sphères.

Mais celle-ci ne s'y trouve pas, elle non plus, sûrement occupée à autre chose.

Skyler s'approche du piédestal et passe son bracelet au-dessus. Le présentoir s'illumine d'un beau bleu orchidée et les sphères de mémoire se révèlent sur une plaque qui tourne. Pour l'instant, il y en a seulement trois. Skyler a encodé la toute première un peu à l'improviste dans une chasse qui a viré au cauchemar : des débris sous-marins ont happé deux membres d'une de leurs équipes. Skyler a choisi le plus vieux d'entre eux pour mieux tester les capacités de sa technologie. Avec un vécu plus riche, il était le candidat idéal. La procédure a été un succès et c'est ce qui a donné le feu vert définitif à l'implantation du projet en plus d'attirer l'attention de la docteure Siria, entre autres.

La deuxième tentative par contre a été un échec : la sphère est restée grise. La calibration a mal tourné, car il a manqué de temps. C'est à ce moment qu'il s'est rendu compte de l'importance de la fenêtre d'opportunité. Si l'activité cérébrale est complètement éteinte, il est trop tard. Cette sphère-ci ne contient que des fragments impossibles à décoder. Skyler ne la conserve qu'au cas où il trouverait un moyen de la décrypter. Un jour.

À bien y repenser, la première sphère a vraiment été un coup de chance. Tous les éléments optimaux étaient en place : la fenêtre d'opportunité était ouverte, le vieil homme n'était pas atteint du Syndrome, son cerveau était intact.

Quant à la troisième, Skyler n'a pas encore eu le temps de la vérifier. C'est le moment idéal pour le faire. Il place sa paume au-dessus du globe rougeoyant qui s'élève. Francisco Rivera, quarante-deux ans. Une description plus longue sur son parcours dans la communauté de l'Arche − dont l'accès serait normalement bloqué au registre − apparaît. Skyler a dû obtenir l'autorisation du Parangon pour accéder à ces informations, chose qui n'a pas été des plus simples. Par chance, les contacts du père d'Émily ont fait pencher la décision en sa faveur.

Les filaments l'hypnotisent. Ils rappellent drôlement le réseau de vaisseaux sanguins du corps humain. Et si ce n'était de ce rouge si vif et profond, il pourrait tout aussi bien s'agir d'un arbre du parc, avec toutes ses branches qui se multiplient en un entremêlement complexe, certaines plus larges que d'autres, et son centre, comme un cœur qui pulse toute l'énergie nécessaire jusqu'aux plus petites fibres. Une fleur cueillie tout juste avant de faner dans l'oubli, pour vaincre l'épreuve du temps dans sa prison de verre. Sa beauté, une vie intemporelle. Des multitudes de souvenirs, que l'hôte y ait eu accès ou pas, et qui dépassent l'entendement.

Le cœur de Skyler bat la chamade au même rythme que la sphère quand il active le visionnement de celle-ci.

Il attend.

« Données corrompues. »

Tout son corps devient glacé. Ce n'est pas possible.

Aucune explication. La sphère, avec sa beauté interdite, semble lui lancer un avertissement : sont-ils vraiment prêts à détenir un tel secret ?

— Hey, Sky! Content de te voir.

Une forte odeur d'huile précède Nathan, le mari ingénieur de Jacinthe, qui entre avec son typique sourire en coin. Skyler ne montre pas qu'il est incommodé par la puanteur et renvoie un sourire sincère à Nathan qui vient lui taper l'épaule. Son uniforme est taché à plus d'endroits qu'il ne peut en compter.

— Tu ne pourrais pas arriver au meilleur moment, l'accueille Skyler, le front plissé. J'ai un problème que tu pourrais sûrement régler. Regarde.

Skyler essaie de visionner la sphère, et le message d'erreur s'affiche à nouveau.

— Mmm. Je vais avoir besoin de temps pour vérifier ce qui cloche. Y avait-il quelque chose de particulier chez ce patient ?

— Il est mort du Syndrome.

Nathan fait une grimace.

— Ça doit expliquer le problème en partie. Probablement des interférences. Écoute, je travaille là-dessus et je t'en redonne des nouvelles.

— C'est génial, merci.

Nathan se met à son aise et s'appuie sur la console, l'air satisfait.

— D'ailleurs, je te réserve une petite surprise, déclare-t-il en faisant un mouvement de la tête vers le réceptacle. Je vais profiter de cette sphère pour tester une de mes merveilleuses idées.

Skyler le questionne du regard.

—Tu sais que Jacinthe et moi attendons un bébé, une petite fille en fait, ajoute-t-il en prenant son temps, l'air distrait. Quand tu m'as dit que c'était possible d'en avoir le cœur net...

Ça va de soi. Si seulement tout le monde pouvait faire son travail comme il faut.

Nathan s'arrête comme s'il cherchait ses mots et se redresse.

—Les sphères de mémoire... Si quoi que ce soit arrivait à moi ou à Jacinthe, je voudrais au moins que notre petite fille puisse rencontrer ses parents, tu vois ?

Skyler hoche la tête. Il parle rarement d'autre chose que le travail. À quoi veut-il en venir au juste ?

—En plus du Syndrome qui court. Je me suis dit : et si ma petite fille pouvait rencontrer son papa même s'il n'était plus en vie ? En ce moment, les sphères ne montrent que des images extraites de la mémoire. Quand ça fonctionne, cela dit.

Il a un rire moqueur. Skyler se mord l'intérieur de la joue. Si la première a réussi, les autres le pourront aussi. Sinon, c'est tout le projet qui tombera à l'eau.

—Mais, imagine si on pouvait voir ces morts ? Ma petite fille pourrait voir ses parents, peu importe ce qui arrive. En tout cas, je vais travailler là-dessus. Ça ne t'embête pas, j'espère ?

Voir les défunts ? C'est une idée... ambitieuse. Le mot impossible s'impose, surtout avec les résultats instables, mais... si Nathan pense pouvoir réussir...

—Ces sphères de mémoire... ce projet, je l'ai fait pour nous tous, dit Skyler qui se frotte la nuque. Pour nous donner des possibilités.

Cette simple idée le fait frissonner d'excitation. Bien sûr, ce ne serait qu'une imitation, probablement un alliage de lumière, mais ils transcenderaient leurs souvenirs pour les rendre plus... complets. Revoir des êtres chers est un prix que beaucoup seraient prêts à payer, si ce n'est que pour en trouver un réconfort. La douleur de la séparation ne serait plus qu'un mauvais souvenir. Cela pourrait même faire partie d'une thérapie pour aider les endeuillés.

Les idées de Skyler se bousculent dans sa tête :

— Je te fais confiance.

Nathan esquisse un sourire en coin, comme un gamin.

— Je vais m'amuser dans ce cas.

— Skyler, l'interpelle la docteure Siria avec un regard étonné. Désolée de faire ma rabat-joie, mais des gens sont ici pour toi, et ils n'ont pas l'air content du tout.

La joie de Skyler s'éteint aussitôt.

<hr>

L'AGENT MILES, le même qui l'a interrogé après sa visite à la cabine de madame Farrell est celui désigné pour l'escorter.

Sans explication. Mieux vaut ne pas poser de questions, quand il s'agit du Parangon.

Ils empruntent un vaste corridor bordé d'une large baie vitrée qui offre un panorama imprenable sur les confins du Grand Océan. L'air gorgé de sel marin colle à la peau. Les phares extérieurs de l'Arche sont allumés, ce qui signifie qu'une équipe de plongeurs est présentement à la chasse. La lumière naturelle du soleil filtre à peine depuis leur profondeur et, sans cette lumière artificielle, ils ne verraient rien. Au moins une vingtaine des petits vaisseaux Strahls luisent dans les projecteurs.

L'agent Miles les fait tourner à nouveau. Ils s'éloignent de la baie vitrée et s'enfoncent dans l'Arche jusqu'à une double porte familière : l'atrium.

Skyler sent littéralement son sang quitter son visage. C'est le lieu où les criminels comparaissent avant d'être jetés en prison.

De quoi le soupçonne-t-on ?

Ils pénètrent dans l'atrium, gigantesque pièce d'une blancheur aveuglante, au plafond si élevé qu'il s'étend sur plusieurs étages, un peu comme le réfectoire. Il peut contenir une immense foule, ce qui est le cas aujourd'hui, comme en témoigne le bourdonnement des conversations.

Quelque chose est différent : des Nefs miniatures peuplent les estrades. Des centaines de bulles de verre disposées en série. Une par personne. Skyler soupire de soulagement.

L'agent le conduit jusqu'à l'une des dernières bulles de verre disponibles : Oméga79.

— La prochaine fois, rends-nous la vie moins difficile et présente-toi à la convocation tout seul, lui lance l'agent Miles qui s'éloigne pour se poster à l'entrée qu'on scelle du même coup.

Skyler s'identifie dans sa Nef qui lui souhaite la bienvenue et lui pose des questions sur son alimentation des dernières vingt-quatre heures – il a oublié de déjeuner – et son temps de sommeil – trop peu. Aussitôt les électrodes placées sur son crâne, l'assistant électronique lui diagnostique un niveau de stress élevé et entame une explication élaborée de la procédure de simulation, afin de le calmer.

Skyler soupire de soulagement une fois de plus en s'accotant à l'appui-tête. La voix robotisée n'est plus qu'un bourdonnement lointain. Ça lui était complètement sorti de la tête. Le rappel a dû passer dans ses courriels sans qu'il y porte attention. Une simulation. C'est toujours mieux que risquer de pourrir dans une cellule pour un malentendu.

La voix électronique monte de volume et poursuit :

« Le but de la simulation est de vous permettre de vous préparer à toute éventualité en cas d'urgence, de mesurer vos forces et vos faiblesses et à s'assurer que vous êtes prêts au repeuplement quand le moment viendra. Le climat de la Terre peut être aride et imprévisible. Même s'il est difficile de vous l'imaginer, vous devrez faire face à de nombreux dangers qui requerront toutes vos habiletés. »

Une fois tous les trois mois, chaque Archéen doit passer ce test de routine, à raison de deux ou trois cents personnes à la fois. Le contenu varie. On utilise les facultés du cerveau pour créer des illusions réalistes, comme pour les rêves lucides. En stimulant certaines régions du cerveau connues pour déclencher les émotions et les souvenirs, la simulation propose l'architecture de ce rêve et l'imagination complète le reste pour créer l'illusion parfaite d'une réalité alternative. Ils compilent ensuite les résultats, pour que le programme apprenne de leurs expériences afin de cibler leurs forces — pour les raffiner — et leurs faiblesses — pour trouver des moyens de les contrer. Une idée du Parangon. Évidemment.

Les rapports de ces Simulations sont plutôt brefs, et servent surtout à l'équipage pour planifier le repeuplement. On ne juge pas nécessaire d'en dire davantage à la population. Lorsque Skyler était à l'Académie, les rumeurs les plus folles sur leur usage réel allaient bon train. Certains pensaient qu'on choisissait les agents du Parangon de cette façon, d'autres avançaient qu'on leur implantait des puces. Mieux encore : qu'on contrôlait leur esprit. Quant aux adultes, ce n'est pas un sujet de conversation qui les intéresse. Les théories du complot ont toujours eu la cote sur l'Arche, par manque de divertissement et rien d'autre. Skyler est d'avis qu'ils pourraient se focaliser sur des actions concrètes pour bâtir un futur au lieu de s'attarder à ces histoires farfelues. Ils n'ont décidément pas tous les mêmes priorités.

« La simulation est le fruit d'une collaboration entre les cinq Divisions, poursuit la voix sans âge. Bon succès. »

Une musique relaxante prend le relais. Skyler a la gorge nouée. Il essaie de se changer les idées et repère Émily du coin de l'œil, une rangée plus bas dans la même section que lui. Chris, Mira et Léandre sont côte à côte.

Chris a toujours son air arrogant et parle avec véhémence. Mira semble énervée, accrochée à son bras, le visage rouge de colère. Le vacarme de l'atrium est trop important pour entendre leur conversation, mais on dirait bien une crise de jalousie.

Mira a l'air d'avoir le béguin pour Chris, en tout cas. Qu'est-ce qu'elle lui trouve à la fin ? Elle est calme et assidue au travail, tandis que Chris fait sa loi et trouve toujours un moyen d'agir autrement que ce qu'on attend de lui.

Pathétique.

Émily les observe aussi depuis sa Nef, et partage sûrement le même fil d'idées.

La voix électronique signale à Skyler que son stress a atteint un niveau acceptable et cesse la musique relaxante. Les lumières se tamisent du même coup, et l'atrium baigne dans un silence presque instantané.

D'une démarche assurée, Laurène, la seconde officière de l'Arche, va se poster au milieu de l'hexagone qui arbore des poissons identiques à ceux du sanctuaire. Ils sont animés, sautent et plongent dans de l'eau éphémère. Une illusion.

Sa longue chevelure marron retombe sur son chemisier qui lui donne une certaine prestance. Elle a la peau lisse, les dents parfaites, et dégage constamment un air intemporel.

Duke Kay se joint à elle avec un léger retard, suffisant pour se faire remarquer. Il se tient à une bonne distance de Laurène, comme pour s'approprier une partie de la scène. Il arbore la même arrogance que Chris, un trait familial.

La voix de Laurène leur parvient depuis des haut-parleurs à l'intérieur de chacune des Nefs.

—Merci à tous et à toutes d'être venus à la simulation trimestrielle. La survie de notre espèce dépend de notre capacité à nous adapter. Nous avons fait un long chemin depuis la première génération de survivants. Nous avons bravé ce à quoi aucun être humain avant le Déluge n'avait eu à faire face dans l'histoire.

Laurène prend une pause calculée tandis que les cris de joie fusent de toutes parts.

—Rappelons-nous pourquoi nous sommes ici. Pourquoi nous avons réussi. Et pourquoi nous survivrons jusqu'à ce que l'on repeuple la Terre.

Le silence revient, la gravité du moment est palpable. Un frisson parcourt Skyler. Fouler la terre de son vivant... Sentir la pluie sur sa peau, le sable couler entre ses doigts, l'air pur d'une forêt et peut-être même la morsure du froid, sans que ce soit le fruit de son imagination.

Duke prend le relais, sous le regard intéressé de Laurène.

— Ce monde est devenu hostile. Il est sans pitié. Il détruit les vestiges de notre civilisation. Il s'acharne en nous envoyant des tempêtes qui se répercutent jusqu'aux fonds marins. Encore hier. Il tue.

Duke fait une pause glaciale pour que tous se rendent compte de la portée de ses paroles.

— Chaque Division de l'Arche nous permet de défier notre triste destinée. De reprendre les rênes de ce monde déchaîné. En survivant et en nous entraînant à surmonter tout ce que cette terre peut nous infliger.

Son ton est ferme, ses mots pesants. Il sonde la foule des Nefs de son regard dur. Tout ce qu'on peut attendre du dirigeant du Parangon. Son uniforme bleu foncé sans aucune imperfection lui donne un air encore plus redoutable. Calculé. Préparé. Ses pommettes saillantes, son nez en pointe, telles des lames prêtes à lacérer. Une version de Chris poussée à l'extrême. Quelqu'un qu'il vaut mieux éviter.

— Ceux qui ont péri lors du Déluge ont succombé à leur narcissisme en croyant qu'ils ne craignaient rien. Qu'ils étaient préparés. Les faibles ont perdu et les plus forts de notre espèce se trouvent ici en ce moment, plus résilients que jamais. Nous ne referons pas la même erreur. La simulation est le résultat de cet effort, une des technologies les plus sophistiquées qui permet de nous adapter en temps réel, plus rapidement que l'évolution naturelle, qui est imparfaite. Nous reprenons le contrôle qui nous revient de droit.

Des acclamations fusent de toutes parts, mais Skyler reste coi. Duke et Laurène échangent un regard qui semble chargé de sens, puis elle prend la parole :

— La planète nous a lavés de notre pire péché : notre igno-rance. De surcroît, elle nous a offert de tout recommencer à zéro. D'apprendre. De réapprendre. Mais pour ce faire, il nous reste l'épreuve du temps à traverser. Plus de cinq générations se sont succédé depuis et peut-être plus encore à venir.

Non. Leur calvaire tire à sa fin. Il le faut.

—Nous avons réussi un exploit que même nos ancêtres n'avaient pu prévoir. Et nous n'abandonnerons pas.

Des applaudissements et des sifflements l'acclament. Ils construiront la première ville à voir le jour depuis le dernier siècle. Ou leurs descendants s'en chargeront. Les limites n'existent pas.

—Tant et aussi longtemps que nous serons hors de danger. Que nous pourrons élever une nouvelle génération qui n'aura pas à connaître tous les sacrifices que nous avons dû subir pour leur promettre un avenir meilleur. Un avenir où nous pourrons reconnecter avec notre planète. D'ici là, nous devons nous efforcer de rallier nos forces. Et réussir l'impossible. Ensemble.

Un tonnerre d'applaudissements s'ensuit. Laurène est en parfait contrôle de la situation et laisse entrevoir un sourire satisfait. Skyler l'imite.

Duke, éclipsé par Laurène, va rejoindre un groupe d'agents du Parangon. Il n'a plus rien à faire sur scène.

—Vous êtes la nouvelle génération qui doit être préparée pour les temps difficiles qui se dessinent à l'horizon. Que vous soyez les futurs pionniers ou non, vous devrez élever une nouvelle génération selon nos préceptes, nos espoirs, nos rêves.

Elle se tait pendant un moment et balaie la salle d'un regard aussi dur que celui de Duke Kay pendant une fraction de seconde.

—Que les plus forts survivent, dit-elle en levant une main.

Les Nefs s'activent aussitôt. Ils s'illuminent d'un bleu électrique, ce qui plonge l'atrium dans une ambiance étrangement similaire aux Archives.

La chaise sur laquelle Skyler est assis se moule parfaitement à son corps, mais il est libre de ses mouvements. Une aiguille métallique lui transperce la nuque et il serre ses poings tandis que le liquide lui empoisonne le sang. Les battements de son cœur cognent dans ses oreilles et la substance se répand, glaciale.

Sa vue s'embrouille l'espace d'un instant et une légère panique lui ronge les tripes.

Ce n'est pas comme d'habitude. Il devrait tomber dans l'inconscience aussitôt l'injection faite. Qu'on le détache ! Qu'on le laisse partir d'ici ! Maintenant !

Émily. Émily. Émily !

Elle balance la tête d'un côté et de l'autre. Elle ne le voit pas.

Il étouffe.

10

SKYLER

Skyler cligne des yeux. Les électrodes se détachent de son crâne. Il sort de sa Nef en se retenant au cadre en verre de la bulle. Sa léthargie est déconcertante. Qu'est-ce qu'il a manqué ?

— Félicitations à tous nos candidats pour avoir complété leur simulation, reprend Laurène depuis la scène hexagonale. Vous pouvez retourner à vos quartiers.

C'est déjà terminé ? Skyler a la nausée. Étrange. Il ne se souvient de rien.

Il s'éloigne de sa Nef à contre-courant pour rejoindre Émy qui est restée assise. Les murmures dans l'atrium se répandent comme une traînée de poudre.

— Est-ce que tu te rappelles de quelque chose ? lui demande-t-il en glissant la tête dans sa bulle.

Émy a l'air de ne pas l'avoir entendu, comme si elle revenait d'un autre monde. Elle fronce les sourcils, puis le regarde.

— C'est normal de se sentir un peu confus après, dit-elle en prenant la main de Skyler pour s'extirper de la Nef, mais j'avoue que ce coup-ci, c'est... particulier.

Elle secoue la tête en se frottant les yeux et bâille un bon coup.

— Je suis sûre que...

Sa voix est étouffée par une alarme. Un hurlement strident. Skyler se bouche les oreilles. La même voix féminine robotisée qu'au réfectoire entonne d'un calme impassible :

« Attention. Veuillez procéder à l'évacuation... Attention. Veuillez procéder à l'évacuation. Attention... »

L'atmosphère se tend. Une foule se masse devant chacune des six sorties qui s'ouvrent automatiquement. Confus, Skyler se laisse porter par le groupe le plus près, suivi d'Émily, sous les lumières guide orangées. Les corps sont pressés les uns contre les autres, et l'inévitable odeur de la sueur se mêle à la peur.

Quelque chose ne va pas. Où les emmènent-ils ?

Skyler refait le chemin inverse et passe par la baie vitrée qui a changé d'allure : l'eau est trouble, comme mélangée à de la rouille. Les restes décomposés d'une ville sous-marine ?

Soudain, à travers la cacophonie, quelque chose grince de façon inquiétante, comme du métal qui plie. Il ralentit à la hauteur d'Émily.

— As-tu entendu ?

— De quoi est-ce que tu parles ?

— C'était un bruit lourd, comme si...

Skyler n'a pas le temps de terminer sa phrase, une violente secousse lui fait perdre l'équilibre. Sa mâchoire percute le sol métallique. Il lâche une plainte de douleur et n'attend pas pour se relever. Deux fois en deux jours. Quelle chance.

Est-ce que l'Arche a frappé quelque chose ? Si c'est le cas, ça doit être un de ces gratte-ciel. Tant qu'il n'y a pas de brèche...

Il tâte la vilaine bosse qui enfle sur son menton. Ce n'est que superficiel. Des cris d'effroi s'élèvent, car un tremblement au rythme régulier revient pendant une dizaine de secondes. Émily s'accroche à Skyler qui prend appui sur le mur. Angoisse. Aucun endroit pour se mettre à l'abri. Il y aurait bien le Refuge, mais il est toujours scellé. Impossible de retourner à l'atrium.

La puissante secousse terminée, des agents de sécurité ramènent la foule à l'ordre en s'exclamant :

— Du calme. Nous devons procéder à l'évacuation comme prévu. Par là.

Ils indiquent le couloir qui mène à la trappe qui n'a servi que lors de l'Embarquement, il y a plus d'un siècle. C'est la seule issue, et de la pure folie !

Les gens pressent le pas vers la grande porte de l'Arche, qui s'ouvre progressivement. L'eau qui devrait déferler ne vient pas. Un bruit sourd de métal qui frotte résonne.

Skyler couvre ses yeux agressés par la lueur dorée qui filtre à travers les particules de poussière centenaires en suspension. Pourquoi est-ce que le vaisseau n'est pas inondé ?

Des effluves de terre humide. De terre ?

Les rayons solaires sont chauds, comme une caresse insistante.

Un frisson parcourt Skyler. Une plage ? Il emboîte le pas à la foule qui se masse à l'extérieur. Du sable comme il n'en a jamais vu. Les grains sont pâles, plus beaux que dans ses rêves les plus fous.

Il cale à chacun de ses pas. L'effort supplémentaire le fait transpirer, mais il s'en fiche. C'est magique.

Skyler rit. Il oublie pourquoi il est ici. Émily le regarde en roulant des yeux. Elle doit le trouver stupide.

Il veut sentir la texture du sable pour la première fois sur sa peau nue. Il se penche, mais la foule se presse autour de lui et il doit abandonner. Skyler a espéré ce moment toute sa vie. Il peut attendre encore quelques minutes.

Ils sont devant l'Arche qui s'est échouée sur une parcelle de terre. Elle est gigantesque et à moitié engloutie, un squelette trop massif.

Skyler tourne sur lui-même pour avoir une vue panoramique de ce lieu étranger.

Une structure à sa droite le fait sursauter.

Des gratte-ciel.

Une ville.

Qui vit ici ?

Il se rapproche et, d'une main, protège ses yeux du soleil aveuglant. La secousse n'a pas l'air d'avoir affecté quoi que ce soit.

Émy se détache du groupe pour aller un peu plus loin sur la plage, suffisamment pour que l'Arche ne cache plus l'horizon qui donne sur la mer.

— On a réussi, lui dit-elle lorsqu'il l'a rejoint d'une démarche maladroite, freinée par le sable. C'est ce que tu as toujours voulu.

Skyler scrute le paysage. C'est si vaste.

La ligne d'horizon est large, comme si elle se dédoublait ? En fait, l'océan semble démesurément élevé et la plage est drôlement plus profonde que lorsqu'ils sont sortis. Comment est-ce possible ?

— Émy, regarde là-bas, dit-il en pointant un doigt. Tu ne trouves pas qu'il y a quelque chose de bizarre ?

Elle plisse des yeux, une main en visière.

— Tu as raison, quelque chose est différent.

Les eaux continuent de se retirer rapidement.

Merde ! Et merde !

— Émy, on doit ficher le camp d'ici au plus vite.

— Quoi ?

— Fais ce que je te dis ! Vite !

Des souvenirs ressurgissent. Des images d'archive montrant les désastres naturels typiques de la terre d'autrefois. La secousse de toute à l'heure n'est pas due à l'accostage du vaisseau, mais à quelque chose de bien plus terrible.

Deux silhouettes familières à l'orée de l'Arche se trouvent un peu plus loin.

Dylan et Murielle.

Skyler change brusquement de direction pour les rejoindre, les jambes un peu flageolantes.

— Dieu merci, tu n'as rien, lui dit sa mère, son teint blafard éblouissant sous le soleil.

— Quittez cet endroit ! hurle Skyler, paniqué, à l'adresse des

Archéens réunis sur la plage. Un tsunami approche ! Trouvez un refuge !

— Calme-toi mon fils, lui conseille Dylan, qui se retourne vers l'océan.

Son expression se fige brusquement.

— Encore toi ! crie l'agent Miles en se dirigeant vers leur petit groupe.

Skyler échange un regard avec ses parents, puis Émy. Malgré les cris de protestation du garde, il se met à courir aussi vite que son corps le lui permet, Émy sur les talons. Ses parents se donnent à fond aussi. La ville est leur seule chance.

Un vrombissement dans le sol s'élève, annonciateur de l'arrivée d'une vague déferlante. Pour s'assurer que ses parents les suivent toujours, Skyler jette un regard en arrière alors qu'ils remontent la pente qui mène au centre de la ville. La vague meurtrière est titanesque. Elle doit faire des dizaines de mètres. Tellement grande que même le centre-ville risque d'être totalement submergé. Ils doivent aller plus haut. Beaucoup plus haut.

— On ne se rendra pas à temps, lui crie Émy à bout de souffle. Ta mère n'arrive plus à suivre !

Murielle essaie de les rattraper avec l'aide de Dylan, leurs visages rougis par l'effort. Skyler les rejoint.

— Allez ! Dépêchons ! Il ne nous reste pas beaucoup de temps ! s'exclame-t-il en prenant la main de Murielle.

— Ne t'arrête pas pour nous, lui répond Dylan, pantelant.

— Pas question de vous abandonner, dit Skyler en aidant son père à tirer Murielle qui n'a pas autant bougé depuis des années.

Chaque pas est plus exigeant que le précédent. Une puissante rafale les balaie aussitôt que le raz-de-marée touche terre. Des gouttelettes les aspergent dans une pluie d'eau salée.

Le premier gratte-ciel se situe à environ trois cents mètres et doit faire au moins cinquante étages.

— Dans cet immeuble ! pointe Skyler pendant que la vague engloutit l'Arche et emporte dans ses flots tous les gens encore sur la plage.

Certains ont entrepris de les suivre, mais trop tard. D'autres ont été interceptés par les gardes qui disparaissent dans les flots.

Skyler se répète qu'il doit regarder devant. Pas derrière.

La mort, si elle a une odeur, sent le poisson pourri. Il a la nausée.

Ils pénètrent finalement dans l'immeuble. L'adrénaline engourdit chacun de ses membres. Skyler glisse, mais se rattrape quand la vague se brise dans un déferlement assourdissant. Leurs cris font écho dans le hall vide au moment où la rafale meurtrière fait exploser les vitres et trembler la structure de béton.

Skyler a le visage dégoulinant d'eau salée qui lui brûle les yeux. Il les frotte pour mieux voir devant lui. Il a de l'eau jusqu'à la taille.

Il repère une porte menant à un escalier. Mais elle est verrouillée. À côté, un ascenseur. Fonctionnera-t-il ? Skyler fait signe à sa famille et à Émily de le suivre.

Miracle, l'électricité fonctionne, et les portes de l'ascenseur s'ouvrent. Une fois entassés à l'intérieur, ils aperçoivent un enfant solitaire voguant dans les flots dans le hall. L'enfant percute un mur et rebondit, telle une poupée, mais il est conscient.

Sans hésiter, Dylan plonge vers le garçon dont le visage ressemble à celui du frère de Skyler.

Allen.

Dylan agrippe le petit et revient vers eux, mais un remous brutal le tire vers l'extérieur.

— Dylan !

Ils ne peuvent pas retenir les portes plus longtemps s'ils veulent s'en sortir. Il y entre de plus en plus d'eau. Dylan émet un cri strident quand des débris s'engouffrent dans le hall et le percutent. Il vacille, mais ne lâche pas le petit garçon. Du sang se diffuse autour d'eux.

Noooon !

Dylan n'est qu'à quelques pas. Skyler plonge vers lui et s'accroche à sa taille pour le faire entrer avec le garçon.

Skyler bat des pieds et de son bras libre. La puissance de l'eau lui donne une poussée qui leur permet de pénétrer dans l'ascenseur.

Les portes se referment, non sans difficulté. Ils amorcent leur lente montée, malgré l'eau qui continue à s'infiltrer dans la cabine, mais de moins en moins rapidement. Pour finir, l'eau commence à redescendre : ils sont en train de gagner de la vitesse sur la montée des eaux.

Le bruit de leurs respirations emplit l'espace confiné, enfin vidé de son eau.

Murielle sanglote à la vue de l'énorme plaie que Dylan a sur la jambe. Émy cache les yeux du petit garçon et essaie de le rassurer en lui chuchotant des mots doux. Skyler est à bout de souffle. Ses forces le quittent, mais il déchire un morceau de son chandail qu'il presse sur la plaie pour arrêter le sang. Skyler grimace quand Dylan gémit.

Tous deux ont leurs différends, mais Skyler est médecin. La vie est plus importante que tout le reste. Skyler serre le bandage improvisé.

Le garçon ne pleure pas, malgré tout ce qui se passe. Le pauvre doit être en état de choc. Skyler voudrait aussi le réconforter, comme son propre frère le faisait à son âge, mais Émily s'en occupe déjà, elle tient l'enfant contre sa poitrine.

Le petit pousse un cri de surprise lorsqu'ils s'arrêtent brusquement dans une secousse violente qui les propulse tous d'un côté. Ils sont aussitôt plongés dans l'obscurité. Puis, la lumière d'urgence s'active.

Les fichus ascenseurs. Évidemment que ça devait arriver. Merde !

Ils sont coincés au quarante-deuxième étage. Les portes s'entrebâillent et laissent une minuscule ouverture. Juste assez pour pouvoir les forcer. Murielle sanglote. L'impuissance ronge Skyler. Émy enlace le petit garçon qui gémit d'effroi. Ils sont piégés dans un immeuble englouti par un tsunami. Le Déluge et plus d'un siècle à être enfermés dans une Arche ne sont pas venus à bout d'eux. Mais après deux minutes sur terre, une vague meurtrière a réussi.

Skyler saisit une des portes et tire le plus fort qu'il peut.

—Je vais t'aider, dit Émy qui laisse le garçon aux soins de Murielle.

— À trois. Un... deux...

Et ils tirent jusqu'à ce que le mécanisme flanche. Les portes s'ouvrent sur un couloir d'une blancheur aveuglante. Skyler fait signe aux autres de l'attendre, mais Émily refuse :

—Ce n'est pas une bonne idée.

Il n'argumente pas. Le couloir donne sur une pièce aussi grande que le hall au rez-de-chaussée.

Devant une fenêtre, en contre-jour, se découpe la silhouette d'un homme.

11

ÉMILY

La chair brûlée est la pire odeur qui soit. Surtout quand c'est la chair de sa propre mère. On lui appose un tison électrique sur ses bras chaque fois qu'elle refuse de répondre aux questions de son interrogatoire. Maman étouffe ses cris du mieux qu'elle peut. L'identité de ceux qu'elle a guidés doit demeurer secrète. Elle en a fait le serment. Une promesse sans équivoque quand on a juré d'aider son prochain.

Les bourreaux torturent maman sur la place publique, en plein cœur de l'atrium. Ils se délectent de sa souffrance, s'en abreuvent. Encore pis sont ceux qui regardent. Comment ces estrades peuvent-elles être pleines à craquer pour assister à un tel sadisme? L'Arche est donc si ennuyeuse que la torture est une attraction?

Les genoux et les poignets d'Émily la font souffrir, mais au moins papa et Gabrielle sont à ses côtés sous les regards accusateurs des Archéens. Leur expression dégoûtée montre à quel point ils considèrent les Bates comme des rebuts.

Émily sait très bien ce qu'ils pensent: « Traîtres! Des places qui auraient mieux servi à une famille de survivants digne de cette vie. Digne de cette Arche! »

Les derniers Bates de la lignée sont attachés, bâillonnés,

agenouillés, jugés sur la plateforme surélevée. Forcés d'observer l'exécution aux premières loges. Un simple procès, diraient certains. Une fin inévitable en réalité.

Gabrielle tremble comme une feuille, ses sanglots sont incontrôlables. La pauvre n'a que quatre ans. Son enfance est encore devant elle, mais au lieu de ça, on lui montre le côté le plus ignoble de l'espèce humaine. Elle n'est pas la seule. De très jeunes enfants sont aussi présents dans la foule de spectateurs. Ils y ont été obligés. L'inutile comité constitué de cinq membres des Divisions de l'Arche se fiche royalement de sacrifier une vie humaine et de traumatiser tous ces enfants. L'hexagone de la Bonne Justice. C'est ce qu'ils appellent de la bonne justice, Ludo qui lacère une mère de famille du bout de son taser ? À côté de lui, avec sa chevelure flamboyante et ses lèvres peintes en rouge, se tient Yasmina, qui donne les ordres.

Une chaleur se répand dans le crâne d'Émily. Son corps est trop petit, trop frêle, trop raide, pour faire quoi que ce soit. Elle frissonne. Et sa poitrine se serre et se serre et se serre.

Non ! Elle ne peut pas !

Les cris se perdent dans la gorge serrée de petite fille d'Émily. Un coup. Un autre. Encore un autre. Son cri s'échappe enfin. Une délivrance.

Ils ont tort ! Tort ! Tort ! Tort ! Maman n'a rien fait. On ne sait rien. Sa famille n'y est pour rien.

On ignore tout bonnement Émily. Ou on rit d'elle.

Ludo saisit maman à la gorge sous le regard scrutateur de Yasmina qui s'adresse alors à la foule pour les embourber dans un mensonge fabriqué de toute pièce. Émily se débat, mais les liens sont serrés pour la petite fille qu'elle est. Yasmina prononce la sentence finale :

— Pour avoir entretenu des liens étroits avec les Dissidents, Tyna Bates est condamnée par le comité de l'Arche.

Les bras et les jambes de maman sont attachés, alors Ludo doit la traîner jusqu'à l'autre extrémité de la plateforme où un étrange cercle est dessiné sur un des côtés de l'hexagone. Il la traîne comme une chienne, lui crache dessus. C'est trop.

Émily a un haut-le-cœur et doit ravaler la bile emprisonnée dans sa bouche encore bâillonnée. Une sensation de brûlure lui irrite la gorge. Les larmes embuent sa vision.

Ludo pousse maman du bout de son taser pour qu'elle se relève et se tienne bien droite. Aussitôt, un cylindre de verre connecté à même la plateforme s'élève pour l'emprisonner. La terreur déforme son visage à travers le verre.

Comment quelqu'un peut-il concevoir un instrument de torture aussi diabolique ? Elle va manquer d'air ! Laissez-la sortir !

L'eau commence à s'accumuler aux pieds de maman à vitesse régulière. Deux jets d'eau qui tourbillonne.

Une force animale s'empare d'Émily qui hurle, mais le bruit de l'eau enterre ses cris. L'eau a atteint les genoux de maman.

Papa fait quelque chose ! Émily le supplie du regard, mais il fixe le sol.

Gabrielle geint tout son soûl.

De l'aide ! De l'aide !

Un murmure. Une voix ?

Qui est là ?

Un mal de tête fulgurant. Plus rien.

Ses liens ? Elle n'en a plus.

La chance qu'elle attendait. Elle ne la ratera pas.

Elle ôte son bâillon, et détache son père et sa sœur. Les Bates se relèvent.

Des gardes surgissent sur la plateforme. Maman !

Émily fonce et papa s'engage dans une lutte acharnée avec trois gardes du Parangon.

Un coup d'œil vers sa sœur Gabrielle. Elle a grandi ? Une version plus vieille d'elle, peut-être seize ans. Une illusion ? Elle va prêter main-forte en retenant d'autres gardes avec la même agilité qu'Émily avait à son âge. Des années d'expérience de combat avec papa qui portent ses fruits. Pour l'honneur des Bates.

Émily s'élance vers maman qui essaie de briser le verre en cognant dessus, mais l'espace restreint l'empêche de prendre de l'élan. Ses yeux sont exorbités. L'eau a déjà englouti son nez. Elle renverse la tête pour aspirer le peu d'air qu'il lui reste.

Un taser chargé crépite dans l'air. Un frisson d'anticipation. Mais la morsure ne vient pas. Ludo.

Elle bondit et lui fait une clé qui le projette au sol. Elle le contourne et frappe de toutes ses forces contre la prison de verre. Encore. Encore. Et encore. Brise-toi, bordel !

Le regard paniqué de sa mère.

— Maman ! Maman, tiens bon !

Sa voix s'étrangle. Sa vision s'embrouille. Elle renifle.

— Retiens ton souffle encore un peu. Je vais y arriver.

Ses bras tremblent de fatigue. Ses pieds glissent sous son poids. Elle est soudain projetée vers l'arrière. Son dos se cambre de douleur. Ludo la regarde de haut. Ses mèches blanches d'habitude parfaitement lissées retombent sur son visage sans âge, rasé à la peau.

Il la menace de la pointe du taser. Le courant résonne dans la cage thoracique d'Émily, prêt à l'embrasser. Elle donne un coup de pied de biais et fait une roulade précipitée. Le crépitement du taser se fracasse au sol, des étincelles rebondissent. De son pied libre, elle lui botte l'arrière du genou. Elle utilise son poids pour lui fracasser la tête contre son taser. Une douleur subite irradie dans son coude, qui est entré en contact avec le sol par mégarde.

Une bouffée de chair brûlée l'étourdit. Le visage de Ludo est dans un sale état. Elle s'empare du taser et retourne à la cage de verre. La tête de maman est entièrement submergée, ses cheveux l'enveloppent comme un voile. Des bulles s'échappent toujours de sa bouche.

Émily recule d'un pas pour se donner un élan et crie à chaque coup. Brise. Toi. Bordel. De. Merde ! Le verre craque. Le temps est écoulé. Les yeux de maman sont vides.

Pas question de revivre ça. Non !

— Maman !

Émily redouble d'ardeur et en deux coups, le verre éclate en morceaux. L'eau ruisselle sous ses pieds. Maman s'affaisse. Émily s'agenouille, la retourne sur le dos et la débarrasse des morceaux de verre sur son torse. Les doigts ensanglantés, elle tente de la réanimer avec une pression rythmique.

Inerte.

Ça ne peut pas se terminer de nouveau comme ça ! Si le Créateur existe, qu'il le fasse savoir maintenant ! Elle ne pourra pas supporter de la perdre une deuxième fois.

Un. Deux. Trois. Quatre. Cinq.

Elle est à bout de souffle, ses bras lâchent. Elle s'écroule contre sa mère et retient ses sanglots qui menacent de la consumer. La douleur est insupportable.

Une épine. Une écharde. Un pieu.

Le corps de maman remue. Émily s'écarte. Maman se relève lentement. Elle n'est pas morte !

— Maman ! Maman !

Émily se retourne.

— Papa ! Gabrielle !

Ils ne sont plus là. La plateforme est vide. L'atrium est vide. Un silence de mort plane. Elle appelle sa mère. Aucune réponse. Émily est la dernière des Bates.

Une voix. Encore cette voix. Un homme ?

En bas de la plateforme désertée, une silhouette se profile à l'orée d'un corridor. Un homme qui s'éloigne.

— Attends !

La plateforme s'embrase derrière elle, les flammes se propagent tout le long du pourtour de l'hexagone. Vite ! Émily saute de la plateforme et tombe en roulé-boulé. Sa peau n'a rien, mais les flammes, elles, se répandent. Elle se précipite vers le corridor. Une bouffée de chaleur lui caresse le visage.

La silhouette est encore visible.

Courir.

Courir.

Chaque goulée d'air, elle l'inspire plus rapidement pour mieux la recracher. Elle doit aller plus vite. Plus vite.

Le couloir aux lumières clignotantes s'éternise et se divise en deux, la silhouette emprunte celui de droite. Elle fonce sans hésiter. La distance qui les sépare se réduit. Elle y est presque. Presque.

Elle tend la main. Du bout des doigts, elle effleure une longue chevelure lissée par l'eau.

— Maman ?

Émily est projetée vers sa mère qui s'effondre devant elle. Les éclats de verre encore emprisonnés dans sa peau s'enfoncent encore plus dans ses mains déjà meurtries. Elle grimace de douleur.

— Pas si vite, murmure une voix familière.

Yasmina. Avec un taser à la main.

Impossible !

Émily s'interpose pour protéger sa mère. Une violente migraine l'assaille. Un cillement. Le couloir disparaît momentanément.

Yasmina détourne le regard comme si on l'interpellait. Maman a la même expression de surprise.

Mais qu'est-ce qui se passe, bordel ?

Émily crie, un spasme lui comprime le cerveau. Elle retient sa tête pour l'empêcher d'exploser. Elle ferme les yeux, la lumière du corridor est trop forte.

La douleur est si aiguë qu'elle ne peut plus bouger.

Tout est blanc. Blanc. Elle n'est pas seule.

L'homme s'approche.

Et elle est paralysée.

<hr>

L'HOMME EST GRAND, et aussi imposant qu'un agent du Parangon. Ses cheveux châtains ont des reflets bruns, ses yeux sont noirs comme la nuit. Il s'attarde devant elle et fronce les sourcils, puis se dirige vers une baie vitrée qui s'ouvre en glissant à son approche. Son visage est mince, ses pommettes hautes. Ses traits sont vaguement familiers. Où l'a-t-elle déjà vu?

Comme si le temps s'était remis en marche, le corps d'Émily répond enfin. Elle fait un pas vers l'avant, mais une main la retient. Quoi encore ?

— Émily ! la somme une voix familière.

Sky. Son visage est en sueur. Il a l'air d'avoir vieilli, son énergie est encore plus instable qu'à l'habitude. Elle doit cligner des yeux pour chasser les éclats lumineux qui le déforment. Des interférences ?

— Je dois régler quelque chose d'abord, dit-elle en essayant de se libérer.

— Laisse-moi t'accompagner, insiste-t-il.

La voix de Sky se casse comme s'il y avait une mauvaise réception.

— Je dois y aller seule, répond-elle d'un ton sans réplique. Tu ne peux pas comprendre.

— Non.

Il soutient son regard, la mâchoire serrée. Elle brise le contact en traversant la baie vitrée. L'énergie de Sky se dissipe derrière elle. Elle est toute seule maintenant.

Une chaleur humide l'enveloppe aussitôt à l'extérieur. La pâle silhouette de l'homme est immobile, appuyée sur le garde-fou d'un large balcon. Les reflets du soleil ardent ricochent contre l'étendue du Grand Océan qui étincelle.

La Surface? Comment est-ce possible ? La vue est imprenable. De grands édifices d'une blancheur aveuglante s'entassent comme les blocs avec lesquels Gabrielle jouait quand elle était petite. L'horizon est d'un bleu sans fin : une nuance plus pâle que la mer. La plage s'étend sur des kilomètres : un sable clair, fin, presque parfait, si ce n'est que l'Arche y est échouée, sa carcasse métallique éventrée. Elle est encore plus gigantesque que ce qu'on leur dit à l'Académie.

La sueur coule sur son front. La chaleur est insupportable.

Tout ça est irréel. C'est se mentir à soi-même que de croire que cet endroit existe. Les villes d'autrefois ont été englouties, n'est-ce pas ? Ce temps est passé, celui d'une génération oubliée. Pourtant, le vent fouette son visage. Elle s'avance pour rejoindre l'homme. Cette immensité est désarmante.

Il lui adresse un regard entendu, familier. Ils se sont déjà rencontrés. Cet homme a des réponses. Étrangement, il n'a aucune aura.

— Je n'irai pas par quatre chemins, dit-elle brusquement pour briser son étrange contemplation. Quel est ton lien avec ma mère, Tyna Bates ?

Il ne répond pas tout de suite, mais la commissure de ses lèvres se tend.

— Comment est-ce que tu trouves la vue ?

L'ombre d'un tatouage court le long de son bras. Une grande vague qui remonte jusqu'à l'intérieur de sa manche.

— Réponds à ma question, reprend-elle en empoignant la rampe. Tu la connaissais.

— Si on en croit les écrits sacrés, il s'agit du paradis sur terre, la Terre promise. Celle qui nous reviendra de droit si l'on survit au Déluge. Elle sera purgée de toutes les atrocités qui ont été commises. Une seconde chance.

— Je ne crois pas à la fiction, encore moins aux rêves utopiques.

Les joues creuses de l'homme lui donnent l'air plus vieux qu'il l'est certainement. Il a un sourire amusé et lève la tête.

— Une utopie présuppose qu'elle n'existe pas. Ta mère en était tout autrement convaincue.

Maman aurait donc été condamnée pour avoir cru en des sornettes ? Impossible. Elle n'était pas stupide.

— Où veux-tu en venir ? Ma mère ne se serait pas laissée bercer par des espérances vaines. Elle savait que ce n'était qu'une question de temps avant que l'Arche sombre. Elle voulait apaiser les survivants pour qu'ils trouvent le repos éternel. Qu'ils lâchent prise une fois pour toutes. Qu'ils acceptent leur fatalité en cessant de vouloir défier la volonté supérieure.

—Les hommes ont suffisamment payé pour ce qu'ils n'ont pas fait, répond-il d'une voix crispée. Il est temps de nous rendre justice en reprenant ce qui nous revient de droit.

—C'est ton Dieu qui te l'a dit ? Ne sois pas si stupide ou c'est toi qui sombreras dans tes propres lubies.

—Et si je te disais que ce coin de paradis existe réellement ?

—Sans preuve, ça ne vaut rien.

Son attitude décontractée est agaçante. S'il avait réellement connu maman, pourquoi est-ce qu'elle n'en a jamais parlé ? Ou bien elle l'avait fait ?

Elle se frotte le front. Il est trempé.

—Ta mère en avait, et la Confrérie aussi. Mais ce n'est pas le genre d'informations qu'on nous autorise à divulguer. Pas jusqu'à maintenant.

—Qu'est-ce que tu lui as fait ?

Le doute lui hérisse la peau.

—Ce qu'elle nous a fait, tu veux dire. Elle nous a donné une chance à tous de recommencer.

C'est insensé. Et qu'est-ce que la Confrérie ? Un groupe d'illuminés qui veut quoi au juste ?

—Ma mère aidait les égarés, dit-elle en se remémorant toutes les fois où elle lui racontait ses rencontres. Pour qu'ils puissent trouver leur mission, celle qui leur permet de contribuer au bien de tous.

—Et c'est ce qu'elle a fait. Elle a permis que ce jour soit possible. Le jour où tous les survivants, malgré leur passé, peuvent avoir une chance égale de faire partie du grand projet. De reprendre les rênes de notre futur. De refuser qu'un groupe de privilégiés décide à lui seul du sort de chacun d'entre nous.

Son calme est imperturbable. Il est sérieux comme quelqu'un qui s'apprête à faire quelque chose de crucial.

Un malaise s'insinue dans les entrailles d'Émily.

—L'Arche n'est pas un acte de bonne foi. Elle ne l'a jamais

été, poursuit-il en s'éloignant de la barrière pour se rapprocher d'Émily. Depuis le début, son accès nous a été refusé. Je ne parle pas juste de nous, mais de toi. De plus de la moitié des survivants sur cette Arche. Combien de privilèges t'ont été refusés par le simple fait d'être qui tu es, une Bates ?

La cabine minuscule que papa, Gabrielle et elle doivent partager. L'exclusivité du restaurant La Orilla. La condescendance de Yasmina. L'exécution de maman. Le goût amer du gruau habituel lui emplit la bouche.

Non. Maman n'aurait pas supporté un groupe de rebelles.

Il reprend :

—Ce n'est qu'une question de temps avant qu'ils se rendent compte que nous sommes partout. Qu'on a autant de droits qu'eux !

Les mêmes paroles que Reyes.

—Tu es un Dissident, déclare-t-elle en haussant le ton. Toi. La Confrérie.

Il se détourne, l'encre de son tatouage de vague luit au soleil. Un bleu délavé.

—Les Dissidents, comme tu les appelles, ont autant de droits que les autres. La Confrérie a pour mission de rendre aux Archéens ce qui leur a toujours appartenu. On nous a menti depuis trop longtemps. Nous sommes dans le même camp.

—Tu as condamné ma mère.

Elle fait les cent pas en se prenant la tête.

Tout ce qu'ils ont dit au sujet de maman était vrai ? Maman a trahi sa propre famille ? L'Arche ? Elle ne l'aurait jamais fait de son plein gré. Elle a dû y être entraînée par une chaîne d'évènements. Par quelqu'un.

—Je l'ai perdue à cause de toi.

Maman s'est embarquée dans quelque chose de gros. De trop gros. Ça frôle la folie !

Reyes, Milo et tous ces autres Dissidents. Une menace de l'intérieur. Pourquoi Émily ne l'a-t-elle pas compris plus tôt ?

—J'aurais voulu que ça se passe autrement, murmure le Dissident. Ta mère en aurait voulu autrement.

Une sensation glaciale se déverse en elle, la même sensation désagréable que plus tôt. Sa bouche ne répond plus.

La voix du Dissident pulse dans sa tête :

—Ce message s'adresse au Commandement de l'Arche. La Confrérie vous donne soixante-douze heures pour révéler tout ce que vous savez sur la Terre promise. Et enclencher le processus de repeuplement.

Il marque une pause pour laisser les mots faire leur effet. Le cœur d'Émily accélère. C'est ça leur plan ?

—Si vous n'obéissez pas à notre ultimatum, la Confrérie vous éliminera. Vous, et tous ceux qui s'opposeront à nous. Pour le bien de tous.

Ses yeux sont brillants quand il croise le regard d'Émily avant de quitter le balcon, la tête baissée.

Des larmes ?

12

ÉMILY

Émily se le répète sans cesse depuis le début du Contrôle général. Personne n'est autorisé à sortir pendant que le Parangon essaie de localiser la soi-disant Confrérie. Ils ratissent chaque étage, chaque cabine, chaque recoin. Aucune exception. Ils veulent surtout savoir si certains Archéens ont caché des Dissidents volontairement.

Pourquoi quelqu'un serait assez stupide pour faire ça ? Aider des passagers clandestins, non enregistrés, dans quel but ?

La cabine est étouffante, encore pire parce qu'elle ne peut en sortir. Le parfum mentholé de Gabrielle sent comme le sirop infect qu'on prend quand on a un rhume. D'ordinaire, son parfum n'est pas déplaisant. Mais les douches sont à l'extérieur des cabines, pour la plupart, et donc inaccessibles jusqu'à nouvel ordre. Le mélange de sueur et de menthe ne fait vraiment pas bon ménage.

Émily est couchée sur le lit qu'elle partage avec sa sœur, qui est concentrée dans sa lecture. Des dragons et des princesses en détresse. Son genre favori. Il est heureux qu'elle soit capable de s'évader en de pareilles circonstances.

Émily roule sur le côté.

Filer en douce est tentant. Non seulement pour prendre une bouffée d'air frais, mais ce serait aussi l'occasion idéale pour mener une investigation. Le leader de cette Confrérie est impliqué d'une manière ou d'une autre dans la condamnation de maman. Mais de quelle façon exactement ? Maman a toujours été innocente. Un fâcheux concours de circonstances nébuleux est à l'origine de sa condamnation. En découvrant exactement les détails qui ont mené à son accusation, ce sera la chance tant espérée de réparer la réputation des Bates.

Les Dissidents sont reliés à la Confrérie. Leur leader a été clair là-dessus quand il a lancé son ultimatum. C'est peut-être stupide de s'inquiéter pour une vision de simulation, mais tous les autres ont eux aussi parlé des soixante-douze heures. Tout le monde l'a vécu dans sa propre réalité simulée. Et le Contrôle général ordonné par le Commandement n'est pas une coïncidence. Les Dissidents ont trouvé une façon de pirater la simulation, et maintenant tous les Archéens sont au courant qu'ils existent et qu'ils sont organisés. Qu'ils sont une menace.

Leur cause est illusoire, comme tout ce qui a un lien avec les Dissidents. Tout ça parce qu'ils ne sont pas capables de faire face à l'évidence : l'Arche est le seul foyer restant. Ce qu'ils mettent en jeu c'est plus d'un siècle d'efforts pour avoir un semblant d'existence. C'est aussi le sacrifice de maman pour les arrêter.

Quelles sont les options ? La menace de Reyes était sérieuse, mais pour l'heure, Yasmina s'en est occupée. Il ne reste que Milo pour remonter jusqu'aux Dissidents. Il ne reste pas beaucoup de temps : les soixante-douze heures sont déjà amputées de douze heures.

Gabrielle est sur la même page depuis un certain temps, sûrement inquiète pour papa. La mort de maman a laissé au sein de la famille une angoisse silencieuse, profonde. Papa est dans la mire des autorités depuis l'Incident. S'il n'est pas mort aujourd'hui, c'est seulement parce qu'ils n'ont pas réussi à prouver qu'il connaissait les secrets de maman.

Gabrielle l'attendait, anxieuse, quand Émily est arrivée après la simulation. C'est papa qui est venu la porter ici, le Parangon l'obligeant à leur prêter main-forte. Chaque fois qu'un évènement douteux se produit, il est rappelé à ses fonctions. Pour mieux garder un œil sur lui, évidemment. Ils ont probablement dû l'interroger sur le dérapage de la simulation.

— Est-ce que t'as quelque chose à manger ? lui demande sa sœur d'une voix faible. J'ai vraiment faim.

— Tu as mangé la dernière barre d'énergie que j'avais, répond Émily avec un haussement d'épaules. Tu le sais, que les rations sont comptées. Il faudra attendre la fin du Contrôle pour se rendre au réfectoire.

Gabrielle geint, mais ce n'est pas de sitôt que les Bates auront droit à plus de nourriture et plus de dignité.

Mais il reste que les fillettes de douze ans ne devraient jamais en souffrir.

— Parle-moi de ton livre, dit Émily en se redressant, ses jambes repliées. Ça te changera les idées.

— Je ne l'aime pas celui-là.

Sa sœur ferme le livre et le jette sur le lit. Elle pousse un soupir de mécontentement. Émily lève un sourcil :

— Pourquoi ?

— La princesse s'en sort, mais le héros meurt. J'aurais voulu qu'il vive lui aussi.

Maman aurait dû vivre aussi.

— Les histoires n'ont pas toutes une fin heureuse. C'est la réalité. C'est pour ça qu'il faut se battre.

Jusqu'où la Confrérie est-elle prête à se rendre pour réclamer le commandement de l'Arche ? Sacrifier des innocents ?

Il faut trouver un moyen d'avoir une longueur d'avance sur eux. De rejoindre Milo. Et une fois dans sa cellule ?

Émily soupire d'agacement.

— Et les princesses aussi sont toutes méchantes ? poursuit Gabrielle.

— Qu'est-ce que tu veux dire ?

— C'est elle qui l'a tué.

Depuis quand est-ce que des histoires pour jeunes sont aussi... noires ? Émily ne se rappelle pas avoir lu quoi que ce soit du genre. Il faut dire qu'elle n'est pas une grande lectrice non plus.

— Les princesses n'existent pas, de toute façon, marmonne Émily qui ferme les yeux. Tu pourrais lire des livres d'un genre différent la prochaine fois.

DES COGNEMENTS à la porte la projettent hors de son sommeil. Des bruits sourds, saccadés, pressés. Son corps se raidit, encore sous la tension de la simulation. Maman sur le point de se noyer, le faux Ludo qui s'interpose. Le Dissident qui s'approprie la mort de maman comme un salut.

Elle grimace et se lève pour ouvrir la porte. Son cœur bat la chamade.

— Émily, chuchote Chris qui vérifie que personne ne le suit, puis ferme la porte derrière lui.

— Qu'est-ce que tu fais ici ? Tu t'es enfui de ta cabine ?

— Je voulais te voir et m'assurer que tu allais bien. On n'a pas eu le temps de se voir après la simulation.

Il lui saisit les épaules. L'empreinte de sa chaleur est agréable, mais ce confort n'est pas partagé. Il y a quelque chose qu'il ne dit pas.

— Ne t'en fais pas pour moi, dit-il comme s'il lisait sa question silencieuse. L'important c'est que tu ailles bien.

— Tu es certain ? demande-t-elle, un peu étourdie. Je n'ai pas envie que tu sois sur ma liste de prochains prisonniers à interroger.

— Fais-moi confiance. Je ne suis peut-être pas le fils modèle que mon père aurait voulu, mais il ne les laisserait pas faire.

Étrange que Duke Kay ait la conscience tranquille à traiter son propre fils de la sorte. Chris mérite mieux. Une famille aimante, fière d'où il est rendu.

— Comment as-tu réussi à passer la sécurité ?

— Être le nouveau protégé de la seconde officière Laurène a ses avantages, se contente-t-il de dire avec son sourire d'un blanc étincelant.

— Donc, tu as accepté.

Elle lui renvoie son sourire : ce changement sera pour le mieux pour lui. Peut-être même suffisamment pour gagner le respect de Duke.

Ses sens revenus à la normale, Émily a une idée. Son regard va de la porte à Gabrielle. Le temps est compté. Cette chance ne se présentera pas deux fois.

— Chris, j'ai besoin de ton aide, dit-elle en lui prenant les mains.

— Quel genre d'aide ? Tu sais que me rendre jusqu'ici n'a pas été facile.

Il se rapproche d'elle. Un courant électrique lui chatouille le ventre. Elle déglutit difficilement et se concentre pour faire taire l'envie.

— J'ai quelque chose d'important à faire, dit-elle d'une voix ferme. Je ne peux pas te dire ce que c'est, mais j'ai besoin que tu gardes Gabrielle ici en sûreté.

Il lui lance un regard intéressé comme s'il cherchait à percer sa carapace. Elle ne veut pas réduire ses chances de pouvoir atteindre Milo et d'intercepter la Confrérie à sa façon. Pendant une seconde, on dirait que les lèvres de Chris vont fondre sur les siennes, mais le contact de leurs mains se brise.

— Je ne sais pas dans quoi je m'embarque, mais je vais le faire à une condition.

— Laquelle ?

Un étrange mélange de déception et de soulagement la submerge.

— Si tu ne reviens pas d'ici une heure, j'irai te chercher moi-même.

Elle ne sait pas si elle doit trouver ça mignon, mais son accord lui suffit. Elle préfère ne pas se faire d'illusions. Tant qu'elle n'aura pas réussi à terminer la mission de maman, elle ne peut pas s'autoriser à penser plus loin que les prochaines soixante heures. Elles pourraient bien être les dernières.

Émily hoche la tête.

— Qu'est-ce que tu fais ici ?

Ludo a l'air réellement surpris. Une première. Il a l'air plus… vivant. Des fois, c'est à se demander s'il prend plaisir à la vie ou s'il ne fait que la regarder sans aucun intérêt.

Passer inaperçu dans le dédale des couloirs de l'Arche n'a pas été une mince affaire. Le Parangon est partout. Si ce n'avait été de cet uniforme officiel, ils l'auraient arrêtée au premier tournant. Et tout ça pourrait foirer maintenant, si Ludo décide de ne pas la laisser entrer. Son aura est instable, comme l'eau de la douche qui éclabousse sur les murs.

— Ce serait trop long t'expliquer, répond Émily, tendue. Je dois voir le prisonnier Dissident. Tu sais, le dernier qui a été capturé avec Reyes.

— Impossible, lui répond-il, le visage à nouveau dur.

— Pourquoi ? Il me faut une autorisation spéciale, maintenant ?

— Ce n'est pas ça. Il n'est pas là.

Joie. Après avoir risqué que le Parangon l'arrête pour avoir contrevenu au Contrôle général, il ne manquait plus que ça.

— Qu'est-ce que tu veux dire, il n'est pas là ? Yasmina l'a passé à l'interrogatoire spécial ?

— Non.

Elle le dévisage. Depuis sa rencontre avec le véritable coupable de la mort de maman, la réalité n'a rien de réel. Et cette marque violacée qui abîme la joue d'habitude parfaite de Ludo ?

— Ton prisonnier s'est évadé, ajoute-t-il en baissant la voix. Pendant la simulation.

Quoi ? Un autre ? Après Clarissa Reed, Milo a réussi à

s'évader dans la même semaine ? Aucun prisonnier ne s'était jamais échappé avant. Il n'y a qu'une entrée. Et un seul gardien.

La prison est drôlement silencieuse tout à coup. Même les cris rauques de Griffin se sont estompés. Yasmina, elle, doit être folle de rage. Où est-elle ?

La porte de son bureau est fermée. Elle n'a pas envoyé de message dernièrement non plus. Elle doit être en consultation avec le Commandement. Ça sent mauvais.

— Et Reyes ? Est-ce que tu l'as revue depuis sa « rencontre » avec Yasmina ?

— Disparue, elle aussi.

— C'est toi qui contrôles cette prison, alors explique-moi comment c'est arrivé, dit Émily, sur le bord de la panique. J'espère que tu as une bonne explication.

— Fais attention à ce que tu dis, dit-il en haussant le ton. Je pourrais dire la même chose de toi qui n'a rien à faire ici aujourd'hui. Pendant que tout le monde est confiné, toi tu viens à la prison. Pourquoi ?

La présence de Ludo est oppressante. L'imaginer tenir le fameux taser électrique ne semble pas tant s'éloigner de la réalité.

Émily déglutit.

Tout ça à cause de cette fichue simulation. Pourquoi est-ce que Ludo devait s'y trouver ? Ne pas se laisser désarçonner. Il pourrait aussi bien le rapporter à Yasmina.

Émily croise les bras.

— Je dois vérifier quelque chose.

— C'est tout ce que tu vas me dire ? dit-il d'une voix grave. Tu sais que je peux perdre mon poste pour ce genre de problème ? Si je peux leur amener un coupable, ou ne serait-ce qu'un suspect, pour expliquer ce qui vient d'arriver, je n'hésiterai pas.

— Des menaces ? Je ne joue pas ce jeu-là.

Elle soutient son regard sans sourciller. L'énergie de Ludo montre qu'il est déterminé à faire n'importe quoi pour trouver le ou les coupables. Il essaie de percer Émily, mais il n'y arrive pas. Elle a trop d'expérience pour se laisser impressionner.

Même s'il était le tortionnaire de maman plus tôt aujourd'hui.

— Quelles étaient tes intentions en venant ici ? demande-t-il sur un ton égal.

— Terminer mon travail.

— En ce moment, tu n'es pas en fonction tant que le Contrôle n'est pas terminé. Ton travail peut attendre.

— Écoute-moi bien, dit-elle en diminuant la distance qui les sépare. Je ne te dis pas comment faire ton travail, alors laisse-moi faire le mien. Et entre toi et moi, on sait très bien qui fait son travail correctement.

Elle serre les dents, prête à partir. Si Milo s'est évadé, rester ici est une perte de temps.

— Les rebelles ont réussi à pirater le système central de l'Arche pendant cinq minutes, lâche-t-il subitement.

Elle se fige. Est-ce qu'il se sent coupable ?

— L'électricité de la prison a été coupée momentanément, suffisamment longtemps pour qu'ils me prennent par surprise. Le système de verrouillage étant indépendant, il a dû être désactivé manuellement tandis que j'étais à moitié inconscient.

— Combien étaient-ils ? demande-t-elle froidement sans se retourner.

— Bombe assourdissante. J'étais cloué au sol. Je n'ai rien vu ni entendu.

Les Dissidents étaient ici. La simulation et l'ultimatum étaient une diversion ? Reyes et Milo doivent être des éléments clés chez les Dissidents. Jamais une opération du genre ne s'est produite, même par le passé, lorsque d'autres Dissidents ont été capturés.

Milo est donc bien lié à la Confrérie.

Comment les retrouver maintenant ? Et combien sont-ils réellement ? Nombreux. Trop nombreux. Et ils connaissent les systèmes de l'Arche, suffisamment pour échapper au contrôle du Parangon.

Ils connaissaient le dénouement avant même de lancer l'ultimatum.

Émily s'éloigne, puis juste avant de passer le détecteur, assène à Ludo :

—Je te préférais quand tu ne parlais pas.

13

SKYLER

— En apparence, tu n'as rien, mais je vais te faire passer une numérisation.

Sa patiente est une fille qui était dans son cours de biologie à l'Académie. Elle a une phobie des animaux qui s'est déclarée en pleine classe alors que le professeur leur avait montré un ours tridimensionnel assez réussi. Il devait faire au moins trois mètres. Évidemment, la simulation lui a fait revivre un enfer en l'obligeant à rencontrer des animaux qui seraient présents à la surface. Les marques sur les bras de la fille sont une preuve de sa crise de panique récente durant laquelle elle s'est grattée jusqu'au sang.

Depuis son arrivée, la fille fait mine de ne pas le reconnaître. C'est chose commune sur le vaisseau, aussi il ne fait rien pour lui rappeler l'infime lien qui les unit. Si seulement ce genre d'indifférence pouvait changer une fois qu'ils rejoindront la Terre promise.

Elle ouvre les yeux avec difficulté et grimace de douleur. Skyler vérifie ses pupilles avec son ophtalmoscope, une petite lumière portative. Elles sont anormalement dilatées.

— Pour le moment, prends ces comprimés chaque fois que

tes migraines te feront souffrir, lui recommande-t-il, flacon en main.

— Combien de temps encore est-ce que je vais devoir endurer ça ? se plaint-elle en se pinçant l'arête du nez.

— Je ne peux pas me prononcer avant d'avoir les résultats. Attends-moi ici.

Mira a pris l'initiative de tamiser l'éclairage de la salle d'attente pour éviter d'exacerber la sensibilité à la lumière des nouveaux patients. Elle est en train de préparer les dossiers des dizaines d'Archéens qui ont pris l'unité d'assaut. Maux de tête, étourdissements, nausées. Cette simulation a été particulièrement violente et hors de l'ordinaire. Mais on ne sait pas si les symptômes sont dus à des changements apportés à la simulation par le Parangon, ou bien s'ils ont un rapport avec le piratage de la Confrérie. Difficile de se prononcer si tôt.

— Est-ce que tu pourrais t'occuper des numérisations du cerveau pendant que je fais passer les autres ? demande Skyler à Mira.

— Oui, tout de suite, répond-elle avant de partir aussitôt en coup de vent.

Skyler s'empare des dossiers suivants que Mira a préparés et les feuillette rapidement. Qu'ont-ils tous en communs mis à part leurs symptômes et le fait qu'ils ont participé à la simulation ? Skyler ne les a pourtant pas, ces symptômes. Seulement la fatigue habituelle, mais rien d'alarmant. Mira et Léandre aussi ne présentent rien d'anormal.

Depuis que le Contrôle est levé, ils sont nombreux à venir, au moins quarante-sept sur les quelques deux cents présents cette fois-là. Le Syndrome ? Ils étaient peut-être déjà infectés au premier stade, ce qui les rend plus à risque.

Skyler se sert un café devenu froid et qui goûte l'eau. La salle d'attente est bondée : certains sont assis au sol, d'autres assoupis. Et si c'était le cas ? Ils ne peuvent ni se permettre de perdre autant des leurs ni les traiter lors des stades plus avancés de la maladie. Les vidéos d'Ivanka Torres montraient des patients hystériques et une anarchie effroyable. Si c'est ce que l'avenir leur réserve...

À moins de trouver un traitement contre le Syndrome. Jusqu'à présent, l'hypothèse de la claustration demeure la plus plausible. Les humains ne sont pas faits pour rester aussi longtemps enfermés. Leurs faiblesses biologiques finissent toujours par se manifester. Skyler espère avoir tort. Seules les numérisations pourront confirmer ou infirmer ses doutes.

Le timbre sonore qui annonce un message général retentit. Skyler s'éclabousse avec l'intégralité de son café. Il grogne.

« Attention. L'Arche s'apprête à passer aux abords d'une des plus grandes villes sous-marines autrefois prospères avant le Déluge. Vous pouvez vous rendre à l'observatoire pour en admirer les vestiges. Dépêchez-vous, les places sont limitées. »

Il pose la tasse vide et soupire à l'idée de manquer le spectacle. Pourquoi maintenant ? Émily aurait sûrement aimé y aller.

Il va chercher de quoi essuyer son dégât, qui a laissé une traînée de taches brunâtres sur son uniforme. En chemin, il voit Chris remettre un nouveau-né tout propre et emmailloté à sa mère, encore allongée sur son lit redressé. Skyler passe à travers un nuage qui sent la poudre pour bébé et fourrage dans un panier de l'entretien ménager. Il essaie d'ignorer la conversation entre Chris et la mère, mais ne peut s'empêcher d'écouter.

—Je suis contente que ce soit toi qui m'aies prise en charge, lui dit-elle d'une voix rauque, mais calme. Les autres mamans n'auront pas cette chance.

—Celui ou celle qui me succédera en fera autant, je n'en doute pas, répond Chris d'un ton suffisant. Mais, merci du compliment.

Depuis quand est-ce que Chris Kay veut se défiler ? Une fois que celui-ci s'est éloigné de la nouvelle mère, Skyler l'intercepte :

—Tu as décidé de nous quitter ?

—J'ai mes raisons pour le faire.

Chris fait signe aux infirmiers de les laisser seuls. Ceux-ci s'échangent un regard entendu.

— De toute façon, tu es en contrôle ici, reprend Chris. Tu t'occupes déjà de me remplacer quand je suis débordé avec les maternités.

— Ce n'est pas la même chose. On aura besoin de plus de personnel avec le Syndrome qui prend de l'ampleur et…

— Ne fais pas comme si ça ne faisait pas ton affaire que je m'en aille, répond Chris avec un sourire triste.

La satisfaction à laquelle Skyler s'attendait ne vient pas. C'est plutôt un vide dans l'estomac, une absence totale de plaisir ou de mécontentement. Chris les laisse tomber juste avant la période noire qui se profile. Le Syndrome, et maintenant la Confrérie. Combien de victimes y aura-t-il ? Chaque personne qui contribue à cette unité est vitale.

Même si ça signifie mettre de côté leurs différends.

— Ma priorité est de fournir les soins nécessaires aux Archéens, dit Skyler qui fait un mouvement pour s'éloigner. Le reste, ça ne me regarde pas.

— Tu ne peux pas me mentir, Sky. Je peux voir à travers toi, répond Chris qui interpose son bras pour l'empêcher de passer. Tu me détestes.

Et c'est reparti.

— Pourquoi est-ce que tu insistes ? siffle Skyler.

— Parce que ce n'est pas réciproque.

Les traits de Chris s'adoucissent comme s'il essayait d'être honnête pour une fois. Une partie de lui enfouie sous son arrogance ? Des sentiments sincères ? Et quoi encore ?

— Tu as la mémoire courte, dit Skyler pour briser cet étrange moment. Tu sais très bien quand tout a commencé. Je te faisais confiance jusqu'à ce que je voie qui tu es réellement. Ton jeu de manipulation ne fonctionne pas avec moi. Tout ce qui compte, ce sont tes propres intérêts. Tu te fous des autres.

— Malgré ce que tu peux penser à mon sujet, ce n'est qu'avec toi-même que tu dois régler ce problème. Tu empruntes la voie facile en jetant le blâme sur moi. C'est toi qui as pris la décision.

— Mais tu ne peux pas nier ce que tu as fait.

Toujours ce sourire. Résignation ou satisfaction ?

— Il y a une fête organisée ce soir, dit Chris d'un ton plus léger. Ce sera l'occasion de célébrer mon départ. Je t'invite.

— Est-ce la perspective d'abandonner le centre de soins qui te rend moins insupportable ?

— J'aimerais que tu viennes, répond-il du tac au tac avec un sérieux déconcertant.

La vie privée de Chris. Le dernier endroit où Skyler a envie de se retrouver.

— Je verrai.

Chris fait un mouvement dans sa direction pour lui prendre l'épaule, mais Skyler l'évite habilement.

— Ne me touche pas.

Skyler s'éclipse sans lui laisser le temps d'ajouter quoi que ce soit.

Il est tellement bizarre aujourd'hui.

Aussitôt qu'il est de retour dans son département, Mira lui tend une tablette avec les plus récentes analyses du cerveau de sa patiente. Des nuances de blanc et de gris sont accompagnées de circuits électriques, chaque groupe identifié par une couleur différente. Il relit par trois fois le graphique sans rien y comprendre.

Est-ce que les victimes du Syndrome oublient leur passé du même coup ? En ce moment, ce ne serait pas de refus.

Chris. Cet enfoiré.

— Est-ce que tu vas y aller ? lui demande Mira qui se penche pour l'attraper du regard.

— De quoi tu parles ?

Skyler relâche son emprise sur la tablette et relève la tête.

— Je sais que ta relation avec Chris est tendue, mais… ça lui ferait réellement plaisir.

— Comme s'il s'en préoccupait vraiment. Il a le don de manipuler avec ses mots.

— Tu pourrais être surpris du contraire.

Mira, qui d'habitude parle peu. Évidemment qu'elle souhaite

qu'ils s'entendent bien, puisqu'elle passe le plus clair de son temps avec Chris.

— Tu veux me convaincre comme tous les autres qu'il n'a jamais fait exprès de me mettre des bâtons dans les roues chaque fois que j'ai essayé d'améliorer les choses ici. Le projet des sphères de mémoire, la gestion des aînés... sans compter qu'il n'a jamais arrêté de me narguer depuis l'école.

— Tu travailles trop. Tu devrais prendre le reste de ta journée. Je vais informer le docteur Nazar.

— Je vais bien. C'est lui qui a un problème.

Il a levé la voix un peu trop haut : Mira lui lance un regard inquiet.

— Je sais que ta mère a besoin de toi, réplique-t-elle en fixant le sol. Profites-en pour rester auprès d'elle. J'ai vu ta demande pour t'occuper d'elle à plein temps.

C'est quoi le problème de tout le monde ici ?

— Qui t'a donné le droit de fouiller dans mes affaires ?

— Je tiens à te rappeler que je suis responsable du traitement des demandes avant de les acheminer au docteur Nazar.

La tablette est drôlement intéressante tout à coup. S'il doit se justifier auprès d'elle en plus.

La numérisation montre des signes d'inflammation similaires à une commotion cérébrale. Ça explique les symptômes, mais pas pourquoi seule une partie de ceux qui ont participé à la simulation en est affectée, et pas les autres.

Skyler partage ses observations avec Mira, qui confirme d'un hochement de tête.

— C'est comme s'ils avaient reçu une décharge, songe-t-elle à voix haute. Pourtant, les Deltas entretiennent les Nefs régulièrement.

— Sauf si les dommages cérébraux étaient déjà présents avant la simulation.

— Qu'est-ce que tu veux dire ?

— Tu ne trouves pas que ça ressemble aux numérisations des patients atteints du Syndrome ?

—Tu veux dire qu'ils étaient déjà infectés ? déglutit-elle en replaçant méthodiquement une longue mèche pourtant parfaitement placée.

—Oui. Et la variation électromagnétique n'a fait qu'aggraver leur état en les propulsant probablement hors du stade latent.

Selon les rares observations du Syndrome, celui-ci pourrait avoir un stade latent qui s'échelonne sur plusieurs mois. On a rapporté de la fatigue, mais ce symptôme à lui seul est insuffisant pour un diagnostic immédiat, considérant le contexte de l'Arche. Le manque de lumière naturelle, l'isolement et l'alimentation pauvre en nutriments pourraient tout aussi bien être en cause. D'autres maladies comme la dépression présentent les mêmes symptômes.

—C'est impossible, ajoute-t-elle sans sembler convaincue par ce qu'elle dit. Comment est-ce que ça a pu se propager si vite ? Il faut demander une analyse détaillée aux Deltas.

—En attendant les résultats, on va avoir besoin de renforts. Chris et Léandre pourraient nous aider à leur administrer un traitement préventif.

Pour ce que cela vaut. Guérir en surface fera pour un temps, mais...

—OK. Je vais leur donner un anti-inflammatoire pour commencer.

—Bien. Je vais faire une thérapie par oxygène pour voir si on ne peut pas mieux contrôler la pression interne.

Skyler prépare le respirateur pour la patiente déjà alitée, mais se rend soudain compte que Mira est toujours à côté de lui.

—Qu'est-ce qu'il y a ?

—Skyler, je veux que tu saches que...

Elle avale difficilement, mal à l'aise, mais continue :

—Je ne te juge pas. Ne crois pas que tous ceux qui côtoient Chris sont contre toi. Je sais que ce que tu traverses n'est pas facile, mais laisse-moi au moins...

—Non, tu n'as aucune idée de ce que c'est que prendre soin d'une mère dépressive qui ne te pardonnera jamais.

Tout est sorti d'un coup. Merde. Elle encaisse le coup sans broncher, les traits figés.

— Si tu le dis, marmonne-t-elle en allant probablement rejoindre Chris.

Le reste de la journée passe rapidement. Personne ne vient l'embêter, pas même Mira. Skyler s'occupe de la patiente qui continue de l'ignorer. Il contrôle les différents niveaux d'oxygène pour voir sa réactivité au traitement.

Les images de sa simulation sont nettes. Le sentiment irrésistible d'y retourner est suffocant. La routine de l'Arche et la menace grandissante du Syndrome, encore incompris, sont oppressantes. Les vingt-quatre prochaines heures seront déterminantes pour que tout change enfin.

Avec la Confrérie.

—————

— Jazz ?

La peau de Skyler est encore humide de la douche et son chandail colle dessus. Il a décidé de passer par la cabine de ses parents pour voir si sa mère se portait bien.

— C'est toi qui fais travailler mon mari autant, dit-elle en refermant la porte derrière elle.

La main de Jacinthe est posée sur son ventre qui paraît plus enflé, bien mis en évidence par sa robe moulante rose pâle.

— Qu'est-ce que tu veux dire ?

— Depuis une semaine, je ne le vois plus. Il n'a cessé de parler des sphères qui pourraient tout changer et que j'en serais ravie. Il a tenté de m'expliquer, mais je vais t'avouer que je n'ai pas trop compris son charabia. Je ne peux tout simplement pas croire qu'il laisse sa femme *enceinte* en plan.

Skyler s'essuie le front du revers de sa manche. Nathan se donne vraiment à fond, on dirait bien.

— Et donc je me sentais seule et j'ai décidé de rendre visite à ta mère, poursuit-elle sur sa lancée, les jambes bien écartées, en caressant son ventre. Tu sais, depuis notre dernière conversation je n'ai pas arrêté d'y repenser et je me suis dit qu'on pourrait passer un bon moment.

— Maman devait être contente.

Murielle n'a pas eu de visiteurs depuis très longtemps, même s'il l'encourage à faire un tour avec lui chaque semaine. Quand elle a cessé de travailler, ses contacts avec le monde extérieur se sont amenuisés. Il n'y a que Jazz qui se donne la peine de lui envoyer des messages.

— On a jasé beaucoup, dit-elle avec son sourire édenté.

Skyler en profite pour se rapprocher de la porte, sentant que la conversation risque de s'éterniser, mais Jazz lui dit avec soudaineté :

— Je te déconseille d'y entrer.

Jazz l'arrête d'une main brusque, sa joie disparue.

— Elle s'est assoupie et était particulièrement fatiguée, ajoute-t-elle plus calmement.

— Est-ce que Dylan est là ? s'enquiert Skyler, le front plissé.

Un sourire contenu.

— Oui, il veille sur elle.

Dans ce cas, mieux vaut éviter un autre accrochage. Skyler n'a pas le cœur à lui faire face. Jacinthe est prévenante. Elle connaît leur relation houleuse.

— Toi aussi, tu devrais te reposer, tu as l'air épuisé, ajoute-t-elle en lui caressant l'avant-bras d'un air bienveillant.

Puis, elle lui tapote le haut des joues et il tire la langue comme quand il était plus jeune.

— Des cernes à ton âge, ce n'est pas bon.

— Je n'y peux rien.

À son bébé, Jacinthe susurre d'une voix enfantine :

— Angélie, tu vois, c'est Skyler. Il travaille fort pour nous garder en santé et pour t'aider à sortir de là. Et Dieu sait que je ne me plaindrai pas quand ce jour viendra.

En disant sa dernière remarque, elle se penche vers l'arrière, une main dans le bas du dos. Soudain, elle farfouille dans son minuscule sac à main comme si elle avait oublié quelque chose.

— Ma pauvre petite Angélie, geint-elle. Maman a été négligente. Faites que le Créateur ne m'en tienne pas rancune.

Elle s'empresse de s'asperger profusément les mains d'antiseptique. Skyler la dévisage un moment, incertain.

— J'ai récemment appris que les bactéries traversent le tissu à la vitesse de la lumière. N'est-ce pas ?

— Eh bien, il faudrait demander à un Delta...

— C'est ce que je me disais. Mieux vaut prévenir...

Elle attend avec un demi-sourire suspendu.

— ...que guérir, complète-t-il avec une joie forcée.

— C'est ce que je dis toujours à mes patients.

Jacinthe l'invite à la suivre pour rejoindre les ascenseurs. Il la laisse parler jusqu'à ce qu'elle s'épuise.

— Skyler, tu es sûr que ça va ? lui demande-t-elle en lui offrant du gel qu'il refuse poliment. Tu as l'air exténué ! Tu devrais passer plus de temps avec tes amis, toi aussi.

Sauvé par les gens qui retiennent les portes pour Jazz, Skyler décide de prendre les escaliers, arguant qu'il a besoin de se dégourdir un peu. La marche lui fait un grand bien même si l'odeur d'antiseptique lui emplit le nez. En chemin vers sa cabine, il repasse leur conversation dans sa tête.

Jazz croit qu'il devrait voir ses amis ? C'est vrai qu'il les a tous négligés depuis deux ans. S'isoler dans un vaisseau qui est lui-même isolé est une combinaison mortelle.

Bon. Pourquoi pas.

La fête de Chris ? Il grimace à cette idée. Tout le monde y sera probablement. Peut-être qu'il pourrait y aller, après tout. Pas pour Chris, évidemment. Mais Jazz a raison. Il ne peut pas continuer à travailler autant. Émily le lui a fait remarquer, elle aussi, lors de leur souper. C'était plaisant. Dylan peut s'occuper de maman, et le centre de soins peut bien lui accorder un répit.

Est-il vraiment en train de se convaincre d'y aller ?

14

ÉMILY

Quand Sky a parlé d'aller à la soirée de départ de Chris, c'était un peu comme si Gabrielle avait demandé à se faire raser la tête. Impossible. Quand Émily a voulu le ramener à la raison, il a insisté pour y aller en citant l'agréable souper passé à La Orilla. S'est-il enfin décidé à mettre ses obligations de côté et reprendre goût à la vie?

Cette soirée sera spéciale pour une autre raison : cette fête est illégale. Ce sera l'occasion rêvée de savoir qui sont les organisateurs. Yasmina jubilerait de mettre la main sur cette information. Ils seraient jugés comme il se doit. Si les organisateurs peuvent se défiler comme bon leur semble dans des fêtes illégales, où est la justice dans tout ça ? Qui plus est, ça pourrait apaiser la colère de Yasmina d'avoir perdu deux prisonniers en si peu de temps. Et du même coup, améliorer son opinion d'Émily.

Reconnaître les Dissidents peut paraître difficile à première vue, mais ils partagent tous quelque chose en commun : aucun d'entre eux ne fait partie du registre officiel des passagers. Ça ne prend qu'un lecteur du Parangon.

Émily en extirpe un du vieux tiroir de papa dans l'entrée de la cabine. Il lui a fallu une bonne demi-heure pour le localiser dans tout ce fouillis plus tôt dans la journée. Ça ressemble à un stylo métallique un peu trop gros pour écrire confortablement. L'embout se connecte à un bracelet et... voilà! Elle le roule entre ses doigts avant de l'insérer avec soin dans la poche de son pantalon moulant noir.

Merci papa, même si tu n'es pas au courant.

Émily a décidé d'opter pour des couleurs sombres, ce soir. Même son haut tire sur un mauve sombre, sa couleur favorite. L'idée, c'est de se fondre dans la foule sous le faible éclairage. Pas question de porter une robe voyante comme la dernière fois au restaurant.

Maman lui lance son regard intemporel, comme si elle avait suivi le cours de ses pensées.

— Il ne nous reste plus beaucoup de temps pour terminer ce que tu as commencé. Dans vingt-quatre heures, tout peut changer. Ce soir, c'est la clé pour se rapprocher d'eux.

Maman hoche la tête. Quoi ?

Émily cligne des yeux. Pourtant la photo est figée. Tout ce stress accumulé commence vraiment à l'affecter.

Elle secoue la tête et passe rapidement à l'évier pour s'asperger le visage d'eau. L'eau est froide et lui donne un frisson désagréable. Pas le temps de retourner à la salle de bain commune. Une fois qu'elle s'est épongée avec une petite serviette, elle replace ses mèches folles indomptables. Quand on a les cheveux plus courts que la majorité des filles, c'est facile d'avoir l'air un peu trop garçonne. Ajouter une touche de féminité est essentiel pour désarçonner les garçons plus téméraires.

Elle échange un regard avec son double, dans le petit miroir portatif toujours aussi sale. Les teintes de mauve irradient joliment. Cette ombre à paupières est vraiment magique. Qu'est-ce que maman dirait si elle la voyait aujourd'hui ?

Elle fait un geste pour ranger son miroir, mais il se fracasse quand le sol se dérobe sous ses pieds. Elle a à peine le temps de se rattraper sur le coin de la table. Elle ferme les yeux en attendant que ses vertiges passent.

Qu'est-ce qui lui arrive ?

Idiote. Elle n'a rien mangé de la journée.

Elle inspire profondément et ouvre les yeux. Elle se jette vers son armoire où elle garde des provisions qu'elle ramène du réfectoire. Des extras que Sky lui refile de temps à autre.

L'intérieur est vide. Le Contrôle. Il faudra attendre. Avec un peu de chance, il y aura quelque chose à manger à la fête.

Émily cale un verre d'eau. Au même moment, on cogne à la porte. Elle s'essuie la bouche du revers de son chandail et va ouvrir.

— Tu t'apprêtes à aller à un bal ou quoi ? s'exclame-t-elle en voyant Skyler, vêtu d'un complet et d'un nœud papillon, le même ensemble qu'il portait lors de la cérémonie de graduation.

Les joues de Sky rosissent : il baisse les yeux sur son costume.

— Tant que ça ? Je ne savais pas quoi mettre.

— Il faut que tu sortes plus souvent de cette clinique.

— De quoi tu parles ? lui demande-t-il confus.

Émily lève les yeux au ciel et sort de la cabine en lui faisant signe de se dépêcher.

— Laisse tomber, dit-elle en vérifiant que la porte est verrouillée. Tu viens ?

À cette heure tardive, le couloir est vide, si ce n'est le commis à l'entretien ménager qui traîne une serpillière d'un bout à l'autre sans jamais ressentir le besoin de la rincer. Dégoûtant.

Ils traversent le couloir en évitant soigneusement la trace humide laissée par la serpillière pour se rendre aux ascenseurs de service où Mira les attend. Elle aussi est vêtue d'une robe verdoyante qui contraste avec le roux de sa chevelure.

— Bon, je dois être la seule qui n'a pas compris la thématique de la soirée, grommelle Émily en se maudissant.

Tant pis pour passer inaperçue.

— Il n'y avait pas de directives à ce sujet, lui répond Mira la rouquine, de sa voix machinale, trop analytique. Personne ne remarquera.

Tant mieux, même si sa fierté doit en prendre un coup.

— Contente que tu aies changé d'avis, ajoute Mira à l'intention de Sky. Ça fera plaisir à tout le monde de te voir dans un contexte différent.

—Ne lui fais pas regretter d'être sorti de sa tanière, dit Émily, moqueuse, en lui donnant un coup de coude.

—Continue comme ça, Émy, et ce sera le cas, lui répond-il d'un air faussement sérieux.

—Tu ne peux pas en vouloir à ta meilleure amie. Que ferais-tu sans moi?

Mira laisse échapper un rire timide, les mains jointes à la taille.

—Comment va ton père? demande Émily pour la mettre à l'aise, en se rappelant le magnifique gâteau à chandelles que Léandre et Ambre leur avaient amené au restaurant. C'était son anniversaire il n'y a pas si longtemps, non?

—Oh?

Mira rougit. Elle n'a jamais aimé qu'on lui pose des questions personnelles. Elle est trop occupée à analyser tout ce qui se trouve sous son nez. La pauvre.

—Oui c'était son anniversaire. Il... est un peu malade derniè-rement. Ce n'est pas facile à gérer.

L'aura de Sky ondule et se resserre. Au même moment, ils pénètrent dans l'ascenseur qui sent le désinfectant à plein nez.

—Tu ne m'en avais pas parlé, dit-il d'une voix préoccupée. Tu aurais dû me le dire. Je ne t'aurais pas monopolisée autant pour les sphères de mémoire.

—Non, non ça va. Les sphères sont très... très intéressantes.

—Les sphères? demande Émily.

—Tu sais, le projet dont je t'ai parlé du temps de l'Académie?

—Oh, ça! Ce n'était pas des sphères à l'époque.

Pas étonnant qu'il ait été si occupé ces derniers temps. Toujours aussi dévoué à la tâche.

—Et donc, ça promet? s'enquiert Émily intriguée.

—Je l'espère, dit-il en replaçant son nœud papillon visible-ment mal à l'aise dans cet accoutrement. Il y a eu quelques soucis. Mais Nathan l'ingénieur semble être sur la bonne voie pour développer tout le potentiel des sphères.

—Tout le potentiel? demande Mira, les yeux écarquillés. Que veux-tu dire exactement?

—Eh bien, dans son dernier message, il disait que la quantité d'informations contenues excèdent les simples souvenirs. Un autre niveau de données est enfoui.

—Je ne veux pas faire ma rabat-joie, mais où se trouve cette fête exactement? les interrompt Émily au moment où le timbre sonore signale l'arrivée de l'ascenseur.

Ces discussions trop techniques ne l'ont jamais intéressée. Ce n'est pas pour rien qu'elle ne s'est jamais aventurée dans les sciences.

Mira sort la première et leur fait signe de la suivre.

—Vous verrez.

ILS DESCENDENT à l'étage principal et marchent vers le réfectoire, mais bifurquent dans un corridor adjacent. L'estomac d'Émily gronde de mécontentement et elle ne peut s'empêcher de jeter un regard furtif en arrière, presque déçue.

Ils empruntent des escaliers d'urgence et s'enfoncent dans les entrailles du vaisseau. Sky a l'air perdu dans ses pensées comme d'habitude, mais son énergie montre qu'il est nostalgique. Que peut-il bien garder à l'intérieur de lui comme ça? Il faudra travailler sur son cas une fois que toute cette histoire de Confrérie sera réglée.

De retour dans les couloirs, sa vision doit s'ajuster au faible éclairage d'urgence bleuté le long des murs. Une forte odeur marine lui emplit les poumons et la fait tousser.

Les niveaux inférieurs. C'est donc à ça qu'ils ressemblent. L'Incident il y a deux ans en a inondé une partie, à l'endroit même où l'équipe de recherche a disparu. Et, à en croire papa, c'est le bastion des Dissidents.

Personne n'ose parler tandis que Mira les conduit plus profondément dans un réseau de couloirs abandonnés. Les moisissures ont infesté tous les recoins visibles. On peut apercevoir de gros amas sombres faiblement éclairés par les lumières bleutées. Une légère vibration au sol se répercute dans les genoux d'Émily lorsqu'ils s'arrêtent.

—Nous y sommes, leur annonce Mira d'une voix claire. Il faut présenter notre bracelet à l'entrée.

Mira examine la paroi en quête du voyant, les yeux plissés par toute cette noirceur.

—Est-ce que c'est sécuritaire? demande Sky en regardant autour de lui.

—Tu devrais vraiment sortir plus souvent, soupire Émily en roulant les yeux.

—Personne n'a pensé que le Parangon pourrait tout aussi bien nous arrêter pour une infraction ? Cette fête est illégale.

—Je ne vois aucun agent dans les environs. Arrête de geindre et...

Il fixe le plafond, ce qui fait taire Émily. Une lueur rouge clignote à intervalles réguliers. Une caméra de surveillance.

Mira en prend aussi connaissance, puis lance calmement :

—Elles ne sont pas fonctionnelles. Les fils ont été coupés. Regardez.

Les fils à nu pendouillent dans un rai de lumière bleutée. Juste ce qu'il fallait.

—Trop tard pour se défiler maintenant, dit Émily en lançant un clin d'œil à Sky.

Il grogne. Elle le regarde du coin de l'œil en réprimant un fou rire.

Mira tapote quelque chose sur le mur. Elle passe son bras devant un lecteur dissimulé à même le mur. Impossible à repérer pour qui n'est jamais venu ici. Elle n'en a pas l'air comme ça, mais elle est bien informée.

Étages inférieurs. Fête illégale. Lecteur dissimulé. Cette installation est sans aucun doute l'œuvre des Dissidents.

Tu vois maman, ce sera terminé bientôt.

À tour de rôle, l'œil invisible reconnaît leur bracelet. C'est seulement lorsque le dernier d'entre eux a terminé que la porte glisse sans bruit. La vibration est nettement plus persistante.

Ils passent dans une sorte d'antichambre où ne filtre aucune lumière. La noirceur totale a quelque chose d'excitant. Grâce à ses sens, Émily parvient quand même à sentir la présence de Sky, un peu nerveux, à sa gauche. Un vrombissement mécanique s'active peu après. Ils doivent patienter quinze secondes avant que la porte suivante glisse à son tour. Quelle sorte de système de sécurité est-ce ? Sûrement très sophistiqué pour passer sous le radar du Parangon.

Les tympans d'Émily bourdonnent d'une musique au rythme répétitif, teintée d'une voix masculine harmonieuse qui s'engouffre dans l'antichambre. Que la fête commence !

— C'est par ici, articule Mira silencieusement, son visage éclairé par le stroboscope.

C'est un énorme entrepôt désaffecté, au plafond plus haut qu'à l'habitude. De grosses caisses éparpillées servent d'aménagement pour les Archéens qui dansent au rythme de la musique techno. Une centaine d'entre eux, voire plus, se collent les uns contre les autres. Difficile de croire qu'ils se trouvent sous près d'un kilomètre d'eau.

Le visage de Sky s'illumine aussitôt qu'ils se mélangent à la foule. Il va y prendre goût.

Quant à Émily, elle sonde la foule rapidement pour voir si elle ne connaît pas quelqu'un, mais Mira part en flèche et elle doit remettre sa recherche à plus tard. Chris est en grande conversation avec Léandre, pas très loin d'une scène aménagée. Mira les guide jusqu'à eux. Quand Léandre les voit arriver, il ignore Chris pour venir les accueillir.

Émily pouffe de rire en apercevant Chris. Lui aussi a décidé de se mettre sur son trente et un. La tête que fait Sky vaut de l'or.

— Tu as de la compétition, lui dit Émily au creux de l'oreille.

Il grogne, mécontent. Chris fait la bise à Émily. Sky lui lance un regard noir qui contraste bizarrement avec son visage sans malice. Chris les entraîne un peu en retrait, là où des caisses les isolent de la musique.

— Pas si mal pour une fête de départ, vous ne trouvez pas, leur déclare Chris en buvant une gorgée d'une boisson qui s'apparente à de la bière.

— Ne t'imagine pas que cette fête a été organisée pour toi, lance Sky, son air sérieux de retour en force.

— C'est vrai, mais pourquoi pas en profiter, Chevalier ? dit-il en riant de sa façon à la fois timide et arrogante.

Il est drôlement mignon. Ce sera la prochaine mission à entreprendre, après la Confrérie. Et après Sky. Maman, tu en es témoin.

— Détends-toi, lui dit Mira qui lui tend un des verres qu'elle a attrapés au passage.

Elle en tend un aussi à Émily. La même chose que ce que Chris boit ; c'est velouté, un mélange de bière et de quelque chose de sucré pour cacher l'amertume. Ils retournent près de la scène, là où la fête bat son plein et Émily se laisse emporter par la musique. Sky reste près d'elle en prenant soin de tourner le dos à Chris.

C'est si... étrange. Une telle ambiance n'est pas quelque chose de facile à trouver sur l'Arche. Certaines chansons emblématiques sont disponibles sur le réseau commun, sans plus. Après un moment, on les connaît toutes par cœur. Mais ce type de musique, ces rythmes réguliers, cette voix gutturale, comme possédée. C'est euphorisant. Chris ne se gêne pas pour lui prendre la taille et suivre le rythme de la musique. Il lui fait même goûter sa bière à l'occasion.

Un certain temps s'écoule, et Émily en est déjà à siroter le troisième verre que Chris lui offre. Elle cherche Sky du regard, mais ne le voit nulle part. Elle interroge Léandre qui lui fait signe qu'il est allé se chercher autre chose à boire.

Émily s'accote sur une des larges caisses, un peu en retrait, pour reprendre ses esprits. L'alcool lui donne une énergie renouvelée, mais ce pourrait être de courte durée. L'estomac vide, ce n'est jamais gagnant. Elle se sent presque aussi étourdie que lors de la graduation, quand Sky et elle étaient tombés dans le champagne. De bons moments, quoique le réveil avait été pénible. D'après les autres, ils se sont beaucoup amusés.

Bon, tant pis pour le look de jeune fille potentiellement dangereuse. Ses réflexes ne sont pas à leur meilleur de toute façon. Elle prend une plus grande gorgée qui lui picote les narines.

Sky n'est toujours pas revenu. Mira, elle, dévore Chris des yeux. Léandre vient rejoindre Émily. Elle dépose son verre un peu plus violemment qu'elle en avait d'abord l'intention.

— Hey ! Fais attention, lui dit Léandre qui rattrape son verre juste avant qu'il ne se répande et lui éclabousse les pieds.

— Est-ce que ça fait longtemps ? dit-elle en fixant Mira qui porte sa robe avec finesse et grâce.

Celle-ci n'est pas aussi rigide qu'elle en a l'air. Elle danse de manière un peu loufoque, avec Chris qui l'accompagne dans ses folies, le sourire facile.

Léandre suit le regard d'Émily, puis répond :

— Est-ce que ça paraît tant que ça ? Je n'ai jamais eu le courage de lui dire.

— Tu veux rire ? Elle le dévore littéralement du regard.

— Oh, ça ! Ouais, je sais. Pourtant, j'en ai parlé avec Chris et il m'a dit qu'il mettrait tout ça au clair avec elle.

Léandre hoche la tête, les idées confuses.

— OK, je crois qu'on ne parle pas vraiment de la même chose.

— Oublie ce que je viens de dire.

Émily sourit en rembobinant ce qu'il vient de lui dire. Mais oui !

— Tu l'aimes, c'est ça ? Je peux t'aider à ce que ça se réalise si tu veux.

—Je ne pense pas que ce soit une bonne idée. Il faut que ça vienne d'elle. Quand on force les choses, il n'y a que...

—C'est pourtant simple, dit Émily en soupirant. Plus vite tu lui diras, plus vite elle sera à toi.

Émily a un sourire en coin en pensant à ce que l'avenir pourrait lui réserver à ce sujet. Chris chante à tue-tête. Il s'en donne à cœur joie, ce soir. Le Chevalier Chris de la famille Bates. Ils ont grandi ensemble. Si quelque chose devait arriver entre eux, ça se serait déjà produit. Émily fait la moue.

—Et toi, tu vas te décider à dire à Chris que tu l'aimes ? la relance Léandre, toujours captivé par Mira.

—De quoi est-ce que tu parles ?

La chaleur lui monte au visage. Où est son verre déjà ?

—Je ne suis pas ce genre de fille, ajoute-t-elle avant de retrouver son verre à tâtons.

—N'attends pas que Sky s'en rende compte.

—Qu'est-ce que ça peut changer ? On est les meilleurs amis du monde. Il ne se passera jamais rien entre lui et moi.

—Justement.

Sa remarque reste en suspens et il l'entraîne plus près de la scène, à une distance respectable de Chris et de Mira. Émily doit se concentrer pour ne pas trébucher.

Les lumières s'éteignent et l'atmosphère change brusquement. La musique enivrante cède la place à un rythme plus rapide entamé par des joueurs de tambours qui ont pris place sur la scène. Chaque coup fait frissonner Émily. D'autres percussions se joignent à eux, des bâtons de pluies et d'autres instruments qu'elle n'a jamais entendus auparavant. On croirait une ancienne tribu de la Terre revenue des morts. Ils sont sur leur territoire, dans leur jungle au milieu de la nuit.

Tous les yeux se rivent sur les quatre danseurs qui viennent d'arriver dans la salle et en mettent plein la vue avec leurs flammes qui incendient la foule. Des anneaux de feu tournoient, créant une véritable danse hypnotique. L'instant d'après, ils font une entrée acrobatique sur scène et fouettent l'air de leurs chaînes enflammées. La vitesse effarante à laquelle valsent les langues de feu est fascinante : des serpents embrasés. Une lueur rougeâtre teinte la foule en délire.

La sueur colle à la peau d'Émily, la chaleur est de plus en plus accablante à chaque souffle exhalé par les chaînes qui fouettent l'air. Presque aussi accablant que sur ce balcon durant la simulation.

Un dernier danseur au torse nu se joint au groupe en faisant une entrée remarquée avec un large bâton enflammé qu'il fait virevolter. La lueur cuisante éclaire sa barbe épaisse et lui donne une allure sauvage. Il frappe le sol qui s'embrase et provoque des étincelles qui fusent dans tous les sens. Les percussions se font plus féroces, chaque coup se réverbérant dans tout l'entrepôt. Le danseur exécute une vrille qui s'épuise en un long souffle de feu vers le plafond, comme s'il tendait la main pour tirer quelque chose du ciel.

La peau d'Émily cuit sous la bouffée d'air vive qui se répand.

L'éclat du feu illumine un visage familier à quelques mètres d'elle à sa droite, un peu en retrait.

Émily profite du tonnerre d'applaudissements et de l'inattention de Léandre pour se faufiler à travers la foule.

Sa couleur ne ment pas : un jaune qui désamorce toute émotion hostile. Un soleil qui magnétise. Étonnant qu'il ait eu si peu d'effet sur Reyes. Du moins, sur le long terme.

Milo se tient là, à applaudir, mais Émily le tire violemment vers l'arrière et, lorsqu'il croise son regard, elle le bâillonne avec sa main. Il la suit docilement, sachant que toute résistance est futile. Elle l'éloigne de la foule — trop occupée à acclamer les danseurs de feu — vers un coin de la salle caché par plusieurs caisses. Le visage jeunot de Milo se fracasse sur le mur. La clé de bras d'Émily l'empêche de faire un quelconque mouvement.

C'est le moment d'avoir des réponses.

Elle tire le stylo de sa poche et appuie l'embout sur le bracelet de Milo. Il ne se met pas à briller comme elle l'espérait.

Il est dans le registre ?

— Où est la Confrérie ? le somme-t-elle dans le creux de son oreille. Comment est-ce que tu t'es échappé ?

— Tu connais déjà les réponses, dit-il avec un calme déconcertant. Ne perds pas ton temps avec moi.

Le corps d'Émily est pressé contre le sien. À cette proximité, elle peut sentir les battements de cœur rapides de Milo.

— Je serai la seule juge de ça, dit-elle, ses pieds bien enfoncés au sol. Dis-moi où je peux trouver le leader de la Confrérie.

— Même si tu savais, ça ne changerait rien. Il se fiche de toi et du reste.

Le meurtrier de maman s'en fiche ? Dommage pour lui, mais il aurait avantage à changer son attitude. D'un autre côté, son manque d'attention est le bienvenu. Il ne l'empêchera pas de venir jusqu'à lui.

— Tu n'as pas répondu à ma question, insiste-t-elle en raffermissant sa prise. Réponds.

— Ou quoi ? Tu vas me tuer ici maintenant ? Ou me ramener à ta prison ? raille-t-il, le souffle coupé. C'est ça le problème avec vous tous, c'est votre loi et rien d'autre. Vous avez perdu le sens de votre humanité.

Émily lui laisse un peu plus d'espace pour qu'il puisse dégager son visage du mur. Il a les lèvres gercées et s'étire le cou pour mieux la regarder.

— Je ne suis pas celle qui met en péril des milliers de personnes et des générations d'effort à garder les survivants du Déluge en vie, raisonne-t-elle.

— À quoi bon sauver ceux qui nous persécuteront une fois rendus sur la terre ferme ? Je préfère mourir.

La conviction qui brille dans ses yeux est admirable. Une force... aussi puissante que son aura le prétend. La dernière fois qu'elle a vu pareille détermination, c'était dans les yeux de maman, quand papa et elle se sont disputés, peu de temps avant sa condamnation. Maman avait insisté pour retourner voir ses protégés et courir le risque de s'exposer davantage, bien que les soupçons de sa possible trahison s'étaient déjà ébruités. Papa avait tout fait pour la retenir, mais il n'avait rien pu faire. Maman était retournée poursuivre son œuvre auprès des Dissidents comme Milo. L'a-t-il connu ? Peu probable. Il ne devait être qu'un gamin à l'époque. Mais les autres membres de la Confrérie...

—C'est à cause de gens comme toi qu'on risque de tous mourir, reprend-elle plus insistante. Poursuivre un rêve illusoire au prix des autres...

Sacrifier des vies inutilement. Maman. Une âme charitable. Et qu'est-ce qu'elle a eu comme remerciement ? Une exécution publique.

—Ce que la Confrérie fait, c'est se mentir à soi-même et aux autres.

Milo réussit à tourner son corps vers elle et elle ne l'en empêche pas. Son regard s'est adouci comme s'il venait de comprendre quelque chose.

—Où est ton leader ? répète-t-elle, son ivresse la rendant un peu molle. Il m'est apparu durant la simulation, donc j'imagine que ça ne le dérange pas que je sache qui il est.

—Neal sait ce qu'il fait et tu ne peux rien faire pour l'en empêcher, lui répond-il, sa respiration assez forte pour lui effleurer le menton. Il est déjà trop tard.

—Dans ce cas, dis-moi où est Reyes.

De puissantes mains la tirent brusquement vers l'arrière. Émily maudit l'alcool d'avoir ralenti ses réflexes. Sa prise de neutralisation est un échec total. Une lame est appuyée sur sa gorge.

Maintenant libéré, Milo tousse. Émily tourne la tête pour apercevoir la pièce d'homme qui la tient prisonnière. Il resserre sa prise sur elle. Il est torse nu, sa sueur froide se colle sur elle.

Un danseur.

Il s'assure que Milo va bien, puis menace Émily.

— Dan ! Ça va. Laisse-la partir.

— Je n'ai pas besoin de ton aide, crache-t-elle, encore engourdie.

— Pas question, enchaîne le dénommé Dan. Elle va alerter les autres. Tourne-toi le temps que je m'en débarrasse.

— Est-ce que c'est vraiment comme ça que tu veux tout recommencer ? On a promis qu'on ne s'abaisserait pas à leur niveau. Il faut commencer maintenant, sinon on sera tout aussi perdu.

— Qui te dit qu'elle ne nous nuira pas ?

Milo la transperce du regard. La vie d'Émily est entre les mains d'un Dissident assoiffé de sang. Elle déteste devoir l'avouer, mais elle a vraiment merdé sur ce coup-ci.

— Elle ne sait pas.

Dan et Milo échangent un regard silencieux qui fait regretter à Émily de ne pas pouvoir lire dans les pensées. Leurs auras n'en révèlent pas davantage que leurs émotions immédiates. Méfiance. Colère. Anxiété. Une contradiction propre à des terroristes qui s'apprêtent à tout détruire.

— Si tu veux savoir... dit Milo en s'approchant d'elle, l'air résolu. Reyes est en sécurité et rien de ce que tu feras ne la ramènera là-bas. Pas après ce qu'elle a enduré.

— Je lui ai donné le choix, se défend-elle en imaginant malgré elle les tortures que Yasmina a dû lui faire subir. Elle n'avait qu'à parler.

Milo se retourne pendant une seconde et son énergie a une variation subite. Émily n'a pas le temps de voir le coup venir sur sa tempe qui la sonne.

L'image du visage de Milo se fige devant ses yeux. Humide de sueur, et empreinte d'un sentiment profond. De la peine.

Pour Émily.

15

—

SKYLER

— Qu'est-ce qui t'a fait changer d'avis ?

Les pupilles de Chris sont plus dilatées qu'à l'habitude, ses lèvres encore mouillées par le liquide orangé qu'il vient d'avaler pour une énième fois. À ce stade, c'en est presque méthodique, la bouteille à la main, prête à être engloutie après chaque phrase.

— Ne te fais pas d'idées, répond Skyler à tue-tête pour couvrir la musique. Je ne le fais pas pour toi.

— Pour qui alors ?

Pour sa santé mentale. Pour vivre en paix et passer à autre chose. Pour ne pas devoir se rappeler que tout ce qui importe à Chris, c'est sa propre personne. Et qu'il entraînerait avec lui quiconque d'assez naïf pour croire à ses judicieux conseils.

Skyler l'a été. Plus maintenant.

— Qu'est-ce que ça change ? dit Skyler qui conserve un air impassible. Je suis là, c'est ce que tu voulais.

— Ne fais pas ton sans-cœur inatteignable, lui répond Chris qui prend une nouvelle gorgée. Je sais qu'au fond, c'est parce que je vais te manquer.

— Ne me fais pas regretter d'être venu.

Skyler dispose de son verre d'un mouvement vif. Chris

empeste suffisamment l'alcool pour lui enlever le goût de boire davantage.

— Tu repenses encore au passé ?

Chris s'avance vers lui en titubant. Trop proche.

— Tu crois que tous les moments qu'on a partagés se sont terminés à l'instant où ton frère s'est suicidé ?

— Tu l'as tué, dit Skyler d'une voix creuse, le visage engourdi comme si bouger pouvait le briser. Si tu n'avais pas été là, il ne serait pas mort.

— C'est facile de jeter le blâme sur quelqu'un d'autre quand on ne peut pas supporter sa propre erreur. Tirons un trait sur le passé et repartons à zéro. Je ne veux pas que cette soirée soit un règlement de comptes.

Leur respiration s'accélère.

— Je ne peux pas oublier, lâche Skyler, les dents serrées.

Les mots lui brûlent la bouche à mesure qu'il les prononce.

— Sa mort me hante chaque jour. Ce jour-là a détruit ma famille. Ma vie.

— Ouais eh bien...

Skyler arrête le geste machinal de Chris et s'empare de la bouteille pour la mettre hors de portée.

La discussion va déraper dans très peu de temps s'il continue à se saouler comme un ivrogne.

— Tu as assez bu maintenant.

— Si tu le dis, docteur, dit-il d'un ton moqueur.

Chris est en sueur, intoxiqué à un niveau avancé. Impossible que son corps ne lui fasse pas savoir qu'une goutte de plus aura raison de lui.

Est-il réellement sincère malgré tout ?

Skyler ne devrait pas être là. Quelle brillante idée, d'être venu à cette fête !

Il s'éloigne, prêt à informer Émy de son départ, mais Chris le rattrape et le force à se retourner pour lui faire face.

— Il y a quelque chose que j'ai toujours voulu te dire,

murmure Chris d'un air trop sérieux. Peut-être que ça t'aidera à comprendre.

Skyler soupire bruyamment et se déprend.

— Tu as dix secondes.

— Je...

Et Chris s'effondre.

Merde. Il manquait plus que ça. Adieu la soirée de congé.

L'instinct de Skyler prend le dessus. Il s'accroupit pour vérifier que Chris respire toujours, puis le tourne en position de sécurité. Chris grelotte, son corps prêt à expulser la merde qu'il boit depuis tout à l'heure. Maintenant ils vont passer les prochaines heures ensemble. Sérieusement ?

Quelqu'un le bouscule. Skyler parvient à peine à éviter de tomber à la renverse et d'entraîner Chris avec lui.

Skyler lance un juron vers l'imbécile, puis quelque chose attire son attention: un tatouage en forme de vague qui descend le long de son bras.

Ce ne serait pas... ? À moins que...

Mira et Léandre se frottent l'un contre l'autre. Skyler s'élance vers eux. Il leur demande de s'occuper de Chris et ils lui renvoient un regard surpris. Skyler ne leur laisse pas le temps de réagir et part à la poursuite de l'homme au tatouage.

Il pousse quiconque se dresse sur son chemin. Il réussit finalement à se glisser à travers la masse compacte qui danse au gré des notes répétitives et étourdissantes.

Est-ce que c'est lui ?

La distance qui les sépare s'amenuise, mais il s'arrête net quand une voix familière l'interpelle par-dessus le chant tribal :

— Est-ce que tu as besoin d'aide ?

Leurs regards se croisent.

— Tessa ? Qu'est-ce que tu fais ici ?

— Je devrais te poser la même question. Allons dans un endroit plus tranquille pour parler.

La foule se presse contre eux, l'homme au tatouage s'est éclipsé sans laisser de trace. Une occasion ratée.

Skyler rattrape Tessa au pas de course. Elle est vêtue de façon légèrement exotique selon les standards de l'Arche : son bandana est bien resserré sur sa tête pour éviter que ses tresses ne s'éparpillent, son haut dévoile une épaule, sa jupe à carreaux est plutôt courte et s'agence à ses bas de nylon noirs qui s'enfouissent dans des bottes en cuir sombre. Ça ne doit pas faire partie du code vestimentaire du Parangon.

Ils quittent la cacophonie de l'entrepôt et doivent à nouveau s'identifier à la sortie pour débloquer les portes coulissantes. Le couloir est toujours vide, ne reste qu'une faible vibration en bruit de fond, à peine perceptible. Une fois dans les escaliers, Skyler brise le silence vrombissant qui s'est installé :

— Pourquoi est-ce que tu n'es pas comme les autres membres du Parangon ? Je veux dire, tu as l'air plutôt indépendante. Ils ne te suivent pas ?

Il se racle la gorge. Sa voix est râpeuse, après tout ce temps à crier pour se faire entendre. Ils s'arrêtent deux étages plus haut, puis ils se dirigent vers l'observatoire avant qu'elle daigne lui répondre. Drôle d'endroit pour discuter.

— Comme je te l'ai déjà dit, les membres du Parangon n'appuient pas forcément Duke Kay.

Elle ralentit la cadence et les billes de ses tresses s'entrechoquent.

— Tu as entendu ce que la Confrérie s'apprête à faire. Duke le voit comme une attaque personnelle et, orgueilleux comme il l'est, il ne se soumettra jamais à la volonté d'un groupe qu'il nomme lui-même dissident. Sa fierté en dépend.

Skyler ne dit rien. Il essaie de la percer à jour, mais Tessa est un mystère ambulant.

Elle croise les bras et s'arrête pour lui demander :

— Est-ce que tu doutes de moi, par hasard ?

— J'ai mes raisons d'être méfiant. Et puis on se connait pas depuis longtemps.

Elle reste silencieuse pendant un moment. Une bouffée d'air qui lui rappelle l'odeur saline de la simulation le surprend.

—Je comprends, lâche-t-elle de sa voix mélodieuse. Je pourrais être dangereuse.

Skyler rougit d'embarras, ce qui la fait ricaner.

—Ce n'est pas ce que je voulais dire, se défend-il.

Il s'approche de la grande porte qui mène à l'observatoire.

—Ne te méprends pas sur mes intentions, reprend-elle avec un air plus sérieux. Tu sembles être une bonne personne. Ce que tu as fait avec Clarissa...

Skyler n'a pas réussi à la sauver. Un acte héroïque vu de l'extérieur, mais considérant la tournure des évènements, aussi bien dire qu'il n'a rien fait du tout.

—Tu te préoccupes des autres, insiste-t-elle comme nostalgique.

—Comment en sais-tu autant sur moi ?

Tessa se contente d'ouvrir la porte qui donne sur la plus grande baie vitrée de toute l'Arche. De gigantesques faisceaux lumineux sont pointés vers les vestiges d'une métropole maintenant engloutie par plus d'un demi-kilomètre d'eau.

« Bienvenue à l'observatoire, leur annonce une voix électronique sans genre. Aujourd'hui, vous pouvez admirer l'une des anciennes villes du vingt et unième siècle. Boston. »

Les structures bétonnées s'étendent sur des kilomètres, si loin que les phares s'y perdent sans même qu'ils puissent en voir l'extrémité. Le vaisseau reste en marge de la ville afin de ne pas entrer en collision avec les plus hauts gratte-ciel, dont les étages supérieurs transpercent à peine l'océan. D'ici, ils sont assez près de la surface, beaucoup plus qu'en temps normal, puisqu'ils se trouvent proches d'une plaque continentale surélevée. Ce genre d'arrêt est très inhabituel, car les dangers y sont trop nombreux. L'Arche doit préparer une chasse importante pour se réapprovisionner.

Skyler se détourne à contrecœur du panorama. L'esprit de Tessa semble ailleurs encore une fois. Elle a même l'air troublée. Il attend un moment avant de dire doucement :

—Tu as l'air triste.

Sans quitter la ville du regard, elle répond :

— Tu trouves ?

Tessa inspire profondément et baisse les yeux. Elle passe une main tremblante dans ses tresses, puis croise ses bras comme si elle avait froid.

— Le Parangon a accès à une panoplie d'informations, dont la liste de ceux qui étaient connectés à la simulation. Pendant le Contrôle, il fallait faire le compte de tous ceux qui étaient présents, pour vérifier s'il n'y avait pas un lien ou un intrus parmi eux. C'est là que j'ai eu accès à ton dossier et que j'ai lu un peu sur toi. Seulement des informations générales. Rien de compromettant.

Il acquiesce en silence. Elle poursuit :

— On a découvert que le système a été piraté momentanément de l'extérieur et que le programme lui-même a été altéré. On soupçonne les Deltas d'avoir été infiltrés.

— Non, tu as fait des recherches sur moi avant de me rencontrer, note Skyler qui ne comprend pas où elle veut en venir. Ce jour-là, avec Clarissa, ce n'était pas pour elle que tu es venue.

Elle joue avec l'anneau du pendentif qu'elle porte. Il est simple, en or blanc à première vue. Skyler la presse :

— J'aimerais bien te croire, mais tu dois tout me dire.

Tessa se reprend :

— Tu te trompes. J'ai fait mes recherches après t'avoir rencontré. Pour savoir si je pouvais te faire confiance.

— Me faire confiance ?

— N'as-tu pas toujours cru que la vie avait plus à offrir que cette Arche ?

Tessa désigne les murs ternes qui se ressemblent tous.

— Tu sais, si la Confrérie a décidé de frapper, ce n'est pas un hasard, ajoute-t-elle en décroisant les bras.

La Confrérie a fait le serment de recommencer la civilisation sur la Terre promise, un endroit fictif recensé dans les écrits bibliques. Cette terre semble si proche maintenant. Quelque chose que Skyler n'aurait pu cru possible avant l'arrivée de la Confrérie.

Tessa descend du palier d'observation et poursuit :

— Les Archéens souhaitent voir la lumière du jour. Vivre comme les survivants d'avant le Déluge.

— Qui ne voudrait pas de ça ?

Une liberté inespérée.

— Mais le commandant Hawk et ses protégés nous cachent des renseignements cruciaux. Même le Parangon en cache, alors que, techniquement, il devrait être une entité neutre qui s'assure que l'intérêt des Archéens est respecté.

— Est-ce vraiment dans leur intérêt de faire ça ?

— Duke Kay soutient le contrôle de l'information prôné par Hawk. Ils prétendent que nous ne sommes pas prêts. Mais la question demeure : quand serons-nous vraiment prêts ?

Peut-on vraiment choisir un tel moment ? Ce sont les circonstances qui obligent les gens à agir, comme cela a été le cas avec le Déluge. Personne n'était préparé à changer ses habitudes du tout au tout, mais ils ont quand même pris la décision la plus censée : s'adapter pour survivre.

— L'Arche n'est pas éternelle, dit Skyler qui la rejoint en bas. Quand sa durée de vie approchera de la fin, il n'y aura plus assez de gens pour maintenir le Feu Sacré.

— Ce n'est que la pointe de l'iceberg, murmure-t-elle en ouvrant une porte secondaire.

L'expression de Tessa provoque un frisson désagréable dans le dos de Skyler. Il entre à sa suite.

L'odeur du métal vieux et mouillé est forte dans l'entrepôt où s'alignent les petits vaisseaux utilisés pour recueillir des ressources dans les villes sous-marines. Il doit y en avoir une centaine.

— Es-tu déjà embarqué dans un Strahl ? lui demande Tessa qui entre un code sur l'un d'eux.

— Pourquoi cette question ?

— Parce qu'on va faire un tour.

La porte pressurisée se détache et laisse une ouverture assez grande pour une personne de taille moyenne.

— Ce n'est pas illégal ? s'énerve Skyler pendant que Tessa s'installe.

— Pas quand tu es accompagné d'un membre du Parangon. Et de toute façon, ça ne devrait pas t'empêcher de venir, avec ce que tu as fait ce soir.

Bon. Il descend sur ce qui tient lieu de quai. Tessa a un air satisfait. Skyler monte dans le Strahl qui tangue sous son poids. Il se retient au cadrage, et son rythme cardiaque s'accélère du même coup.

Dans quoi est-ce qu'il s'embarque au juste avec cette fille ?

Il n'y a que deux places dans le Strahl. Skyler s'assoit sur le siège du copilote même s'il n'a aucune idée de la façon dont cette machine se manœuvre. Le pilotage de Strahl ne faisait malheureusement pas partie du programme de l'Académie.

— Crois-tu que la ville côtière de ma simulation existe ? lui demande-t-il en essayant de puiser dans son expérience la plus proche pour anticiper ce qui l'attend dans la prochaine minute.

Tessa actionne les commandes de pilotage et lui jette des regards furtifs.

— La Confrérie a créé le code avec ce qu'ils ont trouvé dans les Archives. Ce soir par contre, ce sera la réalité.

Skyler attache son harnais de sécurité après qu'ils se soient engagés. Les vibrations lui rendent la tâche difficile, mais Tessa semble pressée et il n'ose pas lui demander de ralentir.

La porte du hangar s'ouvre tout juste pour qu'un Strahl puisse s'y glisser. Une fois dans l'antichambre, ils sont propulsés à l'extérieur de l'Arche au même moment où Skyler termine de serrer les ganses de son harnais.

Skyler a les mains crispées sur les appui-bras. Sa première fois à l'extérieur de l'Arche. La sensation est vertigineuse. Chaque centimètre d'océan aperçu par la grande fenêtre panoramique du Strahl l'assaille de nouveaux détails qu'il n'a jamais remarqués. Des bancs de poissons se poussent hors de leur sillon, des bulles

les enveloppent et glissent sur la paroi de leur véhicule. Et puis, il y a encore mieux.

Boston. Pas l'une de ces intouchables villes sous-marines. Ils foncent droit dessus jusqu'à rejoindre les premiers gratte-ciel.

—Ceci est notre réalité et celle de nos prédécesseurs, explique Tessa d'une voix mystérieuse. Tout ce qui nous attend si on n'agit pas.

Un autre monde jadis vivant. Les routes sont encore visibles, comme en témoignent les espaces entre les constructions. Leur Strahl s'enfonce dans l'amas de béton qui a résisté aux intempéries. Au vu des débris, seule une petite partie de la ville a été épargnée, sûrement la plus récente.

Un amalgame d'objets, d'algues et de choses dont il ignore les noms tapisse le fond marin. Soit parce que trop altéré par l'eau, soit que cela ne ressemble en rien à ce qu'il connaît. Bien souvent, les chasseurs confient leurs trouvailles aux Sigmas qui tentent de repérer dans les Archives ce à quoi les objets correspondent, puis transmettent les informations aux Deltas qui les reconstituent afin de les utiliser sur l'Arche.

Avec tout le cafouillis qui se retrouve dans les fonds marins, les chasseurs priorisent ce qui peut s'avérer utile et qui est en assez bonne condition pour être reconnaissable. La liste n'est pas si longue.

À l'Académie, ils leur ont montré des coffres-forts ou des bunkers où tout a été conservé dans un état impressionnant. Dans les débuts, les chasses étaient aléatoires, mais maintenant ils ne cherchent que cela. Un meilleur investissement de temps et d'effort.

Le Strahl passe près d'anciennes places publiques, peut-être même un immense parc central. Il s'étend sur des kilomètres. Combien de familles de cette ville ont-elles pu se retrouver sur l'Arche ? Combien ont péri ?

—Le plus grand défi n'était pas le Déluge lui-même, mais tout ce qui est venu après, murmure Skyler comme s'il ne voulait pas réveiller les millions de morts qui sommeillent sous eux.

— L'épreuve du temps.

Toute cette souffrance. Une lutte perpétuelle.

— Tu me rappelles quelqu'un, dit Tessa.

— Quelqu'un de bien ?

Elle ricane, puis se reprend :

— Oui... mais je ne sais pas si je vais le revoir un jour.

Tessa tambourine sur le volant, distraite.

— C'est difficile de ne pas croiser tout le monde sur l'Arche à un moment ou un autre, dit-il avec Chris à l'esprit.

— Je voudrais que tu aies raison.

Le Strahl prend un virage serré qui coupe le souffle à Skyler. Les vibrations se font plus insistantes et il s'accroche du mieux qu'il peut.

— Que penses-tu de la Confrérie ? demande-t-elle soudain. De l'idée de retourner sur la terre ferme ?

— C'est vrai qu'il ne nous reste pas beaucoup de temps pour bouger, dit-il rapidement pour éviter de penser aux immeubles qu'ils effleurent de trop près. Le Syndrome prend de l'ampleur et...

— Le Syndrome ?

Elle fronce les sourcils d'un air intrigué. La sensation de vitesse déconcentre Skyler, qui détache son regard pour le fixer sur Tessa.

— C'est une anomalie neurologique qu'on a détectée depuis quelques mois, la même qui est venue à bout de Clarissa. Il n'y a rien à faire pour l'arrêter.

— Une anomalie, songe-t-elle.

— À moins de découvrir un remède, mais pour ça, il faudrait du temps.

Elle prend un moment pour réfléchir avant d'ajouter :

— Le commandant Hawk s'apprête à neutraliser la Confrérie. Tu sais qu'elle se trouvait à la fête ? Ça pourrait compromettre les plans de repeuplement.

Et soudain, l'évidence le frappe. Pour le protéger.

— C'est pour ça que tu m'as amené ici.

—Je ne voulais pas qu'ils tombent sur toi. Il ne faut pas prendre de risque avec le Parangon.

Le Strahl décrit un arc pour retourner vers leur maison qui luit faiblement.

—Quoi que le Commandement et le Parangon fassent, la Confrérie mettra son ultimatum à exécution. Et ceux qui sont prêts à repeupler et à révéler la vérité pourront rejoindre la Terre promise.

Les allégeances de Duke Kay n'ont jamais inspiré confiance à Skyler. Il s'agit de la famille de Chris après tout. Mais la Confrérie...

Le regard de Tessa croise le sien. Il inspire profondément et finit par lâcher :

—Qu'est-ce que je dois faire ?

16

ÉMILY

ÉMILY SE RÉVEILLE ÉTALÉE DANS UN COULOIR ABANDONNÉ DU niveau inférieur. Seule.

Son mal de tête est insupportable. Il faut à tout prix qu'elle quitte cet endroit maudit. Si Milo ou la grosse brute traînent dans le coin, ce sera la fin. Ses capacités à se défendre font l'affaire en temps normal, mais son corps lui fait un mal de chien et sa tempe est horriblement sensible.

Comme si ce n'était pas assez, il doit rester moins de vingt-quatre heures avant ce fichu ultimatum.

L'air empeste. Émily avance d'un pas décidé sous la lumière clignotante du couloir qui illumine les flaques d'eau goudronnée par la noirceur intermittente. À chaque pas, un élancement aigu lui lacère le cerveau. Ça lui apprendra à vouloir mener sa propre enquête. Un peu plus loin, elle patauge dans une couche d'eau alimentée par un jet sorti de nulle part. Une brèche ? Elle aurait dû être colmatée, depuis le temps. L'Incident date de plusieurs années. Et dire que les Dissidents vivent dans de pareilles conditions. Des gens comme Milo.

La bonne nouvelle, c'est qu'il y a quand même un chemin qui a été sécurisé à la suite de l'Incident : il commence dans les niveaux supérieurs et va jusqu'au Feu Sacré, le cœur mécanique de l'Arche. En retrouvant ce passage, les Dissidents ne devraient pas se mettre en travers de son chemin. Encore mieux, elle ne pourrira pas ici.

Elle tourne un coin. Le couloir ressemble étrangement aux dortoirs des niveaux supérieurs. Une rangée de portes d'un gris fantomatique, des lecteurs magnétiques qui ont rendu l'âme avec le temps, et des noms tombés dans l'oubli encore affichés sur les portes. Les plaques métalliques semblent avoir résisté à l'épreuve du temps.

La piètre luminosité l'oblige à s'approcher tout près pour y lire certains noms défraîchis : Taylor, Clark, Walker, Nelson, Parker, Rivera, Reed, Herrera, Graves, Shelton, Wolfe...

Tant de familles décimées. Des noms qui ont survécu à la plus grande catastrophe, pour ensuite disparaître à jamais. Certains ont dû intégrer les niveaux supérieurs, mais aucun qu'elle connaisse personnellement.

La Confrérie pense-t-elle vraiment pouvoir tous les ramener sur terre ? Tous ces morts ne sont-ils pas la preuve suffisante qu'ils ne font que survivre ? Chaque instant les rapproche du jour fatidique.

Au bout du couloir, le signe de sortie d'urgence luit faiblement et fait bondir son cœur. Elle accélère le pas.

Une désagréable impression la tenaille, comme si des fantômes oubliés l'observaient, même s'il n'y a évidemment personne. Elle ralentit, car la sensation s'accentue.

Elle regarde derrière elle. Il n'y a que les clignotements de la lumière blafarde tout au bout, mais personne. Sauf... un bruit. Un murmure ?

Impossible. C'est probablement la fatigue.

Elle continue vers la sortie, mais le murmure prend de l'ampleur jusqu'à devenir audible.

Des voix.

Elle se tapit contre le mur adjacent et écoute :

— Pourquoi est-ce que tu la défends ?

La voix est étouffée. Émily doit se replacer pour entendre plus clairement :

— Elle n'est pas un danger pour nous. Daniel l'a maîtrisée.

Émily fronce des sourcils. Il lui faut une fraction de seconde pour comprendre que c'est Reyes qui parle d'elle à Milo. Tous ses sens sont en alerte.

— C'est évident que c'est elle qui les a avertis, poursuit la voix familière de Reyes.

Ses pas rageurs résonnent sur le sol métallique. Reyes continue :

— Comment crois-tu que le Parangon a reçu notre emplacement ? À ce qu'on sache, c'est la seule qui t'a reconnu.

— Ce n'est pas ça qu'on voulait de toute façon ? Faire une fête libre ? Tu retombes dans leur manège de vouloir nous opprimer, et de nous plier à leurs exigences. Notre libération a commencé le jour où on a piraté leur simulation.

— Je sais tout ça. Ne me prends pas pour une idiote, dit-elle du même ton arrogant qu'elle avait à la prison. L'ultimatum prend fin aujourd'hui et on pourra passer à la prochaine étape.

Leurs voix deviennent inaudibles, Émily étouffe un juron. Si près de savoir ce qu'ils mijotent.

Reyes a survécu à l'interrogatoire de Yasmina. Pire, elle a retrouvé les siens. Ça n'augure rien de bon. D'ailleurs qui aurait cru que Reyes pouvait être aussi docile ? Milo est sa faiblesse. Son amant, peut-être ? Émily enregistre cette précieuse information et s'éloigne. Ce n'est pas le moment d'affronter qui que ce soit, même si elle le désirait ardemment.

Et Milo. Pourquoi la défendait-il auprès de Reyes ? Ça n'a aucun sens. Émily l'a attaqué, menacé, et elle n'a pas ménagé sa petite amie. Serait-il différent des autres Dissidents ? Pourtant, ses impressions ne mentent jamais.

Émily rejoint la cage d'escalier d'urgence et monte, le flot de son sang cognant dans sa tête douloureuse. Peut-être que tout n'est pas perdu après tout.

Elle cogne.

Pas de réponse.

Elle cogne à nouveau.

Toujours rien.

Émily sort sa carte magnétique et ouvre. Une odeur florale lui emplit agréablement les poumons et les lumières artificielles s'activent progressivement. La nuit de Sky n'a pas été facile, à en croire le chemin de vêtements qui se rend jusqu'à son lit.

Sky dort en boule et ronfle légèrement, dos à Émily. Un coup d'œil à l'horloge numérique lui indique qu'il est presque midi. Eh bien, pour un lève-tôt, on repassera.

— Tu comptes dormir comme ça toute la journée ? s'exclame-t-elle en s'assoyant bruyamment sur le lit.

Il gémit, puis se retourne vers Émily en la regardant de ses petits yeux endormis.

— Qu'est-ce que tu fais là ? Je ne me souviens pas de t'avoir donné une clé.

— Rien n'est à mon épreuve, dit-elle en lui ôtant brusquement sa couverture. Tu devrais le savoir depuis le temps.

— Ouais, grommelle-t-il en frottant ses yeux.

— Dépêche-toi. On doit parler.

— Donne-moi au moins cinq minutes.

Elle s'étend sur le lit et en profite pour scruter sa chambre alors qu'il se traîne hors de la cabine.

Elle aperçoit un mélange de couleurs sur sa gauche et se roule sur le côté pour mieux voir. Des fleurs. Elles sont à côté du lit, dans un coin où une petite installation leur donne l'énergie dont elles ont besoin. Quand ils allaient au Parc de l'Humanité, Sky s'arrêtait toujours pour les sentir. Il a probablement dû repartir avec quelques-unes. Il y a même ajouté les roses qu'il a achetées à cette Ambre qui lui faisait de l'œil au restaurant. Elles ont perdu de leur éclat par contre, leurs pétales sont tous ridés. Dommage.

L'odeur florale n'est plus aussi forte que lorsqu'Émily est

entrée, mais elle approche le bout de son nez des roses et ferme les yeux pour mieux les sentir. Elles sentent encore bon. Leur doux arôme l'apaise quelques secondes avant que son esprit se remette à la harceler.

Comment est-elle censée aborder ce qui s'est passé la veille avec Milo ?

Ses pensées tournoient sans qu'elle puisse en saisir une.

— Bon, qu'est-ce qu'il y a ? l'interpelle Sky dont la voix a perdu sa léthargie.

Il sent le gel douche à plein nez, le même que Chris.

— La Confrérie, dit-elle en ouvrant brusquement les yeux sur la tête de Sky encore mouillée.

Il se fige. Une vague impression d'anxiété l'affecte. Il a appris quelque chose à leur sujet ? Peut-être même la nuit passée.

— Est-ce que j'ai manqué quelque chose ? dit-elle pour l'inciter à s'ouvrir.

— Pourquoi est-ce que tu t'intéresses à eux ? lui répond-il, un peu raide.

Il érige ses défenses. Typique chez lui quand on touche un point important.

— Ça ne t'intéresse pas toi de savoir ce qu'un groupe de rebelles a l'intention de faire de nos vies à la fin de la journée ? Tu as déjà oublié la simulation ?

— Je n'ai pas dit ça, dit-il soudain plus détendu. Juste que je ne vois pas ce qu'on peut faire à ce sujet.

— Donc si je comprends bien, tu préfères laisser notre destin entre les mains du commandant.

— Tu m'as réveillé juste pour ça ?

Juste pour ça ? Émily le dévisage, consternée. Le visage de Sky est de marbre et la mince ouverture d'il y a à peine trente secondes s'est refermée.

— Tu ne peux pas être sérieux, répond-elle en se levant.

— Écoute Émy, j'ai des tonnes de patients qui attendent d'être traités. Je n'ai pas vraiment le temps de m'attarder à un groupe de terroristes qui se fera probablement arrêter dans les prochaines heures.

Il évite le regard d'Émily et enfile l'uniforme de la clinique. Elle ajoute :

— T'étais où à la fin de la soirée ? demande-t-elle en élevant le ton.

— Je suis parti, répond-il en préparant un sac dans lequel il fourre des pots de médicaments. J'étais fatigué.

— Suffisamment pour faire la grasse matinée en plus ?

Il soupire. Elle continue :

— Si on ne fait rien, peut-être que tu n'auras plus de patients, parce qu'on sera tous morts de toute façon ! s'exclame-t-elle en se rapprochant de lui.

— Émy, tu devrais... soupire-t-il en fermant son sac brusquement. Ah, et puis laisse tomber.

— Je devrais quoi ?

Elle croise les bras, ses joues en feu.

Il la regarde de ses yeux d'un bleu perçant. Il ne la prend pas au sérieux.

— Arrête d'être aussi fataliste, dit-il en laissant tomber les mots comme une bombe, l'air mal à l'aise.

Réaliste. Pas fataliste.

— Maintenant, sors de ma cabine, je dois y aller, dit-il en détournant le regard, sac à l'épaule.

— Je ne m'en vais nulle part, Skyler Goldberg.

Émily lui barre le chemin avec le bras, le cadre de porte plie presque sous sa poigne.

— Depuis quand est-ce que tu me caches des choses ?

Un mélange de colère et d'indignation lui noue l'estomac.

— De quoi tu parles ? dit-il d'un ton plat.

— De ça. Ton attitude. Je veux savoir ce qui s'est passé hier soir. Maintenant.

— Écoute Émy, je... balbutie-t-il. Je ne crois pas que ce soit une bonne idée. Tout ça, c'est compliqué. Je ne sais même pas par où commencer, ni quoi en penser. Ni ce que toi tu pourrais en penser.

Mettre des mots sur ses sentiments a toujours été difficile pour lui. C'est peut-être bien la raison même pourquoi il est si refermé sur lui-même. Il évite le sujet, tout simplement. Moins de doutes, moins de douleur. Logique mais triste.

— Alors, fais-moi confiance, dit-elle en radoucissant sa voix. Si tu gardes tout pour toi, on ne peut pas être meilleurs amis, pas vrai ?

Elle essaie de ne pas agir comme elle le ferait avec un prisonnier, mais c'est presque une seconde nature. Il est son meilleur ami après tout, mais elle veut son bien. Il a besoin de son aide, elle le sait. Elle le sent.

Il soupire d'agacement et pose son sac sur le lit. Les muscles d'Émily se déchargent de leur tension au même moment.

— Tout ça a commencé avec le Syndrome, tu sais ces gens qui parlent avec les Fées ?

Émily fronce des sourcils, incertaine d'où il veut en venir. Il a décidé d'être honnête, et pas seulement sur ce qui s'est passé la veille au soir.

— Oui, on en a déjà parlé, répond-elle en repensant à l'une de leurs conversations. C'est un problème qu'on a aussi à la prison. Après un certain temps, on les perd. Ils se mettent à halluciner et à parler à des êtres invisibles.

— Eh bien, ça devient de plus en plus grave. Il y a quelques jours, quand tu es partie du réfectoire après le déjeuner, Clarissa est morte.

— Qui est Clarissa ? Une de tes patientes ?

Le nom lui dit quelque chose.

— Non. Cette femme était prête à sauter du dixième étage pour s'enlever la vie. Ce sont les Fées qui l'incitaient à faire le saut pour les rejoindre.

— Et en quoi ça a à voir avec la Confrérie ?

— Ils savent. C'est pour ça qu'ils veulent tous nous sauver. D'ici peu de temps, on sera tous affectés.

— Attends. Qui t'a dit ça ?

Un éclat passe dans ses yeux : il est évident qu'il en sait beaucoup plus. Il lui épargne les détails, et ne lui révèle que ce qu'il juge suffisant pour comprendre.

Comment peut-il en savoir autant ?

La vérité la frappe, l'éclat des yeux de Sky faiblit. Il a l'air presque apeuré quand il voit qu'elle a compris.

— Tu leur as parlé ? Ils ont essayé de te convaincre de rejoindre leurs rangs !

— Émy, calme-toi.

Elle s'avance vers lui, ses sens engourdis par le danger qui les guette.

— Ne fais pas cette erreur, dit-elle en contrôlant sa voix qui menace de trembler, et de trahir son angoisse. Tu ne veux pas renier ta propre famille, tes amis. Moi !

— Je ne veux pas te convaincre qu'ils ont raison et que leur Terre promise existe, dit-il en pesant ses mots. Mais tu peux le voir d'un œil différent. Ils ont un plan pour nous sauver.

— En nous débarrassant du commandement ? dit-elle, en pensant à Chris qui fait maintenant partie de l'équipage. Du commandant Hawk ? Personne d'autre n'a les connaissances ni l'expérience pour contrôler l'Arche.

— Tu l'as dit toi-même : contrôler. Tu ne t'es jamais demandé pourquoi ils ne nous ont jamais révélé les plans de repeuplement ?

— Parce qu'il n'y en a pas, Sky ! Il n'y en a jamais eu et il n'y en aura jamais ! C'est une utopie qui donne de l'espoir aux gens. Pour qu'ils continuent à vivre. Est-ce que tu trouverais la force pour vivre si tu savais qu'il n'y a aucun moyen de sortir de l'Arche ?

Il ne répond pas. Son aura se dissipe. Maman lui dirait d'avoir un meilleur contrôle de ses émotions, mais en ce moment, elle s'en fiche royalement.

— Tessa m'a parlé du plan de repeuplement prévu cent ans après le Déluge. Ce sont les pronostics des scientifiques : le délai de retrait des eaux sur certaines parties élevées. Les cent ans se sont écoulés depuis au moins quinze ans. Qu'est-ce qu'on fait encore ici ?

—Qui est Tessa ? dit Émily en rationalisant. Je peux pas croire que tu te sois déjà laissé avoir par un de leurs membres.

—Elle n'est pas de la Confrérie, insiste-t-il, les traits tendus. Elle fait partie d'un groupe du Parangon qui n'appuie pas le commandement en place, ni les projets qu'ils ont pour l'Arche.

—Un groupe de rebelles dans ce cas. On peut dire que c'est la même chose. Des rebelles du Parangon, les Dissidents, la Confrérie !

Il soupire, l'air désemparé. Il ne peut pas vraiment croire ce qu'il dit ! Quoique c'est facile de croire ce qu'on veut entendre, même si ce n'est pas nécessairement la vérité.

—Tu voulais que je sois honnête avec toi et c'est ce que j'ai fait, se défend-il.

—Ça ne t'autorise pas à être aussi naïf et stupide, bon sang ! explose-t-elle.

Sky est livide.

—Ce qu'ils disent frôle l'hystérie, dit Émily en balayant les arguments de Sky de la main. Cette Tessa fait partie de ces rebelles ! C'est tellement évident ! Comment est-ce que tu peux ne pas le voir ?!

—C'est toi qui es hystérique !

Le visage de Sky a pris une teinte rosée qu'elle ne lui a jamais vue avant. L'esprit de Sky est totalement corrompu par les idées utopiques des Dissidents.

—J'ai du travail à faire, dit-il sèchement.

Il s'éclipse en un coup de vent sans lui laisser le temps d'ajouter quoi que ce soit.

Émily reste immobile, vaincue, la porte de la cabine encore ouverte. Mon Dieu qu'est-ce qui vient de se passer ?

Ses mains tremblent, sa respiration est superficielle.

Elle sort de la cabine en silence, avec l'espoir de lui faire entendre raison, mais il n'est plus là. Elle se repasse leur conversation dans tous les sens.

Elle se couvre le visage de ses mains et lâche un soupir. Peut-être est-elle allée trop loin ce coup-ci. Elle ne se rappelle même plus tout ce qu'elle lui a dit. Va-t-il lui pardonner ?

Mais... mais Sky ne peut pas juste se laisser avoir par la Confrérie ! Ou cette Tessa !

Comment est-ce que les choses ont pu tourner de la sorte ?

Un cauchemar. Voilà ce que c'est.

Bon. Elle a perdu Sky pour le moment, mais pas définitivement. Il le faut.

Il reste tout de même quelque chose d'urgent à régler. Un cas personnel.

Émily se dépêche de rejoindre l'ascenseur. Elle descend au niveau trois et se dirige vers l'atrium. Une fois devant l'entrée, elle bifurque dans le couloir dissimulé qui mène à la prison. On scanne son bracelet, elle passe le fichu détecteur et s'engage dans la prison.

Dès que Ludo l'aperçoit, il se lève, prêt à l'accueillir. Elle ne lui laisse pas le temps de parler.

— Est-ce que tu veux avoir ta revanche ?

17

SKYLER

SKYLER CRACHE, LE GOÛT MÉTALLIQUE DE L'EAU ENCORE présent sur sa langue. Il cherche dans un tiroir une pastille à saveur de citron qu'il ajoute dans son verre d'eau qui se tinte d'un jaune translucide. Il en donne un à sa mère qui boit sans sourciller.

— Tiens. L'eau est infecte.

— Elle est comme d'habitude, répond-elle en terminant son verre. Le sucre n'est pas bon pour toi. Tu devrais arrêter d'en prendre, sinon tu rendras ton organisme dépendant. C'est ce que je répétais à mes patients.

Murielle a soudain le regard vide, elle se remémore sûrement le temps où elle travaillait à l'unité de soins. Si elle guérissait, elle pourrait réintégrer son travail et s'entourer de ses vieilles copines comme Jacinthe. Le centre a accepté que Skyler s'occupe de sa mère, mais il reste sur appel pour les urgences, comme les sphères de mémoire, quand Mira n'est pas en service ou pour les cas de Syndrome. Ce n'est qu'une question de temps avant que Murielle retrouve sa joie de vivre. Il lui faut une présence constante et un soutien psychologique progressif qui l'aidera à surmonter son traumatisme. Si Dylan était plus présent, elle serait déjà dans un meilleur état. Mais force est de constater qu'il n'a pas sa famille à cœur. Parfois, il donne l'impression qu'elle est morte en même temps que Allen.

Skyler prend une gorgée et grimace. L'arrière-goût est toujours là et il se dépêche d'avaler pour abréger le supplice. L'eau pure ne devrait pas goûter aussi mauvais. Encore un peu de patience. À en croire Tessa, rien ne peut arrêter le repeuplement.

— Maman, viens. On va sortir aujourd'hui, dit Skyler qui prépare un petit sac avec des médicaments, des barres d'énergie et de l'eau aromatisée. Ça te fera du bien.

— Mais Dylan aura besoin de moi quand il reviendra, proteste-t-elle.

Skyler lance un coup d'œil au mot que son père a laissé sur le comptoir.

— Il doit rester plus longtemps pour faire des analyses importantes. Il ne pourra pas se libérer avant la fin de la journée.

— Mais toi, tu dois être occupé. Ne t'en fais pas pour moi, je peux me débrouiller seule.

— Tout ira bien.

Ils finissent par sortir de la cabine. Parfois, l'éclat de vie de sa mère s'estompe. Ce n'est pas qu'une dépression, mais un choc post-traumatique sévère. Quand elle a appris la mort d'Allen, elle a perdu conscience et à son réveil, elle avait changé. Le diagnostic du docteur Nazar à l'époque était favorable, mais maintenant, il ignore si elle s'en remettra. Cela ne veut rien dire. Sa mère pourra profiter de la vie à la surface et ils le feront ensemble. Elle redeviendra comme avant. Skyler le sait.

<hr>

IL MARCHE le long de la baie vitrée sur l'étage principal, sa mère à son bras. Une nuée de Strahls se détache de l'Arche dans des tourbillons de bulles pour s'aventurer dans les vestiges de Boston submergée. Le sentiment interdit de liberté qu'il a ressenti lors de son tour avec Tessa le titille. Ou bien est-ce à cause de ce qu'elle lui a demandé de faire ? Il court des risques à lui fournir des données confidentielles sur les patients sur lesquels il a expérimenté les sphères de mémoire. Mais si sa contribution peut leur permettre de rejoindre la Terre promise...

Tessa mérite sa confiance. Elle travaille pour le Parangon, qui a théoriquement le droit d'avoir accès à des documents classés.

La quiétude du parc et l'odeur pure de la végétation sont revigorantes. Par moments, il y a même des effluves floraux qui s'entremêlent dans un arôme enchanteur. Ils traversent l'antichambre et s'enfoncent dans le bois aménagé au son des faux criquets. Les dégâts du tremblement de mer ont été nettoyés. Le soleil artificiel à cette heure-ci est d'une teinte orangée pour imiter la descente de l'astre sur la surface, et donne l'impression de baigner dans ses rayons.

Ils dépassent l'endroit où Skyler a rencontré Tessa il y a quelques jours, et Murielle dit :

— Tu te souviens quand je vous amenais ici, Allen et toi, chaque matin, après le travail ?

Un moment de lucidité.

Skyler hoche la tête avec un sentiment mitigé de soulagement et de mélancolie.

— Je ne me rappelle pas m'être sentie aussi heureuse depuis. Mes deux garçons ensemble. Je ne sais toujours pas d'ailleurs pourquoi vous avez arrêté de vous parler.

Confusion. Comme si son esprit avait décidé de modifier ses souvenirs. De bloquer la douleur en altérant sa propre structure. Dans un cas pareil, lui rappeler qu'Allen est mort pourrait la replonger dans un état de panique.

— C'est compliqué, dit-il simplement.

La lueur du soleil vacille à travers le feuillage épais.

— Comment va ton frère ? Je sais qu'il n'est pas du genre bavard, mais... ajoute-t-elle, son index près de sa bouche comme elle a l'habitude de le faire quand elle réfléchit. Ah et puis, maintenant que j'y pense, personne dans la famille ne parle beaucoup. Vous deux tenez ça de votre père. Une vraie énigme.

Dylan qui n'avait d'yeux que pour Allen. Ils s'entendaient

bien tous les deux sur à peu près tout. Il croyait peut-être qu'Allen suivrait ses traces, chose pour laquelle Skyler n'avait jamais eu d'intérêt. Sa mère était sa source d'inspiration.

Le visage pâle de Murielle s'illumine. Skyler aimerait figer ce moment dans le temps, qu'elle reste dans cet état de lucidité. Mais il a un travail à faire.

— Est-ce que tu te rappelles pourquoi mon frère ne nous a pas donné de nouvelles depuis si longtemps ? tente-t-il pour lui rafraîchir la mémoire.

Elle plisse les yeux comme si le soleil était trop fort.

— J'essaie, mais la seule chose dont je me souvienne c'est qu'il était si content d'enfin graduer et de pouvoir se concentrer sur ses projets d'avenir. Il en avait tellement.

— Tu sais, il n'était pas si heureux que ça.

Elle a l'air d'être surprise.

— Qu'est-ce que tu veux dire ?

— En fait, il était indécis. Il ne savait pas s'il voulait intégrer le centre de recherches des Deltas avec papa ou diriger sa propre équipe de chasse.

— Vraiment ? J'ai toujours cru qu'il ferait comme ton père. Dylan en est tellement fier.

Allen était curieux et remettait tout en question. En faisant partie des chasses, son côté aventurier aurait pu être rassasié chaque fois qu'il aurait visité une nouvelle contrée sous-marine. Le centre de recherches, par contre, était synonyme de contraintes. De longues heures de travail à analyser des données pour prédire les variations océaniques en vue d'une tempête, ou trouver une façon d'optimiser le rendement énergétique provenant du mouvement cinétique des courants marins. Il n'aurait jamais choisi cette voie, qui allait à l'encontre de son côté vagabond.

Une fois à la lisière du bois, Skyler poursuit :

— Et la graduation d'Allen ?

— Je ne sais pas, dit-elle avec une grimace. J'ai... un drôle de sentiment quand j'y repense. Une sorte de vide.

Son cerveau entre en mode autodéfense en court-circuitant ses souvenirs.

Allen est mort avant de pouvoir graduer de l'Académie.

— Essaie de mieux me décrire ce que tu ressens, l'encourage-t-il doucement. Peut-être que je pourrais t'aider à te rappeler.

— C'est comme si une partie de moi avait été arrachée, et il y a ton visage qui revient à chaque fois.

L'éclat de ses yeux change brusquement, animé par la colère.

— Tu l'as tué, dit-elle d'une voix dure.

Elle poursuit son chemin devant Skyler qui reste cloué sur place.

— Tu ne penses pas vraiment ça, dit-il. Ce n'est pas ce qui est arrivé.

— N'essaie pas de m'en dissuader, rétorque-t-elle la tête inclinée vers lui. Elles le savent.

Son visage se vide de son sang. Non.

— Elles sont là pour me rappeler que tu es l'assassin de mon fils. Il ne faut pas que j'oublie. Il ne faut pas que tu oublies.

— Ce n'est pas vrai.

— Au contraire, c'est toi qui as pris la décision de l'abandonner pour te sauver.

Le visage de Murielle est dur comme du marbre. On dirait que quelqu'un d'autre parle à sa place. La voix d'Allen résonne dans ses oreilles et répète son nom. Skyler. Skyler. Skyler. Un cri de supplication.

Son frère chute vers sa mort. Les lèvres de sa mère bougent, mais il n'entend pas sa voix.

Écoute-le.

L'instant d'après, le cri redevient le bourdonnement continu des criquets, s'estompe comme s'il n'avait jamais été. Le soleil artificiel du parc est éteint, remplacé par les lumières électriques qui éclairent le sentier.

La respiration de Skyler se calme, mais c'est de courte durée. Murielle n'est pas dans son champ de vision. Il l'appelle et, soudain, repère un mouvement sur sa droite, à l'extérieur du bois. Il s'empresse de s'y rendre et pousse un soupir de soulagement.

Sa mère est assise sur une roche et contemple le vide.

Merde ! Qu'est-ce qui vient juste de se passer ? Ce cri... Il devrait uniquement l'entendre dans ses cauchemars du temps où il était encore à l'Académie.

Et Murielle. Qu'est-ce qu'elle fait là ? Combien de temps est-elle restée seule ?

Il se fait tard. Il y a des chances pour que Dylan soit revenu.

Le retour se fait en silence, Murielle ne fait pas mention de son absence.

Ils pénètrent dans la cabine. Dylan est de retour, toujours aussi absorbé devant son ordinateur.

—Je me demandais quand tu reviendrais, dit son père d'une voix distraite.

Il arrête soudainement de pianoter pour lui lancer un coup d'œil.

—Tu as une minute ? Je voudrais te parler de quelque chose d'important.

—Pas ce soir, répond Skyler sèchement. Plus tard.

Dylan ne le retient pas quand il sort. Skyler a besoin de savoir ce qui s'est passé au parc. De se rappeler.

Il remonte au septième étage, mais au lieu de pénétrer dans le parc, il bifurque à droite dans un passage qui se termine en cul-de-sac. Il tâte la surface du mur jusqu'à sentir une tuile mal fixée, un espace vide invisible pour un œil non averti. Il la pousse, elle tombe avec un bruit sourd.

Skyler se faufile dans l'ouverture à peine assez large pour se glisser de côté. Il retient son souffle et fait confiance à son intuition. L'entre-deux débouche dans un sombre couloir qui s'étend sur des centaines de mètres. Quelques petites lumières de sécurité d'un blanc bleuté scintillent à intervalles réguliers. De la moisissure, partout.

C'est ici que se trouvent les canalisations, l'électricité et tout ce qu'il y a d'inintéressant pour le commun des mortels. Pour

Allen et lui, c'était l'endroit rêvé pour passer leurs soirées après les cours. C'est Allen qui lui avait montré.

Il y a toujours eu cette excitation d'être en territoire interdit, d'explorer des lieux inconnus. Si le Parangon les avait surpris, par contre, ils auraient été fichus.

C'était déjà arrivé à Allen.

Skyler parcourt l'entre-deux. Ses pas trouvent leurs repères, malgré les nombreuses années sans y être retourné. Il grimpe et s'assoit sur un tuyau qui rejoint un système encore plus complexe qui s'étend sur plusieurs étages. L'air est plus frais ici, un frisson parcourt son épiderme. L'eau se fracasse dans les canalisations qui rampent dans l'abysse et serpentent sur les murs de l'Arche.

C'est ici que Skyler l'a perdu pour toujours. La lumière est tellement faible que le gouffre est impénétrable. Cela lui a évité une vision d'horreur : le corps démembré d'Allen au fond du trou.

Tout est arrivé si vite. Un des tuyaux avait une fuite, la surface était glissante. Skyler l'a rattrapé au dernier moment, jusqu'à ce qu'il perde appui.

— Tu es revenu, après tout.

Skyler se retourne brusquement. Chris. Il ne l'a pas entendu venir.

— Qu'est-ce que tu fais là ?

— J'ai continué à venir après sa mort, dit Chris en s'approchant.

Il jette un coup d'œil dans le trou, mains sur les hanches. Skyler serre les mâchoires.

— Tous les jours, précise Chris dont la voix se réverbère.

— Tu ne devrais pas être ici.

— Et pourtant je suis là. Je n'étais pas son frère comme toi, mais on était amis, que ça te plaise ou non. Tu ne peux pas m'enlever ça.

— Était. Pourquoi tu m'as suivi ?

Une autre discussion sans issue. C'est inévitable.

— Je me demandais bien ce que tu pouvais faire par ici à

cette heure, et je me suis dit que je pourrais vérifier, histoire que tu ne fasses rien de stupide.

— S'il y a quelqu'un à surveiller, c'est bien toi. Pas moi.

Chris se retient de répliquer, pilant probablement sur son orgueil, et vient s'asseoir près de Skyler. Encore pris avec lui. Skyler détourne le regard, découragé.

— Merci pour hier soir, lui dit Chris. Tu es venu et j'ai gâché le reste de la soirée. Trop d'alcool.

— Je n'ai fait que mon travail.

— Tu aurais pu me laisser m'étouffer sans rien dire. Si tu me détestais tant, tu l'aurais fait.

Comme le pousser dans ce trou, ici, maintenant. Mais Skyler a des principes. Il se respecte.

— Je ne suis pas ici pour parler avec toi, dit Skyler dans l'embarras. J'aimerais que tu partes.

— Je ne te laisserai pas seul en ne sachant pas ce que tu vas faire. Je n'ai pas envie d'avoir ta mort sur la conscience.

— Et pourquoi je ferais ça ?

Quelle folie lui passe-t-il par la tête ?

— Tu t'imagines des choses, ajoute-t-il.

— Je m'inquiète pour toi.

— Tu ne devrais pas. Je suis tes conseils. Je suis prêt à tirer un trait sur mon passé.

— Nous deux ? dit Chris soudain intéressé.

Il replie une jambe et s'accote le bras dessus, bien à son aise.

— Allen, dit Skyler et l'écho de sa voix se répercute sous les tonnes d'acier qui les entourent. Je ne peux rien faire pour le ramener, même si je sais que si tu n'avais pas été là, il ne serait pas...

— Tu l'aurais rejoint.

Sa voix a pris une teinte alarmée.

— Ce jour-là, je t'ai sauvé la vie. Il fallait faire un choix. Tu glissais et je t'ai rattrapé au dernier moment, même si tu t'obstinais à vouloir sauver ton frère. Il fallait que je te ramène.

— Tu aurais pu m'aider à le remonter au lieu de m'arracher à lui. Tu n'as rien fait pour l'aider !

Les joues de Chris rosissent et sa respiration accélère. Skyler essaie de contrôler l'émotion qui menace de le submerger comme chaque fois qu'il est en sa présence.

— Je ne voulais pas te perdre en plus, dit Chris d'une voix qui se brise. Ç'aurait été trop.

— Tu m'as perdu de toute façon.

— Si tu es resté et pas lui, c'est qu'il doit y avoir une bonne raison. Une raison pour qu'on puisse continuer.

— Continuer à quoi ? À oublier ce qui est arrivé et faire comme si de rien n'était ?

Chris hésite.

— Tu étais mon meilleur ami. Et sache qu'accepter son passé n'est pas le nier.

Skyler a un mouvement de recul.

— Sky, écoute-moi, dit Chris avec des yeux implorants. Que faudra-t-il que je fasse pour que tu me pardonnes ?

Il n'est pas dans son état habituel. Il a l'air si désespéré que Skyler en a presque pitié. Pourquoi Chris veut-il tant qu'il lui pardonne ? Un véritable ami ne sacrifierait pas la vie d'un autre. Il ne devrait pas y avoir de choix. Point.

— Je ne sais pas, murmure Skyler, confus. Laisse-moi tranquille.

— Très bien.

Chris se relève, moment durant lequel l'éclat d'une larme qui roule sur sa joue étincelle.

C'est au moment de sacrifier Allen qu'il aurait dû souffrir. Pas maintenant.

— Je ne t'embêterai plus, dit-il plus fermement. Skyler.

Ses pas résonnent sourdement. Skyler fixe le vide.

Longtemps après que Chris soit parti, il fait ses adieux à Allen en lui promettant de faire tout en son pouvoir pour offrir un nouveau départ à chaque personne de cette Arche maudite. À lui-même, à leur mère et même à Chris.

À Émily. Elle lui manque. Depuis le temps qu'ils se connaissent, il sait qu'elle peut être explosive. Mais ils passeront à travers. Aussitôt qu'il aura réglé ses propres problèmes, il ira la voir pour qu'ils s'expliquent.

Le coeur plus léger, il visualise mentalement une carte de l'entre-deux et son dédale de couloirs qui mène aux Archives de l'Humanité. Allen le protégera pour lui éviter la fin tragique qu'il a connue.

Allen le guidera.

18

ÉMILY

Émily marche d'un pas rapide, plus déterminée que jamais.

Elle a eu le temps de réfléchir à tout ce qui pourrait arriver. De la prise d'otages à une panne générale du système central, car on sait que la Confrérie est très bien capable de le faire. Du moins, d'après Ludo. Jamais les détenus n'auraient pu s'enfuir sans cette défaillance lors de la simulation. Cela pourrait aussi expliquer comment Clarissa Reed s'est échappée.

Émily a aussi cru qu'il se passerait quelque chose d'un peu plus sauvage, comme une émeute, ou tout simplement une annonce qui leur signale que le commandement de l'Arche est maintenant entre les mains de cette satanée Confrérie. Pas que le commandant Hawk ne soit pas apte à gérer la crise, mais l'idée qu'ils pourraient collaborer avec un groupe de rebelles n'a rien de réjouissant.

Mais le plus drôle dans tout ça, c'est qu'il ne s'est rien passé du tout. Pas d'explosion, pas de changement. Rien.

Maman en parlait, de ces gens désillusionnés, brisés de l'intérieur. Elle disait ne pas pouvoir faire grand-chose pour eux. Mais qu'elle se devait d'au moins essayer.

Émily n'est pas sa mère.

Si leur mission est de compromettre la vie des milliers de survivants du plus grand cataclysme, elle les arrêtera. Toutes les causes ne sont pas nobles. En quoi est-ce juste pour tous ceux qui ne souhaitent que vivre, qui ne partagent pas leur désillusion ?

Leur tactique demeure inconnue, mais leur silence peut être annonciateur d'une tempête.

Émily pénètre dans les ténèbres familières de la prison et y retrouve une porte scellée. Pas la moindre trace de Ludo.

Impossible de l'ouvrir. Alors, Émily attend sous les rares lumières encastrées qui baignent les lieux d'un bleu électrique. Elle fait les cent pas, les bras croisés, et passe en revue diverses techniques d'interrogatoire qu'elle a apprises au fil des mois. N'importe quoi qui pourrait l'aider à exécuter son plan improvisé.

Après une dizaine de minutes interminables, Ludo revient du bureau de Yasmina. Il arbore un sourire à peine perceptible à moins de bien le connaître. C'est plutôt une déchirure sur son visage à la peau lisse et parfaite.

— Comment as-tu su ? lui demande-t-il.

— Tu as eu ce que tu voulais non ? rétorque-t-elle.

— Je n'ai réussi à mettre la main que sur le jeune. Il était dans le corridor inférieur dépourvu de caméras de surveillance que tu m'as indiqué. Mais la fille...

Reyes est toujours dans le coup avec la Confrérie. Si seulement Ludo était tombé sur elle au lieu de Milo. Il aurait dû les avoir retrouvés ensemble. Les deux semblaient liés comme deux doigts d'une main. Mais ce serait étonnant que Reyes laisse Milo pourrir ici bien longtemps. Ce qui veut dire qu'elle agira bientôt.

— Qu'est-ce que Yasmina en a dit ? demande Émily.

— Tu la connais, elle monte sur ses grands chevaux quand ça ne fait pas son affaire, mais quand tout rentre dans l'ordre, elle n'est pas nécessairement reconnaissante. Elle ne pense qu'à elle.

— Tu lui as dit que c'était moi ?

— Non.

Émily soupire de soulagement. Mieux vaut ne pas éveiller ses soupçons. Yasmina pourrait aussi bien lui faire passer un interrogatoire pour savoir ce qu'elle faisait à cette fête libre. Sky et Chris pourraient être dans le pétrin à cause de ça. Émily ne se le pardonnerait pas.

Enfin, c'est ce qu'on dit. Mais sachant qu'un détenu a autant de chance de ressortir du bureau de Yasmina qu'un poisson de voler...

— C'est bien ça que tu voulais, non ? s'enquiert Ludo en arquant un sourcil.

— Oui.

Il la regarde d'un air interrogateur. Il devine qu'elle ne lui dit pas tout.

— Qu'est-ce que tu veux ? poursuit-il, une note d'agacement dans la voix. J'imagine que l'information que tu m'as donnée doit venir avec un prix.

— J'aimerais lui parler, répond-elle en croisant son regard transparent. Je dois vérifier quelque chose.

— J'ai réussi à négocier une séance privée avec lui pour lui faire comprendre de ne pas essayer de s'enfuir à nouveau. Je peux te couvrir pour cette fois-ci, mais elle ne tardera pas à aller le voir.

Il passe une main dans ses cheveux d'un blanc spectral qui la fascinent toujours autant, considérant sa jeune trentaine.

Il passe son bracelet sous le lecteur qui s'illumine instantanément.

Sans attendre son signal, elle se dirige vers la porte entrouverte. Il l'interpelle alors qu'elle est déjà sur le seuil.

— Laisse-moi au moins une demi-heure pour que j'en profite un peu, roucoule Ludo.

Les besoins sadiques de Ludo sont... particuliers. Émily hoche la tête. Moins elle en sait, mieux c'est.

Rien n'a changé dans le long corridor qu'elle arpente depuis déjà deux ans. Elle était plus naïve au début, même si elle ne donnait pas sa place. Elle voulait qu'on lui fasse confiance, qu'on lui confie les cas les plus lourds. Elle est rapidement passée des thérapies légères aux interrogatoires où elle doit manipuler sans relâche jusqu'à obtenir ce que Yasmina veut savoir. Maintenant qu'Émily a sa confiance, tout pourrait foirer si elle savait qu'elle vient en dehors de ses heures de travail. Pire : si elle découvre qu'Émily se mêle de ce qui ne la regarde pas.

Il y a des marques de coups sur les murs près de la cellule de Milo et le métal est cabossé à de nombreux endroits. Il faudrait des poings d'acier pour réussir à plier ces murs. Ou un objet solide à portée de main. Ludo. Elle peut presque entendre ses cris de rage lorsqu'il s'est rendu compte l'autre jour, après l'évasion, qu'il s'était fait avoir. Il a l'air calme de l'extérieur, mais ce sont les plus dangereux. Ils sont imprévisibles. Leurs limites, volatiles.

Milo est dans la même cellule où il se trouvait avant son évasion. Émily consulte l'écran de surveillance de sa cellule. Milo est allongé, sur le côté, et en piteux état. Ses ecchymoses violacées luisent d'une teinte sombre sous le néon. Ludo n'y est pas allé de main morte. Qu'est-ce qu'il peut bien vouloir lui faire de plus, s'il l'a déjà battu ?

Elle entre. Il ne lui jette même pas un regard quand il lui parle de sa voix atone et fatiguée :

— Elle m'avait bien dit de ne pas te faire confiance et j'ai été trop stupide.

— Tu ne me connais pas très bien, dit Émily sur la défensive en le jaugeant rapidement pour voir comment elle peut soutirer les informations dont elle a besoin, un réflexe appris au fil des thérapies.

— J'en sais assez pour savoir que si je suis ici, c'est par ta faute.

Il inspire profondément et peine à se tourner sur le côté. Sa respiration est saccadée.

— Qu'est-ce que tu veux de moi ?

— J'ai besoin de savoir ce qui est censé se produire à la fin de l'ultimatum de la Confrérie.

Il rit doucement, mais se tient les côtes qui sont probablement fêlées.

— Et pourquoi est-ce que je ferais ça? Pour que tu fasses aux autres ce que tu m'as fait à moi?

— Il reste toujours Reyes. Je leur ai dit de ne pas s'occuper d'elle, que j'avais surpris un autre membre de la Confrérie, Dan. Je peux bien changer d'avis et émettre un avis spécialement pour elle.

— Laisse-la tranquille, dit-il les dents serrées en tentant de se relever.

— C'est facile. Dis-moi ce qu'ils sont en train de faire.

— Je ne sais pas. Ça dépend...

Émily s'approche de lui en gardant son calme et s'accroupit. Des ecchymoses colorent ses joues et l'inflammation gonfle la peau tout autour.

Ils se regardent pendant un moment. Puis, elle reprend d'une voix plus douce :

— Ça dépend de quoi?

— Si le commandement a décidé de collaborer.

— J'imagine qu'il doit y avoir plan, qu'ils collaborent ou non. Un plan qui les assure d'obtenir ce qu'ils veulent.

— Oui, mais...

Il soupire d'agacement. Il se replace en grognant pour pouvoir mieux l'observer.

— Comment est-ce que je peux être sûr que tu tiendras parole pour Fiona?

— Il faut que tu me croies sur parole.

— Trop risqué. Si j'apprends que tu lui as fait quoi que ce soit, je dirai à tout le monde que tu fais partie de la Confrérie.

— Quoi? s'exclame-t-elle en se relevant d'un bond. Ce n'est même pas vrai.

— Et puis? S'ils ont le moindre doute, ils vérifieront. En venant à la fête libre, tu t'es exposée toi-même. Tous ceux qui étaient présents ont été enregistrés dans une banque de données. Ton nom y figure.

Elle se revoit scanner son bracelet et a envie de se terrer six pieds sous terre.

—Alors, tu veux toujours savoir ou tu préfères ne pas prendre le risque ?

—Je n'ai rien à perdre. Ils ne te croiront pas.

—Un jour, ton entêtement te coûtera la vie. Pas que ça me dérange, mais si on doit perdre tous les passagers de cette Arche avant même de repeupler, ça ne servira à rien.

—Je n'ai pas envie de vivre sur une île déserte avec des gens comme toi. Comme eux.

Le souvenir amer de la simulation revient la hanter. Et s'ils étaient les assassins de maman ? Cette seule pensée lui donne un haut-le-cœur. C'est pire que mourir. Elle ne prendra pas le risque d'ignorer la possibilité de leur responsabilité dans la mort de maman. Ce sera elle ou eux.

—Je ne sais pas exactement ce qui se passera ou si ça s'est déjà passé, mais...

Il semble chercher ses mots, l'air de ne même pas croire lui-même ce qu'il s'apprête à dire.

— ... ça se passera au B-248. Demain.

—Quoi, exactement ? dit-elle soudain énervée.

Elle n'a aucune idée de ce que ce code veut dire.

—Je t'ai dit que je ne le savais pas. L'information est contrôlée, pour éviter de compromettre la libération de tout le monde. Je ne sais que ce que j'ai le droit de savoir pour empêcher que quelqu'un comme toi s'en mêle.

Demain. Mais quand, demain ?

Elle garde le silence, se relève et s'apprête à sortir.

—La Confrérie va tous nous sauver, s'exclame-t-il d'une voix rauque. Si tu tiens à ta vie et à celle des autres, tu devrais les laisser faire.

—Ça, c'est à moi de décider.

Elle ouvre la porte et tombe nez à nez avec Ludo, qui est appuyé contre le mur, impatient. Son cœur manque un battement.

— Tu as de la compagnie, dit-elle, mal à l'aise, à l'attention de Milo.

Le visage de Milo se tord en voyant Ludo prendre la place d'Émily.

— Émily, crie-t-il d'une voix éraillée.

Elle n'entend pas la suite, car la porte se referme avec un bruit sourd qui camoufle tous les sons.

Tous ses sens sont engourdis. Qu'est-ce qu'elle a fait ?

Une larme glisse sur sa joue.

— ÉMILY ?

Son cœur s'arrête instantanément. Cette voix peuple ses cauchemars depuis la simulation. Sa vision se brouille.

Non. Non ! Pas maintenant !

— Est-ce que tu peux venir me voir dans mon bureau ?

Émily déglutit et s'essuie prestement les yeux. Des traces de mascara lui couvrent les doigts. Merde ! Elle inspire, son nez encore congestionné, puis expire un bon coup avant de pénétrer dans le bureau entrouvert.

Seul le rétroéclairage est allumé : sous le bureau, et près du plafond et du sol. L'écran devant lequel Yasmina tape éclaire son visage d'un blanc immaculé, le roux profond de sa chevelure un peu plus sombre qu'à l'habitude. Elle porte un tailleur bleu foncé très ajusté qui épouse ses formes généreuses. Difficile de ne pas être éblouie ; son aura est aussi riche que celle de Chris, des vrilles dorées qui s'entrelacent.

— Émily ? lui demande la gardienne en chef en arrêtant son pianotage furieux. Assieds-toi.

Elle s'exécute en essayant de contrôler le tremblement de sa main. Elle n'est vraiment pas en état de la confronter.

Yasmina s'abreuve du silence qui s'installe entre elles pour la scruter, sa posture bien droite. Elle semble chercher quelque chose.

— Comment vas-tu ? miaule Yasmina, de sa voix aussi veloutée qu'un café bien crémé. Je m'inquiète pour toi.

— Aussi bien que ça peut aller par les temps qui courent.

Sa voix est moins assurée qu'à l'habitude. Ressaisis-toi, bon sang.

Yasmina place ses paumes sur son bureau. Un sourire infime lui étire les joues.

— On ne peut pas nier que la Confrérie a provoqué une crise sans précédent. Par contre, il n'y a pas de raisons de t'inquiéter. Le commandant Hawk a la situation en main. Je m'étonne que ton père ne t'ait pas mise au courant.

Que sait-elle au sujet de son père ? Elle doit savoir qu'il travaille pour le Parangon même si elles n'en ont jamais parlé ouvertement. Est-il en danger ? L'a-t-elle mis dans le pétrin sans le vouloir ?

L'aura de Yasmina a disparu. L'éclat de ses yeux est indéchiffrable.

— Émily ?

Elle avale difficilement. Qu'est-ce qui lui arrive ?

— Qu'est-ce qui se passe ?

Elle doit avoir l'air d'une folle. Mon Dieu. Elle serre ses mains sur les bras de sa chaise pour s'empêcher de passer à travers le plancher.

Elle n'est pas censée se trouver ici. Yasmina le sait. Elle est fichue.

— Rien, s'entend-elle répondre. Rien.

— Émily.

Yasmina prononce son nom comme si elle se l'appropriait. Elle le fait rouler sur sa langue dans tous les sens possibles et impossibles, pour le tester, tâter les limites qui le définissent. Une lutte perdue d'avance pour en prendre le contrôle absolu. Posséder chaque syllabe, chaque son, chaque expulsion d'air.

Son propre nom ne lui appartient plus.

— Comment va ton travail avec le prisonnier 591 ? ronronne Yasmina après une seconde de trop.

Émily. Le cri de désespoir de Milo lui noue la gorge. Elle étouffe. Elle aussi veut crier.

— Il a commencé à parler, dit-elle comme par automatisme. Ludo s'en occupe.

— Et qu'est-ce qu'il a dit ?

Yasmina appuie ses coudes et joint les mains, son regard affamé.

— B-248.

— Intéressant, dit-elle avec un sourire en coin à peine perceptible. Le commandant Hawk en sera ravi.

— Qu'est-ce que ça veut dire ? demande-t-elle sans pouvoir se retenir. Le code.

— Ce n'est pas à nous de le savoir, Émily, lui répond lentement Yasmina en prenant un air maternel. Il y a des gens qui assurent notre *sécurité*. Et nous nous occupons de *leur* sécurité.

Ses entrailles se contractent. Si par *sécurité* elle entend par là séquestrer Milo et laisser Ludo s'amuser avec lui... Des images d'horreur s'imposent à son esprit.

Est-ce vraiment à cela que sert son travail ? Détruire des vies pour assurer la sécurité des autres ?

— C'est une chance que tu aies aidé Ludo à le retrouver, reprend Yasmina d'un ton plus léger, comme libérée d'un poids. Ce n'est pas tous les jours que l'on réussit à débusquer un Dissident, encore moins un qui s'est évadé il y a à peine quelques jours.

L'écho de ses paroles subsiste. Ludo, ce salaud. Il lui a donc dit.

Yasmina se penche vers l'avant :

— Y a-t-il quelque chose que tu voudrais me dire?

Le cou d'Émily est raide. Si raide qu'elle jurerait être paralysée.

— Pas pour le moment, déglutit Émily. Je ferai un rapport.

Sa patronne reste de marbre et attend quelques secondes pour se redresser sur sa chaise.

— N'oublie pas de continuer ton travail lorsque Ludo aura

terminé. Ce sera une occasion inouïe. Quand tout espoir les quitte, ils se confient plus facilement.

Un éclat sadique passe dans ses yeux.

Émily hoche la tête. Elle se lève, les jambes en coton, et doit faire preuve d'un contrôle hors de ce monde pour ne pas courir.

—Oh! Émily, miaule Yasmina qui la freine dans sa course silencieuse. N'oublie pas que je n'aime pas les menteurs.

IL FAIT NUIT NOIRE. Aussi noire que le permet le vaisseau qui suit les cycles du soleil à la surface. Les dizaines de bougies qui brillent dans les ténèbres offrent un réconfort insoupçonné. Surtout quand on considère que ce lieu presque inconnu d'elle est l'antithèse de ses croyances.

Émily n'a jamais remis le pied au sanctuaire depuis la mort de maman. Mais la voilà, même si elle ne sait pas encore pourquoi. La fine inscription de maman devrait se trouver près. Ici, au milieu de lettres dorées se trouve Tyna Bates.

Émily s'accroupit sur l'un des coussins et prie. Les larmes coulent à flots. Heureusement que personne n'est là pour la voir dans cet état lamentable.

Mais qu'est-ce qu'elle est devenue, à la fin?

Milo. Son visage crispé par la terreur. Sa voix implorante.

Ludo. Son expression satisfaite. L'envie dans ses yeux.

Yasmina. Sa sournoiserie féline. Sa menace silencieuse.

Tout ça, c'est trop. Émily serre les dents: est-ce elle, la responsable de tout ce mal?

Elle n'a pas aidé Milo. Elle n'a pas arrêté Ludo. Elle n'a pas dénoncé Yasmina. Si le commandant Hawk savait... il ne pourrait pas supporter ces méthodes.

Pourquoi n'a-t-elle pas compris avant dans quel merdier elle s'est foutue? Et on ne parle pas d'un simple merdier. C'est un tout autre niveau.

Un sanglot s'échappe de sa gorge.

Elle est une ordure. Pour avoir accepté tout ça sans rien dire. Sans rien faire. Une Bates. Une traîtresse à l'humanité.

Elle manque d'air. Se noie dans ses larmes jusqu'à ce son corps se vide de toute émotion.

Anesthésiée.

Lorsqu'elle finit par ressentir une douleur brûlante aux genoux, Émily se relève, les jambes flageolantes. Elle passe son bracelet devant une bougie qui prend vie à son contact et se met à briller d'une couleur violette.

Son menton tremble.

Un craquement. Qui est là ?

Émily se retourne vivement.

— Je ne voulais pas te déranger, lui dit prudemment la fille aux cartes de prière.

— Qu'est-ce que tu fais ici ? répond Émily d'une voix raide.

— Je pourrais te demander la même chose.

Violette. La dernière personne qu'elle avait envie de voir. L'a-t-elle entendue pleurer ? L'a-t-elle vue ? Émily s'essuie rapidement les joues et renifle. En tout cas, maintenant Violette doit s'en douter.

— Mais je ne le ferai pas, ajoute-t-elle d'une voix plus douce.

— Je crois qu'il vaudrait mieux que je m'en aille, dit Émily qui presse le pas vers la sortie.

— Ta mère était une femme remarquable.

Émily ralentit le pas malgré elle.

— Elle a laissé une marque profonde au sein de notre communauté, poursuit Violette en prenant de l'assurance. Sa détermination sans borne, surtout. Sa croyance qu'il y a du bon en chacun de nous. Qu'il suffit de vouloir trouver cette pierre enfouie au plus profond de nous et de la nettoyer, la polir, la faire resplendir de tout notre amour, de notre bonne volonté. Grand-maman nous en parlait tout le temps quand on était plus jeunes.

Violette connaissait réellement maman. Cette métaphore, maman l'utilisait tout le temps quand Gabrielle et elle étaient enfants. Émily pivote, son irritation a fondu comme du sucre sur sa langue.

—Maman m'en avait jamais parlé, dit-elle la voix chevrotante. De votre communauté. Pas de cette façon.

Violette lui renvoie un sourire compatissant.

—Tout le monde la connaissait. En bien.

—Si elle était si bonne que ça, pourquoi a-t-elle été condamnée ? réplique Émily, ses souvenirs douloureux près de refaire surface.

—Quand on s'éloigne de la lumière trop longtemps, il est encore plus difficile d'y retourner. Notre Arche est submergée depuis des générations. Les gens se sont égarés.

Une manière de les excuser. Ou d'expliquer ? Émily ne sait plus quoi penser.

—Je suis tellement désolée, Émily, ajoute Violette qui lui lance un regard sérieux. Personne ne devrait avoir à vivre ça.

Sa gorge se noue dangereusement. Pas encore.

Émily fixe le sol.

—Mais nous faisons tous des erreurs, continue la prêtresse.

Elle pense immédiatement à Milo. Avec violence. Comme si on voulait imprimer son visage le plus profondément possible dans son esprit. Elle l'a livré à Ludo. Pas n'importe qui. Ludo. Son sourire maniaque de la simulation surgit. Elle retient un sanglot. Milo ne mérite pas ça: il l'a protégée de Dan, défendue devant Reyes, ne lui en a jamais voulu d'être la tortionnaire de sa petite amie.

La justice.

Elle renâcle intérieurement. Sa justice ne vaut rien. Qu'est-ce que maman dirait si elle savait ?

—Mais il y a toujours demain, lui dit Violette d'une voix plus enjouée. Pour faire une différence.

Et si cette crise avec la Confrérie signalait la fin ? Il n'y aurait pas de lendemain. Plus aucune chance.

—Chaque instant compte, articule Émily d'une voix étranglée.

— Oui. Plus que l'on peut s'imaginer.

Chaque instant. Oui.

Le même craquement d'un peu plus tôt résonne de nouveau. Le panier en osier que tient Violette. Il est recouvert d'un morceau de tissu fleuri. Violette semble comprendre sa question muette, car elle dit :

— Oh ! J'ai ramené des petits gâteaux. Tu en veux ?

— Non, non ça va.

Son estomac gargouille.

— Je les ai cuisinés moi-même, dit-elle fièrement. J'utilise la cuisine de grand-maman à l'occasion. J'ai même du thé à l'arrière.

Violette ne lui laisse pas le temps de refuser et s'engouffre dans la pièce du fond, à droite de l'autel où les bassins d'eau bénite reposent.

Bon. Pourquoi pas ? Il ne reste rien à manger dans sa cabine. Ils n'ont toujours pas eu l'occasion de refaire des provisions depuis le Contrôle. Émily la rejoint d'un pas traînant, sans énergie.

Une odeur d'encens l'accueille. Des herbes brûlées. Elle ne saurait dire lesquelles. Violette fait bouillir de l'eau, sort de petites assiettes qui tintent et des tasses à thé. Elle dépose le tout sur une table bancale devant laquelle Émily s'installe, profitant d'un silence appréciable pendant que l'eau chauffe. Violette fait un peu d'espace sur la table encombrée de vieilles photos et Émily ferme les yeux.

Une fois le thé prêt, elle rouvre les yeux pour y voir une tasse fumante et un gâteau quelque peu roussi avec un coulis de crème blanche sur le dessus. Elle croque à belles dents et soupire de soulagement. Elle s'en sert un autre directement dans le panier laissé juste à côté de la patte de table. Violette l'observe en sirotant son thé.

Son deuxième petit gâteau englouti, Violette lui dit :

— Il y a des épreuves plus difficiles que d'autres, mais rien que le Créateur n'ait pas voulu.

Émily fait tourner sa tasse qui lui chauffe les doigts. Les

épreuves, elle les collectionne depuis qu'elle a douze ans. Si seulement le Créateur était la réponse à ses questions. Mais elle n'est pas croyante. Il ne voudrait rien savoir d'elle, de toute façon.

— Violette, je...

La prêtresse fronce des sourcils et Émily se rend compte de son erreur.

— Désolée, je veux dire Dinah...

— Étrange que tu m'appelles Violette. Ta mère me surnommait comme ça aussi quand on s'est rencontrées la première fois.

Un autre lien avec maman. Comment maman a-t-elle pu lui cacher ses relations avec les membres du sanctuaire ?

— Tu peux m'appeler Violette, tu sais. Ça ne me dérange pas. Je suis certaine que grand-maman n'aurait pas hésité à me donner le nom d'une si belle fleur.

— Tu parles souvent de ta grand-mère. Et tes parents...

— Emportés par la maladie. Grand-maman nous a élevés.

Violette sait ce que la perte d'un être cher signifie. Soudain, son visage aux traits de petite fille est différent. Plus mature. Moins naïve. Moins... croyante.

Des dizaines de grands cadres sont adossés contre le mur à sa gauche. Des peintures. Elles lui rappellent drôlement celles de La Orilla.

— Tu peins ?

— Pas moi. Mon frère, oui.

— Depuis longtemps ?

— Aussi longtemps que je m'en souvienne. Il aime bien reproduire certaines images qu'il trouve dans les Archives. Grand-maman préférerait qu'il ne peigne que des scènes bibliques, mais il n'en fait qu'à sa tête.

À bien les regarder, certaines de ces peintures ne sont pas si mal. Certaines devraient remplacer celles de La Orilla. Le frère de Violette semble d'ailleurs fasciné par les fondateurs. Ils sont présents sur la majorité de ses toiles. Il a aussi une affection pour les fleurs, certaines qui se trouvent au Parc de l'Humanité. Les portraits ont toujours eu un attrait mystérieux, mais c'est intéressant de voir que d'autres personnes trouvent un intérêt marqué pour des sujets complètement différents et qu'ils réussissent à faire ressortir une certaine beauté qu'on ne verrait pas au premier coup d'œil.

Se rendant compte qu'elle n'a pas encore touché à son thé, Émily en prend une gorgée. L'arrière-goût sucré qui persiste pique sa curiosité.

— Il est bon, ce thé. Je n'en ai jamais goûté au réfectoire.

— Oh, il n'y en a pas. C'est monsieur Torres, un de nos plus fervents membres, qui nous fournit. Que Dieu garde son âme.

— Il ne va pas bien ?

— Il a développé une étrange maladie qui l'empêche de venir au sanctuaire, dit-elle d'un air grave. J'insiste pour le visiter régulièrement. Sa famille a longtemps supporté le sanctuaire à travers les générations. C'est le moins que je puisse faire.

Elle prend une pause, songeuse.

— Parfois, je me demande ce qu'il faudra pour apaiser la colère du Créateur.

Elle se reprend, comme prise en flagrant délit :

— Je dois vraiment être fatiguée pour remettre en question le Plan du Créateur. Pardonne-moi, Émily. Ne le dis pas à mon frère ou grand-maman, sinon ils me feront réciter le sermon pendant une semaine.

Violette glousse et elles échangent un sourire complice.

— Il se fait tard, s'excuse Émily en faisant glisser sa chaise qui couine. Merci pour le thé et les gâteaux.

— Que les voies du Créateur t'éclairent.

<hr>

QUAND ELLE PÉNÈTRE dans la cabine familiale, son père ronfle et sa sœur dort à poings fermés. Émily va se coucher dans son petit lit dans le coin de la chambre à coucher qu'ils partagent tous.

Elle ne se souvient pas la dernière fois qu'elle s'est sentie aussi vidée.

Pour une raison qu'elle ne s'explique pas, ses yeux sont toujours ouverts après une demi-heure. Elle se lève sans bruit et rampe pour retrouver son sac à main. Il est enfoui sous le matelas. Elle glisse ses doigts à l'intérieur et prie pour y trouver ce qu'elle cherche. Son mascara, son miroir brisé... voilà.

Curieuse, elle va près de l'écran d'ordinateur pour illuminer la prière de rédemption que Violette lui a glissée à son insu durant sa soirée à La Orilla.

Chaque personne est une fenêtre sur un autre monde.

Elle se répète la phrase, encore et encore jusqu'à ce que le sommeil la pousse à aller au lit. Elle s'endort avec l'impression que ce n'est que le début.

19

SKYLER

Skyler presse le pas vers l'unité de soin, encore endormi. Il passe une main distraite dans ses cheveux en broussaille, puis frotte ses yeux asséchés. Deux heures de sommeil, c'est bien peu. Son incursion dans les entre-deux a duré plus longtemps qu'il ne l'avait cru.

L'air nocturne est gorgé d'une étrange odeur de putréfaction, à tel point qu'il se demande s'il ne rêve pas encore. Avant même d'arriver au coin du couloir qui mène au centre, il entend des voix affolées. Et elles sont nombreuses.

Il accélère.

Des dizaines de parents font la file avec des enfants inertes dans leurs bras. L'angoisse lui enserre la poitrine.

Pas que des enfants. Des adultes aussi. Merde !

Le docteur Nazar est sur place et surplombe le chaos. Il fait signe à Skyler de le suivre dès qu'il l'aperçoit. Ils s'engouffrent ensemble dans un bureau vide où Mira et Léandre les attendent. La petite pièce ressemble étrangement à celle de la vidéo d'Ivanka Torres : la disposition du mobilier est identique, y compris les traces de rouille qui partent du plafond et qui dégoulinent le long des murs.

Le teint basané du docteur Nazar reste égal, malgré la lumière fluorescente.

— Skyler, l'interpelle-t-il. Est-ce que les sphères de mémoire sont prêtes ?

— Ça dépend. Certains problèmes persistent et...

Le docteur fronce les sourcils :

— Mais les données sont bien encodées ?

— L'ingénieur qui travaille sur le projet m'a confirmé qu'elles sont bien là, simplement inaccessibles temporairement. Il suffit d'apporter des modifications à nos décodeurs.

— Nous devons en être certains, insiste le docteur, inhabituellement agité. J'ai des familles ici avec leurs morts qui veulent avoir leur sphère de mémoire.

— Il n'y a rien à faire pour les sauver ? demande Skyler qui sent la chaleur lui monter au visage.

Mira et Léandre écoutent l'échange sans oser s'interposer. Le docteur Nazar et Skyler ont eu plusieurs accrochages par le passé au sujet du projet que le docteur Nazar jugeait trop risqué. Mais maintenant qu'ils ont le doigt dans l'engrenage...

— Non, poursuit le docteur Nazar d'un ton ferme. On ne peut plus les sauver. Mais on peut aider moralement leurs proches. Avec les récents évènements, si on ne réagit pas efficacement, on se retrouvera avec des problèmes qui nous mettront tous en danger. Les gens en détresse psychologique sont capables de choses horribles.

Il pèse ses mots suffisamment pour faire frissonner Skyler rien qu'à l'idée de ce qui pourrait arriver.

— Même si on le voulait, on n'a pas assez de lits pour pouvoir tous les passer, intervient Mira qui lance un regard entendu vers Skyler, puis fait face à leur mentor.

— Qu'est-ce que tu proposes, Mira Torres, fille d'Horacio ?

Le docteur Nazar se préoccupe un peu trop de la réputation de la famille de Mira, reconnue pour avoir résolu plusieurs problèmes majeurs sur l'Arche au fil des générations. Ce n'est pas très juste.

—J'ai pris l'initiative de dresser une liste sommaire des caractéristiques principales des victimes, répond-elle de son ton analytique en lui tendant sa tablette à deux mains.

Elle a probablement fait du bon travail, comme toujours. Mira passe ses journées au centre de soins et au laboratoire. Un peu plus, et elle naissait à même une éprouvette, tant la pression de performer dans les sciences était grande dans sa famille. Bien qu'elle ne partage pas sa vie privée, Léandre lui en a déjà parlé à maintes reprises, lui qui va rejoindre Mira au labo après les heures de travail. De ce que Skyler connaît de Mira par l'entremise de Léandre, et des projets sur lesquels ils bossaient tous ensemble à l'Académie, elle a sûrement téléchargé les fiches de tous les patients depuis le registre auquel ils ont accès, et sélectionné les caractéristiques clés pour mieux les comparer : âge, profession, antécédents. Brillant.

—Quel est ton avis ? demande le docteur qui lève les yeux de la tablette.

Mira ne semble pas du tout décontenancée par son ton plus abrupt qu'à l'habitude. Elle lisse une de ses mèches rousses avant de répondre :

—Deux options principales s'offrent à nous. Soit on priorise ceux qui ont des connaissances et une fonction clé sur l'Arche, mais ça voudrait dire qu'aucun enfant ne pourra être sauvegardé. Les parents risquent de mal le prendre. Soit on y va en ordre d'arrivée, comme on fait d'habitude pour n'importe quel cas.

Skyler grimace à l'idée de devoir choisir.

Bien que révolutionnaires, les sphères de mémoire n'ont pas la même valeur aux yeux de chacun. Leur accès est contrôlé et un médecin peut les recommander pour aider les familles endeuillées, surtout depuis qu'il n'est plus le seul à les encoder.

D'un autre côté, elle préserve le savoir, les souvenirs, les expériences pour inspirer les générations futures. Pour que l'histoire puisse être racontée. Deux buts bien différents.

Aucune des deux options n'est satisfaisante. Une meilleure méthode doit exister.

Devant l'indécision de Skyler qui n'ose pas se prononcer en présence du docteur Nazar, Léandre prend la parole :

—On pourrait aussi faire une rapide analyse neurologique.

Maintenant que tous les regards sont posés sur lui, Léandre poursuit, conscient des attentes de leur mentor :

—On ferait état de l'étendue des dégâts et du coup, on pourra prioriser ceux qui sont en meilleure condition. Pour garantir le succès de la procédure.

Intéressant.

Léandre se triture les mains nerveusement en attendant que le verdict tombe. Le docteur Nazar réfléchit à voix haute :

—Combien de temps par numérisation ?

—Un minimum de quinze minutes par patient est nécessaire, répond Mira, navrée.

Le docteur adopte un air sérieux, puis son murmure s'intensifie :

—La mort cérébrale est en train d'être diagnostiquée, mais j'imagine qu'il a dû se passer entre trente et quarante-cinq minutes depuis leur décès.

La fenêtre d'opportunité est encore ouverte. Une heure, tout au plus, pour en sauver un maximum. Skyler saisit sa chance :

—Et si on convertissait les lits réguliers en deux stations distinctes ? L'une pour les sphères et l'autre pour les numérisations ? On n'a pas besoin qu'elle soit détaillée, juste une approximation. On pourrait utiliser les numérisations de la génération précédente qui sont encore fonctionnelles, seulement moins élaborées.

L'étrange sourire oblique du docteur Nazar le déstabilise à chaque fois.

—Ça pourrait se faire, dit lentement son mentor.

—Et comment va-t-on s'y prendre pour les stations des sphères ? s'enquiert Mira perplexe. On en a qu'une. Non, deux, si on compte la machine portative.

—Skyler devrait avoir une réponse à cela, n'est-ce pas ? Ce sont tes sphères après tout.

L'attention est de retour sur lui, ses joues brûlent.

Heureusement, il y a déjà pensé. Depuis la mort d'Allen, Skyler a imaginé toutes les façons possibles d'utiliser les sphères de mémoire et il a fouillé les Archives sans relâche. Il a même formé des amitiés inespérées, surtout avec madame Farrell, qui lui a tout récemment proposé l'appui du sanctuaire pour que les sphères soient accessibles aux croyants et aux cérémonies funéraires.

Ce n'est qu'une théorie, mais...

La capacité des machines est plus élevée que celle requise pour un seul transfert. En séparant le flot d'énergie en deux circuits indépendants, ce sera plus efficace.

Il fait part de son idée et, à son grand étonnement, obtient l'aval de son mentor qui délaisse son scepticisme habituel.

— Montre à Mira et Léandre comment faire. Il n'y a pas une seconde à perdre.

Skyler a même droit à une tape sur l'épaule quand le docteur Nazar sort du bureau.

SKYLER RÉPÈTE la procédure pendant plus d'une heure, jusqu'à ce que le transfert ne réponde plus sur les derniers patients qui ne sont plus dans la zone viable. Les deux dernières sphères sont incomplètes : la mort cérébrale est irréversible. En d'autres mots, les synapses se sont désactivées à la manière des vieux disques durs quand ils se réinitialisaient.

La frustration est là, mais Mira ne lui laisse pas le temps de l'exprimer :

— On a fait de notre mieux. On a réussi à préserver vingt-trois personnes sur une soixantaine. C'est le double de ce que l'on aurait pu faire en temps normal.

Les corps inanimés sont alignés plus loin. Les sanglots des familles sont perceptibles, même d'où Skyler et Mira se trouvent. Ces familles qui n'auront pas la chance d'avoir une sphère : le coup sera plus dur à encaisser pour elles. En espérant qu'elles ne leur garderont pas rancune.

Léandre arrive, l'air grave. Les pleurs persistants ne deviennent plus qu'un faible bruit de fond.

—J'ai remarqué quelque chose d'étrange, dit Léandre qui leur montre les numérisations affichées sur sa tablette. Ça ne vous rappelle rien ?

Le Syndrome.

—On n'a jamais vu une réaction aussi violente et soudaine, commente Skyler. Qu'est-ce qui a changé ? Une mutation de la maladie ?

—Possible, répond Mira, songeuse. Difficile à dire, mais la signature est très similaire.

—Comment est-ce qu'elle peut se synchroniser à ce point ?

—À moins qu'ils aient été infectés en même temps, par la même souche. Par contre, je n'ai rien trouvé dans leurs fiches qui nous mènerait vers un profil commun. Rien n'indique une prédisposition à la maladie.

Une intuition ronge Skyler depuis un moment, mais il ne veut pas avoir raison. Avec tout ce que Tessa a laissé entendre sur les dissensions parmi le Parangon, en plus de la Confrérie dans le décor, il pourrait y avoir une explication bien plus sinistre en jeu.

—Ou peut-être qu'il y a eu une intervention humaine, propose Skyler, dégoûté.

—Pourquoi est-ce que quelqu'un ferait ça ? s'exclame Léandre. Et à des enfants ?

—Mira, tu dis qu'ils ne partagent rien en commun ?

—Effectivement. Ils sont de tous les âges et de tous les milieux.

Mira et Léandre le dévisagent. Une vérification s'impose avant de leur faire part de son hypothèse qu'il doit lui-même encore formuler.

Le timbre sonore de l'interphone retentit au même moment. Le commandant ?

« Chers Archéens, nous pleurons nos morts cette nuit », entonne une voix masculine familière.

Ce n'est pas le commandant, mais l'identité de l'homme qui parle lui est inconnue. Tous ceux présents dans l'unité médicale de soins se raidissent et chuchotent, leurs regards rivés au plafond comme s'ils assistaient à une apparition.

« La Confrérie a donné un ultimatum à nos dirigeants, qui ont refusé d'y répondre. Au lieu de ça, ils ont préféré nous traquer. Mais ils ont échoué. Ils veulent vous faire peur et vous faire croire que nous sommes responsables de ces morts, mais nous ne le sommes pas. Ce sont eux qu'il faut pointer du doigt. S'ils vous avaient révélé la vérité bien avant, ce carnage aurait pu être évité. Une solution s'impose : la destitution de leurs fonctions. Ceci est le dernier avertissement à l'intention du commandement. Ralliez-vous à notre cause et prévoyez un retour à la surface. Maintenant. »

La voix se brise, un bruit de statique la remplace. Dans l'unité de soins s'élèvent des murmures affolés, des cris de rages, des poings levés. L'annonce reprend :

« Ici le commandant Kevin Hawk. Je ne laisserai jamais tomber les Archéens. Sur ma vie. Le processus de Contrôle est rétabli jusqu'à nouvel ordre. Sans exception. Vous avez trente minutes avant la fermeture des portes. Le Parangon sera déployé pour assurer l'ordre et votre sécurité. »

La panique et le chaos gagnent les familles – encore en train de pleurer leurs morts – qui s'empressent de sortir. D'autres refusent de laisser derrière leurs êtres chers trop récemment trépassés.

— Pouvez-vous mettre les sphères en sûreté ? s'exclame Skyler au-dessus du brouhaha à l'intention de Mira et Léandre.

— Qu'est-ce que tu vas faire ? demande Mira en retour.

— Je dois régler quelque chose avant le Contrôle. Je dois vérifier ma théorie.

Elle acquiesce en silence et dit seulement :

— Sois prudent.

L'ÉTAGE du Parangon fourmille de gardes qui se préparent au Contrôle. Skyler doit se cacher à plusieurs reprises pour éviter de se faire ordonner de rebrousser chemin.

Il n'a pas beaucoup de temps, mais elle a des réponses : Tessa en sait plus sur le Syndrome qu'elle n'a voulu le dire.

Skyler est près de l'entrée du quartier général. Aucune façon conventionnelle d'y pénétrer sans se faire prendre n'existe.

Allen lui a expliqué le système de passages de maintenance de l'Arche, et même montré une carte. Les entre-deux sont à peu près partout : un véritable réseau secret. Il suffit de le trouver. Un lieu tel que le QG du Parangon doit avoir un réseau aussi complexe que celui du parc.

Skyler tâte le mur adjacent au corridor principal à la recherche d'un signe quelconque. Généralement chaque passage est identifié par un numéro. Le seul problème est qu'il doit avoir déjà été emprunté, sinon il risque d'être impraticable. Celui du parc était facile d'accès, car Allen l'avait arrangé en conséquence. Mais Allen n'a jamais parlé précisément des autres issues qu'il aurait pu utiliser par le passé. Ou de celles que d'autres auraient trouvées déjà. Les services d'entretien s'en servent sans doute eux-mêmes. Ils ne l'ont jamais vraiment su.

Le numéro 71 lui indique qu'il est sur un mur connecté au réseau.

Alors qu'il est rendu presque au bout du couloir qui s'éloigne du QG, l'avant-dernière tuile bouge. Son cœur manque un battement. Il vérifie que personne ne l'a vu avant de s'y engouffrer. Il replace la tuile derrière lui, puis s'assure qu'aucune lumière extérieure ne filtre et que la tuile est bien fermée.

Ici, c'est le réseau électrique qui passe, le courant ronronne. Une odeur de plastique chauffé prédomine. Skyler suit le tube fixé au sol jusqu'à apercevoir une marque un peu plus loin : une flèche qui pointe vers la droite. Celui ou celle qui a déjà emprunté ce chemin savait où aller. Probablement.

Moins de deux minutes plus tard, alors qu'il a l'impression que sa bouche est remplie de poussière, un grand X indique la tuile de sortie. Elle glisse lentement, sans peine, et il aboutit dans un vestiaire désert, les panneaux des casiers encore entrebâillés. Il repère une ouverture et s'y faufile, le cœur battant. Un faux pas et c'est fichu.

Le prochain couloir lui fait regretter d'être venu jusqu'ici. C'est une chose d'infiltrer le QG, mais une autre de localiser Tessa. Elle n'a jamais précisé où se trouvait sa cabine.

Une fois que la voie est libre, Skyler se dirige vers l'escalier identifié par un symbole qui ressemble à une couchette.

Lorsque Skyler met le pied sur la deuxième marche, on l'interpelle. Il hésite entre détaler ou se figer.

Il se fige.

— Qu'est-ce que tu fais ici ?

Tessa ? Soulagement.

—J'ai fait ce que tu m'as demandé, dit-il alors qu'il retrouve la voix. J'ai transféré les documents de recherche à l'adresse que tu m'as donnée. Qu'est-ce qui n'a pas fonctionné ?

Tessa le force à redescendre pour aller dans la direction opposée.

— Suis-moi, murmure-t-elle.

—Je suis venu pour que tu m'expliques tous ces morts.

— On ne pouvait pas empêcher ce qui allait se produire.

Elle lui passe des menottes magnétiques et, devant son air ahuri, lui souffle :

— Ne dis rien. Question pratique.

Son regard suffit à le dissuader de répliquer. Ils retournent dans un couloir qui grouille d'agents en groupes de deux ou quatre, mais ils semblent trop occupés pour leur prêter attention.

—Je vais t'escorter jusqu'à ta cabine pour ne pas que tu aies d'ennuis, continue-t-elle en marchant d'un pas ferme. Tu seras plus en sécurité si tu y restes.

—Dis-moi que ce n'est pas le Parangon qui mène des expériences sur les Archéens.

—De quoi tu parles ?

—Le Syndrome. Soixante en sont morts cette nuit. En même temps.

Skyler la force à s'arrêter et à le regarder droit dans les yeux pour voir si elle peut lui parler franchement.

—Ce n'est pas un hasard, insiste-t-il.

Elle resserre sa poigne pour qu'il la suive :

—Le Syndrome est une maladie complexe.

—Pourquoi est-ce que le Parangon est plus au courant que nous, à l'unité de soins, qui devrions savoir ? On doit regarder ces gens mourir sans rien faire ? Tu dois m'expliquer ce à quoi on fait face. Sinon je ne pourrai pas aider.

—Tais-toi, murmure-t-elle en l'empêchant de foncer sur un groupe d'agents qui tourne le coin brusquement.

Un garde du Parangon qui arbore un insigne différent se poste devant la sortie du QG.

Merde.

—Un problème Tessa ? dit-il, les mains jointes derrière lui.

Comme si le fait d'être baraqué ne suffisait pas, il caresse un long bâton accroché sur son dos : une arme capable de neutraliser n'importe qui, et réservée aux plus hauts gradés du Parangon. Tessa effleure machinalement l'étui de son pistolet.

—Non, tout va bien. Ce civil avait l'air louche, alors je l'ai interrogé pour savoir s'il ne conspirait pas avec l'ennemi. Son dossier et ses réponses concordaient.

—Bien. Puisque tu seras dans le secteur résidentiel, attends l'agent Miles qui y sera dans dix-sept minutes. Tu feras équipe avec lui.

—Je croyais que mon partenaire serait l'agent Valdez.

—Changements de dernière minute. Le général Kay a décidé de déroger à la procédure normale pour adopter une nouvelle tactique. Comme ça, si le Parangon est infiltré, les rebelles ne pourront pas prévoir ce coup-là.

—Je vois.

Il fait un signe de tête en guise de salutation, puis choisit de leur laisser la voie libre pour se diriger vers les entrailles du QG. Skyler jurerait qu'il ne cesse de les regarder pendant tout le trajet.

Tessa ne perd pas une seconde pour les sortir de là.

—Alors ? reprend Skyler une fois qu'ils sont hors de portée. J'ai besoin de réponses.

—Ces expériences, je t'avais prévenu quand on s'est rencontrés la première fois.

Elle marche à un rythme régulier. Le déploiement des agents du Parangon mis à part, les passages du vaisseau sont déserts.

—Quel genre d'expériences ? souffle-t-il.

—Tout ce qui est nécessaire pour connaître les effets pervers de la maladie. Et bien sûr les sujets sont choisis contre leur gré. La plupart ne s'en sortent pas.

—Le Parangon les tue.

Skyler sait bien que Duke est peu recommandable, d'après ce que Chris disait du temps où ils étaient meilleurs amis, mais cela... dépasse l'entendement.

—Duke Kay. On doit l'arrêter. Maintenant, s'insurge Skyler. On retourne au QG.

—Et quoi encore ?

—On ne peut pas le laisser tuer qui bon lui semble !

À quoi bon soigner ces gens s'ils meurent le jour suivant ?

—Tu as fait tout ce que tu pouvais pour l'instant, dit Tessa pour le calmer. Tu ne comprends pas que la Confrérie lutte aussi contre ça. Nous nous battons au sein du Parangon depuis un moment déjà. Tout ça est bien plus gros que tu ne le crois.

—Donc je dois attendre gentiment au centre de soins que les morts arrivent par dizaines ?

—Ce sera bientôt terminé.

Son hypothèse tient la route. Ils sont coincés dans un jeu de pouvoir. C'est la confirmation qu'il comprend trop peu de choses dans toute cette histoire.

Ils traversent l'Arche d'un bon pas. Un décompte sur l'un des écrans montre qu'il reste moins de quinze minutes avant le Contrôle.

—Je te laisse ici, lâche-t-elle, tendue. La prochaine fois que tu veux me contacter, utilise ça, dit-elle aux abords de la section résidentielle. Je te trouverai.

Tessa le libère de ses menottes et lui donne un traceur à peine plus gros que le pouce. Lorsque l'engin détecte son empreinte, il s'active. Skyler lève la tête pour la remercier, mais elle a déjà disparu.

20

SKYLER

— Skyler ! l'interpelle un homme alors qu'il s'apprêtait à ouvrir la porte de sa cabine.

Légèrement plus vieux que Skyler, l'homme est grand et porte un débardeur. On dirait presque qu'il sort tout droit des archives, avec ce look sérieux mais un peu fougueux que les autres jeunes préposés dégagent en temps normal.

— Tu t'occupes de ma grand-mère, Élaine Farrell, dit l'homme qui s'arrête à sa hauteur, ses joues rougies par l'effort. Je suis Philippe.

— Qu'est-ce qui se passe ?

Philippe reprend son souffle et Skyler remarque qu'il a les doigts tachés de peinture. Quelques gouttelettes se sont même logées sur son front qu'il plisse, l'air inquiet.

— Tu dois venir la voir maintenant. Il ne lui en reste pas pour longtemps.

Skyler ne pose pas de question et le suit. Il jette un coup d'œil au décompte en dévalant le corridor jusqu'aux ascenseurs : onze minutes. Ce sera serré. En plus, il n'a pas son équipement pour procéder au transfert.

Le petit-fils de madame Farrell appuie frénétiquement sur le bouton d'appel qui ne répond pas.

—Elles ont dû être bloquées pour le Contrôle, dit Skyler. Je dois passer au centre de soins d'abord.

—Je t'accompagne.

Ils courent dans les escaliers comme si leur propre vie en dépendait.

Élaine… C'est presque insensé que son tour soit arrivé si vite. Elle était en pleine forme la dernière fois qu'elle a passé son test de routine. Qu'est-ce qui a bien pu lui arriver ?

L'unité de soins est déserte. Philippe attend à l'entrée pendant que Skyler fonce vers le tiroir des sphères qui couine. Il s'empare d'une d'entre elles qu'il glisse dans un coffret coussiné. C'est une chance qu'il en reste encore, après tout ce qui vient de se passer. Il prend aussi la machine portative pour le transfert que personne n'a pris le temps de ranger, de même que l'analyseur pour faire un examen de routine. L'origine de la mort imminente d'Élaine est curieuse. Malgré sa maladie, elle aurait dû vivre encore plusieurs mois.

Depuis le seuil, Philippe regarde le coffret, fasciné. Skyler lui demande de bien vouloir l'aider à le transporter.

—Il faut se dépêcher, sinon on ne pourra pas la rejoindre à temps, le presse Skyler.

Philippe hoche la tête. Ils pénètrent dans la cage d'escalier la plus proche et grimpent les marches deux par deux. Huit étages plus hauts, haletants, ils entrent dans un corridor, bombardés par le message qui joue en continu pour leur rappeler de retourner chez eux.

Les oreilles bourdonnantes, Skyler avance d'un pas rapide vers la cabine de madame Farrell qui, bien évidemment, se trouve plutôt loin. Philippe peine à le rattraper.

À l'intérieur, l'atmosphère est lourde et les lumières tamisées. La même odeur déplaisante que ce soir à l'unité plane, comme si elle annonçait que la mort s'infiltrait par les conduits d'aération pour étouffer sa nouvelle victime. Skyler ferme la porte de la salle de bain au passage, par réflexe. Madame Farrell est étendue dans une position inconfortable. Skyler prend soin de replacer ses bras et ses jambes pour lui permettre de mieux respirer. Un râle s'échappe à chacun des mouvements que fait Skyler :

— Philippe... ramener... Skyler. Ta sœur ?

Elle tousse.

— Je ne l'ai pas trouvée, répond Philippe qui s'agenouille et lui prend la main.

Skyler installe l'équipement sur la table de nuit et il lui faut deux secondes pour comprendre de qui ils parlent. Donc, il est le frère de Tessa.

— Elle est sûrement allée au sanctuaire prier pour que tu te rétablisses, poursuit Philippe, l'air désolé.

— Non, elle était avec moi deux minutes avant que tu arrives, dit Skyler un peu mal à l'aise. Si j'avais su...

— Vraiment ? Je vais retourner la chercher.

Skyler pose une main sur son épaule pour l'en empêcher. C'est un de ces moments dans une vie où une famille doit se réunir pour faciliter le deuil et le passage vers la mort de leur proche.

— Il est trop tard maintenant, dit Skyler qui soutient le regard ahuri de Philippe. Tu devras lui annoncer la nouvelle toi-même. Mais au moins, avec la sphère, vous pourrez revivre les bons moments passés avec Élaine.

La bouche de Philippe tressaille, signe qu'il lutte intérieurement pour ne pas craquer.

— L'important c'est que tu sois là pour préserver ses souvenirs, lâche finalement Philippe qui s'affaisse sur une chaise près du lit.

— C'est la bonne chose à faire. Élaine a besoin de toi.

Philippe se tourne vers sa grand-mère dont la respiration est très difficile. Elle est en très piteux état. Skyler termine l'installation de l'équipement qu'il rallie à une source d'électricité. Un angoissant silence plane.

— Comment c'est arrivé ? s'enquiert Skyler qui prend les signes vitaux avec deux électrodes.

— Je suis venue la voir comme je le fais habituellement, mais elle ne répondait pas. Je suis entré et je l'ai trouvée par terre dans la salle de bain en train de gémir. Elle toussait aussi.

— Est-ce qu'il y avait du sang ?

— Pas que j'ai remarqué, non.

Sa vilaine contusion à la jambe est toujours là, mais ne semble pas avoir empiré. Quant à sa tête... du sang coagule à travers ses cheveux blancs. Elle a dû s'évanouir. Les chutes chez les aînés sont fréquentes et, bien souvent, la cause de leur décès.

— Respirer... difficile, souffle-t-elle. Pourquoi... eux... maintenant ?

Madame Farrell ferme les yeux, puis les rouvre lentement comme si ce simple mouvement était pénible.

— On va voir ce qui se passe, dit Skyler avec un sourire compatissant.

Il connecte l'analyseur au bras de madame Farrell via un bracelet : l'écran projette des données peu encourageantes. Son système nerveux est littéralement en train de planter. Il ne s'autorégule plus. Sa chute a précipité les symptômes latents de sa démence. Probablement une hémorragie cérébrale.

— Et puis ? demande Philippe, l'air inquiet.

— Je suis désolé.

Le clic de la porte leur fait tourner la tête. Les prochaines heures risquent d'être éprouvantes. Le regard désemparé de Philippe croise le sien.

Skyler laisse branché l'analyseur qui donnera le signal pour commencer le transfert.

— Je ne peux pas... croire... qu'ils aient... osé, continue madame Farrell qui s'épuise.

Est-elle lucide ? Difficile à dire à voir la façon dont elle bouge la tête de gauche à droite.

Skyler laisse le peu de temps qui reste à madame Farrell avec son petit-fils et s'éloigne. Cette cabine est grande, il trouve facilement un endroit plus calme. Il se poste devant l'un des hublots qui donnent sur l'océan. Le verre sous sa paume est glacial et engourdit le bout de ses doigts, mais il n'ôte pas sa main.

Ce n'est que cette couche artificielle qui les sépare de l'extérieur. Et pourtant... elle tient le coup. La perte d'un être cher comme le vivront les Farrell sera difficile, mais pas impossible à surmonter.

Allen... après toutes ces années, il est bien là où il se trouve désormais. Il ne reviendra pas. Il n'y aura jamais de sphère de mémoire de lui pour réconforter Skyler dans ses moments les plus creux. C'est un fait qu'il doit accepter. Se raccrocher à ses propres souvenirs imparfaits d'un passé imparfait qu'ils ont partagé. Des paroles non dites... Skyler aurait tellement voulu qu'Allen et lui se soutiennent l'un et l'autre durant cette vie difficile à bord de ce vaisseau... surtout par les temps qui courent. Savoir qu'il a quelqu'un de sa famille en qui il peut avoir pleinement confiance et qui le comprend. Qui comprend ce que c'est que de naître Goldberg, de vivre une situation délicate avec les parents, leurs parents. Ils auraient chacun eu des enfants qui se connaîtraient. Et dans un avenir lointain peut-être, construire à la surface une maison que leurs nouvelles petites familles puissent partager, chérir et dans laquelle ils grandiraient. Des rêves qui resteront des rêves, mais au moins ils existent. Dans son esprit, le seul endroit où il est en sécurité, malgré les maux qui affligent les Archéens. Ce lieu, il peut le visiter quand bon lui semble, et cela, personne ne pourra jamais lui enlever.

La dernière expiration de madame Farrell est extrêmement longue et profonde. Skyler a l'impression de sentir son souffle sur son oreille, même s'il ne se trouve pas dans la chambre.

Le signal continu de l'analyseur confirme qu'Élaine Farrell n'est plu.

C'est comme si elle n'était pas tout à fait partie quand Skyler entre pour constater le décès. Une présence l'enveloppe, comme les draps dans lesquels il s'enroule la nuit.

Skyler se frotte les yeux.

Encore troublé, il explique à Philippe comment déposer la sphère sur l'anneau de l'appareil portatif placé sur le lit. Des bandes s'affichent sur l'écran de la tablette qui montre les variations électriques du cerveau maintenant en mode latent : la fenêtre d'opportunité. Skyler calibre l'impulsion magnétique en sélectionnant un intervalle de fréquences optimal pour synchroniser la sphère à la signature cérébrale. Puis il active le transfert.

La sphère se teinte de filaments jaunes qui deviennent partiellement orangés. On dirait la naissance d'un petit soleil. De fins éclats s'illuminent les uns après les autres pour rapidement former un nuage solaire qui prend de plus en plus de place dans la sphère. Un réseau électrique se crée, telles des connexions neurologiques à leur état pur, mais à plus grande échelle.

Skyler et Philippe gardent un silence contemplatif tandis que le reste de l'existence de madame Farrell est lentement aspiré pour être cristallisé à jamais dans la sphère.

Philippe ne pleure pas, mais son regard est figé. Skyler n'a pas pleuré non plus quand Allen est mort. La rage l'aveuglait et Chris était là pour y répondre. Ensuite, c'était la culpabilité. Elle s'est répandue jusqu'à l'empoisonner. Maintenant, c'est différent. De nouvelles opportunités s'offrent pour alléger la souffrance des autres. Ce qu'il n'a pu faire pour Allen, il peut peut-être le faire pour les Archéens.

— Merci pour grand-maman, dit Philippe qui brise la léthargie qui s'était installée. Elle tenait vraiment à ce que tu l'accompagnes dans ses derniers moments. Elle n'arrêtait pas d'en parler.

Skyler a un sourire navré. Sa présence n'aura pu empêcher l'inévitable.

— Je suis désolé pour ta sœur, dit Skyler. Un instant plus tôt et...

Philippe cligne frénétiquement des yeux.

— Tu n'as pas à l'être. Ma sœur a tellement prié pour que grand-maman vive plus longtemps.

L'image de Tessa agenouillée au sanctuaire s'impose à son esprit. Comment aurait été son enfance s'il avait grandi dans une famille aussi différente des Goldberg ?

—Conserve précieusement la sphère de mémoire de ta grand-mère, dit Skyler, la bouche sèche.

—Compte sur moi. Je vais l'entreposer aux archives puis tenir une cérémonie au sanctuaire comme elle l'a toujours voulu, aussitôt le Contrôle levé.

Le silence plane, parsemé de bruits de bottes qui frappent le sol à vive allure, juste derrière la porte de la cabine. Est-ce que la Confrérie réussira son plan? Est-ce que Philippe est au courant que sa sœur appuie un groupe de résistance au sein du Parangon ?

Et s'il en faisait partie lui aussi? Il devrait peut-être le lui demander.

Non. Il aurait su où Tessa était ou ce qu'elle faisait, si c'était le cas. Être lié par le sang ne veut pas dire que l'on partage les mêmes opinions ou allégeances. Allen avait une vision à laquelle Skyler n'adhérait pas. C'était d'ailleurs le sujet de prédilection de leurs disputes.

—Et maintenant qu'est-ce qu'on fait? demande Philippe.

Skyler se contente de soupirer, puis jette un regard sur la porte.

—On attend.

21

ÉMILY

Elle est arrivée trop tard au B-248.

Sans l'aide de Chris, jamais elle n'aurait été capable de localiser cet endroit peu fréquenté : le quai de récupération des déchets. C'est lui qui s'est douté que l'information donnée par Milo se référait au système de codification de l'Arche, seulement disponible sur de vieux plans accessibles depuis les Archives. Le temps de recherche qu'il lui a fallu l'a amputée d'un temps précieux pour rejoindre le B-248. Tout ça avait semblé être un leurre, pourtant. Que pouvait-il réellement se trouver dans un pareil endroit ?

Naïve.

Des gens, il y en avait des dizaines. Des Archéens, sans aucun doute. Pas des rebelles. Attachés par les pieds, la tête en bas, au-dessus d'un bassin gigantesque utilisé pour nettoyer les déchets extraits. Un silence de mort planait : ils avaient l'air sous sédatifs, comme on fait à la prison pour contrôler les détenus qui ne coopèrent pas. Mais ces gens, ils n'étaient pas passés par la prison. Ils étaient des Archéens, des innocents. Comme maman.

Et d'un seul coup, les câbles auxquels ils étaient attachés ont déroulé : les gens ont été précipités, tête première, dans le bassin. Des agents du Parangon casqués les regardaient se noyer.

Émily ne pouvait pas. Certains, tablette en main, tapotaient avec vigueur, mais personne ne s'insurgeait du massacre qui se déroulait sous leurs yeux. C'était normal.

Les autres étaient alignés, armés, pour veiller au bon déroulement de ce qui avait l'air d'une expérience.

Émily avait tenté de regarder les visages tordus pour voir si elle connaissait quelqu'un, mais c'était peine perdue. Ils étaient tellement entassés. Mais les coupables, eux, qui sont-ils ?

Le leader de la Confrérie. Neal. Celui qui était dans la simulation. Ça ne pouvait qu'être lui. La fin de l'ultimatum. Quelle ironie, il n'était même pas présent. Tellement lâche qu'il fait faire le sale travail par les autres. Pourquoi Milo voulait-il qu'elle soit témoin de ça ? Milo ne semblait pas être du genre à participer à ce genre de massacre. Est-ce possible que la Confrérie n'ait pas été responsable ? Alors qui ?

Elle a couru pour s'éloigner le plus vite possible de cette hécatombe. Il y avait tant de visages, leur regard drogué mais terrifié. Un cauchemar devenu réalité. Elle avait chaud, elle étouffait. Il fallait qu'elle sorte. Elle aurait pu être la prochaine dans ce bassin.

Elle avait affaire à un groupe de meurtriers.

Sky lui a parlé du nombre anormal de décès qu'il a dû prendre en charge la nuit dernière. Il lui a aussi confié ses doutes. Mais depuis le B-248, le pire pourrait être à venir.

Ces deux évènements sont peut-être reliés. Ces morts et le bassin. Mais elle a la nausée d'y penser. Comment peut-on sacrifier son propre peuple ?

Émily doit garder Gabrielle, mais on dirait plutôt l'inverse. Depuis qu'Émily s'est assise dans le coin de la cabine par terre, son corps refuse de bouger. Les visages lui reviennent en boucle. Combien de temps s'est-il passé depuis son retour ? Elle ne saurait le dire.

Il doit y avoir une explication.

Elle se frotte les yeux et appuie sur ses tempes pour soulager la tension accumulée qui menace d'exploser en migraine. Si seulement les évènements des derniers jours pouvaient disparaître par miracle de sa mémoire.

Trop tard. Les fibres qui enveloppent son cerveau se compriment sous la lumière agressante de la cabine.

— Éteins les lumières, croasse-t-elle.

Gabrielle s'exécute sans broncher, même si ses paroles ressemblaient davantage à un ordre.

La pièce est plongée dans le noir, dans un silence presque total. La respiration de Gabrielle est lente et régulière, sa tête accotée sur l'épaule d'Émily.

Est-ce qu'ils savent? Le Parangon? Papa? Un nouveau Contrôle a été déclenché peu de temps après. Ça se pourrait…

Ses yeux et ses joues la brûlent. Émily réussit à passer un bras protecteur autour de sa sœur. Et si Gabrielle s'était trouvée dans ce bassin?

Émily prie pour que toutes ces âmes perdues trouvent le repos. Et que sa famille soit assez forte.

UN BRUIT métallique la tire de sa torpeur.

Depuis combien de temps est-elle assoupie? Un message sur leur écran clignote.

Le Contrôle est levé.

Est-ce que la Confrérie a été neutralisée? La vague de soulagement qui devrait la gagner ne vient pas.

On cogne, Gabrielle fuse à la porte pour ouvrir. Les jambes d'Émily sont encore faibles et pleines de fourmis quand elle essaie de se lever pour accueillir le visiteur. Elle s'assoit à la table pour reprendre ses esprits.

La lumière du couloir déchire les ténèbres de la cabine et elle plisse des yeux pour reconnaître la silhouette qui se tient à la porte.

Chris.

Son visage, d'habitude serein, est sombre. C'est peut-être le contraste de la lumière qui lui donne cet air. Ou c'est peut-être elle. Il s'approche, il a l'air inquiet.

— Hey, qu'est-ce qui ne va pas ? lui demande-t-il en s'accroupissant.

Il pose une main sur son épaule et la caresse doucement.

— Ce n'est rien, répond-elle en évitant son regard. Une de mes migraines.

Son expression lui dit qu'il ne la croit pas, mais il ne réplique pas.

— Viens avec moi, j'ai quelque chose à te montrer, lui dit-il en tendant la main.

— Je ne peux pas laisser Gabrielle toute seule, répond-elle agacée en jetant un regard du côté de sa sœur qui est sur le lit avec les lumières tamisées, son livre ouvert.

Gabrielle a l'air si paisible, inconsciente des dangers qui planent sur l'Arche. Ses histoires de chevaliers qui n'existeront jamais lui tiennent compagnie pendant qu'Émily se fait un sang d'encre pour elle. Si seulement c'était si facile de pouvoir se laisser aller au jeu.

— Elle est assez grande maintenant, argumente-t-il. N'est-ce pas, ma princesse ?

— Je peux très bien m'occuper du château en l'absence de ma reine, répond sa sœur avec un calme olympien, les yeux toujours rivés sur son bouquin.

Émily sourit, la tension retombe un peu, ses muscles se délient.

— Est-ce que je peux compter sur vous, mon valeureux chevalier, pour la protéger même si votre vie en dépend ? continue Gabrielle d'une voix solennelle.

— Sur ma vie, je le jure, répond-il, sourire en coin.

— Chris, murmure Émily. Ce n'est pas aussi simple...

—Je t'ai aidée à sortir la dernière fois. Ensuite, il y a eu le code. Fais-moi cette faveur pour cette fois. Allez.

Chris est venu à sa rescousse plusieurs fois sans qu'elle le remercie jamais. Si ça peut lui faire plaisir...

Il lui tend la main à nouveau, mais elle se lève sans la prendre. Son moment de faiblesse est passé.

—Est-ce que je peux te faire confiance, Gabrielle? demande Émily. Ne sors pas d'ici tant que papa n'est pas revenu. N'ouvre à personne.

Sa sœur acquiesce d'un signe de tête. Émily l'embrasse sur la tête à contrecœur.

—Est-ce que tu vas me dire où tu m'emmènes? demande Émily une fois dans le corridor.

—Surprise, répond-il d'une voix énigmatique en fermant la porte derrière lui.

—Je n'aime pas les surprises.

Il la regarde, sourcil arqué. Elle lève les yeux au ciel.

Les gardes du Parangon rôdent partout, mais ne leur adressent pas la parole. Un merveilleux avantage d'être accompagnée par Chris, un des membres de l'équipage. Les civils sont rares, le climat de tension encore palpable. Qu'ont-ils pu faire pendant le Contrôle? Et papa?

Sa tête pulse à mesure qu'elle avance, signe que la migraine ne s'est pas totalement résorbée. Elle ferme les yeux momentanément et fonce dans Chris qui s'est arrêté net.

—Qu'est-ce qu'il y a? chuchote-t-elle en le voyant froncer des sourcils quand un groupe de soldats les dépassent.

—Tu ne trouves pas ça bizarre?

—À part qu'il n'y a que nous et des soldats dans tous les coins?

—Justement. Le Contrôle est terminé. La Confrérie a été arrêtée.

—Vraiment?

Émily essaie de cacher son soudain intérêt, mais c'est peut-être sa chance de pouvoir prendre sa revanche. Il n'y a que Neal qui l'intéresse de toute façon.

— Où sont-ils ? demande-t-elle en pressant le pas pour le rattraper.

— Je ne peux pas te le dire. Dépêchons.

Ils s'arrêtent devant un pan de mur banal devant lequel Chris fait un mouvement en arc de cercle avec son bracelet. Le mur se rétracte à un endroit qui pourrait être tout sauf une porte, mais Chris ne lui laisse pas le temps de s'étonner, il est déjà à l'intérieur.

Émily déteste ne pas savoir où ils se trouvent. Depuis le B-248, son ignorance sur sa propre maison la sidère.

Qu'est réellement l'Arche ?

Ils pénètrent dans un couloir circulaire avec une porte renforcée, une version exagérée de la porte scellée de la prison. Chris lui fait signe d'attendre et se positionne sur une marque au sol. Presque instantanément, une analyse biométrique complète l'identifie : la porte circulaire tourne et se dépressurise.

— Est-ce que tu vas te décider à me dire où tu m'emmènes ? demande-t-elle, la nervosité lui crispant les muscles.

— Je veux te présenter à quelqu'un.

— Qui ?

— Tu verras. Elle a beaucoup entendu parler de toi.

Émily bloque et Chris le remarque.

— Tu ne me fais pas confiance ?

— Ce n'est pas toi, c'est juste...

— Tu ne m'as pas dit ce que tu avais vu dans le B-248, la coupe-t-il. Ni d'où tu tirais cette information. Je ne veux pas te forcer à me dire ce qui s'est passé, mais si ça compromet notre relation, je veux savoir.

— Peut-être qu'un jour je te le dirai, mais pas maintenant. C'est trop... Ça n'a rien à voir avec toi.

Il soupire, mais Émily refuse de revivre ça. Elle doit se recentrer d'abord, laisser la plaie se refermer pour récupérer juste assez de force pour la cicatriser au fer chauffé à blanc.

— Bon. Tu viens ?

Elle se résout à le rejoindre et frémit lorsque la porte se repressurise derrière.

— Pourquoi est-ce qu'il y a ce genre de porte ici ?

— On se trouve dans l'aire de commandement. En cas de bris fatal dans la structure principale de l'Arche, cette section est détachable. Il faut donc que ce soit bien hermétique pour résister à la pression de l'eau, sinon on imploserait.

— Il n'y aurait jamais assez de place ici pour contenir tout le monde, dit-elle après un moment, songeuse.

Ils tournent un coin qui semble se rattacher au secteur principal du commandement. L'éclairage est plus clair ici, ce qui n'aide en rien à sa migraine. Sans compter cette horrible odeur de plastique chauffé.

— Il faut faire des choix, lui répond Chris d'une voix sans émotion.

Émily renâcle.

— Est-ce que je devrais être surprise que sauver tout le monde ne fasse pas partie du plan d'évacuation d'urgence ? Il n'y a vraiment pas d'espoir.

— Qu'est-ce que tu ferais à leur place ?

— Je ne sais pas. C'est peine perdue, j'imagine.

Leurs pas résonnent et le fourmillement d'il y a un moment n'est qu'un lointain souvenir. On lui dirait qu'ils sont seuls au monde et elle le croirait. Ceux qui auraient l'audace de se détacher de l'Arche principale auraient le même sentiment.

Émily ne voudrait pas avoir ça sur la conscience.

— Est-ce que tu sais si Skyler va bien ? lui demande-t-il soudainement.

— Pourquoi est-ce que tu veux le savoir ? À moins que vous vous expliquiez tous les deux, il n'y a rien à dire.

— Je m'inquiète pour lui.

— Je ne crois pas que ça l'enchanterait de savoir ça. À quand remonte la dernière fois que tu l'as vu ? Une semaine ?

— Moins. Mais avec tout ce qui se passe.

Est-ce que Sky est toujours en colère contre elle ? Leur dispute au sujet de la Confrérie est encore trop fraîche.

— Il va bien, j'en suis sûre.

Elle l'espère.

Ils rejoignent enfin une salle où des gens ont les yeux rivés sur des écrans qui affichent une suite de symboles incohérents aux yeux d'Émily. Probablement le centre de commandement.

— Quel honneur de pouvoir la rencontrer enfin, s'exclame une femme au visage familier qui s'approche aussitôt. Je suis le mentor de Chris.

— Seconde officière, dit Émily en baissant légèrement la tête.

— Laurène fera l'affaire, dit-elle avec un sourire qu'on croirait forcé, encadré d'une longue chevelure brillante qui lui tombe sur les épaules comme une cascade.

C'est sûrement sa peau. Elle est trop parfaite, tendue là où des rides de vieillissement devraient paraître. Le type de technologie auquel le commandement de cette aile protégée a accès dépasse l'imagination.

— Les titres officieux ne m'ont jamais plu, ajoute Laurène les bras croisés dans son tailleur trop serré – une mode qui prend de l'ampleur on dirait bien. Ça crée une distance inutile. Et ça monte à la tête de plusieurs qui se croient invincibles.

Elle marque une pause.

— Pourquoi s'entêter, alors qu'on partage tous le même destin, n'est-ce pas?

Son sourire est presque espiègle. Un destin commun? Ça sonne plus beau que ça l'est.

— J'aimerais pouvoir en dire autant, dit Émily, irritée. Avec un espace aussi sécuritaire...

Chris lui jette un coup d'œil gêné. Émily laisse sa phrase en suspens, ravalant son indignation.

La façon dont Laurène la regarde la met à nue et Émily croise les bras à son tour, prise d'un frisson. L'énergie de Laurène est enveloppante, d'un bleu azur opprimant. Privilégiée comme elle est, elle n'a jamais su ce que c'est que de faire des sacrifices où elle est perdante.

D'ailleurs, Laurène était présente à la simulation. Et son commentaire sonne faux. Tout le monde sait très bien que si les titres et la réputation des familles n'avaient aucune importance, on ne discriminerait pas les gens en usant de leur bracelet.

Laurène poursuit sans perdre sa contenance :

— Il faut faire des choix qui privilégient la survie de l'humanité. Mais parfois, il faut faire des choix difficiles pour le bien commun. S'assurer des composantes qui peuvent assurer la vraie pérennité de notre civilisation. Tu comprendras en temps et lieu.

— Une fois que j'aurai réussi ma formation, complète Chris en regardant Émily, les yeux pleins d'espoir.

Laurène croit savoir ce qui est bon pour eux depuis son espace clos, déconnecté de la réalité. Sa vision semble un peu décousue, mais Émily est-elle vraiment apte pour en juger ? Laurène doit certainement savoir ce qu'elle fait pour occuper un poste aussi important. Elle vient tout juste après Diana qui est la deuxième personne la plus importante de ce vaisseau après le commandant.

— En quoi est-ce que ça me concerne ? dit Émily, perplexe.

— Tu ne lui en as pas encore parlé ? demande Laurène, en se tournant vers Chris, manifestement surprise.

— Je n'en ai pas encore eu la chance.

Il se tourne vers Émily, que l'impatience gagne.

— Les membres rapprochés de la famille peuvent être relocalisés ici une fois la nomination officielle. C'est une façon de remercier notre contribution à plein temps. On peut rarement prendre congé. Peu importe ce qui arrive, on doit être prêt.

— Combien sont au courant de ce privilège ? demande Émily malgré elle.

— En quoi est-ce que c'est important ? répond-il comme si sa question n'avait aucun sens.

— Tu n'as pas à t'inquiéter de quoi que ce soit, s'impose Laurène avec une assurance sans faille. Les allées et venues au poste de commandement sont contrôlées et doivent être limitées. Relocaliser les proches permet de réduire les déplacements inutiles. Comme tu as sûrement compris avec les récents évènements, on n'est jamais trop prudent. Toi mieux que quiconque devrais le savoir. Tous ces Dissidents que tu as vus passer à la prison sont une menace bien réelle.

Reyes et son évasion. La Confrérie et la façon dont ils ont impliqué maman dans leurs machinations.

— Vous avez l'air de bien me connaître, dit Émily pour changer le ton de la conversation. J'aimerais pouvoir en dire autant de vous.

— Ça viendra, répond Laurène, visiblement plus détendue. Aussitôt que l'agent Kay aura terminé la première phase de son entraînement, ce qui ne devrait pas tarder vu sa performance.

— Désolé de vous interrompre, mais je dois vous parler, seconde officière.

C'est un homme dans la quarantaine, avec des lunettes rondes, qui arbore un uniforme du département Alpha : un bleu qui s'apparente à celui de l'énergie de Laurène. Il lui chuchote furtivement quelque chose. L'expression de Laurène reste impassible.

— Excusez-moi, mais je dois y aller, dit-elle simplement.

Se tournant vers Chris, elle ajoute :

— Pourquoi ne lui fais-tu pas visiter le poste de commandement ? Je suis certaine que le commandant serait ravi de faire sa connaissance. Il aime bien se faire une première idée de nos prochains résidents avant qu'ils n'emménagent.

Elle s'éloigne en faisant claquer ses talons sur le métal. Chris pose une main sur l'épaule d'Émily avec un sourire satisfait aux lèvres :

— Elle t'aime bien.

— Est-ce vraiment important ? dit Émily peu convaincue.

— Elle fait partie du comité qui autorise les relocalisations, alors oui c'est une bonne chose. Ça te dit, cette petite visite guidée ?

—Pourquoi pas, dit-elle, curieuse de voir ce qui se cache au-delà de ces murs.

Plus elle en apprend, plus elle se demande si ce que dit la Confrérie n'a pas un fond de vérité. Elle déteste devoir y songer, mais c'est plus fort qu'elle.

Le poste de commandement est exactement ce à quoi on s'attendrait. Des rangées d'ordinateurs, des dizaines d'écrans un peu partout et un panorama sur la vaste étendue sous-marine. Les vestiges de Boston sont encore sous les projecteurs. L'Arche pourrait bien elle aussi s'y retrouver un jour. Si les Archéens venaient à apprendre que l'équipage a prévu d'abandonner en cas d'urgence, ce serait l'anarchie. Émily a mal à l'âme. L'espoir en l'humanité... comme l'a dit Violette, les gens n'ont pas vu la lumière depuis trop longtemps et se sont égarés.

Que vont-ils tous devenir ?

Tout le monde est trop occupé à son poste pour remarquer leur présence. Tant mieux. Chris est gentil d'avoir pensé à elle pour cette relocalisation, mais pas question de laisser sa sœur et papa derrière. Sky pourrait prendre sa place, tiens. Il serait beaucoup plus utile. Et son fichu optimisme aurait peut-être une chance de tous les sauver.

Chris la présente au commandant Hawk – Kevin pour les intimes. Sa peau très sombre accentue ses pommettes saillantes. Il l'observe d'un œil curieux, avec un sourire discret. Il pose une main chaude sur l'épaule d'Émily, qui se sent petite tout à coup. Les yeux du commandant sont ce qui se rapproche le plus de ce dont un ciel étoilé doit avoir l'air. Sa présence a quelque chose de rassurant, comme un père qui veille à la protection de sa famille.

—Bienvenue parmi nous. J'espère apprendre à mieux te connaître.

—C'est réciproque.

—On m'a dit que tu travaillais à la prison de l'Arche ?

Émily hoche la tête.

—Ça ne doit pas être facile, commente-t-il en fronçant les

sourcils. Tu pourras accomplir ton plein potentiel ici. Quelque chose qui fera ton bonheur.

Chris lui sourit.

—Je ferai de mon mieux, se contente-t-elle de dire pour cacher sa surprise.

C'est au tour du commandant d'esquisser un sourire amical et de lui souhaiter une bonne visite. Bien qu'il détienne le rôle le plus important de toute l'Arche, ça ne lui monte pas à la tête. Il la traite comme une vraie personne. Pas une Bates. Pas une traître.

Elle l'aime bien.

Diana, une femme aux traits durs, se tient juste à côté. C'est peut-être à cause de son uniforme à épaulettes, ou bien parce qu'elle est la patronne du père de Chris. Une vraie taciturne qui agit plutôt comme un chien de garde. Chris dit qu'il y a des rumeurs sur une liaison entre Diana et Kevin, et que ça ne fait pas l'affaire de tout le monde – entre autres son père qui ne l'a jamais aimée –, mais qu'il en doute fortement. Il ne les a jamais vus ensemble. Son père Duke Kay est convaincu qu'il s'est vu refuser le poste de premier officier injustement à cause de Diana. En fait, il doit tout bonnement être jaloux.

Une fois les nombreuses présentations faites avec l'ensemble de l'équipage principal – dont Émily ne se souvient déjà plus des noms –, Chris s'apprête à l'escorter à sa cabine quand une voix masculine entonne :

—Alors comme ça, mon propre fils ne vient même pas me voir. Je dois t'avoir fait une horrible impression, mon garçon. Ou bien tu ne veux pas que je rencontre ta nouvelle petite amie.

Duke Kay est vêtu d'un uniforme sans le moindre pli, arborant le symbole doré du Parangon qui fait partie de la Division Thêta : la lettre O divisée par un trait en son centre et bordée à droite par une aile. Il replace sa frange grisonnante qui tombe mollement sur le côté.

—Père, lui répond Chris d'une voix crispée.

—Je crois comprendre pourquoi tu ne voulais pas me la

présenter, dit-il d'un ton léger en postillonnant. Une Bates. Étonnant qu'elle soit encore en vie, celle-là.

—Alors comme ça, c'est vous qui vous plaisez à rendre la vie de notre famille impossible ? riposte Émily, piquée à vif, sa migraine déjà oubliée.

Non, mais pour qui il se prend celui-là ?

—Émily, je t'en prie, murmure Chris qui place son bras devant elle.

—En plus, elle n'a pas la langue dans sa poche, la petite. Mais aux yeux de notre bon vieux Créateur, ça ne change pas grand-chose. Tu vis ou tu meurs.

Avec un rictus, il lisse la pointe de sa barbe poivre et sel.

Émily se mord la langue intentionnellement. Respire.

—Fils, je comprends que tu veuilles un peu de distraction, mais choisis les mieux à l'avenir. Maintenant que tu as un poste au sein du Commandement, ce serait bête de te tirer dans le pied aussi vite.

—Père, je fais ce que je veux et tu le sais, rétorque Chris sur un ton égal, mais forcé. Ce n'est pas à toi de décider qui sont mes amis.

—C'est vrai, dit Kay avec cette nonchalance enrageante. Le sang de ta mère coule toujours aussi fort dans tes veines, même si elle n'est plus là pour te monter contre moi. Quel gâchis tout de même. Tu as tellement de potentiel. Tout ça changera quand je deviendrai le prochain commandant. Les choses changeront. Pour le mieux.

—Ou pour le pire, marmonne Émily entre ses dents.

Duke a un petit sursaut. L'a-t-il entendue ?

—Oh, ma chère. Ce vaisseau verra de meilleurs jours. Sous mon commandement. Et celui de mon cher fils. Tu es peut-être insolente, mais tu sais t'allier aux gens de pouvoir. C'est peut-être ce qui te sauvera à la fin. À moins que je m'en mêle personnellement.

—Père, ça suffit ! Émily ne t'a jamais rien fait de mal.

— On ne choisit pas de naître dans une famille de traîtres, n'est-ce pas ? Mais ainsi est la nature.

— Tu voulais vraiment venir me voir juste pour la harceler ? s'indigne Chris dont l'aura devient écrasante. Si c'est le cas, tu peux retourner au Commandement. Je t'y rejoindrai plus tard. Mais laisse-la tranquille.

— Fils, si tu pouvais montrer autant de ferveur dans ton travail, et surtout envers ton père, ce vaisseau serait déjà en route pour la Terre promise.

Satisfait, Duke tourne les talons avec son éternel rictus accroché au visage. Malgré toutes les atrocités qu'il a pu lui dire en moins de deux minutes, ce n'est pas ce qui retient l'attention d'Émily. Elle y est habituée. Non. C'est la manière dont Chris l'a protégée. Milo aussi l'a défendue. Chris est si différent de son père, et d'une bonne manière. La preuve même que les origines ne définissent pas une personne. Elle est une Bates oui, mais à sa façon. Et pas une traîtresse comme les autres veulent bien le croire.

— Je suis tellement désolé de ce que mon père a dit, s'excuse Chris en serrant affectueusement le bras d'Émily.

— Ne t'en fais pas. Il n'y a plus rien qui m'étonne ces jours-ci. Merci de ne pas être comme ton père.

— Merci de ne pas avoir embarqué dans son jeu.

— Ce n'est pas l'envie qui manquait, mais... je suis fatiguée.

— Ta migraine ?

— Oui, entre autres.

Il ne pose pas davantage de questions, ce dont elle le remercie intérieurement.

Ils retournent à la cabine d'Émily qui a l'esprit ailleurs, ses neurones surchauffent en arrière-plan.

Soudain, une idée la frappe. Elle décide de se laisser guider par son intuition.

— Est-ce que tu me parlais de Sky plus tôt parce que tu songes à l'inclure dans tes proches pour la relocalisation ? demande-t-elle, incrédule, tant l'idée lui semble bizarre.

Elle voit passer dans ses yeux un certain malaise, puis il se met à rire nerveusement et répond :

— J'ai droit à deux personnes. Je me disais que ça te ferait sûrement plaisir s'il venait aussi.

— Et ton père ? répond-elle du tac au tac.

— Il a déjà une place assurée, malheureusement. Il est le moindre de mes soucis.

— Je ne comprends pas, dit-elle en s'arrêtant en plein milieu du couloir. Tu parles comme si vous vous prépariez à vous enfuir de l'Arche.

Il la regarde sans dire un mot.

Son silence veut tout dire. Elle en reste bouche bée.

— Émily. Je ne peux pas t'en dire plus, mais la Confrérie a fait plus de dommages que tu ne pourrais le croire.

— De quoi est-ce que tu parles ?

Ses émotions menacent de se répandre, elle doit s'obliger à ne pas se laisser emporter.

— J'essaie de vous protéger, toi et Sky.

Elle voudrait ajouter quelque chose, mais l'énergie lui manque. Les derniers jours l'ont lessivée. Chris a montré qu'il ferait tout pour l'aider. Elle doit le croire sur parole.

— Ne fais pas de folies jusqu'à ma prochaine visite, lui dit-il en lui prenant les épaules. D'accord?

— Je ne peux rien te promettre, répond-elle avec un sourire en coin.

22

SKYLER

Skyler ne se souvenait pas que l'Arche pouvait sentir si bon. Libérateur. Après une journée passée avec un cadavre, il ne se plaindra plus jamais de la qualité de l'air un peu trop humide et froid.

Il marche dans un corridor bondé de membres du Parangon qui patrouillent, certains postés à des lieux stratégiques, d'autres échangeant à voix basse des codes qui n'ont aucun sens. Une équipe a d'ailleurs pris le relais pour s'occuper de la dépouille de madame Farrell. Skyler a eu tout le temps pour remplir un rapport détaillé pendant qu'ils étaient confinés. Il n'avait vraiment pas envie de rester plus longtemps qu'il ne fallait.

Quant à la sphère, Philippe a promis d'aller la porter aux archives et d'annoncer la nouvelle à sa sœur, en l'occurrence Tessa. Si, en plus, le groupe rebelle du Parangon a échoué, ce sera un coup dur pour elle.

Que fait-elle en ce moment ? Cette nuit-là dans le Strahl, elle a dit qu'il fallait avoir confiance et que si la Confrérie ne réussissait pas à exposer la vérité au grand jour, ils s'en chargeraient eux-mêmes. C'est peut-être ce qui est en train de se produire. Ils prennent le relais. Ça fait partie du plan.

Skyler n'a qu'une seule envie : voir sa mère. Il n'a pas pu

veiller sur elle comme il l'aurait voulu. Avec tout ce qui s'est passé récemment...

Mais avant, il doit régler quelque chose. Émily.

Il ne lui faut que quelques minutes pour rejoindre sa cabine. Il cogne à plusieurs reprises et attend patiemment. Les sourcils froncés, il colle son oreille contre la porte. Aucun bruit. Peut-être qu'Émily est en train de dormir ou qu'ils l'ont rappelée à la prison. Ce sera pour une autre fois dans ce cas.

Bredouille, il se dirige vers les ascenseurs. Pourvu qu'elle ne soit pas encore fâchée contre lui. Quoique ça ne lui ressemblerait pas.

Trois agents du Parangon sont déjà à l'intérieur et cessent leur discussion dès qu'ils l'aperçoivent. Leur comportement pourrait laisser penser qu'ils font partie du groupe de rebelles, mais il préfère ne pas vérifier. Sa curiosité pourrait l'exposer. Tessa le contactera. Il doit la croire sur parole.

Il entre dans la cabine de ses parents. Murielle est assoupie sur le divan. Rien n'a changé. La disposition des meubles, l'odeur de renfermé, l'absence de Dylan qui a dû rester coincer au travail, maman dans les vapes.

Il s'empresse de rédiger un court message à Émily pour qu'elle le contacte et appuie sur le bouton envoyer. Elle a tendance à ne pas vérifier ses messages souvent. Si elle ne répond pas d'ici les prochains jours, il retournera la voir.

Skyler va s'asseoir doucement à côté de sa mère qui est recroquevillée sur le bras du divan, son coin préféré. Sa respiration est lente et régulière. Il l'enlace et ferme les yeux.

Elle est toute petite et si fragile dans ses bras. Elle aussi, il l'a brisée.

Sa mère aurait pu être madame Farrell. Une mort subite presque inconcevable.

Chaque moment compte.

Il trouve un certain réconfort en pensant aux paroles de

Tessa : une occasion de repartir à zéro. C'est un des seuls espoirs qui ne lui ont pas encore fait défaut.

Sa tête est posée contre celle de sa mère. Dans son esprit grouillent les scénarios du futur les plus divers.

Il n'y aura plus de retour en arrière.

23

ÉMILY

Sɪ ᴏɴ ʟᴜɪ ᴀᴠᴀɪᴛ ᴅɪᴛ ǫᴜ'ᴇʟʟᴇ ᴍᴇᴛᴛʀᴀɪᴛ ʟɪᴛᴛᴇ́ʀᴀʟᴇᴍᴇɴᴛ ʟᴀ main à la pâte, Émily aurait ri jusqu'à en pleurer. C'était avant qu'elle se retrouve enfarinée avec sa sœur et Violette qui rient aux éclats.

Tout a commencé quand Violette s'est présentée à leur cabine. Elle semblait embarrassée d'avoir mené des recherches pour localiser la cabine des Bates. Elle aurait tout simplement pu leur envoyer un message électronique, mais elle n'est pas très à l'aise avec la technologie. Une Violette visiblement mal à l'aise a lancé son invitation à faire de la popote entre filles. Gabrielle ne tenait plus en place à l'idée, Émily a donc fini par céder. Yasmina ne l'ayant pas relancée depuis la dernière fois, elle a décidé de profiter d'un congé bien mérité.

La cabine de Violette est gigantesque. C'est le genre de cabine qui aurait pu être attribuée sans aucune surprise à Duke Kay. Elle doit faire au moins quatre fois celle des Bates. Ils ont même de vrais hublots.

Émily a essayé d'absorber le plus de détails qu'elle pouvait. Chaque recoin. Un salon avec des fauteuils confortables en tissu, un éclairage chaleureux et, dans la chambre principale, un magnifique lit à baldaquin avec des draps plus doux qu'une peau de bébé. Il doit faire au moins le double d'épaisseur de tous les matelas de la famille Bates réunis. Une forte odeur d'encens plane, similaire à celle du sanctuaire. L'odeur n'est pas du tout désagréable. Au contraire, c'est beaucoup mieux que l'humidité perpétuelle de leur propre cabine. Et l'endroit est en très bon état malgré la quantité d'objets entassés dans des caisses encore ouvertes le long des murs comme si Violette venait d'y emménager.

Il y a même une belle salle de bain privée. Le rêve ! Émily se sent retomber en enfance, avec ses idées folles de la cabine digne de ce nom qu'elle aurait tant aimé avoir.

— Des poissons qui nagent ! s'est exclamée Gabrielle, les mains plaquées contre le hublot.

Un banc de poissons multicolores de bonne taille dansait sous les cris extasiés de sa sœur. À quand remontait la dernière fois où Gabrielle avait été aussi heureuse ?

La cuisine qui jouxte l'entrée et le salon aménagé a tout ce qu'il faut : un comptoir, deux plaques chauffantes au lieu d'une, un four, et des tas d'ustensiles dont elle ignore les noms.

Les Bates ne font évidemment pas partie du nombre restreint de familles ayant accès à une cuisine. On considère qu'un petit garde-manger et une seule plaque chauffante pour faire bouillir de l'eau suffisent puisque le fameux réfectoire est censé avoir tout ce qu'il faut pour combler les besoins nutritionnels de base. En d'autres mots, un régime à base de gruau. Mais même s'ils avaient une cuisine aussi géniale que celle de Violette, les Bates ont un réseau de contacts trop pauvre pour obtenir des ingrédients. On ne peut pas s'en procurer par les méthodes conventionnelles, car ils sont trop précieux. Il y aurait bien un moyen d'en trouver, mais il faudrait qu'elle retrouve son contact du marché noir, ce qui ne serait probablement pas une bonne idée.

Le nuage de farine a pris Émily par surprise, trop absorbée à toucher tout ce qui se trouve chez Violette. Sa sœur en était la responsable évidemment. Émily s'est jointe aux éclats de rire et a laissé échapper un éternuement.

Une fois son visage nettoyé, Émily enfile un petit tablier rapiécé que Violette lui prête, celui de Philippe, car elle est plus bâtie. Celui de la grand-mère Farrell, de plus petite stature, convient à Gabrielle.

—Le secret pour cuisiner réside dans l'intention, débute Violette d'une voix patiente.

—Ça sonne plutôt comme un jeu tout ça, répond Émily en croisant les bras. Tu ne te paierais pas ma tête par hasard ?

—Émy, c'est très sérieux, la rabroue sa sœur.

—Pourquoi voulez-vous cuisiner toutes les deux aujourd'hui ? Pensez-y un moment, continue Violette.

Émily se rappelle le goût divin des petits gâteaux de la dernière fois, mais chasse cette pensée égoïste.

Sky. Elle veut cuisiner pour Sky. Depuis leur dispute, leur relation en a pris un coup. Ce sera l'occasion idéale de lui demander pardon. De simples excuses ne suffiront pas cette fois-ci. Ce n'est pas leur première dispute, mais elle a été beaucoup trop loin cette fois-ci. Qui est-elle pour juger ses fréquentations ? Et même s'il décidait de se rallier à la cause de la Confrérie, ça ne ferait pas de lui LA Confrérie. Il resterait toujours son meilleur ami. Les problèmes personnels qu'elle a avec Neal ne devraient pas mettre leur amitié en péril. Tous les deux sont plus forts que ça. Du moins, à ses yeux à elle, leur amitié est sacrée.

—C'est décidé, dit Émily en décroisant ses bras. Je suis prête.

—Moi aussi, déclare sa sœur en levant son bras pour donner plus d'effet.

—C'est parti ! déclare Violette avec un sourire.

Violette leur passe une liste d'ingrédients et d'étapes à suivre, et chacune se met au travail. Émily se rend au garde-manger qui est cinq fois plus gros que le leur. Une panoplie d'aliments qu'elle n'a jamais vus auparavant remplissent les tablettes.

Devant son expression ébahie, Violette explique :

— On a de la chance d'avoir une communauté de fidèles aussi généreux. Tous ces ingrédients nous proviennent de dons. Cela irait à l'encontre de nos valeurs de tout conserver pour nous-mêmes, donc on partage nos réserves chaque fois que l'on en a l'occasion.

Des gens qui font des dons ? Sans attendre quoi que ce soit en retour ? C'est une première.

Émily prend un autre petit sac de farine et tombe sur un compartiment froid tout en bas où elle trouve le beurre et le lait.

— N'oublie pas d'ajouter les graines d'amarante, lui rappelle Violette lorsqu'elle dépose ses trouvailles sur le comptoir.

Violette prend le relais et montre à Gabrielle comment préparer le mélange.

Émily retourne au garde-manger et inspecte la première tablette qui contient de petits contenants étiquetés.

Des graines, des graines... tiens. Un contenant plus gros que les autres est rempli de curieuses graines sombres. Elle essaie d'en croquer une et Violette s'esclaffe en la voyant grimacer.

— Elles doivent être cuites, lui explique-t-elle.

Sa sœur fait le perroquet, fière d'elle-même, et Émily roule des yeux. Gabrielle renâcle.

— Ils en mettent à peu près dans tout au réfectoire, à cause de leurs valeurs nutritives, poursuit Violette en prenant une poignée des graines qu'Émily lui tend.

— Même dans le gruau des temps modernes ?

— Ça ne m'étonnerait pas. Une fois cuisiné, le goût n'est pas très prononcé, un peu comme une noix. Ce serait difficile à détecter parmi les autres saveurs.

Elles mélangent chacune leur tour la mixture sous la supervision de Violette. Une fois le mélange bien onctueux, Émily et sa sœur observent Violette qui s'affaire à remplir les petits moules en silicone qu'elle dépose sur une plaque en métal.

Sans son attirail habituel, sa robe à manches pendantes, Violette n'a pas du tout l'air d'une Croyante. Elle est menue, avec une longue chevelure soyeuse d'un brun foncé qu'elle attache simplement. Un visage rond très pâle.

Quand vient leur tour de remplir les moules, Gabrielle en répand partout et Émily doit s'en charger à sa place. Sa sœur rechigne et c'est au tour d'Émily de lui faire une grimace.

Violette place leurs plateaux remplis au four. Émily s'empare d'un pot laissé sur le comptoir. Il est rempli d'une poudre presque orange.

— Qu'est-ce que c'est que ça? demande Émily qui sent le contenu du pot et y trempe son doigt qu'elle suçote.

Mmm. Une sorte de sucre épicé.

— Tu te souviens du thé de l'autre nuit? C'est l'épice qu'il y avait à l'intérieur.

— L'ingrédient secret, dit Émily songeuse.

Sky adorerait sûrement essayer ce thé. Chris aussi.

— Faisons-nous un thé dans ce cas, pendant que les gâteaux cuisent, propose Violette qui met une bouilloire sur le feu.

Elles s'installent à une coquette table qui donne sur un des hublots. Ce moment est magique, avec les poissons qui continuent de danser inlassablement. Émily a l'impression de revivre, d'avoir un nouveau souffle.

— Tu en as de la chance d'avoir une cabine aussi... géniale, dit-elle d'une voix rêveuse.

— En fait, c'est celle de grand-maman, répond Violette dont l'aura ondule.

— Oh! Va-t-elle revenir bientôt? Ce serait bien de pouvoir la rencontrer.

Violette dépose la théière qui tinte. Puis elle verse du thé dans leurs tasses d'une main tremblante et en répand un peu à côté.

— Non, elle... murmure-t-elle alors qu'Émily s'empresse d'essuyer l'eau bouillante qui se répand par terre. Elle... a rejoint le Créateur.

Il faut une seconde à Émily pour comprendre les paroles de Violette.

—Je suis désolée, lâche-t-elle en se sentant stupide.

Une vague de tristesse submerge Violette : son aura s'assombrit. Elle prend place à la table et sirote son thé en silence. Gabrielle regarde à travers le hublot, le regard vide.

Violette a une chance que peu ont. Les grands-parents d'Émily sont morts quand elle n'était encore qu'un bébé. Rares sont ceux qui se rendent jusqu'à soixante ans. Mais d'une autre façon, avoir pu grandir avec ses parents n'a pas de prix non plus. La seule pensée qu'elle aurait pu ne jamais connaître maman ni papa est impensable.

— Où est ton frère ? pense Émily à voix haute. Il devrait être avec toi dans cette épreuve.

— Il est avec sa nouvelle copine des Archives, répond-elle en prenant un moment pour déposer lentement sa tasse. Je ne lui en veux pas. C'est moi qui n'ai jamais voulu m'engager dans une relation sentimentale afin de pouvoir concentrer toutes mes énergies sur ma tâche spirituelle.

Violette replace une de ses mèches qui s'est défaite de sa queue de cheval.

—Je savais que ce jour viendrait. Le jour où je devrais prendre en charge le sanctuaire à moi seule. Oh, bien sûr, Philippe sera là pour m'aider, mais je suis officiellement la prêtresse dédiée, désormais.

Elle garde la tête haute en prononçant ces dernières paroles. Elle est résiliente, beaucoup plus qu'Émily quand elle a perdu maman. Mais on apprend avec le temps.

Une odeur divine plane dans la cabine. Le four émet un carillon qui annonce la fin de la cuisson. Émily se lève la première et fait la course avec Gabrielle qui revient au monde des vivants. Émily sort les gâteaux en suivant les indications de Violette qui lui tend des mitaines pour ne pas se brûler. Gabrielle lui fait une grimace qu'Émily lui retourne.

Le souffle de chaleur qui s'échappe du four prend Émily par surprise et elle passe près de tout échapper. Gabrielle s'esclaffe d'un rire exagéré en voyant que la frange d'Émily a retroussé sur son front. Violette réprime aussitôt son rire devant le regard noir d'Émily.

Elles laissent reposer les pâtisseries quelques minutes avant de les transférer dans des contenants recouverts de tissu à carreaux.

— Il manque quelque chose, dit Émily qui se rappelle avoir vu quelque chose traîner dans le compartiment froid. Voilà.

Elle en sort un bol et revient prendre une cuiller.

— La touche finale, dit Émily en ajoutant de la crème qu'elle essaie de décoller de la cuiller en l'essuyant sur plusieurs angles.

Le résultat est terrible, mais ça ne fait rien. Toutes les trois s'arment d'un gâteau qu'elles cognent comme on ferait tinter des verres de vin, puis elles goûtent leur victoire. Gabrielle couine et engloutit le sien en cinq secondes. Émily essaie d'en profiter un peu et réussit à faire durer le moment un bon vingt secondes. Une fois que Violette a terminé sa prière silencieuse, elle prend plaisir à les regarder toutes les deux.

— Cette crème est divine, s'exclame Émily sous les approbations de Gabrielle. Il faudra que tu m'apprennes comment en faire.

— C'est un peu gênant à avouer, mais je n'en ai aucune idée. L'un de nos fidèles du nom de Cohen travaille au restaurant de l'Arche et nous ramène des restes à l'occasion.

Le serveur à l'aura de jade. Violette rougit à la mention de son nom.

— Cohen, hein, la taquine Émily qui s'essuie la bouche avec une serviette de table en tissu. Il est pas mal craquant.

— Les voies du Créateur sont ma priorité, souffle Violette d'une voie douce en se cachant derrière son visage sérieux. Le sanctuaire prendra tout mon temps maintenant que...

Elle s'empare de son panier en osier rempli de pâtisseries.

— Ces gâteaux seront pour remercier la communauté. On se réunira tous demain pour honorer le passage de grand-maman au royaume du Créateur.

— Papa sera ravi des miens, dit Gabrielle fière d'avoir son

propre petit panier. Je t'interdis de lui en donner, Émy. Papa en aura assez des miens.

— J'ai quelqu'un d'autre en tête, lui répond-elle d'un air satisfait tout en gardant le mystère.

Violette l'interroge du regard et Gabrielle rumine.

— Mon chevalier doit m'attendre d'ailleurs, ajoute Émily à l'intention de Gabrielle. À plus tard !

— Quoi ? s'insurge sa sœur, bouche bée.

Violette lui fait un petit signe de la main, puis Émily referme la porte derrière elle.

ELLE ATTEND qu'on lui ouvre. L'arôme des gâteaux la fait saliver. Elle en prendrait bien un autre, mais ça gâcherait la surprise si on la voyait avec des miettes et de la crème lui maculer le visage.

Enfin, un cliquetis. Un homme blond assez grand ouvre la porte à demi seulement, comme s'il voulait cacher quelque chose à l'intérieur. Ses cernes sont gonflés et ses yeux vitreux. Le père de Sky.

Il la reconnaît, puis lui dit sans façon :

— Si tu cherches Sky, il n'est pas là.

— Oh, dit-elle avec maladresse. Il n'était pas dans sa cabine. Est-ce que...

— Il ne l'a pas précisé. Désolé.

Il lui parle comme s'il ne la reconnaissait même pas. Bon, d'accord, elle n'est pas venue depuis un sacré bout de temps, mais quand même.

— Est-ce qu'il avait l'air... bien ?

— Je ne sais pas... je l'ai à peine croisé.

Il gratte sa barbe négligée, comme si elle l'avait dérangé, puis ajoute :

— Désolé Émily, je dois retourner auprès de ma femme.

Le père de Sky ferme la porte tout aussi rapidement qu'il l'a ouverte, sans lui adresser un autre regard. Émily est stupéfaite.

Les retailles pointues du manche de son panier lui creusent la paume. Que lui a-t-elle fait bon sang ? Ce n'est pas comme si...

À moins que Sky ait parlé à son père de leur dispute. Il aurait pu. Et donc, sa famille aussi lui en veut.

Elle expire et tourne les talons.

Raison de plus pour régler cette affaire maintenant. Ce serait lamentable que leur relation dégénère comme cela a été le cas entre Sky et Chris. Non, leur amitié est différente. Ça ne peut pas aller jusque là.

Vraiment.

Où peut bien être Sky ? Au centre de soins ? Ça vaut le coup d'essayer.

Elle marche, panier en main et détend sa poigne. Sa paume droite écorchée chauffe. Elle change le panier de main, soulagée.

Elle s'arrête subitement. Quelque chose de bizarre lui chatouille les narines. Une odeur étrange. Les gâteaux ?

Elle renifle son panier. Non, ça ne vient pas de là.

Des volutes de fumée ? Elles s'enroulent autour de ses pieds comme un bouillon.

Un souffle chaud lui irradie le dos. Une force la projette sur plusieurs mètres. Elle frappe le sol de plein fouet, le souffle coupé. Son panier s'envole et s'écrase un peu plus loin en vomissant tous les gâteaux.

Ses oreilles cillent, sa vision s'embrouille.

Les gâteaux. Sky. Non.

Elle tente de se relever en gémissant.

Elle sombre.

24

———

SKYLER

Skyler est seul, à prier un Dieu dont il n'a jamais voulu reconnaître l'existence.

Prier est un grand mot. Le Créateur s'est toujours caché et il ne fera sûrement pas une exception maintenant. Même quand l'humanité risquait de s'éteindre, il ne s'est pas manifesté.

L'attente d'une intervention divine. L'attente que la Confrérie prenne le contrôle du vaisseau. Dans les deux cas : trop de temps pour penser.

Tessa n'a pas donné signe de vie. Émily n'a jamais répondu à son message.

Mais qu'a-t-il fait de mal au juste ?

Les milliers de noms qui l'entourent brillent de leur lueur fantomatique et sont témoins de sa détresse. Ils ont péri dans le Déluge, de maladie, par accident ou même par choix. Autant de façons de quitter ce monde impardonnable. Et pour laisser quelle trace ? Un fardeau qui se transmet de génération en génération, chaque fois plus lourd à porter.

Il rouvre les yeux. Mais qu'est-il venu faire ici au juste ?

Le sanctuaire est bien vide, sans madame Farrell pour s'en occuper. Les vasques sous les grands poissons n'ont pas été changées depuis belle lurette à en juger par la mousse verte qui s'accumule tout au fond. Même les Croyants semblent avoir fui comme la peste. Cet endroit en est réduit à une photographie intacte qui n'est qu'un rappel de ce qui a été. Tant que les petits-enfants Farrell ne prendront pas le relais, ce lieu ne sera qu'un espace entre deux temps, deux époques. Une retraite.

La solitude. Oui. C'est ce qui l'a amené ici. Cela fait moins mal au bout du compte. Pas de remontrances, pas de souvenirs douloureux, pas de culpabilité.

Mais certaines choses subsistent. Comme l'impuissance. Est-ce qu'il devrait vraiment s'en étonner ?

Une pensée morbide lui effleure l'esprit un bref instant, mais il la tait. Il la repousse dans l'espoir qu'elle ne ressurgisse pas. Elle reste là, il le sait, il le sent, mais il ne veut pas lui donner raison.

La lumière artificielle des néons encastrés l'agresse, tente désespérément de le purifier de toutes ces pensées négatives. Mais elle se noie en lui : sa fausse puissance est insuffisante pour réellement le réchauffer. Un seul astre a ce pouvoir et c'est le soleil. Et il est bien loin d'ici.

Skyler se lève pour contourner l'autel et s'approche du symbole accroché au mur. L'air souillé l'a terni : la croûte dorée s'effrite aux extrémités. Sa surface, qui devait être éclatante, est brouillée par les agrégats microscopiques qui ont pris une ampleur démesurée.

La porte de l'antichambre est ouverte, Skyler décide d'y entrer. Le petit banc sur lequel Élaine s'assoyait parfois pour ses examens de routine n'est plus qu'un autre de ces objets inutiles et encombrants mis de côté dans un coin reculé dont personne ne veut se souvenir.

Quelque chose de plus criant manque. Il scrute l'endroit jusqu'à en découvrir la raison : le fouillis qui y régnait d'ordinaire a disparu. Toutes les peintures sont empilées dans le fond de la pièce et les effets personnels d'Élaine Farrell ont disparu. De l'encens plus doux remplace la forte odeur de sauge habituelle, mais il ne saurait dire de quelle plante elle est dérivée. Il devra demander à Philippe.

Skyler a un pincement au cœur. Cet endroit ne sera plus jamais le même.

Un tableau assez grand qui n'était pas accroché avant attire son attention. Il occupe tout un pan de mur rongé par le temps. Une jeune femme. Elle est revêtue d'un uniforme dans les teintes de gris clair, différent de ceux de l'Arche. Elle est seule et semble assumer le fardeau d'une vie difficile, comme en témoignent les sillons sur son front qui contrastent avec son apparente jeunesse. Le portrait doit avoir été inspiré d'un original, une photo peut-être. Un étrange halo d'un rouge violacé fait briller les contours de la femme, ce qui lui donne un air presque spectral. Pourquoi avoir ajouté cette drôle d'impression ?

— Tu ne devrais pas rester ici, dit Tessa, agitée.

L'écho de sa voix bourdonne dans ses oreilles. Sa silhouette est floue. Skyler doit cligner des yeux pour chasser la fatigue. Tessa doit être ici au sujet de la Confrérie.

— Pourquoi ?

Son ton est brusque, mais... c'est tout ce qu'elle trouve à dire après avoir mis autant de temps à communiquer avec lui ?

Elle a un léger haussement de sourcil qui ne dure qu'une fraction de seconde.

— Je suis sérieuse.

Pourquoi ne peut-elle pas dire les choses clairement pour une fois ? La Confrérie. Leur plan. Tout.

— Au ton de ta voix, je vais prendre ça comme une mauvaise nouvelle. Qu'est-ce qui se passe ?

— Tu poses trop de questions.

Skyler jurerait qu'elle essaie de cacher une pointe de nervosité. Elle ajoute :

— On n'a pas beaucoup de temps.

Tessa se retourne, prête à partir, mais se fige lorsqu'il déclare :

— En temps normal, je ne dirais rien, mais ça tombe mal. Je

commence à en avoir plus qu'assez d'être le dernier au courant de tout. Dis-moi ce qui se passe.

Elle hésite, un pied à l'extérieur de l'antichambre, la main sur le cadre de porte. Skyler ajoute, d'une voix tremblante et les poings serrés :

—J'ai besoin de savoir si on a encore une chance.

Est-ce de la rage ou de la peine, ou les deux... peut-être même du désespoir ? Il ne sait pas, mais une chose est certaine, il étouffe dans cette Arche. Il doit sortir. S'éloigner.

— Il y a eu des imprévus, mais rien qui ne peut pas être réglé, dit-elle en replaçant une de ses tresses vagabondes. Je suis venue te chercher pour passer à la prochaine étape. À moins que tu aies changé d'avis.

Elle le fixe, en attente d'une réponse. Devrait-il se sentir soulagé de savoir que l'opération n'est pas un échec ? Pourtant, l'impression d'étouffement subsiste.

—Qu'est-ce que je suis censé faire ?

Le visage de Tessa s'illumine. Son odeur de noix de coco est omniprésente. Son sourire timide a un exotisme qui le tiraille comme une lutte acharnée entre le ciel et la terre. Si près, mais si loin à la fois.

— Suis-moi.

Ils sortent tous deux de l'antichambre. Alors que Tessa a presque rejoint l'entrée du sanctuaire, Skyler est soudain pris d'une quinte de toux. Une chaleur se répand dans sa gorge et le brûle.

Il manque d'air.

Ses yeux se remplissent de larmes. Tessa murmure un juron et se met elle aussi à tousser de manière incontrôlable à son tour. Elle lui tire le bras vers la sortie, mais une lumière vive les aveugle, suivie d'une onde de choc si puissante qu'ils sont séparés.

L'impact du métal contre le dos de Skyler lui coupe le souffle. Il essaie d'inspirer, main sur la poitrine, mais a l'impression de se noyer. Sa vision se trouble... manque d'oxygène... et l'odeur de brûlé insupportable le fait tousser jusqu'à en avoir la nausée. Des particules en suspension brillent sous les lueurs bleutées et forment une espèce de vapeur épaisse.

Un sifflement long et strident lui engourdit les tympans. Skyler ouvre la bouche pour les faire craquer, mais sans succès. Il réussit à respirer dans sa main et appelle Tessa, mais sa propre voix sonne creux, à peine une vibration dans sa gorge. Même si elle lui répondait, il ne l'entendrait sûrement pas, et le nuage est trop dense pour voir quoi que ce soit.

Il scrute avec peine les environs et agite les bras pour dégager la poussière qui se presse autour de lui comme un étau qui sent le métal chauffé à blanc et le soufre.

Finalement, il aperçoit la figure de Tessa qui brille faiblement d'un bleu électrique. Elle est appuyée contre le mur, un peu de travers, et ses yeux étincellent sous les lumières encastrées. Sa poitrine se soulève rapidement comme si son corps luttait. Skyler la rejoint :

— Tu es blessée, dit-il d'une voix sourde en cherchant la source de son mal. Laisse-moi voir.

Elle gémit en essayant de se relever. Une tache sombre luit sur son uniforme gris pâle. Les débris projetés par l'explosion lui ont lacéré le côté gauche, du flanc jusqu'en bas du dos.

— Tu vas devoir enlever le haut, dit-il sérieusement.

Sa voix se fait plus claire et plus forte. Tessa le regarde du coin de l'œil.

— Je suis si mal en point ? dit-elle sur un ton moqueur. Je ne faisais pas allusion à ça quand je parlais de la prochaine étape.

Elle a un demi-sourire accroché aux lèvres et des perles de sueur se forment autour de sa bouche. Réalisant l'ambiguïté de ce qu'il lui demande, Skyler réprime un rire qui se transforme en toux sèche.

— D'un point de vue professionnel, oui. Si tu ne veux pas que ça s'infecte, je dois regarder l'état de tes blessures.

Elle le dévisage comme si elle considérait ses options et il ajoute :

—Je travaille au centre de soins, tu te souviens ?

—Je sais, souffle-t-elle.

—Alors fais-moi confiance.

Skyler soutient son regard pour lui montrer sa bonne foi, mais il a l'impression de ne pas saisir exactement ce qu'elle essaie de lui dire.

—Ce n'est pas ce que tu penses, dit-elle en fixant ses pieds.

Tessa relève difficilement son chandail jusqu'à la moitié de son dos en grimaçant de douleur. Elle ramène ses tresses par-dessus son épaule.

—Comme ça, ça va ?

—Ça peut aller, dit Skyler qui la tourne légèrement vers la source lumineuse.

Des éclats métalliques incrustés dans la chair confirment ses craintes. Elle a une vilaine hémorragie qui risque de s'infecter s'ils ne rejoignent pas le centre de soins dans des délais raisonnables.

—À quoi est-ce que je pense, alors ? demande Skyler pour la distraire tout en approchant son visage de la plaie pour mieux voir.

—Quoi ? répond-elle d'une voix saccadée.

Tessa appuie sa tête contre le mur adjacent avec l'aide de sa main. Skyler s'applique à repérer les plus gros éclats qui baignent dans les morceaux de chairs lacérés luisants de sang et de lymphe.

—Tu disais que ce n'est pas ce que je pense. À quoi crois-tu que je pense ?

—Est-ce que tu veux vraiment le savoir ? le raille-t-elle.

Il sent que Tessa aperçoit son sourire en coin tandis qu'elle poursuit :

—D'accord. Ne te fâche pas si je suis trop directe.

Maintenant que son attention est dirigée sur autre chose, Skyler enlève les plus petits éclats pour commencer, surtout pour voir sa tolérance à la douleur. Deux morceaux de bonne taille sont enfoncés plus profondément. C'est à se demander comment elle fait pour ne pas tomber dans l'inconscience.

— Tu es trop jeune.

— Quoi ?

Sous l'effet de la surprise, il perd momentanément sa concentration.

— C'est un fait qu'on ne peut pas changer.

— Tu es à peine plus vieille que moi, s'indigne-t-il.

Les accrocs du métal qui s'enfoncent dans ses doigts et la résistance de la chair contre les morceaux lui font serrer les dents.

— Ne le prends pas mal, dit-elle en gémissant légèrement alors qu'il lui ôte un débris de taille moyenne. J'ai d'autres... préoccupations.

Skyler reporte son attention sur les deux gros éclats restants. Il hésite à les retirer maintenant. Même le gel réparateur qu'ils ont l'habitude d'utiliser au centre pour les traitements immédiats ne serait pas suffisant pour guérir toute la surface des deux entailles. Cependant, s'il ne les lui enlève pas tout de suite, ils seront coincés ici. Dès qu'elle se mettra à marcher, ses lombaires créeront une friction : soit la douleur sera insupportable, soit les muscles ne pourront pas se contracter convenablement, soit les deux en même temps.

Il doit les extraire.

— Tu t'en remettras, dit-elle, ce qui le sort de sa torpeur.

— On a un but commun : aider la Confrérie. Je ne me laisserai pas distraire.

— Très bien dans ce cas.

Tessa transfère son poids sur son autre jambe et fronce des sourcils.

— Pourquoi tu t'es arrêté ? Est-ce que tu as terminé ? Parce que si oui, ça fait encore un mal de chien.

— Il y a un problème.

Skyler se redresse pour délier ses muscles.

— Je n'ai pas de gel réparateur pour retirer le reste des fragments. À moins que tu en aies, je ne peux pas continuer sans risquer de te mettre en danger.

— Il suffisait de demander, répond-elle sans broncher en fouillant dans l'une des poches de son uniforme. Tiens. Prends ça pour désinfecter.

Skyler s'empare d'un petit tube et le manipule dans tous les sens. Les symboles inscrits dessus sont indéchiffrables. Un code ? À moins que le Parangon veuille crypter ses informations.

— Où est-ce que tu as trouvé ça ?

— Ça n'a pas d'importance.

Skyler ne commente pas davantage et il applique la pommade désinfectante qui se liquéfie en quelques secondes pour pénétrer dans la plaie. Ce qu'il observe alors le laisse bouche bée.

La substance se répand rapidement, comme guidée par les lésions. Ce qui l'étonne le plus est la mousse qui se met à recouvrir chaque coupure, alors qu'il n'en a étalé qu'un tout petit peu. Une nanotechnologie avancée dont il n'a jamais entendu parler ?

S'étant assuré que les risques sont assez faibles pour retirer les deux derniers fragments, Skyler s'empare du premier morceau qui est suffisamment large pour que son pouce et son index puissent facilement s'y accrocher. Le cri de douleur de Tessa et la succion de la chair sur le corps étranger lui retournent les tripes, mais il ne bronche pas. Le sang suinte déjà aux extrémités. Il se focalise sur l'intense satisfaction d'avoir enlevé ce bout de métal pour oublier la plainte.

Le sang coule à flots. Plus qu'un.

La concentration lui chauffe les yeux. Il essuie son front, alors que Tessa est prise de tremblements. Les bras chancelants, elle se retient sur l'un des bancs à proximité qui se sont fracassés contre les lampions maintenant brisés.

— Est-ce que tu tiens le coup ? lui demande-t-il inquiet. On peut arrêter maintenant le temps que tu récupères. C'est un stress important sur ton corps. Tu perds beaucoup de sang.

Les paupières de Tessa sont mi-closes et de la sueur froide glisse sur sa peau un peu trop pâle.

—Je ne peux pas bouger avec ça dans le dos, dit-elle en claquant des dents. Continue.

Ses mains se resserrent autour du banc et elle ferme les yeux dans l'attente de la douleur à venir.

— Fais-le.

Skyler se penche sur la dernière plaie et bloque toute pensée qui pourrait affecter son travail. Il s'imagine – comme à chaque pratique durant ses années à l'Académie – qu'il se trouve sur la terre ferme... une plage longe le vaste océan, quelques arbres tropicaux à côté. Le roulement des vagues est continu, hypnotique.

Il est seul.

Le dernier fragment est coincé dans un angle particulier. S'il le retire de la mauvaise façon, il risque de créer plus de dommages. En fait, s'il se trompe, il peut carrément la paralyser. Le morceau est logé tout près de la colonne vertébrale ce qui explique aussi pourquoi elle n'est pas capable de bouger.

Skyler vérifie que le saignement de la dernière plaie a cessé grâce à la pommade spéciale – il se jure de faire sa propre enquête pour savoir comment s'en procurer.

Après avoir analysé les façons dont le fragment a pu s'introduire, il s'en remet à deux possibilités. Soit il est entré vers le haut et la pointe frôle les nerfs, soit il s'est enfoncé dans les tissus musculaires pendant la chute. Mais il ne peut en être certain. Il y a une étrange courbe dans le métal au ras de la plaie et le reste est caché par la chair. À moins d'une numérisation – ou de gratter et d'empirer –, il n'a aucun moyen de le savoir.

Ou alors il attend que des secours arrivent, sans prendre le risque.

Il inspire profondément devant le choix qui s'offre à lui. Le roulement des vagues. Encore. Et encore.

Skyler saisit le fragment et le tire vers le haut. Il sent de la résistance.

Merde. Le morceau pointe vers la colonne vertébrale.

Skyler réessaie de l'extraire en tirant du côté opposé, puis en tournant légèrement vers le haut.

Les jambes de Tessa flanchent : l'éclat s'extirpe violemment de la plaie. Tessa s'affale contre le mur.

Elle est inconsciente.

Non !

Skyler la retourne sur le côté, les mains pleines de sang. Il s'empresse de dévisser le tube qui refuse de s'ouvrir. Il doit s'y reprendre à quatre fois, ses doigts sont trop glissants. Il applique presque la totalité du contenu et prie pour que la pommade ait l'effet escompté. Elle se liquéfie et s'infiltre dans la plaie. Le sang coule abondamment : comment savoir si l'afflux n'a pas rejeté la pommade ?

Il avale de travers.

Tessa respire toujours. Son pouls semble correct.

Non, il est trop faible.

Merde. Il n'aurait pas dû lui enlever le morceau. Sa chute a probablement endommagé ce qui se trouvait autour.

Elle est peut-être paralysée.

L'angoisse le pétrifie. Ses membres refusent de bouger et il la maintient en place, l'odeur de ses cheveux le réconforte un peu. Il ferme les yeux et espère qu'elle se réveillera.

SKYLER OUVRE LES YEUX, mais ses pensées sont encore floues. La tête de Tessa repose sur sa cuisse, deux de ses tresses sont défaites. Il a dû jouer machinalement avec pendant son sommeil.

Le fait qu'elle ne soit toujours pas réveillée est inquiétant. Au moins, son pouls semble s'être stabilisé. Il refait le compte trois fois pour être certain.

Quant à la plaie, elle a déchiré de travers, mais les saignements ont cessé. Elle a plutôt l'air d'une grosse contusion avec du sang séché et des couleurs impossibles. La pommade a fait son effet, mais jusqu'à quel point ?

Skyler fait un rapide état des lieux. Les particules de poussière se sont enfin déposées et la sortie condamnée est bien en évidence. Une canalisation percée fuit, il est assis dans environ un pouce d'eau.

Il frissonne. La température a aussi chuté.

Il n'ose pas bouger de crainte de blesser Tessa davantage et il attend en silence. Son état léthargique le protège des pensées qui pourraient le harceler. Même si elle se réveille, quelles sont leurs véritables chances de survie ?

Le temps passe et passe. Des gémissements.

Tessa cligne des yeux. Quand elle se rend compte qu'elle dormait sur la cuisse de Skyler, elle se redresse un peu trop vite, ce qui lui coupe le souffle.

— Vas-y doucement, dit Skyler qui place sa main dans son dos de crainte qu'elle ne puisse pas tenir assise seule.

— Ça fait combien de temps que je suis inconsciente ?

— Honnêtement, je ne sais pas. J'ai dormi aussi. Une partie de la nuit, j'imagine.

Le visage de Tessa est encore un peu pâle, mais elle a l'air d'avoir récupéré. Elle se frotte les yeux, puis prend appui pour se lever, mais y renonce aussitôt. Elle lance une plainte de douleur mélangée à de la frustration.

— À ta place, je n'essaierais pas tout de suite. Tu as besoin de plus de temps avant de solliciter ton dos.

— La pommade agit rapidement, répond-elle. Deux heures sont suffisantes pour les blessures superficielles.

Tessa le regarde comme si elle s'attendait à ce qu'il confirme son diagnostic. La chute a pu empirer sa condition.

— Quelque chose que je devrais savoir ?

— Tu as perdu conscience pendant l'extraction, alors c'est difficile de connaître l'étendue des dommages internes. Avec le mouvement brusque, un des éclats est peut-être entré en contact avec ton système nerveux.

Silence.

Skyler avale de travers, la bouche sèche. Les mots ont du mal à franchir ses lèvres :

— Tu pourrais devenir paralysée à moyen terme. Si des fragments se sont logés à l'intérieur et que l'inflammation s'y met, les extirper sera ardu. En général, on évite d'aller jouer dans ce coin-là. La chirurgie elle-même est risquée.

Tessa relève le bas de son uniforme et tâte sa plaie de sa main libre pour constater d'elle-même. Elle pourrait lui crier dessus, mais elle n'en fait rien.

— Mets-en moins la prochaine fois, déclare Tessa qui rajuste son haut calmement. Ce n'est pas facile de s'en procurer ici.

— Je suis désolé, dit-il d'une voix brisée.

Elle esquisse un sourire résigné.

— Je ne pouvais pas rester dans cet état.

L'empreinte de la chaleur de Tessa sur sa cuisse s'évapore complètement et laisse place à la froideur qui se propage dans le sanctuaire devenu leur tombeau.

— Est-ce que tu... commence-t-elle en se mettant dans une position plus confortable, le côté de son épaule appuyé sur le mur, son visage face au sien. Quelles sont mes chances tu crois ? Sois honnête.

Skyler rejette la tête vers l'arrière et fixe le plafond qui suinte. L'explosion a soufflé toute une section qui est dans un piètre état. Des canalisations ont été endommagées, des câbles pendent et l'eau s'égoutte.

— À vrai dire, je n'en ai aucune idée. Tu dois passer une numérisation avant. Dis-moi, qu'est-ce qu'elle fait cette pommade, au juste ?

Tessa pince les lèvres.

— C'est une nanotechnologie que le Parangon utilise pour ses forces armées. Elle permet de contrôler les blessures mineures rapidement. Du moins, jusqu'à ce que les victimes puissent voir un médecin.

— Je veux dire, qu'est-ce que cette nanotechnologie fait exactement ? Si je connaissais la façon dont elle agit, je pourrais peut-être...

— Je ne pense pas qu'elle puisse réparer le système nerveux, le coupe-t-elle. Combien de temps est-ce que je dois attendre avant de me lever ?

Sans les outils adéquats, il ne peut pas se prononcer. Mais il peut quand même faire quelque chose pour en avoir le cœur net.

— Bouge tes jambes en restant assise pour commencer.

Elle s'exécute. Même si elle ne dit rien, il est évident qu'elle souffre.

— Ça te fait mal dans le dos ?

— Un peu.

— D'accord. On va faire un essai.

Skyler se lève en taisant la désagréable sensation de ses pantalons mouillés collés sur sa peau. Il passe son bras sous les épaules de Tessa et la saisit solidement.

— Doucement, murmure-t-il.

Son mouvement est plus fluide qu'il escomptait.

— Ça va, je crois, dit-elle avec effort.

— Tu es certaine ?

— Oui. Je peux endurer la douleur.

— Maintenant, marche. Lentement. Prends appui sur moi d'abord.

Elle s'exécute et réussit relativement bien, même sans son aide.

— Au moins, je peux me tenir debout, dit-elle en claudiquant.

— Pour le moment. Plus tu marcheras, plus l'inflammation s'aggravera. Tu devrais limiter tes mouvements jusqu'à ce que je puisse t'examiner en détail. Et si des éclats y sont incrustés, ce n'est qu'une question de temps avant que tu fasses de la fièvre.

— Oui, docteur. Maintenant, trouvons un moyen de sortir d'ici.

Qu'elle soit capable de marcher si tôt relève presque du miracle. Cette pommade...

La division Oméga fournit les produits pharmaceutiques

pour l'ensemble de l'Arche, y compris l'unité de soins. Mais pourquoi ne leur laissent-ils pas avoir accès à un médicament aussi efficace ? Ça ne colle pas. À moins que le Parangon ait ses propres commandes. Si le père de Chris est comme son fils, rien n'est impossible.

— On est coincés ici, dit-elle en inspectant l'entrée désormais impraticable, une main dans son dos pour se supporter.

— D'où venait cette explosion ? La Confrérie ?

— Qu'est-ce qui te fait croire que je suis au courant ?

Tessa continue son examen minutieux des décombres. Pourquoi est-elle venue le rejoindre tout juste avant l'explosion ?

— Tu voulais à tout prix qu'on quitte cet endroit. Tu savais ce qui allait se produire.

— Pas exactement.

Elle décide d'aller s'asseoir sur l'un des bancs avec une grimace de douleur.

— Mais encore ?

— Ce que je sais, c'est que les choses viennent de se compliquer pour nous.

Skyler la rejoint sur le banc tout en gardant une distance respectable. La proximité et l'intimité d'un peu plus tôt ne semblent pas appropriées en ce moment.

Tessa est tellement évasive. Difficile de savoir à quoi elle pense ou ce que sont ses plans. Elle doit s'ouvrir davantage à lui. Cela pourrait leur donner un moyen de sortir d'ici, ou du moins rendre ces instants plus supportables.

— Pourquoi est-ce que tu m'aides ?

La question de Skyler reste en suspens. Il détaille les nombreux noms d'inconnus qui brillent comme certains de ces poissons fluorescents qui profitent d'une nage nocturne dans l'océan. Il a aperçu celui d'Élaine Farrell quand il est arrivé. Elle n'a pas d'ornementation particulière et se fond dans la masse des Archéens qui l'ont précédée. Clarissa Reed, la prisonnière victime du Syndrome, s'y trouve aussi d'ailleurs. Tant de vies perdues. Le cycle suit son cours.

— Depuis Clarissa, ajoute-t-il devant son silence. Tu m'as dit que je te rappelais quelqu'un.

— C'est vrai.

— Est-ce quelqu'un que tu as perdu ?

Sa réponse met du temps à venir.

— Pas encore.

Encore de l'hésitation. Ne lui fait-elle donc pas confiance ?

— Tous ces noms... ce sont des gens qui ont péri, mais leur présence est encore là, dit Skyler qui pointe du doigt le lettrage luisant. Mon frère y est aussi.

Son nom brille faiblement. Même s'il est à bonne distance, il est clair dans son esprit : Allen Goldberg.

— Ça fait longtemps ? demande-t-elle, les yeux rivés sur les milliers de morts.

— Assez pour que les gens s'attendent à ce que le deuil soit fait.

Le son de l'eau qui goutte est constant. Un long frisson le parcourt.

— Je peux comprendre le sentiment.

— Je suis désolé, se rattrape-t-il aussitôt. Je n'aurais pas dû entamer cette discussion, surtout avec ce qui vient d'arriver à ta grand-mère...

Tessa lui jette un regard curieux, puis fixe le mur opposé où les poissons dorés brillent d'un éclat terne.

— Certains croient qu'il faut faire face à la réalité et l'accepter. Comme si c'était aussi facile que de manger ou dormir. En fait, c'est plutôt comme essayer de se réveiller sans jamais réussir. On est piégés dans son propre sommeil, dans un rêve dont on ne contrôle rien.

L'écho de sa voix meurt. Des visages refont surface dans l'esprit de Skyler : Allen qui tombe dans le néant, sa mère qui a perdu son âme. À chaque fois, il a été le spectateur de sa vie. Le vide est encore là et il ne pourra rien faire pour changer cela. C'est un fait.

— Désolé, je n'aurais pas dû insister, dit Skyler avec un goût amer dans la bouche.

Tessa acquiesce d'un léger soupir, comme devenue distante.

— Je n'ai pas toujours été comme ça, tu sais, dit-elle, comme partagée entre deux mondes. J'espère seulement pouvoir retrouver mon ancienne moi.

Tessa prend une pause et joue avec l'une de ses tresses dénouées.

— Mais on dit aussi que les épreuves nous forcent à changer.

Elle semble réfléchir en fixant la pointe abîmée de ses cheveux, puis répond avec une confiance renouvelée :

— C'est pourquoi ce que la Confrérie fait pour l'Arche est si important. Ils veulent nous donner une seconde chance, à nous tous. Pas seulement pour reconstruire notre civilisation, mais pour changer pour le mieux.

Oui. Ce qui reste, c'est le présent. Pourquoi attendre quand les possibilités sont là ? La Confrérie a commencé quelque chose, ouvert une fenêtre d'opportunité.

Ils ne sont que tous les deux, plongés dans une semi-pénombre, dans une pièce qui refroidit d'heure en heure. Que se passe-t-il à l'extérieur de ces murs ?

— Le centre de commandement, dit-elle en reprenant son air sérieux. Ils auront besoin de tous les effectifs possibles pour faire éclater la vérité. Et aussi pour après.

— Et s'ils n'ont pas réussi à s'y rendre et qu'il n'y a que toi et moi, qu'est-ce qu'on fera ? On ne sait même pas ce qu'ils veulent exposer. Ni le plan pour...

Il s'arrête et se sent soudainement stupide. Il regarde Tessa d'un œil nouveau :

— Tu sais ce qu'ils vont révéler. Tu sais aussi ce qui se passera après. Est-ce que tu...

— Je coordonne l'opération depuis le Parangon, répond-elle. Ce qui suivra après la prise de l'Arche est ce que la Confrérie a promis durant la simulation. Le repeuplement.

Tout n'est pas perdu. Tessa a le pouvoir de rendre tout ça

encore possible. Même s'ils échouent, elle pourra mener à bien leur plan original.

Skyler donne un petit coup de pied. L'eau qui inonde le sanctuaire est traversée par des sillons comme des ondes radar.

— Tu connais les coordonnées... là où la terre ferme se trouve, dit Skyler qui croit à peine ses propres paroles. Tu seras celle qui conduira l'Arche à sa destination.

— Non.

Tessa lui agrippe la main, ce qui le prend de court.

— Peu importe ce qui arrivera à la Confrérie, je ne serai pas seule. Tu seras là.

25

SKYLER

Le corps de Tessa est contre le sien. Sa respiration est lente et régulière.

Ils ont dû se rapprocher pour conserver leur chaleur corporelle. La température a chuté brutalement depuis leur réveil. Pour le moment, l'unique façon de sortir d'ici, c'est qu'une aide extérieure vienne à eux. Mais il n'y a pas âme qui vive depuis des heures. Les dommages ont dû affecter plusieurs sections différentes et empêchent quiconque de pouvoir les atteindre. Ils ne sont sans doute pas les seuls à être coincés.

Et cette explosion, a-t-elle été orchestrée par le Parangon ou la Confrérie ? Tessa semble convaincue que la deuxième option est improbable. Ils ne risqueraient pas inutilement la vie des Archéens alors que leur principal objectif est de les sauver. Ce qui leur laisse le Parangon, dont les membres ne s'alignent pas tous sur un idéal commun. Un loup solitaire ou une meute excentrique a peut-être répondu à l'appel de la Confrérie à sa façon. Si cela s'avérait être le cas, la prochaine étape pourrait être plus difficile à exécuter s'ils doivent en plus les gérer.

Skyler s'est amusé à décortiquer toutes les raisons derrière la déflagration, alors qu'il devrait s'efforcer de trouver une solution à leur problème immédiat. Sans quoi, ils seront voués à une mort certaine. Ce serait un beau gâchis.

Le sanctuaire ne débouche sur aucune autre section du vaisseau. Il est isolé et reculé, pour permettre à ses fidèles de se recueillir en toute tranquillité.

Alors qu'il sombre dans un état semi-comateux, trop engourdi par le froid, il se revoit infiltrer le quartier général du Parangon pour retrouver Tessa. Il s'y perd, court, revient sur ses pas, un véritable labyrinthe. Les entre-deux.

Bon sang, mais pourquoi n'y a-t-il pas pensé avant ?

Il se redresse, soudain animé d'une nouvelle énergie. Il ne s'est jamais aventuré jusqu'au sanctuaire, mais d'après la carte qu'Allen lui a montrée il y a cinq ans, il y a des entre-deux à peu près partout. Il suffit de trouver l'entrée.

Tessa est encore assoupie, mais elle ne grelotte pas et son pouls s'est enfin régularisé. Pour chercher cette fameuse entrée, Skyler devra la laisser seule, mais cela l'exposerait à l'hypothermie. Il ne doit pas faire plus de dix degrés. Sans compter l'hypoglycémie, la déshydratation, et le rythme cardiaque au ralenti. Ils doivent conserver leur chaleur autant que possible, mais cela vaut le coup d'essayer.

Skyler examine d'abord les parois qui les entourent pour repérer une brèche ou un quelconque signe, quelque chose que les techniciens d'entretien utilisent pour s'orienter dans le dédale des entre-deux.

Le plafond, avec sa tuyauterie titanesque, leur gicle dessus depuis des heures, mais il est hors d'atteinte. Et si l'accès se trouvait dans le passage adjacent – celui dont l'entrée est bloquée à cause de l'explosion ? Les canalisations devraient aussi suivre les corridors principaux.

Merde. Sa solution de rechange ne vaut plus rien. Skyler soupire, vaincu.

Tessa dort toujours, la tête accotée au dossier du banc. Son visage est serein : sa bouche est légèrement entrouverte. Skyler lui passe un bras autour du cou.

Skyler a le front appuyé sur son épaule, ses yeux chauffent à cause de la fatigue.

Ses pensées sont désordonnées, un peu comme s'il faisait de la fièvre. Des images se succèdent sans qu'il puisse en saisir le sens, et il valse d'un état semi-conscient à un autre. Le bruit répété de l'eau qui coule est comme un compte à rebours, la ligne directrice qui guide son subconscient alors que la confusion menace de l'engloutir.

Un mouvement sec le réveille brusquement, son bras retombe sur le métal encore tiède.

—Pourquoi ? s'exclame Tessa, debout près de l'autel.

Elle se retient sur le dossier du banc, les traits tirés par la douleur probablement lancinante.

—Quel est le problème ? marmonne-t-il, déboussolé.

—Je pensais que j'avais été claire. Et au moment où je dors, tu fais comme si je n'avais rien dit.

Merde. Qu'est-ce qui lui prend ?

—On doit conserver notre chaleur, se défend-il. Tu étais d'autant plus vulnérable dans ton sommeil. Je ne sais pas si tu as remarqué, mais la température ici n'a cessé de diminuer. L'explosion a dû affecter le système de ventilation.

—Tu aurais pu me réveiller.

—J'ai fait ce que je devais faire, dit-il en s'appuyant sur l'autel.

—C'est le docteur ou l'homme qui parle ?

Tessa croise les bras.

—C'est le docteur qui parle, là, répond-il d'un air plus sérieux.

—Et le fait que tu ne voulais pas me réveiller, c'était le docteur ou l'homme ?

Est-ce qu'elle se moque de lui ? Ou bien elle est vraiment vexée. Ou bien elle fait exprès. Le regard de Tessa est intense. Puis, il y a quelque chose d'autre. C'est profond et sauvage, caché par un voile impénétrable.

—Ne t'énerve pas, dit-il, mal à l'aise.

Elle s'éloigne pour retourner vers l'entrée impraticable. Skyler se lève et se dirige vers l'autel, sans un mot.

Il tombe sur son image dans un des bols remplis d'eau de l'autel – un de ceux qui n'ont pas été renversés par l'explosion : il a une mine affreuse au point qu'il peine à se reconnaître. Son reflet le dévisage, déformé par les ondulations créées par le vrombissement à basse fréquence de l'Arche. Deux trous perforent la vasque, un sur le côté et un à la base. Soudain, le déclic se fait.

Il essaie de bouger l'autel, mais celui-ci refuse de se déplacer. Il se recule pour avoir une meilleure vue d'ensemble.

—Je crois avoir trouvé une sortie, lance-t-il à l'intention de Tessa qui scrute une porte renfoncée, comme perdue dans ses pensées.

Elle ne réagit pas, aussi insiste-t-il :

—Est-ce que tout va bien ?

—C'est quoi cette sortie ? répond-elle en reniflant.

—Viens voir.

—J'espère que ça en vaut la peine.

Elle boîte jusqu'à l'autel en réprimant une grimace de douleur à chacun de ses pas. Skyler aimerait l'aider, mais se ravise. Vu son état d'esprit, elle refuserait.

—Il y a une canalisation qui s'enfonce dans le plancher, ce qui signifie qu'on pourra la suivre, explique-t-il quand elle l'a rejoint.

—De quelle façon est-ce que tu penses t'y prendre ? Je te rappelle qu'on n'est pas équipés pour ouvrir une brèche dans ce métal.

—Pas besoin quand il y a déjà un accès.

Il pointe une tuile identifiée par un numéro de série.

—Qu'est-ce que ça veut dire ?

—L'entretien utilise ce genre de code pour savoir à quelle partie du réseau de corridors de maintenance l'accès est relié. Il y en a partout dans l'Arche. On va s'en servir pour sortir d'ici.

—Et cette trappe va s'ouvrir d'elle-même ?

— Il suffit de la faire tourner dans le bon sens. Rien de bien compliqué.

Skyler agrippe les fentes un peu plus creuses à la jonction des tuiles normales autour de la trappe et pivote jusqu'à ce qu'un déclic lui signale qu'elle s'est bien débloquée. Il tire, elle s'ouvre. Il remercie Allen intérieurement. C'est comme si son frère était là à veiller sur lui. Qui a dit que les morts ne peuvent pas aider les vivants ?

Skyler s'enfonce en premier dans les escaliers glissants en raison de l'eau du sanctuaire qui s'écoule. Des points lumineux éclairent faiblement le passage à mesure qu'il avance. Une simple série de canalisations disparaît dans les ténèbres devant, si ce n'est que le reflet incandescent qui miroite sur le sol et les parois métalliques pour lui servir de guide.

Il attend que Tessa le rejoigne avant de continuer. Elle demande :

— Où est-ce que ça va nous mener ?

Leurs pieds font des bruits d'éclaboussure.

— On devrait aboutir à un passage principal.

— Le poste de commandement. Tu crois qu'on peut l'atteindre à partir d'ici ?

— Je ne sais pas. Peut-être. J'aurais besoin d'une carte pour pouvoir nous orienter.

L'Arche fait plusieurs kilomètres de diamètre et les entre-deux s'étendent sur un large réseau. Ils pourraient passer des jours à tourner en rond sans jamais parvenir à leur destination.

Tessa réfléchit un instant avant d'ajouter :

— Alors on doit s'échapper d'ici et emprunter les corridors publics. Est-ce que tu peux nous y emmener ?

— Une chose est certaine : le réseau des entre-deux est inter-relié. Donc, il y aura plus d'une sortie à notre disposition. Le truc, c'est que je ne sais pas laquelle exactement ce sera.

— On ne peut pas rester ici. On n'a qu'une chance de libérer l'Arche et c'est maintenant. L'opportunité ne se représentera sans doute pas.

Skyler acquiesce d'un hochement de tête et ouvre la voie vers les profondeurs des entre-deux. Le couloir relativement étroit s'étire jusqu'à ce qui semble être une salle plus vaste où des canalisations multiples se rejoignent. La ressemblance avec le lieu d'où Allen a chuté est frappante, mais Skyler essaie de ne pas y penser. L'eau sur la surface lisse n'est vraiment pas idéale et il manque de perdre pied. Sa bouche est tellement sèche qu'il est presque tenté de boire l'eau qui suinte au sol. Il résiste avec peine et sa gorge se contracte de mécontentement.

Tessa patauge, ralentie par sa blessure. La salle principale empeste : une odeur de soufre particulièrement forte. Skyler se couvre le nez.

— Maintenant, où on va ? demande Tessa qui contemple le chemin qui se sépare.

Un numéro de série identifie chacun des corridors. Bien que Skyler soit familier avec leur utilisation, leur signification réelle est obscure.

— N'importe lequel fera, je suppose, décide-t-il en empruntant une des voies. Pourvu qu'on puisse rejoindre une sortie praticable.

Elle acquiesce en silence et le suit dans un couloir plus large que celui par lequel ils sont arrivés. L'odeur de soufre est remplacée par un relent d'humidité et de terre mouillée similaire à l'engrais des pots de fleurs que Skyler garde dans sa chambre.

Le peu de lumière qu'ils avaient vacille et s'éteint. Skyler ne voit plus rien, même pas sa main devant son visage.

— Est-ce que ça va ? demande-t-il à Tessa.

— Oui, je suis juste derrière. Qu'est-ce qu'on fait maintenant ? On dirait que le courant a été coupé partout, même là d'où l'on vient.

Merde.

— La sortie ne devrait plus être tellement loin.

Pourvu qu'elle ne remarque pas l'incertitude dans sa voix. Il ajoute :

— Est-ce que tu préfères attendre que l'électricité revienne ?

— Non ! s'exclame-t-elle avec un léger tremblement dans la voix.

Sa réaction semble un peu exagérée, mais il préfère ne pas poser de questions. Les entre-deux ne sont pas nécessairement très accueillants.

— Dans ce cas, prends ma main, qu'on ne se perde pas l'un l'autre, dit-il en tâtant dans sa direction.

La main de Skyler trouve celle de Tessa qui la serre un peu trop fort. Ils poursuivent leur avancée dans le noir le plus total. Le bras de Tessa est très tendu. La désagréable sensation que les ténèbres sont solides hérisse la peau de Skyler. Il se concentre sur la chaleur de la main de Tessa pour se calmer.

Tous les sons semblent amplifiés. Des craquements métalliques lugubres ricochent comme si un géant s'amusait à faire tanguer l'Arche. À mesure qu'ils progressent, Skyler a l'impression que chacun de ses pas n'est pas au même niveau et que le sol monte et descend à chaque fois. De son bras libre, il essaie de se stabiliser sur le mur qui devrait être proche, mais il ne trouve que le vide.

Tessa serre un peu plus sa main lorsqu'une large secousse lui fait perdre pied.

Un tremblement de mer ?

Il entraîne Tessa dans sa chute. Il s'attend au choc, mais il ne vient pas. Ils glissent vers le néant. Skyler ferme les yeux même si c'est inutile.

Merde.

26

ÉMILY

Son corps lui fait mal à plus d'endroits qu'elle ne peut en compter.

Émily est allongée sur un petit sofa, jambes ballantes par-dessus l'appui-bras. Le coussin sous sa tête est soyeux. On l'a déposée ici.

Elle essaie de se rouler sur le côté, mais le mouvement lui arrache une grimace de douleur. Ses côtes sont peut-être fêlées. Super.

Un visage familier ?

— Sky ? demande Émily avec un élancement dans la mâchoire.

Sa vision se stabilise après quelques secondes, mais sa confusion subsiste. Elle ne reconnaît pas l'endroit où elle se trouve. Plus spacieux qu'une cabine, surtout les plafonds. Moins sale, mieux aéré. Plus... calme.

— Où est-ce qu'on est ?

Il y a une odeur de solvant. Tout l'ameublement est gris pâle et drôlement bien conservé, tout le contraire de chez elle.

— Tu es en sécurité ici

Cette voix sonne faux, comme si...

C'est tellement silencieux dans cette pièce. Hermétique. Sans l'habituelle vibration qui fait trembler l'Arche.

Émily se relève suffisamment pour apercevoir qui s'approche. Ce n'est pas Sky. C'est Chris.

Comment l'a-t-il trouvée ?

Elle s'assoit. Un lit, un sofa, un petit bureau, une chaise. Tout est simple, mais disposé différemment des cabines du secteur résidentiel. La nouvelle cabine de Chris ?

— Tu ne pourras pas toujours m'ignorer, lâche-t-il en la faisant presque sursauter.

— De quoi tu parles ? répond-elle plus confuse, absorbée par son raisonnement.

Elle ajoute plus à elle-même que pour lui :

— J'étais dans le couloir et puis...

Le bruit strident de l'explosion lui revient en tête par flash. Que faisait-elle là-bas ? Pourquoi Chris l'aurait-il conduite ici ?

— La Confrérie, dit-il en la scrutant. Ils ont mis leur plan à exécution. Plus tu t'éloigneras d'eux et mieux ce sera.

— Tu sais comme moi que je suis capable de me défendre.

— C'est pour cette raison que je t'ai trouvée inconsciente et que j'ai pu te transporter sans que tu t'en rendes compte ? lui répond-il d'une voix railleuse. Crois-moi. Il vaut mieux pour toi que tu te trouves ici.

Soudain, Émily reconnaît les cadres de portes plus imposants qui permettent la mise sous pression et un mauvais pressentiment commence à s'insinuer en elle.

La nouvelle cabine de Chris. Celle qui se situe dans l'aile du commandement.

Chris porte un uniforme différent : une espèce de combinaison noire qui épouse son corps pour l'envelopper jusqu'au ras du cou, comme s'il partait pour une chasse sous-marine.

— C'était le plan depuis le début, n'est-ce pas ? La fuite...

Les traits de Chris se tendent. Les vibrations de son énergie s'amplifient, le motif typique de son énervement.

Le commandant Hawk aurait pu au moins avoir le courage de

prendre ses responsabilités et de protéger l'Arche de sa vie. Au lieu de ça, il s'enfuit avec son équipage. Sous ses airs sympathiques, on dirait bien qu'il est un tout autre homme.

— Depuis combien de temps est-ce qu'on s'est détachés du vaisseau? l'interrompt-elle.

Sa voix est sourde, dissonante.

— Pourquoi est-ce que tu veux savoir ça ? lui demande-t-il avec une pointe de méfiance.

Il s'approche d'elle, la bouche entrouverte comme si les mots étaient emprisonnés dans sa gorge.

— J'ai quand même le droit de connaître mon sort. Je te rappelle que tu as décidé à ma place quoi faire.

— Est-ce que j'aurais dû tout simplement t'abandonner ? répond-il du tac au tac. J'ai tout fait pour que...

— Dis-moi que tu n'appuies pas vraiment ce que le commandant fait.

Le corps d'Émily se raidit d'anticipation. Chris est son ami. Il soigne des malades à la clinique depuis près de deux ans. Ils se connaissent depuis aussi longtemps qu'elle s'en souvient. Chris est une bonne personne. Il ne peut pas être aussi immoral.

— C'est plus compliqué que ça, lâche-t-il finalement en se frottant la nuque. Ça part d'une bonne intention.

— Même les meilleures intentions peuvent avoir une fin dramatique, dit-elle d'un ton amer. Et douter, en fait, que ces intentions étaient vraiment bonnes. Tout est une question de perspective.

Un malaise qu'ils n'ont jamais eu s'installe. Il ne la regarde pas. Elle attend.

— Les préparatifs sont en cours, dit-il enfin après un silence.

L'honorable Chris de son enfance approuve le commandant? C'est vraiment ce qu'il est devenu ? Un complice dans cette affaire ?

Chris est sur le point de sortir de la pièce, posté sur le seuil. Elle se lève, indifférente à la douleur qui lui empoigne la poitrine. Sa voix tremble quand elle dit :

—Est-ce que tu te rends compte que la désertion dans ce cas-ci est un crime contre l'humanité ?

Il cligne des yeux, son visage toujours aussi angélique, beau et innocent.

—Repose-toi, répond-il un peu raide. Je dois aller faire quelque chose d'important.

—Ça fait de toi un criminel, Chris ! s'emporte-t-elle, fiévreuse. Je te connais. Tu n'es pas comme ça. Ressaisis-toi !

Chris baisse les yeux. Sa lèvre supérieure tremble.

—Impossible, dit-il alors que l'inquiétude d'Émily grimpe d'un cran. Les issues ont déjà été pressurisées.

—Eh bien, il faudra bien qu'elles se dépressurisent un jour si quelqu'un veut sortir d'ici vivant !

Elle enjambe le sofa pour rejoindre la porte, mais il essaie de lui bloquer le passage. Elle riposte d'une feinte trop rapide pour lui. Il est acculé contre le cadre. Un pincement au cœur, l'odeur de familière de Chris la remue.

—N'essaie pas de m'en empêcher, siffle-t-elle en combattant sa voix intérieure qui lui dit que tout ça est insensé. Tu ne peux pas me confiner ici alors que votre groupe de lâches veut abandonner le reste de l'humanité derrière lui comme si de rien n'était. Je ne suis pas l'une des vôtres. Je ne suis pas une *criminelle*.

—Tu ne peux pas les arrêter, dit-il en l'obligeant à reculer. Ni la Confrérie, ni le commandant.

—C'est ce qu'on verra.

Papa. Gabrielle. Skyler. Ils ont tous besoin d'elle. Ensemble, ils réussiront à éviter une catastrophe.

—Attends ! s'exclame-t-il alors qu'elle se dégage brusquement de lui. Tu ne connais pas le danger auquel tu nous exposes !

Mais il est trop tard. Émily est déjà en route vers les capsules de sauvetage qui sont bien indiquées sur le plan d'évacuation affiché sur les murs. Elle marche d'un pas rapide, puis se résigne à courir. La simple idée de devoir rester avec des imposteurs lui donne la nausée.

L'Histoire est vouée à se répéter. La même chose s'est

produite lors de l'Embarquement. Si ça n'avait été des Farrell, les quelque deux cents passagers ne se seraient jamais rendus à l'Arche. À quoi bon enseigner cette légende à l'Académie si les gens s'en fichent complètement ? Comment restaurer sa foi en l'humanité quand on est témoin d'une telle imposture ?

Elle entre dans la cage d'escalier d'urgence identique à toutes les autres de l'Arche, étroite, étouffante, trop longue. La porte se verrouille derrière elle, sûrement pour éviter que les rescapés ne rebroussent chemin en cas d'urgence. Elle ralentit la cadence pour reprendre son souffle et continue à descendre. Une large tuyauterie de gaz sort du plafond pour s'enfoncer dans le sol et des cadrans aux fines aiguilles affichent la pression interne. Au passage, elle s'empare d'une hache d'urgence dans son boîtier et bousille le pressurisateur. Le cadran disjoncte et le gaz se met à siffler. Une alarme retentit presque aussitôt. Bonne chance pour se détacher de l'Arche maintenant.

Elle dévale les dernières marches, propulsée par le beuglement qui se fait pressant, et s'engouffre dans une salle où quelques dizaines de capsules sont alignées. On dirait presque des Strahls, mais en version miniature. Lorsqu'elle se glisse et s'assoit dans l'une d'elles, les contrôles s'activent automatiquement. Un vrombissement électrique ronronne.

Émily place ses mains sur les deux poignées de direction, une sensation qui lui avait bien manqué. Dans son adolescence, quand elle poursuivait encore le rêve futile de devenir chasseuse de reliques, papa avait cédé à ses demandes pour naviguer à bord d'un Strahl. Ils avaient même prétendu partir à la chasse ensemble. Des jours qui avaient semblé si parfaits entre père et fille, du temps où la blessure de la perte de maman se cicatrisait. Où la vie reprenait un sens.

Le Strahl miniature fend l'eau à une vitesse effarante et la force de la propulsion cloue Émily dans le fond de son siège. Passé la petite ouverture, les bras du Grand Océan s'étendent pour l'étreindre.

L'immensité de l'Arche est impressionnante. Impossible de

voir les deux extrémités, à moins de s'éloigner suffisamment pour en avoir une vue d'ensemble. Les étages médians arborent des centaines et des centaines de fenêtres illuminées. À cette profondeur, même la lumière solaire a du mal à se rendre jusqu'ici. Tout est si sombre que les phares de son petit vaisseau se font dévorer par les ténèbres.

C'est la totalité du monde. Cet océan et cette Arche uniquement protégée par des tonnes de feuilles de métal sous la pression de milliards de litres d'eau. Un monde qui pourrait bientôt être brisé par les mains de criminels. La Confrérie. Le commandant. Chris.

Elle prend un certain temps pour configurer sa trajectoire : l'un des quais principaux. D'abord, sécuriser la capsule. Ensuite... qu'est-ce qui vient après ? Bon sang.

Régler la pression interne pour éviter d'être comprimée ? Oui. Puis, sélectionner les coordonnées préenregistrées pour enclencher le mode automatique. Les coordonnées ? Où sont-elles ?

Émily navigue dans les menus et s'essaie à trois reprises. Tous ces termes imprononçables ravivent sa douleur dans les côtes. De mémoire, c'était toujours papa qui s'en occupait. Une formation du Parangon, c'est ce que ça aurait pris à Émily, mais la formation non officielle de papa devra suffire. Elle ferme les yeux pour visualiser le mouvement des doigts que papa faisait. En bas. À droite. Gauche. Et... l'option devrait se trouver en haut à droite. Voilà.

Elle lâche un soupir de soulagement quand une voix électronique lui confirme sa réussite. Temps estimé avant l'arrivée : dix minutes.

Ses jointures lui font mal et elle doit se concentrer pour les détendre. La section de commandement est loin derrière, mais qu'en est-il de la situation sur l'Arche ? Est-ce que papa et Gabrielle sont encore en vie ? Et Sky ?

Certaines lueurs semblent faiblir et s'éteindre. Émily cligne des yeux. Encore. Elles continuent de s'effacer les unes après les autres. Merde. Une panne générale ?

Émily amarre la capsule dans les quais où des centaines de Strahl sont alignés. Le couloir mène directement à de larges hublots brouillés par l'éclairage de l'observatoire. Pour le moment. Pourquoi est-ce que ces lumières se sont éteintes ? Est-ce que l'Arche est endommagée ?

Ses oreilles bourdonnent encore à cause du changement de pression soudain. Des bruits de pas rapides qui s'approchent ? Elle s'aplatit contre le mur le plus près : des membres du Parangon accompagnés de civils au regard absent passent. Ils sont tous armés. Les Archéens ont aussi choisi leur camp ?

Émily se faufile jusqu'à la section résidentielle en évitant soigneusement de se faire repérer, le cœur battant. Une fois arrivée, elle s'arrête. Des éclats métalliques jonchent le sol et de l'eau s'échappe de conduits endommagés dans les murs éventrés. Une partie du plafond s'est effondrée. Les dégâts dus à l'explosion sont sévères. Comment a-t-elle pu survivre à un tel choc ?

Impossible de s'y infiltrer. Gabrielle est hors d'atteinte. Elle était avec Violette. Quant à papa... il travaillait. Rien d'encourageant. Que faire ?

Elle jette un coup d'œil circulaire. Penser. Pourquoi se trouvait-elle ici lors de l'explosion ? Violette est venue les chercher Gabrielle et elle. Ensuite, elles sont allées à la cabine de Violette. Non, de sa grand-mère. Elles ont... cuisiné et...

Les gâteaux. Skyler.

Sky !

Émily revient sur ses pas et emprunte les escaliers de secours. Elle descend un étage, atterrit dans un corridor qui a l'air abandonné. Le centre de soins. C'est ici qu'elle voulait venir pour retrouver Sky qui n'était pas chez lui. Elle amorce un mouvement pour s'y rendre, mais hésite. La Confrérie pourrait aboutir ici à tout moment... ou même le Parangon.

À qui faire confiance ?

Un cri dans sa direction. Merde !

Son sang est glacé, ses membres engourdis. Courir !

Elle court aveuglément et à chaque enjambée la douleur dans ses côtes lui coupe le souffle. Elle monte des escaliers au hasard, évite une horde d'agents du Parangon en patrouille qui répondent par des coups de feu heureusement hors de portée, bifurque à droite dans un corridor, monte quelques paliers de plus.

Le souffle lui manque. Elle s'appuie contre le mur en haut des escaliers. Sa respiration saccadée l'empêche d'entendre s'ils l'ont suivi jusqu'ici et elle doit la retenir quelques secondes pour se concentrer.

Rien.

Elle ne peut pas simplement rester dans le corridor à la vue de tous. L'humidité est pesante, Émily suffoque comme si ses poumons étaient pleins d'eau.

Un coup d'oeil à droite. Des portes coulissantes.

Elle entre.

Puis, elle se fait asperger d'une substance qui la fait tousser violemment.

Le Parc de l'Humanité. Elle prend une grande respiration tremblante pour calmer sa quinte de toux. Le système de climatisation doit lui aussi être endommagé, car la simulation des climats par secteur ne fonctionne plus. Une brume enveloppe la végétation tropicale et il est difficile de voir quoi que ce soit. C'est d'ici que provient toute l'humidité qui se répand sur l'étage.

Elle frissonne. De fines gouttelettes se déposent sur sa peau. La condensation de la brume. Est-ce que Sky pourrait se trouver ici ? À l'Académie, quand il passait une mauvaise journée, c'était leur lieu de rencontre après les cours.

Elle s'aventure à l'intérieur jusqu'à ne plus voir l'entrée, maintenant enveloppée d'un épais brouillard. Il n'y a personne. Aucune signature énergétique non plus. Ou bien le stress lui joue des tours.

Émily frotte ses tempes et ferme les yeux en espérant que ce foutu mal de tête l'aidera finalement à retrouver Sky. Une lueur bleuâtre, c'est tout ce qu'il lui faut.

Elle soupire en rouvrant les yeux. Rien. Ce parc fait des kilomètres. Toute la longueur de l'Arche, en fait.

Elle continue en essayant de se souvenir de l'endroit exact où ils se recueillaient. Les arbres sont gigantesques et se perdent dans la brume, leur cime devenue invisible. La forte odeur de terre mouillée fait tousser Émily qui s'enlace les côtes.

Une présence ?

Quelqu'un s'empare d'elle et l'étreint avec force.

Il était préparé, car il la bâillonne aussitôt. Elle tord le cou pour apercevoir le visage de son agresseur.

Il porte une combinaison étanche et un masque à gaz.

<hr>

LA PAILLE séchée craque sous son corps anormalement lourd. Séquelles de cette merde que son agresseur lui a fait respirer. Ses membres sont en coton, et ses poignets sont attachés, irrités par ses liens. Heureusement, ils sont attachés devant, et non dans son dos. Mais elle est si faible qu'elle ne peut que gémir et se rouler sur le côté.

On dirait une espèce d'entrepôt, comme une version moderne d'une grange. Il fait sombre, seules quelques bribes de lumière poussiéreuse filtrent par des fentes d'aération reliées vers l'extérieur. Des tranches de verdure entrecoupent les lames de métal. Ils sont dans le parc ?

Ils sont plus d'une cinquantaine, entassés comme des animaux en cage. Aucune distinction d'âge ou de genre. Il y a de tout : enfants, adultes, aînés. Leur seul point commun : ils ont une mine affreuse. Ce gaz a des effets encore plus pervers que faire perdre momentanément conscience. Il induit un état de faiblesse et de vulnérabilité sur plus de vingt-quatre heures, le temps nécessaire pour le corps d'éliminer les résidus dans le sang, les capacités du foie étant limitées. C'est le même gaz qu'ils emploient sur les Dissidents à la prison. Yasmina n'a jamais voulu écouter les protestations d'Émily contre son utilisation, car il rend les interrogatoires futiles. Mais Yasmina n'a qu'une seule méthode : les briser.

Briser le corps, ouvrir l'esprit, disait-elle.

L'un des gardes à l'entrée termine de manger quelque chose qui ressemble à un sandwich et la faim ronge l'estomac d'Émily. Son mal de tête lancinant s'intensifie. Au rythme des battements de son cœur, les auras apparaissent vives, puis s'estompent. Chaque couleur est différente, comme chaque individu. Par contre, les effets du gaz sont perceptibles, les auras ne vibrent pas, leur oscillation réduite au minimum, comme si un voile salissait la vision d'Émily.

Elle observe la couleur particulière de ceux qui l'accompagnent et ne se rend compte des deux grands contenants métalliques remplis d'eau et de pâtée qu'après que tous les autres se soient servis. Ceux qui le peuvent reviennent s'asseoir tandis que les autres rampent jusqu'à des coins isolés pour mettre le plus de distance possible entre eux et leurs voisins.

Elle ferme les yeux. L'odeur infecte de la pâtée lui coupe l'appétit. Le gruau des temps modernes vient d'être détrôné.

Elle se prive de nourriture, mais elle est déshydratée. Ses côtes sont trop douloureuses pour s'accroupir et elle tombe de côté. Après s'être remise de sa chute, elle s'agenouille. L'eau est sale, des morceaux de paille et de feuilles y flottent. Pas le choix. Elle ferme les yeux, plonge ses mains attachées pour recueillir de l'eau et boit. Elle aspire trop vite, s'étouffe. Un arrière-goût étrange lui colle au palais, mais c'est plus supportable à la deuxième gorgée. Mourir de soif ne fait pas partie de ses plans.

Elle retourne se recroqueviller à l'endroit où elle s'est réveillée plus tôt, la tête contre le mur en bois, les yeux brûlants. Quel sort lui est réservé ?

27

ÉMILY

— Alors, c'est toi, dit une voix d'un ton accusateur.

Un garçon d'environ son âge s'allonge à côté d'elle. Il s'agite un moment, sûrement pour trouver une position supportable. La paille sèche pétille sous ses jambes qui dépassent largement celles d'Émily. S'ils étaient debout côte à côte, elle lui arriverait probablement à la clavicule. Un vrai intello avec cette barbe naissante et ces cheveux ondulés.

— Moi qui ? ose-t-elle demander en lui jetant un regard en coin.

Ils se toisent quelques instants, avant qu'il ne brise la glace.

— Ma sœur m'a parlé de toi, lâche-t-il simplement en se grattant les poils de la joue.

— Ta sœur ? Qui es-tu ?

— Philippe.

— Oh, tu es le frère de Violette.

Il la dévisage un moment. Évidemment qu'il ne connaît pas son surnom. Mais le véritable prénom de Violette échappe étrangement à Émily pour le moment. Tant pis.

— Où est-elle ? s'inquiète-t-elle.

Philippe plisse des yeux. Sa confusion se transforme en un regard entendu. Gabrielle se trouvait avec Violette.

— Pas ici, répond-il.

Elle se mord la lèvre. L'aura de Philippe est floue. Vert pâle ou turquoise, elle n'arrive pas à se décider.

— Alors comme ça tu les vois toi aussi. Je croyais que j'étais fou.

Elle le regarde, la bouche ouverte comme un poisson. Il a comme un rire figé et dit :

— Je ferais la même tête si quelqu'un m'en parlait comme je l'ai fait. Désolé.

Il doit bluffer pour la forcer à parler. Si elle parlait des auras avec quiconque, on la traiterait de folle et elle gagnerait un séjour gratuit à la prison. Pire, ils lui feraient partager la cellule de Griffin, l'illuminé qui gribouille des fées partout où il va.

— Et qu'est-ce que je suis censée voir ? dit-elle finalement.

— Tu sais de quoi je parle, raille-t-il. La façon dont tu me regardais il y a une seconde. Et avant que je vienne te parler, tu observais tout le monde ici. Sauf que tu le fais comme si tu ne regardais pas les gens, mais autour d'eux.

Il ne peut pas être sérieux. Certains prisonniers avec qui ils partagent la grange semblent les écouter avec un intérêt marqué. Et si ça se savait ? Elle opte pour un silence faussement désintéressé.

— D'ailleurs, je ne connais pas ton nom, mais je pourrais tout aussi bien t'appeler Scarlette.

— Mon nom c'est Émily, rétorque-t-elle du tac au tac.

— Scarlette. Une bombe prête à exploser à tout moment.

Elle lui jette un regard noir.

— Émily, reprend-elle d'une voix ferme.

— Scarlette.

— Laisse-moi tranquille.

Son ton est sans réplique, mais on dirait bien que ça lui en prendra plus pour le décourager. Comme si pourrir dans cette grange n'était pas assez. La bouche d'Émily est sèche et elle fait mine d'aller s'abreuver. Il ne la retient pas. Bien.

Le niveau d'eau s'est abaissé suffisamment pour que le fond

du contenant dévoile des amas noirâtres bien incrustés dans les coins. Pendant qu'Émily se distrait en imaginant ce qu'elle pourrait faire aux gardes qui s'échangent des blagues, elle boit trois bonnes gorgées pour étancher sa soif. L'arrière-goût de moisissure réel ou imaginé subsiste jusqu'à ce qu'elle se soit allongée du côté opposé d'où Philippe la surveille.

Elle ferme les yeux, hypnotisée par les murmures portés par la brise humide du système d'aération du parc.

— Le Créateur nous fait voir, non sans conséquence.

Elle sursaute alors qu'elle était sur le point de s'assoupir. Le Créateur ? Évidemment, Philippe est de ces croyants zélés ! Comme si elle avait besoin de ça. Violette n'est pas pareille. Une exception qui confirme la règle. Ces croyants-là ont tous cet air arrogant et agaçant, comme s'ils savaient tout sur tout. Le Créateur dit ceci, le Créateur dit cela.

— Il te parle souvent, ce Créateur ? le nargue-t-elle, les yeux toujours fermés.

— Quand je peins. Quand c'est nécessaire. Et ça l'est de plus en plus.

Il parle du Créateur comme s'il était vivant, une personne à part entière. C'est la chose la plus ridicule qu'elle a entendue. La drogue doit encore courir dans ses veines. Pauvre mec.

Les petits yeux d'intello de Philippe la scrutent, la mettent à nu, et ça la dérange. Il ne lui fera pas croire qu'il sait lire les auras comme elle le peut. Encore moins qu'il peut lire dans ses pensées.

Pour s'occuper l'esprit, Émily joue machinalement avec la paille du bout des doigts. Combien de temps devront-ils rester ici ? Et pourquoi les garde-t-on dans cette grange immonde comme des animaux ?

Ce qu'elle donnerait pour être avec Gabrielle et papa.

Elle essuie des larmes de rage et soupire bruyamment. Elle lance une poignée de paille qui retombe mollement, puis ramène ses jambes. Ça ne peut pas se terminer ainsi. Ils les libèreront aussitôt que l'Arche sera sous contrôle.

Philippe éponge le coin de sa bouche avec la manche de son uniforme Sigma et, quand il croise son regard, il revient à la charge. Il vient s'asseoir près d'elle sans dire un mot et Émily s'impatiente:

—Je pensais avoir été claire.

—Ça ne marche pas comme ça, répond-il en jetant un regard vers l'entrée grouillante de gardes du Parangon. Pour le moment, je te conseille de te détendre.

—C'est toi ou le Créateur qui parle?

—Quelle importance?

Le coeur d'Émily tambourine dans sa poitrine jusque dans ses genoux. Au moins, elle est encore en vie.

—Est-ce que tu peins?

—Non, répond-elle automatiquement.

Émily ferme les yeux pour l'inciter à se taire, mais Philippe continue d'une voix basse:

—Pour te peindre, je devrais utiliser des pigments spéciaux. Voyons voir. L'amarante rouge ferait probablement l'affaire pour la base. Il faudrait l'éclaircir davantage, la rendre plus vibrante. Le tournesol serait un bon candidat. Un beau jaune riche. Avec un soupçon de poudre de cannelle, bien entendu, pour ajouter une teinte plus terreuse. Ce serait une peinture percutante pour le moins qu'on puisse dire.

Un peintre ? Elle ouvre les yeux.

—Donc, c'est toi l'artiste mystère qui affiche en public.

Les peintures à l'entrée de La Orilla qui étaient tout sauf authentiques. La famille des fondateurs devant l'Arche, la scène biblique du dernier repas et d'autres platitudes sans caractère. Fades. Conformistes.

—Tu ne les aimes pas, tranche-t-il, les yeux plissés.

—Je n'ai pas dit ça, répond-elle dans un soupir.

—Tu n'as pas besoin de le dire. Je le vois très clairement. Tu le dis comme si c'était un reproche.

Des gens chuchotent en les pointant du doigt. Il ne manquait plus que ça.

— Silence ! s'exclame un agent affublé d'un masque qu'Émily n'a pas vu arriver.

Le coup vient si rapidement qu'elle en oublie de respirer. Le bruit creux du bâton contre l'épaule de Philippe résonne dans sa tête. L'agent leur profère des menaces avant de retourner à son poste à l'entrée, sa main serrée sur son bâton.

— Ça te plaît de voir les gens souffrir, chuchote Philippe en frottant sa blessure avec une grimace de douleur. Je le savais.

— Mais de quoi tu parles ? s'exclame-t-elle à voix basse.

Elle s'assoit en tailleur pour mieux le regarder. De la sueur glisse le long de ses joues.

— Tu aurais pu l'arrêter, mais tu n'as rien fait.

— Je te rappelle que j'ai les poignets liés comme toi. Et puis je ne l'ai pas vu arriver, dit-elle en brandissant ses mains sous son nez.

— Je te pensais formée pour le combat, toujours prête pour les situations de ce genre. Si tes jambes ne sont pas attachées, tu devrais savoir quoi faire.

— Si tu es si bon que ça à deviner quel genre de personne je suis exactement, alors pourquoi est-ce que tu n'utilises pas ça à ton avantage contre ces gardes ?

Il essuie la sueur qui suinte sur sa lèvre supérieure avec sa bonne épaule. De l'autre côté, le tissu de son chandail est taché d'un rouge sombre.

— Je suis le peintre de Dieu, tu te rappelles ?

— Et qu'est-ce que c'est censé signifier au juste ? Que tu es un martyr ?

Il ne répond pas. Des regards se tournent vers eux et elle se rend compte qu'elle a levé le ton trop haut.

Trop tard, le même garde énervé revient avec des renforts.

— Qu'est-ce que j'ai dit ?

Cette fois, il ne se contente pas de s'en prendre à Philippe. C'est au tour d'Émily. Leur bourreau la roue de coups et un goût métallique se répand dans sa bouche. Un autre garde la tient jusqu'à ce que le type finisse par la gazer quand il est trop essoufflé pour continuer. Elle se débat tout au long de son châtiment sous le regard de Philippe, qui ne fait rien pour l'aider. Il l'observe, témoin de sa lutte. Émily ne peut lire aucune émotion sur son visage, ni dans son aura.

ÉMILY SE RÉVEILLE avec un goût de terre dans la bouche. En fait, son visage en est recouvert. Elle se dépoussière du revers de la main. Avec tous les coups qu'elle a reçus, elle a de la chance d'être encore en vie. Grâce au gaz qui l'engourdit encore, la douleur est supportable. Mais pour combien de temps ?

Une section du mur glisse pour laisser passer deux individus qui portent chacun un masque à gaz, comme son agresseur. Ils déposent brutalement un homme et une femme inconscients. La femme a une double aura : elle porte un enfant. Comment peuvent-ils la traiter de la sorte ? Une fois les gardes partis, Émily s'approche des nouveaux prisonniers pour vérifier leur état.

Un relent de transpiration l'accable et lui donne le tournis. La femme au regard perdu n'a que des contusions. Par contre, l'homme est dans un sale état. Ses cheveux sont poisseux de sang et son visage enflé comme s'il s'était battu. Si Sky était ici, il saurait quoi faire.

L'aura de l'homme est faible, mais étrangement familière.

Le sang quitte le visage d'Émily.

Dylan. Le père de Sky.

La femme doit être Murielle, la mère de Sky. N'était-elle pas gravement malade ?

Mais elle est enceinte. Ça ne fait aucun doute. Est-ce que Sky le sait ?

À moins que ce soit pour cette raison qu'il passe beaucoup de temps avec elle, mais... Ils ont déjà eu deux enfants.

Un troisième enfant est interdit. Même lorsqu'un des enfants est mort.

Les morceaux se placent un à un. Sky devait savoir pour le

bébé et essayer de le cacher de son mieux. Étant médecin, il peut faire lui-même le suivi. Mais le risque auquel il s'expose en faisant ça...

Les parents de Sky gisent aux yeux de tous. Il faut les déplacer. Où est Philippe ?

Il n'est pas là. Qu'est-ce qu'ils lui ont fait ? Pourquoi n'a-t-il rien fait pour l'aider ? Il est peut-être de connivence avec les gardes pour recueillir des informations à son sujet en échange de sa libération. S'agissait-il réellement du frère de Violette ? Qu'il le soit ou non, ça n'empêche pas qu'il devait être prêt à tout pour sauver sa peau.

Même si elle est encore très faible à cause du gaz, Émily décide de déplacer les parents de Sky par elle-même en poussant maladroitement avec ses mains attachées pour au moins leur donner un peu de dignité. Elle fait ensuite quelques allers-retours pour les faire boire. Le processus est pénible ; elle place leur tête de biais pour verser un peu d'eau à travers leurs lèvres gercées. Murielle a le réflexe d'avaler malgré son état d'inconscience, mais Dylan ne réagit pas.

Émily s'assoit près d'eux en espérant que l'un d'eux se réveille.

Où es-tu, Sky ?

LES PARENTS de Sky sont toujours inconscients quand Émily se réveille. Le ventre de Murielle se soulève à intervalles réguliers, mais Dylan râle. Ce n'est sûrement pas bon signe.

Philippe n'est toujours pas en vue. Elle apprécierait pourtant son aide. C'est un intello, il devrait savoir quoi faire. Mais honnêtement, il doit avoir tout simplement collaboré avec les gardes.

La seule bonne nouvelle, c'est qu'elle reprend progressivement le contrôle de son corps. Mais l'énergie n'est pas au rendez-vous. Sûrement le manque de vraie nourriture.

Des murmures inaudibles proviennent de l'extérieur. Émily contourne des corps affalés qui, à première vue, ont l'air sans vie. Leur respiration est si faible qu'ils ne sont pas mieux que morts.

Elle s'accroupit près des fentes qui sont soudées à même le mur et une odeur de décomposition empeste. Deux hommes parlent :

— Libérez-la tout de suite.

— Ce n'est pas ce qu'on est censé faire ici, s'énerve le deuxième. Le général Duke a été très clair sur les mesures à prendre avec les survivants, tant et aussi longtemps que la Confrérie ne sera pas neutralisée. C'est son champ de bataille, maintenant que le commandement est en sûreté.

— Mon père se fiche des civils, dit le premier Tout ce qu'il veut, c'est avoir le contrôle. Laissez-moi passer.

Chris ! C'est Chris qui est là !

— Désolé, mais il n'a pas spécifié quoi que ce soit à ton sujet.

Chris marmonne un juron incompréhensible.

— Si c'est comme ça...

Un bruit électronique se fait entendre. Puis Chris reprend sur le même ton impérieux que son père Duke :

— La première officière Laurène Milcah a donné l'ordre de venir chercher la fille. Elle fait partie des protégés.

— T'avais qu'à le dire tout de suite au lieu de me faire perdre mon temps.

Les voix s'éloignent et s'évanouissent.

Chris l'a suivie ? Comment est-ce possible ? Il ne quitterait pas son nid douillet pour sauver une pauvre fille qui le traite de criminel. A-t-il changé d'avis ? Il y a peut-être encore de l'espoir.

Elle retourne auprès des parents de Sky. Murielle s'est réveillée et, le teint blafard, la regarde s'asseoir. Son sourire se tord, comme si son corps envoyait de mauvais signaux à ses nerfs.

— Violet... murmure-t-elle d'une voix discordante. Partout.

Violette ? Elle la connaît ?

— Qu'est-ce que vous voulez dire ?

— C'est un mélange de bleu et de rouge.

Elle est partie dans un autre monde. Le gaz l'affecte gravement. La seule fois où Émily a vu ce genre d'épisode, le prisonnier était déjà sous médication et il y avait quelque chose qui ne fonctionnait pas dans son sang. Comment pourrait-elle l'aider ?

Des bruits d'agitation à l'entrée la tirent de ses réflexions. L'un des hommes porte un masque à gaz d'une couleur plus pâle. Il s'agit bel et bien de Chris : son énergie ne ment pas. Quant au deuxième, il est identique à l'un des individus qui ont amené les parents de Sky plus tôt.

Chris reste sur le seuil, comme si quelque chose le retenait. Un troisième homme se profile à l'entrée : celui qui l'a tabassée. Il échange quelques mots inaudibles avec Chris, puis vient la chercher. Elle ne résiste pas, même si son corps veut se cambrer. Elle doit faire confiance à Chris.

Son bourreau ne la tabasse pas cette fois-ci, même si ses yeux lui lancent des flammes de mépris.

Une fois assez près de Chris, Émily plante fermement son pied au sol, ce qui surprend son bourreau.

— Je ne pars pas sans eux, dit-elle, le doigt pointé vers les parents de Sky.

Murielle a la tête appuyée sur Dylan et observe Émily d'un air intéressé.

— Écoute, je ne peux pas, répond-il d'une voix rendue caverneuse par le masque.

— Alors comme ça tu peux décider de qui peut vivre ? C'est vrai que tu as de l'expérience.

— Ne joue pas ce jeu-là, Émily.

Une onde se répercute dans son aura.

— Je t'ai choisie, même si tu as décidé de t'enfuir et de tous nous mettre en danger.

— C'est toi qui joues un jeu dangereux, l'avertit-elle, les mains sur les hanches. Tu te rends compte que ce sont les parents de Skyler ? S'il leur arrive quoi que ce soit, tu seras tenu responsable d'avoir anéanti sa famille entière.

L'air ahuri de Chris et l'instabilité de son aura accentuent les pulsations dans le crâne d'Émily. Elle inspire pour contenir la douleur à un niveau tolérable.

—Qu'est-ce qui leur est arrivé? demande enfin Chris au bourreau.

—Ils essayaient de s'enfuir vers le centre de recherche, se défend-il d'un ton sec. On les a interceptés en chemin pendant qu'on ratissait le secteur.

—Qu'est-ce que vous lui avez fait? Il est encore inconscient! poursuit Émily en haussant le ton.

—On a neutralisé une menace à la sécurité.

—La menace c'est vous, bande d'imbéciles.

La gifle de son bourreau la laisse sans voix. Elle réplique instantanément par un violent coup de pied à l'entrejambe. Le garde s'effondre. Ça vaudra pour son numéro de tout à l'heure. La chaleur de la gifle se propage dans la joue d'Émily tandis que le garde gémit au sol.

—Ça fait du bien, dit Émily en s'étirant les muscles de la mâchoire.

—Tu n'aurais pas dû, la réprimande Chris qui reste à bonne distance d'elle.

—Le jour où j'aurai besoin d'un deuxième père, je te ferai signe. Enlève mes liens.

Il la regarde sans bouger alors que son agresseur essaie de se relever.

—Tu attends qu'il se jette sur moi ou quoi?

Chris s'active. Une fois délivrée, Émily lui prend les liens des mains.

—Tant pis pour le karma, dit-elle entre ses dents.

Chris lève un sourcil.

Elle se penche à côté de l'individu qui peine à se remettre debout et elle lui enlève son masque.

—Une bonne bouffée d'air frais ça te fera du bien, lui susurre-t-elle pendant qu'elle lui attache les poignets.

Son agresseur est déjà ramolli et ne montre aucun signe de

résistance. Son système va prendre un certain temps avant de s'habituer à la quantité de gaz ambiante. Il lui en faudrait une bonne dose pour le mettre K.O., mais ils seront déjà loin.

Elle enfile le masque. Tout de suite, l'air vicié contenu dans ses poumons se vide. Il faudra encore plusieurs heures pour qu'elle retrouve sa pleine forme.

La mère de Sky lance un cri à glacer le sang, ses mains au visage.

L'aura de Dylan s'est dissipée.

Les gens qui étaient autour s'éloignent de façon désordonnée. Trois gardes affluent dans le sens inverse pour voir ce qui se passe.

Chris en intercepte un qui ordonne à deux autres de sortir Murielle, qui est en état de choc.

— Où est-ce qu'ils l'emmènent ? le presse Émily. Dis-moi qu'ils vont la mettre en sécurité.

— Ils vont la mettre en observation, à part.

Émily se met brusquement en marche vers la sortie en le bousculant au passage.

— Je t'avais dit que tu aurais leur mort sur ta conscience, siffle-t-elle sans attendre de réponse.

Les gardes la laissent sortir sans lui prêter la moindre attention, trop occupés à s'assurer que l'ordre se rétablit dans la grange. Certains enfants se sont mis à pleurer.

Chris a sa part de blâme, mais la culpabilité ronge Émily : elle aurait dû faire quelque chose pour les parents de Sky. N'importe quoi.

Il faut un certain moment à Chris pour la rejoindre.

— Viens, lui dit-il sèchement. Il ne reste pas beaucoup de temps.

— Avant quoi ? répond-elle à fleur de peau. Je ne pars pas d'ici tant que je n'ai pas retrouvé Sky.

Le masque de Chris cache son expression, mais le ton de sa voix est ferme :

—Je sais où il est.

Il s'éloigne de l'entrepôt et la brume l'engloutit, de même que son aura.

28

———

SKYLER

LE CHOC DE LA CHUTE, ET LA POSITION INCONFORTABLE DANS
laquelle Skyler se trouve avec Tessa affalée sur lui, lui coupent le
souffle. Il garde les yeux fermés le temps que sa tête arrête de
tourner dans tous les sens.

La respiration chaude de Tessa lui chatouille le cou et envoie
un courant électrique le long de sa colonne vertébrale. Malgré la
pression du pistolet qui lui entre dans le ventre et la crosse qui
appuie douloureusement contre sa hanche, il ne peut empêcher
son corps d'apprécier le contact.

Skyler n'ose pas bouger et ouvre les yeux pour se distraire de
toutes ces sensations incontrôlables. Une clarté perce d'un
conduit d'aération et donne l'impression d'une vieille photo
striée par le manque d'encre. Une espèce de fumée blanchâtre
filtre à travers les rais de lumière et disparaît dans la noirceur.

—Je ne peux pas bouger, murmure Tessa d'une voix où
pointe la panique.

La vibration de la voix de Tessa contre son torse accélère son
rythme cardiaque. Tessa remue légèrement : ses cheveux se
retrouvent dans le visage de Skyler qui tourne la tête suffisamment pour ne pas en avoir plein la bouche. Il sent ses joues s'enflamme. Heureusement que l'éclairage joue en sa faveur.

— C'est probablement le choc, dit-il d'un ton qui se veut sérieux.

Le résidu a peut-être partiellement endommagé ses nerfs lombaires. Le risque de paralysie est réel. Comment peut-il se laisser distraire par autre chose alors que l'état de Tessa est aussi préoccupant ?

— Ne force pas, explique-t-il en s'efforçant de paraître calme. Plus tu ajouteras de la tension, pire ce sera.

Tessa bouge un peu pour se stabiliser, une main sur la poitrine de Skyler et l'autre sur le mur adjacent, ce qui bloque le peu de lumière de son champ de vision.

N'importe quel mouvement pourrait être dangereux pour Tessa, mais ils n'ont pas vraiment le choix de bouger d'ici : Skyler enlève doucement la main de Tessa de son torse à contrecœur pour la déposer au sol, puis il se tortille vers l'arrière pour se dégager. Une fois qu'il a assez d'espace et qu'elle est en sécurité, il se relève.

— Merde ! s'exclame-t-il en se frottant la tête.

— Quoi ? Qu'est-ce qui se passe ? As-tu vu quelque chose ?

La voix affolée de Tessa le surprend, car il se l'imagine mal trembler comme une feuille.

— Bon sang, réponds !

Il retient un rire. C'est un côté d'elle qu'il n'aurait jamais cru possible.

— Je me suis cogné.

Elle soupire bruyamment et marmonne quelque chose d'inaudible.

Le plafond est beaucoup plus bas qu'il ne le croyait, ce qui signifie qu'ils doivent être tombés dans une des bouches d'aération de l'Arche. Difficile de dire laquelle.

Il cligne des yeux à répétition pour s'habituer à la noirceur et, une fois que c'est supportable, il demande :

— Je vais te mettre en position assise, adossée contre le muret. Reste décontractée, d'accord ?

— Est-ce que j'ai vraiment le choix ?

— Pas vraiment, dit-il, amusé.

Même si son visage baigne dans les ténèbres, il est convaincu qu'elle sourit elle aussi.

Skyler s'applique à ce que le déplacement se fasse tout en douceur, puis une fois qu'elle est bien installée, il s'assoit à côté d'elle à une main de distance. Cette fois-ci, il a l'excuse d'être dans un espace restreint.

Une bouffée de chaleur lui monte à la tête.

— Je me demande bien ce qui a pu provoquer la panne, songe-t-il à voix haute. Je croyais que des génératrices prendraient le relais du système d'aération.

— La Confrérie. Quelque chose est arrivé.

Elle semble inquiète et remue discrètement dans un bruissement de tissu.

— Ça doit avoir un lien avec l'explosion. Ou ceux qui l'ont causé.

— Dylan m'a déjà expliqué que l'Arche ne peut pas survivre sans un système d'aération fonctionnel.

— On en fera notre priorité quand on sera aux commandes.

L'idée de changer le cours de l'histoire est séduisante. Que l'Arche n'est pas une finalité en soi. Et il le fera aux côtés de Tessa.

Skyler se rapproche de l'ouverture du conduit d'aération pour voir où ils ont atterri. Il plisse des yeux, aveuglé par la lumière blanche. La panne semble localisée. À moins que le système électrique d'ici soit indépendant. S'il avait une carte des entre-deux, il pourrait peut-être deviner où ils se trouvent, mais il devra se contenter d'un balayage visuel.

Il réussit à passer un bras et à tâter la surface, le visage collé contre les lames de métal aux fines arêtes qui s'enfoncent dans sa peau.

— Je sais où on est, annonce-t-il en ne sachant pas s'il devrait s'en réjouir.

— Et ?

— On est au parc.

—Bien. Alors, comment on fait pour sortir ?

Maintenant que sa vision s'est habituée, il peut distinguer l'herbe, mais elle est plus pâle qu'à la normale. Plus haut, une épaisse fumée engloutit les troncs d'arbres pour créer une espèce de brouillard.

—Il y a un problème.

—Pire que d'être piégé dans un trou ? le presse-t-elle, incertaine.

—Je ne savais pas qu'un tremblement de mer et qu'une panne d'électricité nous compliqueraient les choses.

—S'il te plaît.

Tessa couine et il soupire, vaincu.

—En fait, il y a deux soucis. D'abord, rares sont ceux qui passent par ici. On est dans une forêt.

—Des gens entretiennent l'endroit, non?

—En temps normal, ils devraient. Mais, avec cette épaisse fumée, difficile à dire. On ne voit presque rien et son inhalation pourrait être mortelle.

—Si c'est de la fumée, dit-elle avec insistance. Du gaz carbonique nous étoufferait. Et on est au niveau du sol, ce qui devrait nous donner une chance.

La tournure des évènements n'a rien de rassurant. Skyler imagine déjà la scène d'horreur qui risque de se produire. Ils mourront dans ce trou. Les lames de métal sont soudées à même le mur. Même si quelqu'un les trouvait, il ne pourrait pas les aider de l'extérieur.

Et c'est quoi cette fumée?

Skyler se rassoit à côté de Tessa et ferme les yeux. Le stress s'insinue dans ses veines, une boule se forme dans sa gorge. Il masse sa bouche et ses joues engourdies.

Et sa mère qui a besoin de lui. Il ne peut pas l'abandonner.

Quand leurs ancêtres ont fait face au Déluge, leur destin était déjà scellé. La résilience était la seule façon de ne pas baisser les bras et de continuer à vivre. Mais Skyler ne peut pas l'accepter.

—Je n'ai pas fait tout ce chemin pour échouer lamentablement, murmure Tessa.

Il n'est pas certain, mais elle semble recroquevillée, le front contre ses genoux.

La voix de Tessa se brise :

—Je ne peux pas te perdre.

Elle renifle. Il aimerait l'enlacer, mais en même temps, quelque chose le retient.

Ses pensées ont dû mal à s'aligner. Il en oublie momentanément où il se trouve et ce qu'ils font là. Il n'y a pas si longtemps, il était sur une plage à la surface. Ils avaient réussi.

Sa concentration lui échappe, ses yeux ont dû mal à se focaliser sur un point. Coincé. Bouche d'aération.

—Zack.

La voix de Tessa est surréelle, un écho. Il marmonne, confus :

—Quoi ?

—Il va payer pour ce qu'il t'a fait.

Les ténèbres clignotent, se mélangent, tournoient et reprennent leur forme continuellement pendant une éternité. Des nuages, des vagues, des ailes.

À mesure que le temps passe, son corps s'alourdit et la fatigue le gagne. Il lutte pour garder les yeux ouverts. Tessa dort déjà. Il se rapproche d'elle et pose son front contre le sien. Il est trop chaud. Un rayon de lumière diaphane filtre. Les paupières de Tessa s'entrouvrent, le regard vitreux. Leurs visages sont si près l'un de l'autre. Le rideau de noirceur s'écarte pour que Skyler puisse contempler la beauté mélancolique de Tessa.

Il respire.

Elle expire.

Il inspire.

La bouche de Tessa tressaille. Skyler déglutit difficilement. Il a l'impression qu'elle lui a transmis sa fièvre. Non, ils la partagent comme un flux d'énergie qui passe entre eux.

Le corps de Skyler prend les devants et ses lèvres fondent sur celles de Tessa. Il ferme les yeux et inspire de soulagement.

Elle gémit doucement en lui retournant son baiser, un mélange de douleur et de satisfaction. Un murmure. Encore ce nom. Zack.

Sentant ses membres s'alourdir de plus en plus, il se laisse tomber sur le sol froid qui colle sur son dos maintenant dénudé. Comment est-ce arrivé? Pas la force d'y accorder de l'importance.

Bientôt ses jambes frottent contre le métal qui se réchauffe sous son corps fiévreux.

Elle goûte si bon. La noix de coco. C'est ça. Mais sûrement la vraie, pas l'arôme artificiel qu'il connaît.

La douceur de sa nuque contre ses doigts. Un frisson.

Il goûte sa peau et chaque fois, c'est mieux. Ses gémissements sont parfois puissants, mais irréguliers. Comme s'il submergeait sa tête dans l'eau et qu'il en ressortait pour reprendre son souffle.

Skyler se laisse transporter par ses sens.

Il ne sait plus où il est ni qui il est.

Il est ici. Elle est là.

Il vacille entre l'inconscience et la réalité jusqu'à ce qu'il tombe.

SURSAUT. Étourdissements. Nausée.

Skyler a un haut-le-cœur puissant qui le cloue au sol. Il a la bouche ouverte et seuls ses bras le retiennent de s'aplatir face première. Ses yeux pleurent, un afflux anormal de salive dégouline de ses lèvres et il sent que quelque chose veut sortir, mais ça ne vient pas. Un poison. Ça ne peut être que cela.

Les horribles contractions cessent après quelques minutes et une voix familière se rapproche. Skyler sèche ses larmes de douleur et se laisse choir sur le côté pour mieux voir qui est là.

— Besoin d'aide?

Skyler reconnaîtrait ce ton arrogant n'importe où.

— Qu'est-ce que tu fais dans ce trou ? Oh, je pense que je sais pourquoi. Tu as de la compagnie.

— Tu veux bien la fermer pour une fois, Chris ?

Il parle comme s'il avait la gueule de bois et on dirait que même Chris s'en rend compte. Son arrogance cède plutôt à l'inquiétude, une nouveauté chez lui.

Chris glisse quelque chose par l'ouverture. Skyler le saisit et réalise un quart de seconde plus tard qu'il s'agit d'un masque à la texture caoutchouteuse. Il fronce des sourcils, puis remarque que Chris en porte un lui-même.

— Qu'est-ce que ça veut dire ?

L'écho dans sa tête lui donne le tournis.

— La fumée est contaminée, répond Chris d'une voix caverneuse.

Skyler enfile le masque comme un automate. Le caoutchouc se moule à son visage avec une succion désagréable. L'air prend une tout autre saveur. Ses poumons comprimés se détendent enfin à chaque inspiration qui les purifie.

— Je ne pensais pas que tu serais accompagné. Vous devrez vous le partager.

Tessa est toujours inconsciente. Pendant que Skyler essaie de rester éveillé, Chris ajoute :

— Pour le moment, tu dois sortir de là, mais je vais avoir besoin de temps.

— Tu ne peux pas. Tout est soudé.

Skyler se sent encore faible, même s'il regagne des forces.

— Je sais comment, dit Chris sur un ton léger. Même si tu ne me crois pas.

— Tu n'es pas obligé.

Stupide. Bien sûr que si.

— Laisse-moi faire. En attendant, partagez-vous le masque pour vous désintoxiquer. Je reviens avec Émily.

En écrasant l'herbe sur son passage, il se fond dans l'épais brouillard infect.

Tessa reprend conscience un peu plus d'une demi-heure après la visite de Chris. Chaque fois qu'il fait respirer Tessa dans le masque, Skyler retient son souffle le plus longtemps possible, mais jamais au-delà d'une minute. Le stress doit y être pour quelque chose.

Depuis que ses pensées sont redevenues cohérentes, le froid s'est immiscé dans ses os, signe que le système de climat artificiel n'est toujours pas rétabli. D'une certaine façon, c'est une bonne chose. Rester ici alors qu'il est en marche serait de la pure folie. La puissance des vents chauds serait probablement suffisante pour les calciner vivants.

Le plus perturbant dans tout cela, ce sont les bribes de la veille qui lui sont revenues quand Tessa l'a regardé. Il est presque certain que quelque chose est arrivé.

— Donc, on a encore une chance de s'en sortir, dit-elle une fois les explications de Skyler sur Chris terminées.

Il n'a pas pu s'empêcher de dresser un portrait peu flatteur de lui. Au moins, Tessa saura à quoi s'en tenir.

— Comment nous a-t-il trouvés ?

— Il ne l'a pas mentionné, dit Skyler, soudain méfiant. J'étais trop dans les vapes pour penser lui demander.

— J'ai une hypothèse là-dessus. Tu m'as bien dit qu'il avait récemment quitté le centre de soins pour un autre poste.

— Oui, pourquoi ?

Il lui redonne le masque puisque c'est son tour de parler.

— Ce bracelet que tu as, tu sais à quoi il sert exactement ?

Skyler fait courir ses doigts dessus, soudain conscient de sa présence. D'aussi loin qu'il s'en souvienne, il le porte en permanence un peu comme une deuxième peau.

— Ils l'utilisent pour nous identifier sur l'Arche. Enfin, c'est ce que je croyais.

— Le Parangon s'en sert aussi pour repérer chaque passager.

— Tu veux dire que Chris travaille pour le Parangon ? La relation avec son père est trop tendue pour qu'il ait cédé.

— Il peut avoir emprunté la technologie pour te localiser spécifiquement.

Chris aurait pu observer ses moindres faits et gestes en permanence. Malaise.

— Ça ne colle pas. Je ne vois pas pourquoi il se donnerait tout ce mal.

— Bien sûr, pour qu'il puisse y avoir accès, il faudrait que son père l'invite dans son bureau. Si ce que tu me dis est vrai, alors c'est peu probable.

Chris l'évite autant qu'il le peut, surtout depuis qu'il a refusé de suivre ses traces. C'est à partir de ce moment que leur relation s'est réellement détériorée. Chris et Skyler ne sont pas si différents sur ce point, en fait. La relation de Skyler avec Dylan n'est pas irréprochable non plus. Mais ça s'arrête là.

— Si on élimine cette option, il ne reste que le commandement, songe Tessa qui s'est rapprochée de la source de lumière, ce qui semble la calmer. Ils ont accès à toute la technologie.

— Tu veux dire qu'il travaillerait pour eux ?

— C'est la seule explication.

Les implications de sa position sont inquiétantes. Et si Chris connaissait ses liens secrets avec la faction rebelle du Parangon qui veut exaucer les souhaits de la Confrérie ? Aurait-il le pouvoir d'éliminer Skyler?

— Il vaudrait mieux pour nous deux le garder de notre côté aussi longtemps que possible.

— Jusqu'à ce qu'on exécute le plan, complète-t-il.

Tessa acquiesce d'un hochement de tête.

— Ce sera à lui de décider s'il veut continuer à appuyer le commandement ou se joindre à nous.

L'idée n'est pas géniale, mais ce serait moins compliqué. Sinon, Skyler devra mettre un terme une fois pour toutes à leurs différends. Ce sera le moment ou jamais.

—Tu sais, je n'étais pas moi-même hier, dit Tessa après un silence.

—Est-ce que tu te souviens de ce qui s'est passé ? demande-t-il, les joues brûlantes. Je veux dire, pas les détails, mais...

—On était tous les deux intoxiqués. Je... Je n'aurais jamais...

—Est-ce que tu regrettes ? demande-t-il, surpris par sa propre question.

Elle semble prise de court pendant quelques secondes, puis redevient sérieuse.

—Je n'aurais pas dû en parler. Oublie ça.

Il s'apprête à insister, mais se ravise en entendant l'herbe craquer.

Deux personnes émergent du brouillard toxique. Évidemment, Skyler reconnaît tout de suite Chris par son allure. La silhouette légèrement plus petite à sa suite ne peut être qu'Émily.

Chris avait bien dit la vérité. Elle est en vie.

Oublier. Oublier ce qui les a séparés avant que toute cette merde leur tombe dessus. Skyler a une irrésistible envie de la prendre dans ses bras.

—J'ai ce qu'il faut, dit Chris d'un ton un peu sec.

—Bon sang, Sky, qu'est-ce qui t'est arrivé ? enchaîne Émily d'une voix qu'il ne reconnaît pas.

—Tu sonnes trop bizarre, dit Skyler, sourire aux lèvres.

—Tu n'es pas trop en situation pour rire de moi, je te signale. Regarde dans quel pétrin tu t'es foutu.

—Moi aussi je suis content de te voir.

Skyler ne peut pas lui garder rancune pour ce qui est arrivé. La savoir saine et sauve est tout ce qui lui importe.

—La fille, murmure Tessa qui ne se mêle pas à la conversation.

Elle s'empare plutôt du masque supplémentaire que lui tend Chris et le remercie.

—C'est Émily. Pas la fille, lui dit Émy de son ton habituel. Et toi la fameuse Tessa.

Le regard de Skyler passe de Tessa à Émily.

— Je ne veux pas gâcher vos retrouvailles, intervient Chris, mais on doit se dépêcher.

— Comment tu comptes les sortir de là ? lui demande Émy, les bras croisés.

— Avec ça, répond-il en lui lançant un outil qu'elle attrape de justesse. On va démonter la grille de l'extérieur. Regarde, je vais te montrer.

Après quelques minutes à remuer la grille dans un sens et dans l'autre, Chris et Émy parviennent à dégager l'ouverture. Puis il les aide à se relever. Skyler a du mal à rester en équilibre tellement ses jambes sont engourdies. Il les informe de l'état de santé de Tessa et du besoin de l'examiner au centre de soins.

— Non, dit Tessa fermement. Ça devra attendre. On n'a pas le temps.

— J'approuve, renchérit aussitôt Chris. On doit quitter l'Arche le plus rapidement possible.

— Je n'y retourne pas, s'impose Émy qui plante son pied au sol. Je pense que j'ai été assez claire là-dessus.

— Tu as retrouvé Sky comme tu le voulais, rétorque Chris visiblement irrité. Pour ce qui est de ta famille...

— Là n'est pas la question, le coupe Émily. Je ne vois pas pourquoi on devrait s'enfuir avec une bande de lâches qui ne mérite même pas de commander l'Arche quand nos familles et nos amis sont encore ici.

— Ce n'est pas un choix facile, répond-il désemparé. Mais...

— Notre vie est ici, réplique-t-elle. Tout y est.

À la façon dont ces deux-là se parlent, Skyler préfère ne pas s'en mêler.

— Sky, tu viens ? lui demande Tessa qui lit dans ses pensées. C'est notre seule chance.

— Je...

— Si le commandement se détache de l'Arche, tout sera perdu. Le vaisseau deviendra une carcasse fantôme qui s'éteindra dans le fond de l'océan. Personne ne survivra.

— C'est pour cette raison que vous devez me suivre, et maintenant ! insiste Chris qui se tourne vers le sentier. C'est la seule solution.

— Sky, est-ce que je peux te parler en privé avant ? lui demande Émy qui échange un regard furtif avec Chris.

Skyler acquiesce, et ils s'éloignent suffisamment pour que Tessa et Chris ne soient plus qu'une ombre dans le brouillard et leurs voix un simple murmure qu'on pourrait confondre pour le bruissement des feuilles.

— Qu'est-ce qui ne va pas ?

En lui posant la question, son cœur s'accélère sans qu'il sache pourquoi.

— Je... je voulais m'excuser pour ce qui s'est passé. Je n'aurais pas dû dire ce que je t'ai dit. Mes mots ont dépassé ma pensée.

Émily n'est pas du genre à admettre ses torts d'habitude, mais il n'a jamais douté de la sincérité de leur amitié. Il sourit sous son masque, soulagé.

— C'est déjà oublié, Émy.

L'instant d'après, ils se retrouvent enlacés sans qu'il sache qui a fait les premiers pas. Tous les deux disent au même moment :

— Je pensais que tu étais morte.

— Je croyais que tu ne me pardonnerais jamais.

Ils éclatent de rire et finissent par briser leur étreinte. Cela lui avait cruellement manqué.

— Skyler.

Une drôle d'émotion traverse la voix d'Émy et il attend la suite, incertain.

— Il y a autre chose que je dois te dire avant que tu ne l'apprennes autrement. C'est tes parents...

— Qu'est-ce que tu veux dire mes parents ?

La façon dont elle le regarde, il sait que ce n'est pas bon.

— Je les ai vus pendant que j'étais séquestrée dans l'entrepôt. Séquestrée ? Dans un entrepôt ?

— Est-ce qu'ils vont bien ? s'exclame-t-il avec la panique dans la gorge. Quel entrepôt ? Où sont-ils maintenant ? Pourquoi est-ce qu'ils ne sont pas avec toi ?

—Sky, j'ai essayé, mais...

Qu'est-ce qu'ils font ici ? Il doit absolument aller les voir. Maman n'a sûrement pas pris sa médication depuis trop longtemps et ses crises doivent la tourmenter. Dylan n'est pas apte à prendre soin d'elle comme il le faut.

—Je vais aller les chercher. Je ne partirai pas en les laissant ici.

Il se dirige dans le brouillard, mais Émily lui attrape le bras et le force à la regarder.

—Tu ne peux pas, dit-elle d'une voix bizarre. Les soldats du Parangon te mettront en isolement comme ils l'ont fait pour moi.

—Et pourquoi est-ce que tu ne les as pas amenés avec toi ?

—Ils étaient dans un sale état quand ils sont arrivés. C'est Chris qui est venu me libérer, mais il était déjà trop tard pour ton père. Il est... il est mort dans l'entrepôt.

—Comment... ?

Mort. Mort. Mort ? Les mots lui manquent. Rien ne peut achever Dylan.

—Je n'ai pas tes compétences médicales, mais il a reçu un gros coup sur la tête. Tout ce que j'ai pu savoir, c'est qu'il s'est battu violemment quand le Parangon a essayé de les amener ici.

C'est impossible.

—Et maman ? Comment elle est ?

—Dans les vapes à cause du gaz, mais...

Émily baisse la voix et chuchote :

—Sky, tu ne peux pas faire comme si de rien n'était. Ta mère. Ils le découvriront et ta famille n'aura aucune chance d'échapper au Parangon.

—De quoi tu parles ? Elle ne souffre que d'une dépression.

Émily le dévisage, l'air blessé.

—N'essaie pas de feindre l'ignorance. Tu ne pourras pas cacher sa grossesse éternellement.

— Quoi ?

Les évènements des derniers jours lui reviennent en rafale. Ses nausées. Ce que Dylan voulait lui dire. Merde.

Dylan. Dylan est mort.

— Combien de temps ? reprend Skyler confus.

— Quoi ?

— Combien de temps depuis qu'il est mort ? la presse-t-il en levant le ton. Je dois savoir.

L'émotion risque de le submerger et il doit se concentrer sur la seule chose qu'il lui reste et ce dont il est certain : la fenêtre d'opportunité.

— Un peu plus d'une heure.

— Attends-moi ici, je dois aller le voir.

— Sky, je t'ai dit que tu ne pouvais pas ! Tu ne reviendras pas vivant de là-bas, crois-moi. Il n'est plus. Je suis désolé de te le dire, mais tu dois passer à autre chose même si c'est difficile à accepter.

Elle ne comprend pas. Dylan est mort ! Ses souvenirs. Sa vie. Son âme.

— Je ne peux pas. Pas quand je sais que je peux préserver une partie de lui. Et maman.

Il lui reste une sphère de mémoire du transfert de madame Farrell. Il en apporte toujours une de plus, au cas où l'autre ne fonctionnerait pas. Ses souvenirs se désagrègent graduellement. C'est encore possible de récupérer quelque chose. Émily le questionne :

— Tu veux parler des sphères ? Elles marchent vraiment ?

— Je l'espère.

Émily acquiesce en silence même s'il se doute qu'elle n'approuve pas les risques que cela implique. Elle ferait pareil à sa place. C'est la raison pourquoi Émily est précieuse à ses yeux. Elle reste authentique, peu importe les circonstances, et ce n'est pas un malentendu qui pourrait changer cela.

— Je vais faire ce que je peux, lâche-t-elle.

Et sous son masque, il l'entend sourire.

Chris réussit à attirer l'attention des soldats du Parangon assez longtemps pour qu'Émily et Skyler puissent s'infiltrer dans l'immense entrepôt.

Skyler s'est promené ici tellement de fois ; pour y trouver la paix quand son monde s'écroulait, pour se souvenir qu'il existe de belles choses. Celles réelles et imaginées. Inaccessibles pour le moment, mais peut-être pas pour toujours.

La vie a quitté cet endroit maintenant empoisonné, un tombeau en décrépitude. Un lieu de repos devenu un sanctuaire saccagé. Et tout ça grâce à la Confrérie.

Encore cette odeur, ce mélange de solvant et de pourriture impossible à oublier. Tellement de patients ont perdu la vie au centre de soins, surtout dans les dernières semaines. Mais cette fois-ci, ce n'est pas une victime dont il ignore tout.

Papa.

Ils ont jeté sa dépouille comme une carcasse d'animal, coincé dans une section de l'entrepôt avec tous les autres cadavres. Un profond dégoût lui brûle la gorge à chaque visage figé qu'il croise. Chris a informé Émily que la plupart sont des victimes de l'explosion qui a soufflé l'intérieur du vaisseau. Seulement une fraction a succombé au gaz hallucinogène. Une surdose.

Qu'est-ce qui a poussé Duke à prendre de telles mesures ? N'est-il pas censé protéger les Archéens ? Tout cela n'a aucun sens.

Émily aide Skyler à déplacer Dylan sans un mot. Il installe mécaniquement l'équipement qu'ils sont passés chercher dans sa cabine, pour commencer le transfert vers la sphère de mémoire. Une panoplie de scénarios catastrophes sur le fait que sa mère attend un bébé défile sous yeux. Comment ses parents ont-ils pu lui cacher une telle chose ? Ils auraient pu tous être condamnés pour avoir contrevenu à la loi.

La sphère est lente à s'illuminer. Beaucoup trop. Les faisceaux électriques prennent un peu plus d'expansion jusqu'à former un petit nuage. Il est minuscule en comparaison des autres patients que Skyler a traités depuis.

— On doit y aller, les presse Tessa qui se trouve dans l'embrasure de la porte. Chris est en route.

— Attends.

Skyler fixe la sphère avec l'espoir qu'elle s'illumine davantage, mais en vain. Le reste des souvenirs de son père est perdu à tout jamais.

29

SKYLER

La sphère est encore chaude dans le coffret quand ils émergent de la brume du Parc de l'humanité. Les autres discutent, mais Skyler a la tête ailleurs. Pourquoi son malheur doit-il toujours avoir un lien avec Chris ? Comment quelqu'un peut-il amener autant de destruction ?

Chris est juste devant. Ce serait si facile se débarrasser de lui. Il a l'air si inoffensif après tout, mais est-ce que cela rendrait justice à Allen et Dylan ? À dire vrai, plus Skyler le regarde, plus il lui fait pitié. À quoi peut-on se raccrocher quand on sait que son propre sang est responsable de l'hécatombe d'une famille ?

Pardonner. Est-ce réellement nécessaire ?

Chris n'est pas son père. Chris les a tous secourus alors qu'il n'avait pas à le faire. Une façon de se racheter ?

Skyler respire difficilement. L'étrange sentiment qui monte dans ses entrailles lui fait presque peur. Un amalgame de contradictions. Devrait-il faire confiance à Chris maintenant ? Il décrie ouvertement son père en se dissociant de lui et il montre sa bonne volonté en jouant les héros. N'est-ce pas là des preuves suffisantes qu'il a changé ?

Cela ne pourra jamais effacer le fait qu'il a laissé Allen chuter alors qu'il avait le choix.

Chris aurait pu... faire quoi au juste ? Il était arrivé trop tard, et tout aussi affolé que Skyler l'avait été. Chris a-t-il réellement une part de responsabilité dans la mort d'Allen ? Cette seule pensée menace de faire chavirer Skyler. Ils étaient jeunes à l'époque, pas plus de quinze ans. Et ce n'était pas une situation à laquelle ils auraient pu se préparer. Les émotions l'avaient-elles aveuglé ? Sauf que Chris a pris une décision à ce moment précis. Et ce choix s'était arrêté sur Skyler. Le sauver lui. Chris aurait tout aussi bien pu ne rien faire du tout.

Et pour Dylan, Chris n'est pas en cause. C'est le Parangon. Duke.

Skyler fixe le sentier dont la terre a été martelée par de nombreuses empreintes de bottes qui se chevauchent. Une mosaïque boueuse d'apparence sordide, mais au charme obscur. Peut-être même le langage d'une beauté insoupçonnée : de la terre, de l'eau, des angles et des courbes qui s'entremêlent, solidifiés par l'air.

Tirer un trait sur les erreurs de Chris n'est pas si simple quand le passé redevient le présent. Une course effrénée sans possibilité de gagner.

Skyler serre sa main autour du coffret. Il ne lui reste plus que sa mère, détenue par le Parangon. Il voulait aller la retrouver, mais les autres l'en ont empêché. Pour son bien. Skyler leur a obéi pour Émily. Pas pour Chris, ni même Tessa.

— Et maintenant, qu'est-ce qu'on fait ? demande Émy une fois qu'ils sont sortis du parc.

— As-tu vraiment besoin de poser la question ? répond Chris d'un ton cinglant en vérifiant son bracelet d'un coup d'œil. Il ne nous reste qu'une heure avant le détachement de la capsule. Il faut remercier Émily pour avoir bousillé le pressurisateur interne.

— Qu'est-ce que tu veux dire ? Si ça se trouve, la capsule serait déjà partie, et Sky et Tessa seraient morts dans un conduit de ventilation.

— Plus elle demeure attachée à l'Arche longtemps, plus la

Confrérie a de chances de l'atteindre, surtout si la porte n'est pas étanche.

Tessa jette un coup d'œil avec un sourire subtil à Skyler.

— Alors, qu'est-ce qu'on attend ?

— Je tiens à vous rappeler qu'il y a des Dissidents en cavale avec des soldats rebelles du Parangon, intervient Émily. On fait quoi d'eux ?

Skyler lui demande d'expliquer l'état de la situation, mais c'est Chris qui répond :

— La Confrérie a anéanti l'ordre qui régnait et l'Arche est soudain devenue un enfer. Même si on s'en sort tous vivants, maîtriser ce chaos risque d'être difficile. Mais il fallait s'y attendre tôt ou tard. Peu importe la façon dont on gère une crise, certains en seront toujours insatisfaits.

— C'est ce que ton nouveau mentor t'a enseigné ? demande nonchalamment Émily.

— C'est ce qui caractérise l'histoire de notre civilisation : les divergences d'opinion, de morale et de valeurs. La justice des uns ne fait pas le bonheur des autres.

Skyler s'apprête à dire quelque chose, mais Émily le devance :

— Qu'est-ce que tu connais de la justice ? Tu as toujours eu ce que tu voulais avec ton père. Si tu étais né dans une famille avec moins de privilèges, ta définition de la justice prendrait un tout autre sens.

— Probablement, dit calmement Chris qui fait la moue. Mais ce n'est pas qu'une question de famille ni de privilèges.

— Et l'explosion ? intervient Skyler pour ramener la conversation. Qui est le responsable ?

Connaître son identité pourrait être un élément capital. Et si c'est le Parangon qui en est à l'origine et non pas la Confrérie ?

— Je n'ai pas cette information, répond Chris. De toute façon, ce qui importe c'est de rester en vie. Si on meurt tous, les efforts du dernier siècle n'auront servi à rien.

— C'est un détail qui pourrait tout changer, insiste Skyler.

— Est-ce qu'il y a une façon de consulter les vidéos

surveillance de l'Arche ? intervient Tessa. Pour se rendre en sécurité à la capsule, on devrait d'abord s'assurer que la voie est libre ou, du moins, se préparer aux possibles obstacles. Je connais bien le Parangon. Ils sont bien organisés. Ils auront élaboré un plan pour contrôler le vaisseau à leur avantage.

— Ils devront nous laisser passer, mais ça prendra du temps, dit Chris.

— Je ne compterais pas là-dessus, répond-elle. On doit en apprendre plus. Autrement, c'est du suicide.

— Je suis d'accord, rajoute Émily. Je veux en savoir plus sur cette Confrérie.

— Pourquoi ? la questionne Skyler.

— J'ai mes raisons.

Chris agite les mains en guise de soumission, visiblement agacé.

— On fera un arrêt aux Archives. Mais ensuite, on n'aura plus le temps pour un autre détour. Des objections ?

— Depuis quand est-ce que tu te proclames le leader de ce groupe ? le nargue Émily en levant les yeux au ciel. J'espère que tu es conscient que chacun fait son propre choix, que ça te plaise ou non.

— Tu me remercieras quand tu vivras assez longtemps pour te souvenir de ce que j'ai fait pour tous nous sauver.

Skyler et Émily marchent côte à côte et Tessa ouvre la voie, armée de son pistolet. Plutôt pratique de connaître Tessa qui travaillait pour le Parangon avant de changer d'allégeance. La Confrérie a su planter ses graines là où il le fallait, et ce sous le regard perçant de Duke, ce qui prouve qu'il n'est pas infaillible.

Chris ne l'est pas non plus. Il a ses faiblesses.

L'état de Tessa s'est grandement amélioré. Sa démarche n'est plus maladroite, ce qui signifie que sa blessure n'est peut-être que superficielle. Ou bien cette fameuse pommade seulement connue du Parangon a de véritables propriétés régénératrices.

À mesure qu'ils arpentent les couloirs à peine éclairés des lumières d'urgence de l'Arche, on dirait presque une incursion dans un monde étranger. Skyler croyait tout connaître de cet endroit, mais les secrets sont aussi considérables que le nombre d'Archéens. Quand Allen l'a introduit aux entre-deux, il aurait dû savoir que ce ne serait que le début.

Ils se rapprochent des archives et Skyler chuchote à l'intention d'Émily :

— Qu'est-ce que tu as réellement en tête ?

Elle ne répond pas tout de suite. Une certaine mélancolie lui voile le visage.

— C'était durant la dernière simulation, dit-elle à voix basse. Cet homme qui se trouvait sur le balcon de cet immense immeuble.

Mais ce n'était que cela, une simulation. Le Parangon l'utilise pour les préparer à un éventuel repeuplement, pour aiguiser leurs sens et fortifier leurs capacités mentales. Ils les ont prévenus que leurs perceptions et leurs expériences pouvaient influencer l'environnement dans lequel ils naviguaient. C'est ce qui rend cette technologie efficace : sa capacité à leur faire croire.

Le Parangon. Ce sont eux qui gèrent les simulations.

— Il m'a parlé de ma mère et de la Confrérie, explique-t-elle, les yeux luisants. Ils l'ont tuée, Sky. La Confrérie. Cette bande de connards l'a fait condamner. Je ne peux pas m'enfuir de l'Arche sans que justice soit rendue.

Le Parangon et la Confrérie. Les deux semblent reliés, mais cela ne colle pas. Il manque quelque chose. Et le Syndrome dans tout ça ?

Skyler se sent mal pour Émily, mais son passé lui appartient. Il est bien placé pour connaître la douleur d'y être confronté chaque jour qui leur est donné de vivre, de respirer, de penser.

—Je ne partirai pas sans toi, dit-il. Je ne sais même pas si je pourrai revoir ma mère quand tout ça sera terminé. Il ne me reste plus que toi.

—Ce n'est pas la question, Sky.

Émily l'observe comme si elle essayait de lire à travers lui.

—Toi, plus que quiconque, devrais comprendre ce que c'est que de savoir que le meurtrier de ta famille rôde toujours.

Elle touche une corde sensible comme elle sait si bien le faire.

Même s'il ne supporte pas les méthodes employées par la Confrérie, leur idéal reste le même : ce qu'il a toujours voulu. Certains appelleraient cela de l'opportunisme, mais c'est ce qui lui permet d'avancer.

Ce qui advient de la Confrérie lui importe peu. Mais Émily...

—Tu me connais, ajoute-t-elle sur un ton plus léger. Je dois régler ça à ma façon. Je n'ai jamais eu l'intention de m'enfuir.

Une entente tacite. Ses plans n'ont pas de secret pour elle, même s'il le voulait.

—Promets-moi au moins que quand tu en auras terminé, tu viendras nous rejoindre. Je vais essayer de les ralentir de mon côté et trouver un moyen de les empêcher de détacher la capsule. Mais j'aurai besoin de toi pour la suite.

Quand Tessa et lui auront un pouvoir de décision sur ce vaisseau, Émily leur sera d'une aide précieuse. Elle a le charisme qu'il n'a pas. Bien que Tessa croie qu'il pourrait mener l'Arche vers la Terre promise, il sait qu'il n'est qu'un pion dans les plans de la Confrérie.

Mais qu'est-ce qu'Émily pensera quand elle découvrira ce qu'il est en train de faire ? Lui pardonnera-t-elle ?

—Tout ce que tu voudras.

Le ton d'Émily est si léger que Skyler laisse échapper un rire pour cacher son malaise. Elle plisse les yeux pendant une fraction de seconde, mais Chris leur fait signe de se taire. Tessa s'est immobilisée.

Ils ne sont pas tellement loin des archives. Elles sont suffisamment éloignées du parc pour être préservées advenant un accident.

Il est difficile de voir si quelqu'un les a suivis en raison de la panne de courant. Le gaz du parc s'est infiltré jusqu'ici et les rares lumières bleutées s'y réfléchissent.

Subitement, deux membres du Parangon émergent du brouillard, mais Tessa est plus rapide qu'eux. Elle les liquide de sang-froid avec seulement deux coups de feu.

Skyler est bouche bée.

Tessa leur fait signe d'avancer et enjambe les deux cadavres qui gisent, ensanglantés, sans leur prêter la moindre attention.

Personne n'ose dire quoi que ce soit jusqu'à ce qu'ils pénètrent dans le hall désert des archives. Une fois les portes automatiques refermées derrière eux, la génératrice indépendante se met en marche et les lumières s'activent. Chacun ôte son masque. Une odeur de plastique chauffé plane dans l'air. Skyler essuie la sueur qui s'est accumulée autour de sa bouche du revers de la main et gratte la peau de son visage qui démange.

— Je vais te négocier une place dans la capsule, lâche Chris à l'intention de Tessa. On a besoin de personnes comme toi.

— Et pour faire quoi au juste ? demande Tessa qui lève un sourcil.

— Il y a beaucoup à faire, crois-moi.

Une étrange étincelle brille dans les yeux de Chris. Venant de lui, il y a de quoi s'inquiéter.

— Tu as tué ces hommes sans sourciller, lance Émy d'un air méfiant. C'est ce que le Parangon t'a enseigné ou c'est juste toi ?

— Émy s'il te plaît, s'en mêle Skyler. Elle nous a sauvé la vie. Tu pourrais au moins la remercier.

— Tu ne sais pas ce que le Parangon est capable de faire, répond Tessa. Encore moins ce qui se passe dans leurs rangs.

— C'est plutôt toi qui m'intrigues. Je me demandais ce que tu faisais avec Sky. Tu ne devrais pas être avec eux justement ? À moins que tu ne les aies abandonnés.

— Mes allégeances ne te regardent pas. Je ne partage pas la

même vision que Duke, c'est vrai, mais je n'ai pas non plus envie de voir l'Arche sombrer. Ses méthodes, comme tu as pu le constater par toi-même, ne sont pas recommandables.

Émily la fusille du regard.

— Et les tiennes ?

— Vous aurez tout le temps du monde pour régler vos comptes dans la capsule, les interrompt Chris. Je vous rappelle qu'il ne nous reste que quarante-sept minutes avant le détachement.

— J'avais terminé de toute façon, répond Émily qui se dirige vers le couloir qui mène aux Nefs.

— Où est-ce que tu vas ? répond Chris.

— Régler mes comptes, comme tu dis.

Chris la rejoint pour déverrouiller la porte et s'y infiltrer. Skyler et Tessa les suivent, tandis que la voix énervée d'Émily se perd lorsqu'elle s'enferme dans une des cabines de verre. Tessa fait de même et laisse Skyler seul avec Chris.

— Pas plus de quinze minutes, lance Chris dans une vaine tentative de garder le contrôle.

Skyler ne répond pas et rebrousse chemin. Une fois qu'il a posé le pied à l'intérieur de la salle des sphères, Chris l'arrête.

— Pourquoi est-ce que tu me fais encore la tête ?

— Ne pense pas que je t'ai pardonné seulement parce que tu m'as sauvé.

Skyler scelle la porte devant le regard ébahi de Chris.

Skyler dépose la sphère de son père sur le compartiment qui se rétracte pour la numériser. L'écran affiche un temps d'attente estimé à plus d'une semaine. Depuis quand est-ce que le traitement prend si longtemps pour être complété ? D'ici là, l'Arche ne sera plus qu'une épave au fond de l'océan.

Il prend place dans la Nef qui ronronne à son contact. Il navigue dans les archives comme par instinct, faisant valser les menus de gauche à droite avec sa main. Rapidement, il tombe sur les vidéos de l'explosion, mais le système exige un mot de passe spécial.

Même s'il ne veut pas se l'avouer, il a besoin de l'aide de Chris. Skyler ravale son orgueil et l'appelle.

— Maintenant tu aimerais me parler? demande Chris qui s'infiltre dans l'espace restreint.

— Ne rends pas ça plus difficile que ça ne l'est. Ton code.

Chris pourrait simplement refuser, mais il pianote sur le clavier holographique sans rechigner. Une fois l'accès déverrouillé, il lui lance un sourire en coin avant de lui rappeler que le temps file et qu'il faudra vite s'éclipser.

Le système intelligent a répertorié sous le même dossier d'évènement les vidéos de l'explosion sous différents angles. Une analyse préliminaire montre des dégâts importants dans des lieux stratégiques un peu partout sur l'Arche. La déflagration s'est propagée dans toute une section bien indiquée sur une carte en temps réel. Le quartier général du Parangon, le Commandement, et le secteur résidentiel du parc et des archives se retrouvent isolés.

Curieux de savoir ce qui est à l'origine de l'explosion, Skyler visionne la reconstitution de l'évènement qui a précédé la détonation. Les images montrent un gaz qui s'échappe d'un mur menant vers un entre-deux. Étrange.

Il revient en arrière pour s'en assurer. Rien ne contredit son hypothèse. Les entre-deux n'ont pas de caméra de surveillance. Quelqu'un qui connaît bien les dessous du vaisseau en est responsable. C'est la seule explication.

Soudain, quelqu'un émerge d'un coin. Il est grand et très pâle, ou bien c'est le gaz qui brouille la lentille. Quelque chose frappe la caméra et la vidéo coupe.

Sous un angle différent, les images d'après l'explosion montrent à quel point les dommages sont importants à travers la majorité des couloirs. Tous les moyens directs de rejoindre la capsule du Commandement en sont affectés.

Comment Chris s'est-il rendu jusqu'à eux dans ce cas ? À moins que le Parangon ait réussi à libérer une section... mais d'après l'étendue des dégâts, ils auraient eu besoin de plusieurs jours.

Un autre évènement apparaît dans la liste et porte le nom d'évacuation avec le sigle en cours. Les survivants de l'attentat remplissent l'atrium. D'autres ont été amenés vers le parc comme cela a été le cas d'Émily et de ses propres parents. Plusieurs postes de contrôle ont été érigés, tel que le montre le fil déroulant des actualités dont semble se servir le Parangon, leur symbole mis bien en évidence sur l'écran. L'explosion a endommagé les circuits, car toutes les caméras du côté du Commandement sont hors ligne.

Les entre-deux pourraient les y emmener. Mais avec la panne, ils auront du mal à s'orienter. Sa chute avec Tessa dans le conduit d'aération est une preuve plus que suffisante. Ils n'auront que très peu de temps.

Skyler est sur le point de fermer le tout, mais quelque chose le retient. Il s'extirpe de la Nef et s'approche du panneau de contrôle. D'un geste de la main, il scanne son bracelet qui lui donne accès au répertoire de sphères de mémoire.

Elles sont plus d'une centaine et luisent comme des étoiles. Un sentiment de fierté l'envahit. Chris cogne sur la vitre de la porte et lui fait signe de se dépêcher.

Skyler lui fait signe qu'il n'a besoin que d'une minute. Il choisit une sphère.

Il n'y a pas plus personnel que les souvenirs de quelqu'un. Par principe, il n'en a jamais ouvert le contenu. Sauf pour l'homme sans histoire qui avait voulu servir de cobaye pour le projet, avant même que Skyler utilise une sphère à proprement parler.

Cette fois-ci, c'est différent. Madame Farrell était sa patiente, mais aussi une amie. Son départ soudain est tellement frais qu'il peut l'entendre raconter ses histoires abracadabrantes qui auraient fait lever les yeux d'Émily au ciel toutes les dix secondes. Heureusement qu'Élaine lui avait donné son autorisation pour consulter sa sphère à des fins de recherches, même si elle ne s'était pas préoccupée de tout ce jargon comme elle disait. Madame Farrell lui a fait confiance et il ne compte pas la décevoir maintenant.

Différents évènements sont répertoriés, mais ce qui l'intéresse est celui qui a été reconstitué sous le nom « famille ». Des vidéos de l'entourage d'Élaine Farrell durant des anniversaires et des moments marquants se succèdent. Skyler regarde silencieusement, bien que les images ne restent pas assez longtemps pour qu'il puisse vraiment s'y attarder. Il examine davantage les visages dont la netteté est surprenante. Il espère que Nathan aura bientôt terminé d'apporter les correctifs nécessaires tels qu'il les a promis. C'est un sentiment étrange que de pouvoir voir à travers les yeux de quelqu'un. Comme une deuxième peau. Il ne peut imaginer ce que Nathan sera capable de faire.

Des coups saccadés sur la porte en verre font sursauter Skyler qui croise le regard furieux de Chris. Il s'empresse d'éteindre la sphère de madame Farrell alors que Chris entre en trombe. Pourtant, l'accès devrait être restreint.

— Tu en mets du temps. C'est pourtant ce que nous avons le moins. Trente-deux minutes. On part maintenant, ou ce sera fini pour nous.

Skyler grogne en guise de réponse et se dirige vers la sortie. Chris ferme la marche. Ils vont rejoindre Émily et Tessa qui les attendent à l'entrée des archives, chacune de leur côté.

Tessa semble absorbée dans ses pensées et fait les cent pas. Émily, quant à elle, se mord la lèvre inférieure, occupée à scruter le bout de ses ongles.

Skyler fronce les sourcils. Quelque chose la tracasse.

— L'explosion a bousillé les caméras de vidéosurveillance, dit Skyler à l'intention de Tessa.

— J'ai quand même réussi à me connecter à certaines caméras indépendantes seulement connues du Parangon, répond-elle en les regardant chacun leur tour. On devra passer par le puits de lumière du réfectoire. C'est l'unique raccourci. Mais on devra se rendre jusque là d'abord.

Est-ce que c'est comme ça qu'elle a su où Skyler se trouvait quand il y était pour Clarissa ?

— Tu veux dire sauter du haut de dix étages ? dit-il incrédule.

Tessa retient un petit rire alors que Chris les observe, agacé. Émily ne semble pas leur prêter attention.

— Est-ce que les escaliers vous conviennent, docteur ? ajoute Tessa.

— Quel est le plan ? s'énerve Chris.

— On se rend jusqu'au réfectoire, puis au Commandement, enchaîne Tessa, insensible à son impatience. Vu comment l'explosion a divisé l'Arche en deux, faire un détour prendrait trop de temps.

Y aurait-il une alternative aux entre-deux ? Skyler se tourne vers Chris :

— Comment est-ce que tu es parvenu jusqu'à nous ?

— De la même façon qu'Émily. Demande-lui.

En entendant son nom, elle lève la tête comme s'ils la surprenaient à faire quelque chose d'insensé.

— Le Strahl, dit Émily qui reprend sa contenance. C'était le moyen le plus rapide.

— Faisons-le comme ça dans ce cas, dit Skyler, presque soulagé.

Ce sera bien moins compliqué. Les risques qu'impliquent d'utiliser les entre-deux sont nombreux, d'autant qu'ils ne savent toujours pas ce qui se trouve du côté du Commandement.

— Non, tranche Chris. On a pu chacun prendre un Strahl parce qu'Émily a bousillé le pressurisateur et mis la capsule autonome en mode d'urgence. Maintenant qu'il est réparé et stabilisé, il n'y a qu'une seule entrée possible et c'est celle de l'intérieur de l'Arche qui, je vous le rappelle, se fermera à tout jamais dans vingt-neuf minutes.

— Dans ce cas, on devra utiliser les entre-deux, dit Skyler. Chris, as-tu eu le temps d'explorer le réseau ?

— Un peu, pourquoi ? demande-t-il, méfiant.

— Tu pourras m'aider si jamais j'hésite. On est tous dans le même bateau.

Des bruits d'armes à feu, suivis d'un cri étouffé, mettent fin à leur conversation.

Le corridor.

Une silhouette passe sans s'arrêter. À la manière dont elle court, elle a été touchée sur le côté. Deux civils méconnaissables marchent en automates et le suivent de près. Ils rechargent leurs armes. Une fraction de seconde trop tard, Skyler reconnaît le blessé :

— Léandre !

Il sort du hall des archives sans réfléchir. L'air est bien plus frais qu'à l'intérieur. L'un des civils se retourne vers Skyler, l'autre poursuit sa course dans le sens opposé. Ses yeux sont vides comme si on lui avait aspiré son âme.

Il pointe son arme.

Skyler est pris par surprise et pivote pour prendre la fuite. Il perd l'équilibre et chute en avant, bras tendu, tandis qu'une balle lui égratigne le dos. Le coup de feu pulse dans ses tympans. Merde !

Skyler reprend aussitôt son élan et bifurque sur le côté. Deux détonations rapides le contraignent à se jeter par terre. Il amortit le choc avec ses avant-bras qui frottent douloureusement contre le sol. La peau lui brûle déjà, irritée par la friction du métal, et il se retourne pour constater que le civil est affalé à terre.

Ses oreilles bourdonnent encore quand Tessa le rejoint :

— Tout va bien ?

Une de ses tresses s'est dénouée et son teint est pâle.

— Ça va, merci, dit Skyler qui se relève. Je n'aurais pas dû faire l'imbécile.

— Au contraire. Ça m'a permis d'avoir une visée nette. Ils ne s'attendaient pas à ce que je débarque, trop occupés à tirer sur toi et ton ami.

Skyler lui retourne un sourire timide, quand même embarrassé par son imprudence, puis va rejoindre les autres qui se sont réunis dans le hall des archives. Chris sert d'appui à Léandre qui a connu de meilleurs jours.

— Laisse-moi voir ça, dit Skyler qui s'approche de lui pour évaluer les dégâts sur son flanc.

— Je peux te dire que ça fait fichtrement mal, jure-t-il entre ses dents.

— Ces civils... est-ce que ce sont des Dissidents qui travaillent pour la Confrérie ? demande Émily, songeuse. Ils auraient pu prendre une drogue et perdre toute notion de la réalité.

— À moins que ce soit le Syndrome qui les rende comme ça, dit Léandre. Je n'en ai aucune idée.

— Ce ne sont pas des effets connus en tout cas, répond Skyler. Ça doit être autre chose.

— On n'a pas le temps de débattre de ce qui leur est arrivé, les interrompt Chris. Il nous reste vingt minutes pour survivre. On doit y aller maintenant.

— Je dois d'abord m'occuper de sa blessure sinon il ne pourra pas suivre, insiste Skyler.

Il rentre ses doigts dans la chair tendre sans avertir Léandre, ce qui lui arrache un hurlement.

— Putain ! mais qu'est-ce que tu lui fais ? s'énerve Chris hors de lui. Tu vas infecter sa plaie et ce sera pire.

— Je l'aide. Tessa, j'ai besoin de ta pommade s'il t'en reste encore.

— C'est quoi cette pommade ? la presse Chris.

— Ça le sauvera, répond-elle sans plus de détails.

Tessa lui passe le tube à moitié rempli et Skyler s'empresse de l'ouvrir.

— Mets-en seulement un peu cette fois. Ça fera tout autant effet.

Il applique le médicament qui se liquéfie rapidement en

créant une mousse qui recouvre le trou. Satisfait, Skyler se relève pour redonner le tube à Tessa.

—C'est anesthésiant, ajoute-t-elle en s'approchant de Léandre. Tu devrais pouvoir suivre.

—Je ne peux pas.

Sa voix est tendue, ses yeux exorbités, comme s'il n'avait pas dormi depuis deux jours.

—De quoi est-ce que tu parles ? lui demande Chris qui lui saisit l'épaule. Je t'ai cherché partout. Maintenant que tu es là, tu ne nous quittes plus.

—Je me suis échappé du camp de réfugiés. Ils sont en train de tous nous tuer.

—Raison de plus pour t'éloigner d'eux le plus possible.

—Qui ? s'enquiert Skyler.

—Le Parangon.

—C'est n'importe quoi, s'interpose Chris, ahuri. Pourquoi est-ce que mon père ferait ça ?

—C'est à toi de nous le dire, intervient brusquement Émily. Il t'a conçu. Vous partagez le même sang et la même chair. Vous devez bien raisonner de la même manière.

—Émily, dit Skyler malgré lui. Je ne pense pas que Chris le sache. Ce n'est pas une raison pour lui tomber dessus.

—Mais...

—Chris, reprend Léandre. Je dois rejoindre Mira. Tu sais à quel point elle peut être entêtée.

—Si tu y vas maintenant, tu mourras avec elle, rétorque Chris, la voix plus grave.

Tous les deux se regardent intensément jusqu'à ce que Léandre parle, les lèvres pincées.

—Je suis prêt à prendre le risque. Mira se trouve au centre de recherches, toute seule. Elle n'était pas avec les réfugiés, ce qui veut dire qu'elle pourrait être encore en vie.

—Ça, tu ne le sais pas, répond Chris émotif, les poings serrés. La maladie de son père l'obsède.

—Tu ne me feras pas changer d'avis.

—Regarde dans quel état que tu te trouves ! Tu ne te rendras même pas jusque là-bas.

Chris a un sourire amer. Il a presque l'air vulnérable.

—Pas si j'y vais avec lui, se propose Émily.

Le rythme cardiaque de Skyler accélère et, dans l'impulsion, il attrape son bras.

—Tu ne peux pas être sérieuse. J'ai besoin de toi.

—Et moi j'ai besoin d'aller là-bas, dit-elle, déterminée. Je ne peux pas te dire pourquoi maintenant. Tu dois me faire confiance.

Skyler devrait la raisonner, mais sa gorge se contracte et aucun son ne sort. Il laisse tomber son bras.

Quand viendra le temps de commander le vaisseau, Émily ne sera pas à ses côtés. La réalité le frappe de plein fouet et sa lèvre se met à trembler. Il retient de toutes ses forces ce qui risque de l'engloutir s'il ne se tait pas.

—Une fois qu'on aura terminé, on essaiera de vous rejoindre, leur dit Émy. C'est le détour plus long dont on avait parlé.

—Vous êtes fous, lâche Chris qui lève les bras.

Tessa se rapproche d'Émy et lui tend une arme.

—Prends ça. Ça te sera utile.

Elles échangent un regard qui s'étire, puis Émily accepte. L'éclat dans les yeux de Tessa ressemble à une forme de profond respect.

—À plus tard.

Émily range le pistolet dans sa poche, la crosse sortie et fait une accolade à Skyler.

—Je suis désolée, murmure-t-elle.

Quelque chose lui chatouille le cou. Il sait que c'est une larme. Émily va rejoindre Léandre.

—On se revoit de l'autre côté, leur dit Léandre qui se déplace avec l'aide d'Émy.

Skyler ne peut pas croire qu'il les laisse partir sans rien faire. Le sentiment d'impuissance le ronge... le même que lorsqu'il a dû lâcher la main d'Allen par manque de force. Il ne parvient pas à détacher son regard d'Émy jusqu'à ce qu'ils disparaissent au coin.

— Merci, lui dit Chris. D'avoir pris ma défense. De rester.

Skyler hésite à dire quelque chose et va rejoindre Tessa à la place.

Ils réussiront à prendre les commandes de l'Arche et à mener les Archéens à la Terre promise pour un nouveau commencement.

Pour Émily.

30

ÉMILY

Pour la première fois, c'est l'heure des réponses.

Accompagner Léandre jusqu'aux laboratoires Delta n'est qu'une excuse, c'est vrai. Mais l'attente a assez duré, maman. Ta meurtrière ne pourra plus se cacher en permanence. Elle aura des comptes à rendre.

Les contours durs et anguleux du pistolet dans sa main sont déplaisants. Il est trop lourd, massif, le fardeau d'une responsabilité qu'il vaut mieux ne pas porter. Même si papa a insisté pour l'entraîner à se défendre comme le Parangon l'enseigne, elle a toujours eu des réticences quant aux armes à feu. Il y a quelque chose d'horriblement mauvais à encapsuler la mort dans un engin métallique de cette taille. L'esprit d'un juge froid et impitoyable qui n'a pas sa place sur l'Arche. Pourquoi lui donner le pouvoir d'enlever la vie de survivants ? Un vaisseau fantôme, ce n'est pas très gagnant pour repartir la civilisation.

De sa main libre, Émily aide Léandre à marcher, éclopé à cause de son flanc meurtri. Les couloirs saturés d'humidité se succèdent lentement, mais le temps, lui, fuit. Moins de vingt minutes pour retrouver Mira et apprendre la vérité.

— Et si on croise d'autres gens armés ? lui demande Léandre qui a le souffle court.

— On s'en débarrasse, répond Émily d'une même voix.

Ils quittent l'apparent confort des lumières diffuses pour s'enfoncer dans un coin plongé dans les ténèbres par endroits. Léandre ajoute, songeur :

— Cette fille... Tu crois pouvoir faire comme elle ? Elle les a liquidés sans broncher.

— Tu peux le faire à ma place si tu veux.

Léandre doute de ses capacités. Elle n'est peut-être pas aussi douée que Tessa, mais elle a du cœur au ventre.

— Je ne dis pas ça pour ça, se renfrogne-t-il.

— Alors, tais-toi et laisse-moi faire.

Ironiquement, sa fausse assurance lui donne de la confiance. Pourvu que ce soit suffisant pour passer à travers les vingt prochaines minutes.

Leurs ombres s'étirent sur le mur faiblement éclairé par un faisceau lumineux égaré.

— Elle est chanceuse d'avoir un mec comme toi, dit Émily pour alléger l'atmosphère.

Ils s'engagent dans un nouveau couloir avec plusieurs embranchements perpendiculaires parsemés de sources lumineuses éparses.

— Elle ne le sait pas, dit-il en inspirant profondément.

Émily le regarde, incrédule. Il garde la tête baissée et s'assure de ne pas trébucher sur un obstacle invisible.

— Tu risques ta vie pour une fille qui ne sait même pas que tu es amoureux d'elle ?

— C'est plus compliqué que ça, dit-il la mine sombre. Surtout quand cette fille a quelqu'un d'autre en tête.

— Je croyais que ça s'était réglé à la fête.

Elle s'appuie sur le mur à chaque intersection pour vérifier qu'il n'y a personne. Léandre semble mieux se tenir sur ses deux jambes. Cette pommade est drôlement efficace.

— Chris, souffle-t-il. Elle l'aime.

Une variation se reflète dans son énergie comme s'il venait de se faire pincer.

— Et qu'est-ce qu'il en dit, lui ?

— Tu le connais. Il ne lui prête même pas attention.

Quelqu'un. Émily pousse Léandre vers la gauche et se jette sur le mur opposé. Elle serre la crosse de son pistolet qu'elle appuie contre sa poitrine. Son cœur tambourine.

Bon sang. Ce n'était qu'une ombre.

— Qu'est-ce qu'il y a ? s'exclame-t-il.

Il s'aide du mur pour se relever, mais elle lui fait signe de se taire. L'ombre repasse à nouveau.

— Quelqu'un s'en vient vers nous, chuchote-t-elle.

Le mal de tête se mêle de la partie. Génial. Il manquait plus que ça.

— Enfin je crois, dit-elle, incertaine.

A-t-elle bien vue ? Deux fois oui, mais il faudrait vérifier. Ça s'est passé tellement vite.

— Tu vas lui tirer dessus ? lui demande-t-il sérieusement à voix basse.

— Tu dis ça comme si j'avais le choix.

— S'il ne nous a pas encore tiré dessus, ça veut dire qu'il ne nous a pas vus. On devrait tout simplement courir.

— Je dis que c'est une mauvaise idée.

Son intuition dit que ça va mal tourner.

— Regarde la longueur du couloir, ajoute-t-il en pointant un doigt devant. Ça va nous prendre trop de temps. Si tu veux avoir une chance de rejoindre Chris et les autres, il faut avancer plus vite.

Elle soupire. Soit elle tire, soit ils risquent leur vie.

Léandre lève les sourcils :

— Alors ?

— Si ça tourne mal, ce sera de ta faute, dit-elle en regrettant aussitôt sa décision.

— Tu prends la décision et c'est sur moi que tu veux jeter le blâme ? Pour une fille qui travaille pour la justice...

— Oh, tais-toi.

Émily part devant et ses craintes se confirment. Une

silhouette bondit pour lui barrer la route qui la sépare des laboratoires Delta. L'insigne triangulaire brille sur les portes givrées droit devant. Bon sang ! Ils y étaient presque.

— Quel camp ? la somme une jeune fille armée.

Elle a probablement le même âge qu'Émily. Son visage ressemble drôlement à celui de Reyes avec sa longue chevelure marron foncé, ses yeux noirs et son teint basané.

— Dissident, lâche Léandre qui vient la rejoindre en boitillant.

Émily se raidit. Mais à quoi pense-t-il à la fin ?

— La voie est libre devant, ajoute une femme d'âge mûr qui émerge de l'obscurité.

Deux ombres. La mère de la fille à première vue. Elles ont des habits étranges, une variation plus colorée et détaillée des uniformes typiques de l'Arche, avec le symbole du cycle de la vie que l'on verrait plutôt au sanctuaire. La signature énergétique des deux femmes se ressemble aussi : des teintes rosées qui tendent vers le rouge par moments. Émily aurait dû sentir leur présence.

— Cette rapace du Parangon se fera descendre bientôt, crache la mère qui baisse son arme dont Émily ne peut détacher les yeux.

Si même les Dissidents sont armés, ils sont dans le pétrin. Ils ont accès à l'Arsenal qui devrait être exclusif au Parangon.

— Est-ce que les laboratoires ont été endommagés ? s'enquiert Léandre qui semble tout à fait à l'aise de discuter avec elles.

— Il y a eu des affrontements un peu plus tôt, répond la mère. Ceux qui s'y trouvaient au moment quand on est entrés ont résisté avec force. Heureusement que la majorité de leurs agents étaient stationnés ailleurs.

— C'est un endroit sûr maintenant, précise sa fille.

D'un seul coup, des tirs fusent dans tous les sens, les forçant à chercher refuge dans l'ombre.

Quelle idée stupide ! Maintenant qu'ils sont alliés à des Dissidents, ils pourraient se faire liquider par l'armée de Duke.

— Ils n'abandonneront donc jamais ? gémit la fille.

— Un système vieux de plus d'un siècle résistera jusqu'à la toute fin, répond sa mère.

Elles font comme si Léandre et Émily n'étaient pas là et échangent des coups de feu avec leurs nouveaux assaillants.

Émily en profite pour se glisser furtivement vers l'entrée des labos. Léandre la suit toujours. Bien.

Deux, quatre... non, six autres agents du Parangon fondent sur eux. Trop tard pour revenir en arrière. La mère et sa fille reprennent de la vigueur et demandent des renforts via une oreillette.

Une balle se loge dans une lumière encastrée : l'obscurité revient subitement sur environ deux cents mètres.

Émily redouble de vitesse, jusqu'à ce que l'inévitable se produise. Elle trébuche. La douleur fuse dans sa cheville. Son pistolet est projeté plusieurs mètres devant elle.

Léandre la rattrape et s'empare du pistolet.

Il tire. Encore et encore.

— Cours ! lui hurle-t-il, pris de frénésie.

Elle parcourt les deux cents derniers mètres en clopinant et ouvre la porte avec son bracelet. Elle crie à Léandre de se dépêcher, ce qui attire l'attention des trois agents restants qui filent tout droit vers eux.

— C'était vraiment stupide de ma part, dit-elle une fois que les portes se sont refermées derrière eux.

Elle les verrouille temporairement avec son bracelet. Ils se trouvent à quelques pas du grand hall désert qui tient lieu d'accueil pour le centre de recherches.

Ils ont réussi.

— L'important c'est qu'on se soit rendu. Par contre, on n'a plus de munitions.

Il lui montre le chargeur vide et soupire.

Les jambes d'Émily tremblent de fatigue. Au moins, il n'en reste plus pour longtemps.

— Où est-elle ? s'enquiert Émily qui contrôle sa respiration pantelante.

— Au labo 134. Par là.

Émily pourrait vérifier sur son bracelet combien de temps il leur reste, mais elle s'abstient, trop effrayée. Léandre lui demande :

— Pourquoi tu m'accompagnes dans cette mission suicide ? On sait tous les deux qu'on ne sortira pas vivant d'ici.

Pour une raison qu'elle ne s'explique pas, les mots de Léandre la mettent mal à l'aise. Dans quoi s'est-elle embarquée ?

— Ma mère a été condamnée pour avoir découvert un secret.

Il s'appuie sur le mur, main sur sa blessure.

— Et une fois que tu sauras ?

Émily lâche un soupir.

— Rejoindre la capsule avant qu'elle ne se détache. Sinon, retrouver le responsable de la condamnation de ma mère.

— Une vengeance.

— Appelle ça comme tu veux. On ferait mieux d'y aller.

Les larges portes s'ouvrent sans bruit sur le centre de recherches. Une pellicule bleutée recouvre les surfaces qui devraient être immaculées. Les quelques Dissidents qui y sont regroupés les interrogent pour confirmer leur allégeance de la même manière que la mère et sa fille un peu plus tôt. Léandre a du mal à contenir son impatience : il n'arrête pas de taper du pied. On les laisse finalement tranquilles et Léandre ne perd pas une seconde. La blessure à son flanc semble mystérieusement guérie, il est plus rapide et Émily peine à le rattraper. Quelques lumières s'allument automatiquement sur leur passage et s'éteignent quelques secondes après.

Le long corridor du centre de recherches est en réalité un fer à cheval. Le labo 134 niche en plein milieu. Léandre y pénètre, puis s'arrête brusquement en jurant. Son aura prend une teinte bleu sombre.

Quelque chose de grave.

Émily le rejoint. Il est accroupi. La porte est coincée entre deux mondes, ni ouverte ni fermée. Le labo ressemble à la cabine des Bates : encombrée et odorante. Aucune surface libre. Des livres, des cahiers de notes, des microscopes, des éprouvettes. Une section complète d'un des deux comptoirs a été jetée par terre dans un fatras de verre brisé et d'éclaboussures de solutions. Mira est étendue sur le sol, une mare de sang autour de ses longs cheveux roux. Son poing droit est fermé, comme crispé autour de quelque chose.

Léandre est sous le choc, figé, les yeux exorbités. Quand Émily pose une main sur son épaule, il sursaute et vérifie les signes vitaux de Mira.

Émily ne dit rien. Il n'y a rien à dire. Léandre sera hanté toute sa vie, du moins pour ce qu'il en reste, d'être arrivé trop tard.

— Vas-y, lui dit-il en caressant les cheveux de Mira. Je vais rester avec elle.

Émily hoche la tête et se glisse hors du centre de recherches.

***

Elle doit ralentir la cadence. Son corps commence à frapper ses limites, même s'il n'y a plus assez de temps. Elle pourrait succomber à sa fatigue et à son stress à tout instant, mais la vue de l'atrium est encourageante. L'accès à la prison est juste derrière. Encore un peu et ce sera fini.

Un calme plat règne. Le bourdonnement du vaisseau pulse comme les battements réguliers d'un cœur endormi. Quand elle contourne les portes scellées de l'atrium pour atteindre l'ascenseur, l'écho de cris étouffés lui parvient. Elle hésite.

Les Dissidents leur ont dit que le Parangon contrôle cette zone et que les Archéens y ont été redirigés. Gabrielle et papa pourraient tout aussi bien s'y trouver. Sont-ils en danger ?

Une puissante oscillation d'énergie derrière elle la tire de ses pensées. Elle trouve refuge dans l'ascenseur secret. Un groupe d'agents du Parangon défile à l'endroit exact où elle s'était arrêtée quelques secondes plus tôt. Ils traînent des civils comme un butin. Un vacarme assourdissant s'échappe de l'atrium. Les portes sont ouvertes.

—Ces moins que rien se sont cachés parmi eux. Gardez-les tous enfermés et éliminez-les jusqu'au dernier. Ils sont faibles.

Si elle le pouvait, Émily appuierait plus fort sur le bouton de l'ascenseur jusqu'à le briser. Duke Kay est ici. Évidemment que c'est lui qui commande l'offensive contre la Confrérie et les Dissidents.

Seule contre une armée, elle n'a aucune chance. Papa. Gabrielle. Faites qu'ils soient restés dans leur cabine. Il ne faut pas que Duke s'en prenne à eux dans l'atrium.

Elle se surprend à réciter une prière intérieure au Créateur. Quand tout est perdu, on fait des choses insensées.

L'ascenseur s'arrête à l'étage de la prison : c'est comme si elle était sur pause, plongée dans l'éclairage bleuté des lumières d'urgence. L'air est immobile. Le chaos du niveau supérieur semble appartenir à un tout autre monde.

Le fameux détecteur à l'entrée est désactivé. L'odeur de renfermé reste inchangée, par contre. Rappel amer d'une vie où l'on se servait d'elle à son insu. Les mensonges, il y en a tellement. Elle ne sait pas par où commencer. L'ignorance est un péché si doux, si sournois.

Les Dissidents qu'elle a questionnés ce jour-là ont aidé la Confrérie, directement ou non. L'arsenal des systèmes de sécurité se trouve ici. Ils ont profité de la simulation pour mettre la main sur un prototype ou, pire, tester leur savoir-faire.

Aucune trace de Ludo. Même la porte scellée ne l'est plus. La voie est libre.

Le numéro des cellules défile sous ses yeux. Vingt-sept, vingt-six, vingt-cinq, vingt-quatre. Celle de Reyes. Bien sûr, elle est vide maintenant. Elle mène sans doute possible son propre groupe de Dissidents à travers le labyrinthe de l'Arche pour chasser les agents du Parangon avec la même fougue que lorsqu'elle avait attaqué Émily lors de son premier interrogatoire. Émily continue.

Dix-huit, celle de Milo. Des années semblent s'être écoulées depuis la dernière fois.

Elle jette un coup d'œil par la vitre. L'intérieur de la cellule semble tout aussi vide. Pourquoi Milo y serait-il alors que tout le vaisseau est en alerte ?

Une pointe de déception la tenaille. Croyait-elle réellement qu'il attendrait qu'elle revienne ? Que la meurtrière de sa mère aussi l'y attendrait ?

Émily s'éloigne lentement pour revenir à l'entrée, puis se ravise, accablée par un étrange pressentiment. Elle ouvre la porte de la cellule avec son bracelet. Juste pour être certaine.

La pièce est bien déserte. Sauf... une vibration.

Elle se penche. Un éclat jaune foncé. Milo est roulé en boule sous la table.

Elle murmure son nom, de peur de l'effrayer.

Ses vêtements sont déchirés et il est sale. Sa peau est crasseuse comme si toute la poussière de sa cellule s'y était collée par la force d'un aimant et ses cheveux courts sont huileux. Il a les poignets luisants et irrités. Ludo. Évidemment.

Il la voit.

— Oh mon Dieu ! Qu'est-ce qu'il t'a fait ? chuchote Émily.

Son aura ressemble à une spirale sombre, quelque chose d'unique. Il vit un trauma grave. L'émotion qui avait saisi Émily quand elle avait abandonné Milo aux mains de Ludo revient la hanter, l'étouffe.

— Je t'assure que je ne savais pas.

Rien n'excuse sa fuite. Elle aurait pu arrêter Ludo quand elle a su ce qui se passait vraiment.

Des larmes brûlent les joues d'Émily. Milo l'observe en silence.

—Je réalise à peine l'ampleur de ce qui se passe ici. Je croyais que je comprenais, mais j'avais tort.

Il ne répond pas. Peut-être réfléchit-il à la façon la plus efficace de la tuer. Elle ferait pareil.

—Je sais que tu n'es pas comme eux, dit-il finalement. Tu ne serais pas ici, sinon.

La force inattendue dans sa voix est électrisante. Elle rallume un espoir impossible. Les souffrances qu'il a endurées n'ont pas suffi à l'éteindre. Comment est-ce possible ?

—Croire en soi, dit-il pour répondre à sa question muette. Qu'on peut faire une différence.

En chancelant, Milo sort de son trou pour s'asseoir sur le coin du lit qui se plie sous son poids. Les minces draps blancs se rident autour de lui. Il se relève aussitôt pour se rasseoir un peu plus loin : une tache sombre souille le tissu immaculé une seconde plus tôt. Milo étire ses lèvres gercées où flotte un mince sourire.

Émily se sent sale. Elle voulait la vérité. En voilà une partie. Et ce n'est ni une révélation, ni un proverbe bien formulé. C'est une personne en chair et en os avec toute sa beauté et sa force. Mais c'est aussi de la souffrance. De l'ignorance. Une responsabilité. Elle s'essuie les joues.

—Tu es libre maintenant, dit-elle.

Il se relève et se rapproche d'elle. Le blanc de ses yeux contraste avec sa peau d'ivoire ternie. L'aura de Milo embrasse celle d'Émily comme un courant électrique. Le jaune se mêle au rouge pour donner naissance à un orange éclatant. Une flamme.

—Je ne suis pas faible.

Un frisson la parcourt. C'est comme si Milo réussissait à lui transférer son énergie pour lui montrer à quel point sa volonté est profonde et vaste. Sans limites. Mais aussi complexe dans toute sa beauté. Des recoins subtils et inexplorés.

—Je sais.

Émily a eu tort. Tellement tort.

Milo n'est qu'une victime. Délaissé. Opprimé. Torturé. Sans doute y en a-t-il d'autres. Tous ces Dissidents. Cette mère et sa fille. Reyes. Leur rage a une raison d'être.

Yasmina. Ludo. Même les ordres du commandant. Pourquoi cette injustice, ce sadisme ? Ça n'a aucun sens.

— Il te reste encore cinq minutes pour rejoindre la capsule, lui dit Émily en consultant son bracelet à contrecœur.

— Tu ne veux pas savoir ce qu'ils m'ont fait ?

Il est si proche qu'elle a l'impression de le toucher. C'est doux, timide.

— Je... je ne pourrais pas.

Il sourit faiblement, un éclat triste dans les yeux. Comment en est-il capable après ce qu'il a enduré ?

Des émotions étrangères s'infiltrent dans son ventre et se déploient dans ses veines. Une sensation de synchronisation de leurs auras. Une énergie qui n'est pas la sienne l'enveloppe : un rêve.

— Ces choses n'existeront pas sur la Terre promise, chuchote-t-il d'une voix chaude.

— La Terre promise ?

Milo fait quelques pas vers la porte et l'air autour d'elle se refroidit. Un sentiment de manque l'emplit.

— Là où la Confrérie nous mènera. Sa mission. Aujourd'hui, les grands tomberont pour laisser place à la vérité.

— Si seulement c'était vrai. Ou même possible.

Le sourire de Milo cette fois-ci a l'air enfantin et l'impression est suffisante pour faire croire à Émily qu'ils auraient pu être amis dans une autre vie.

— Ils sont préparés depuis longtemps, dit-il les mains sur ses hanches osseuses. Pour l'affront final dans la capsule.

— Est-ce que ça veut dire... ?

La Confrérie savait. Ils ont infiltré le Commandement ? S'ils réussissent réellement à prendre le contrôle du vaisseau, qu'est-ce que ça signifie pour eux ?

Milo est sur le point de sortir de la cellule. Les traits de son visage se tendent quand il dit :

— Promets-moi que tu ne deviendras jamais comme eux.

Yasmina. Ludo. Duke. Le commandant. Et tous les autres qui sont impliqués dans ces machinations et ces mensonges. Dans des illusions de moralité et de justice.

— Si tu peux me pardonner, répond-elle, la gorge nouée. Je peux te le promettre.

Le visage de Milo se radoucit.

— Là où l'on ira, chacun aura droit à sa deuxième chance.

Il disparaît comme un rêve. Les traces de son aura laissent une pluie scintillante derrière lui. Émily se remémore la sensation étrange qui l'a enveloppée. Cette chaleur électrisante. Qu'est-ce que c'était ?

Émily sort à son tour de la cellule qu'elle verrouille derrière elle.

Une deuxième chance ? Est-ce qu'elle la mérite vraiment ?

La confiance aveugle que Milo a en la Confrérie est admirable. Émily est fortement tentée, mais les désirs et la réalité sont deux choses bien distinctes. Délaisser les illusions de l'Arche pour adopter celles de la Confrérie...

Émily doit terminer ce qu'elle a commencé. Se réconcilier avec la réalité.

Milo est déjà en route pour la capsule. S'il court, il pourra sûrement la rejoindre à temps.

Quant à Émily... ses entrailles se contractent. Elle est consciente qu'elle marche vers sa propre mort. Son mal de tête lui rappelle qu'elle a succombé à la folie. Pure et simple.

Elle ne mourra même pas honorablement pour le sacrifice d'un être cher comme Léandre, ou comme Sky qui veut arrêter la Confrérie, ou Chris, qui veut préserver l'humanité. Qui a su prendre la bonne décision après tout.

Sa propre curiosité aura raison d'elle pour mettre un terme à un passé qu'elle aurait dû accepter tel qu'il est : irrévocable.

Les œillères qu'elle revêtait, et qui l'ont rendue aveugle

pendant toutes ces années, chaque fois qu'elle traversait ce couloir sont tombées.

Les cris de ceux qui ont souffert entre ses murs par son inaction l'obsèdent. Ils veulent que justice soit faite.

D'accord.

31

─────

SKYLER

Chris et Tessa sont devant, aux aguets, en cas d'embuscade. Skyler les suit de près. Qu'est-ce que l'avenir leur réserve ?

Chaque pas les éloigne d'Émily, mais les rapproche de la Terre promise. L'espoir qu'elle aura le temps de les rejoindre lui permet d'avancer. Elle est la seule en qui il a réellement confiance, surtout depuis que le doute s'est immiscé en lui.

Chris fait des efforts considérables. Est-ce le fait d'avoir perdu son père ou celui qu'ils ont risqué leur vie tant de fois en si peu de temps, mais Skyler ne peut s'arrêter de penser. Quand toute cette galère sera derrière eux, peut-être pourra-t-il donner à Chris, non pas une chance de s'expliquer, car ils l'ont déjà fait, mais un nouveau départ. Jusqu'à preuve du contraire, Chris n'est pas Duke.

Skyler lui-même a toujours détesté être comparé à Dylan, car il savait que c'était faux, même si cela faisait la fierté de sa mère à l'époque. Chris mérite un meilleur traitement de sa part. Plus Skyler se repasse la scène fatidique de la chute d'Allen, plus le doute sur son déroulement le ronge. S'est-il convaincu de l'implication de Chris ou, pire, a-t-il réinterprété les évènements seulement pour sa tranquillité d'esprit ? N'était-ce pas là un simple accident ? Allen glisse par inadvertance et Skyler, trop jeune et trop frêle, ne réussit pas à le remonter. Chris les trouve par hasard sans trop savoir quoi faire et réagit instinctivement pour sauver son meilleur ami. Personne n'a poussé Allen vers sa mort. Qui est-il pour faire porter à Chris un tel fardeau ?

Skyler n'est pas prêt à le considérer comme un ami, mais il pourrait essayer de l'écouter plutôt que de chercher la bagarre à tous les coups. Chaque fois, Émily a eu raison de l'inciter à régler ses différends avec Chris. Il aurait pu faire mieux, il accepte le blâme à ce propos. Quelle ironie alors que c'est exactement l'approche qu'on lui a enseignée à l'Académie pour traiter ses patients : l'écoute. C'est peu, mais c'est un début. Il ne croyait jamais penser cela un jour. Il n'en est pas à sa première erreur, dont le goût amer est bien trop familier.

— Est-ce que tout va bien Sky ? lui demande Chris qui s'est retourné.

Skyler hoche la tête et, pour la première fois, croit vraiment que Chris s'inquiète sincèrement pour lui. C'est peut-être pour se faire pardonner, mais avec tout ce qui s'est passé ces derniers jours, la solitude est un poison qui le consume de plus en plus. Sur qui pourra-t-il compter après la victoire de la Confrérie ? Il ne pourra pas soigner sa mère seul. Ce sera trop.

Tessa sera peut-être là pour l'appuyer, mais... il doit d'abord lui parler.

— On y est, dit-elle quand ils arrivent à l'intersection que Skyler se rappelle avoir explorée avec Allen lors de l'une de leurs premières escapades.

À partir d'ici, ils peuvent se rendre à n'importe quelle section centrale de l'Arche : le réfectoire, l'atrium, la Grande Porte et, normalement, le Commandement. Mais cette dernière partie a été coupée du reste à cause de l'explosion. Ils devront faire un détour par le réfectoire.

Skyler fait un balayage visuel du mur pour trouver le code qui indique l'entrée de l'entre-deux. Rien n'a changé. C'est au même endroit que dans ses souvenirs.

Chris l'aide à faire glisser le panneau, puis ils s'introduisent par l'ouverture.

— À ce rythme, on réussira à atteindre la capsule à temps, dit Chris, satisfait.

— Il reste combien de temps ? demande Skyler malgré lui.

— Un peu plus de dix minutes. Si tu penses à Émily, oublie ça.

— Que sais-tu de ce que je pense ?

— Je préfère que tu ne te fasses aucune illusion. Elle a choisi de mourir. Tu le sais très bien.

— Elle va trouver un moyen.

Ou bien lui en trouvera un. Quitte à revenir la chercher quand la situation sera sous contrôle.

Chris ne réplique pas. Pour une fois, il sait se taire au bon moment. Ils arrivent à une nouvelle intersection qui est déserte. Au moins, le Parangon n'est pas dans leurs pattes.

— Est-ce que tu te rappelles quel côté on doit prendre ? demande Tessa d'une voix dont l'écho se réverbère.

De l'eau fuit quelque part au rythme des pensées de Skyler.

Le souvenir de ses explorations avec Allen est douloureux. Skyler peut encore l'entendre lui parler avec son énergie contagieuse. C'est le problème. Tous les détails, ce qu'il disait, ses expressions, son visage, tout est très clair. Le charisme dont Skyler n'a hélas pas hérité. Ses hypothèses sur ce dont la nouvelle colonie aurait l'air. C'est grâce à lui que Skyler s'est tellement intéressé à l'avenir et à l'ancienne Terre.

Mais cet endroit ne lui parle pas. Il accompagnait Allen pour passer plus de temps avec lui. Les excursions dans les entre-deux n'étaient qu'une excuse pour avoir quelque chose en commun avec lui.

— Ça fait longtemps, se contente de dire Skyler. Je t'ai dit que j'aurais besoin de ton aide Chris. Tu as continué à explorer les entre-deux par toi-même. J'ai arrêté quand mon frère est... mort.

Ces mots, dont l'écho renforce la fatalité de la chose, sonnent pourtant comme une libération.

—Je crois savoir où c'est, répond Chris sans trahir aucune émotion. Attendez-moi ici.

Chris est peut-être passé à autre chose. D'une certaine façon, il le faut. Pour rester sain d'esprit. Pour vivre.

Pourquoi continuer à culpabiliser sans relâche ?

Les pas de Chris s'éloignent jusqu'à devenir inaudibles. Le visage de Tessa est éclaboussé par le rai lumineux bleuté d'urgence encore fonctionnel à la hauteur du mur. Elle a l'air ailleurs, le front plissé, mais Skyler décide de se lancer quand même :

—Est-ce qu'il y a quelque chose que tu voudrais me dire ? Il ne nous reste pas beaucoup de temps avant que les choses changent radicalement. Avec tout ce qu'on aura à faire, ce serait bien de jouer franc jeu.

—Ces civils au regard vide qui ont attaqué ton ami. Je sais pourquoi ils sont dans cet état.

Il ne s'attendait pas à ça, mais cela confirme ses doutes : elle en sait beaucoup plus qu'elle ne veut le laisser croire. Un mauvais pressentiment le tenaille, mais il l'écoute patiemment.

—Sous les ordres de Duke, le Parangon a effectué une série de tests génétiques. Je fais partie de ceux qui ne sont pas d'accord avec les méthodes de Duke. C'est comme ça que ça a commencé. La Confrérie est au courant et c'est ce qui les a poussés à agir plus rapidement que prévu.

—Quel genre de tests ?

Il regrette presque d'avoir posé la question, une seconde trop tard.

—Le Syndrome est une anomalie qui excite l'intérêt, surtout chez Duke. Il a voulu tester comment ceux qui en sont atteints réagissent aux différents stades de la maladie. Crois-moi, tu ne veux pas savoir quelles atrocités il a commises.

C'est peut-être mieux comme cela. Trop d'horreurs peuplent déjà ses nuits.

—Pourquoi l'unité de soins n'a jamais été mise au courant ? reprend-il.

—Il tient à garder ses activités secrètes. Ce n'est pas parce que l'Arche est tout ce qu'il reste du monde qu'il est transparent. Aucun membre de ce vaisseau ne sait que ce qu'il devrait savoir.

— Comment peut-on avoir confiance les uns dans les autres dans de telles circonstances ?

Il est abasourdi. Un commandant devrait s'assurer de garder tous les Archéens unis. Il est le pilier sur lequel ils s'appuient tous. Si lui n'est pas digne de confiance, personne ne peut l'être. Pourquoi les membres du commandement ne font-ils rien pour l'arrêter ? Sont-ils tous complices ? Un secret auquel seuls les privilégiés ont accès alors que la survie des uns dépend de celle des autres.

— Émily n'a pas tort quand elle dit que c'est dans la nature humaine de répéter les erreurs passées, ajoute Tessa avec un sourire triste. Le Parangon a exploité le Syndrome pour tester ses limites et trouver une façon de... contrôler.

— Tu veux dire que le Parangon a créé le Syndrome ?

Chaque fois que Skyler est prêt à pardonner Chris, quelque chose vient rappeler à quel point la lignée des Kay est souillée. Dire qu'ils devront repeupler avec des gens comme cette famille.

Ont-ils vraiment le choix ? Doivent-ils choisir ceux qui ont le droit de vivre dans ce nouveau monde ?

Chris peut être différent. Il pourrait être avec son père en ce moment. Or, ce n'est pas le cas.

— C'est au-delà de notre compréhension actuelle, reprend Tessa. Tout ce que l'on sait, c'est que c'est quelque chose de plus gros.

— Pourquoi est-ce que tu as attendu pour me le dire ?

Tessa a l'air un peu troublée.

— Pour ne pas que tu fasses quoi que ce soit pour traquer Duke par toi-même.

— Tu me connais mal, dit-il en faisant claquer sa langue. Je ne ferais pas ça. Ce serait plutôt le genre d'Émily.

Comme tu as pu le constater, a-t-il envie de rajouter, mais il préfère se taire.

—Qui te dit que ce n'est pas le Parangon qui a conçu le Syndrome ? Avec leurs tests...

—Non, dit-elle.

Les pas de Chris se rapprochent précipitamment, ce qui met fin à leur discussion.

Skyler contient sa frustration de ne pas pouvoir en savoir davantage. Chris est arrivé à leur hauteur. Il ne lui fait pas encore confiance. Pour cela, il a encore besoin de temps. Et de preuves.

L'expression de Chris est sérieuse :

—C'est le bon côté. Ce n'est pas tellement loin pour se rendre au réfectoire. Allons-y.

———

La porte scellée s'ouvre, suivie par un souffle d'air semblable à une expiration.

L'air est frais.

La capsule. Ils sont arrivés à temps.

Skyler s'attendait quasiment à un comité d'accueil, la Confrérie prête à leur expliquer la suite des choses, mais au lieu de cela, ils se sont retrouvés seuls devant une porte, dans un silence de mort. Heureusement que Chris est de leur côté. Son nouveau poste lui donne accès à toutes les parties de l'Arche dont l'espace du Commandement.

Chris entre en premier, talonné par Tessa. Skyler les suit de près.

Un mouvement rapide. Chris s'écroule.

—Qu'est-ce que tu viens de faire ? s'exclame Skyler, affolé.

Tessa est immobile, les muscles encore tendus, ses jambes légèrement fléchies. Elle a assommé Chris.

—On ne peut pas lui faire confiance, répond-elle d'un ton égal. Il fait partie du Commandement.

Skyler est ahuri. C'était son intention depuis le début ? Elle aurait pu le lui dire avant ! Ne forment-ils pas une équipe ?

—Ne me dis pas que ça te dérange, je ne te croirai pas,

reprend-elle en se rapprochant de Skyler, suffisamment pour que son odeur enivrante de noix de coco l'enveloppe.

— De quoi tu parles ? Il ne nous a rien fait. C'est grâce à lui qu'on a pu se rendre jusqu'ici !

Skyler doit bien lui accorder ça.

— Lui et son père n'ont pas leur place sur la Terre promise. On sauve du temps en s'occupant de son cas ici.

Tessa tire Chris inconscient hors de la capsule, tandis que Skyler reste figé. Les mots lui manquent. L'idée lui a effleuré l'esprit à maintes reprises pourtant : la légitimité de secourir les Kay qui pourraient se retourner contre eux à tout moment, leur influence trop importante. Est-ce vraiment la bonne chose à faire ?

Une partie de lui approuve les agissements de Tessa. Une autre lui dit que c'est mal. Ils se sont servis de Chris. En son for intérieur, Skyler sait que c'est un acte déloyal. Chris est honnête jusqu'à preuve du contraire. Sinon, en quoi est-ce que cela les différencie des atrocités commises par Duke ? Abuser de la confiance des gens est un pas dangereux vers l'immoralité.

D'un geste, Skyler freine la fermeture de la porte qui les séparera à jamais de Chris et pose la question qui lui brûle les lèvres depuis leur visite aux archives :

— Tu parles de confiance, mais je sais que tu n'es pas Tessa Farrell. Qui es-tu ?

Tessa laisse passer un instant de silence puis répond :

— Il est trop tard pour faire marche arrière.

La porte se referme sur eux et se scelle.

32

ÉMILY

Émily brise le système de sécurité du bureau Yasmina, la geôlière de la prison. Le secret tant convoité depuis toutes ces années était si près. Chaque jour, elle le côtoyait, le regardait, l'écoutait, le sentait.

Ce bureau et ses murs ternes qui aspirent toute vie.

Le faux bois de la table est trop propre, orné d'un simple écran. Mais c'est la salle derrière qui l'intéresse. Là où tant de prisonniers qui ne coopéraient pas ont subi les plaisirs funestes de Yasmina auxquels Émily les condamnait. Sa complice.

Si Milo avait su ce qu'Émily est réellement... Milo a foi en des rêves qu'il croit atteignables malgré tout ce qu'il a traversé. Milo a foi en elle. Il croit qu'elle est une bonne personne. Il serait tellement déçu.

— Mon agente, l'accueille Yasmina d'une voix mielleuse. Tu as décidé de revenir alors que tous les autres veulent sauver leur peau ? Des remords, peut-être ?

— Peut-être, dit Émily qui s'introduit dans la salle privée où Yasmina l'attend sagement.

L'odeur du désinfectant emplit les narines. Sur les surfaces réfléchissantes d'une blancheur immaculée, divers outils de torture occupent une place de choix, bien exposés : fouets, outils médicaux aux noms obscurs et bien d'autres. Le fameux bâton électrique réservé en dernier recours a même son propre support : une imitation odieuse d'un guerrier intemporel aux mains brandies, prêt à l'attaque. Les marques et la douleur permanente que le bâton laisse sont irréversibles.

Cet étalage sordide, c'est le véritable visage de Yasmina. Qu'Émily avait cru raisonnable. Mais il y a plus : des casques de verre couverts de pièces de métal qui semblent pouvoir se connecter.

Le parfum floral de Yasmina lui picote le nez. Elle se tient tout près.

— Les gens comme nous n'ont pas besoin de seconde chance. La nature humaine est ainsi : elle répète inlassablement ses erreurs. À quoi bon se donner du mal quand on connaît déjà le dénouement ?

Émily s'éloigne des instruments qui semblent vibrer d'une énergie mauvaise. Une obsession morbide. Une volonté divine incontrôlable. Le cœur de Yasmina.

— Et s'il y avait réellement de l'espoir ? répond Émily qui fixe les parois translucides d'un des casques, posé sur un piédestal comme s'il s'agissait d'un trophée. L'espoir de changer.

— Une illusion. Comme cette stupide Terre promise qui fait tant rêver la Confrérie et les Dissidents. Tu vois où ça nous mène ? L'Arche risque de s'éteindre à tout jamais, un siècle d'efforts pour sauvegarder l'humanité des forces de la nature jugées dangereuses. Anéantis. Mais le vrai danger était avec nous depuis le début. Tu connais déjà la réponse.

Yasmina esquisse un sourire entendu. L'éclairage artificiel éclabousse son tailleur rose saumon qui fait ressortir sa peau parfaite, suffisamment décolleté pour distraire les prisonniers. Émily est plus bâtie qu'elle, mais l'aura de Yasmina est écrasante, sans aucune variation. Un étrange halo doré.

— Que ce soit dans cette vie ou dans l'autre, s'il y en a une, on finit toujours par retourner à nos sources.

Yasmina marche vers le piédestal et monte les quelques marches.

— Il te fascine, n'est-ce pas ? continue Yasmina en y appuyant ses mains, puis sa tête comme pour écouter les cris de terreur confinés dans le casque. Il est encore chaud et plein de vie. La dernière visite de Reyes s'est terminée plus rapidement que je ne l'aurais souhaité. Elle a tout avoué. Ce n'était pas bien difficile.

Yasmina ferme les yeux de manière théâtrale. Les images de la vidéo de l'exécution de maman aux Archives défilent devant les yeux d'Émily. Sa terreur. Son cri étouffé. Ce bleu qui teintait son visage.

— Je ne sais pas pourquoi tu n'as pas réussi toi-même à faire avouer Reyes. Je te croyais plus douée. Je choisis méticuleusement mes talents. On dirait bien que les résultats de tes simulations m'ont mal informé.

— J'ai toujours fait ce que tu m'as demandé, même quand je n'étais pas d'accord.

Yasmina incline la tête, la bouche entrouverte, comme si elle écoutait un bruit entendu d'elle seule ou qu'on lui disait quelque chose d'amusant.

— Mon agente, roucoule-t-elle les mains jointes. C'est parce que cette volonté fait partie de toi comme elle fait partie de moi. Tu ne peux pas aller contre ta propre nature.

Sa voix est douce et maternelle.

— Tu dois l'apprivoiser, l'embrasser. Ma fille. J'essaie de t'y aider depuis ces sept dernières années.

— C'est toi qui l'as tuée, articule Émily d'une voix tremblante.

— Tu veux parler de Tyna, ta charmante mère ? lui demande-t-elle l'air surpris. Je pensais que tu l'avais oubliée.

— Tu m'as forcée à assister à sa mort, puis tu m'as recrutée. Sans que je garde aucun souvenir de ses bourreaux.

— Tu étais si jeune à l'époque. Une faible dose de gaz inodore peut faire bien des miracles. Ou des dommages, comme tu peux le constater.

— On n'a pas ce genre de technologie.

Le gaz utilisé au Parc de l'Humanité est celui utilisé sur les prisonniers. Mais il n'efface pas la mémoire. Son souvenir de la grange est encore clair.

— Ce que tu dis est vrai. Mais tu as oublié un détail. On peut facilement affecter la mémoire à court terme. C'est un des avantages de ce gaz avec les prisonniers : on peut les torturer et leur en faire oublier suffisamment pour étirer la session le temps nécessaire.

La façon dont Yasmina en parle... comme de la chose la plus naturelle existante. Dans cette pièce, sa pièce.

— Le jour de l'exécution de ta mère, c'était la première fois que tu me voyais, poursuit Yasmina qui redescend vers Émily. Une information facile à oublier. Quant à la salle...

Yasmina regarde autour d'elle avec une expression nostalgique.

— En venant travailler ici, ta mémoire l'a seulement reconstituée de toute pièce.

Un courant d'air frais mord le cou d'Émily qui frissonne.

— Et Gabrielle? Elle se souvient comme moi de ce qui s'est passé.

— Le gaz a fait ses effets. Et quant au reste, tu es certaine que ce n'est pas toi qui lui as raconté ? Elle était drôlement jeune à l'époque.

— Comment as-tu pu faire ça à des enfants ? À Gabrielle ?

— Tu aurais préféré retenir chaque détail jusqu'à avoir soif de vengeance ?

Les joues de Yasmina se figent et ses ongles manucurés s'enfoncent dans sa paume.

— Des Dissidentes en devenir : l'esprit tourmenté, déchues de leur droit d'être Archéennes, leur bracelet confisqué.

— Donc, c'est ce qu'ils sont réellement... Un produit du système qui régit l'Arche.

— Dans une certaine mesure. Mais ils ont chacun leur histoire tragique. Certains sont les descendants d'âmes en peine qui se sont clandestinement infiltrés lors de l'Embarquement, mais pas tous.

Yasmina s'appuie contre une étagère qui expose avec indécence certains de ses jouets de torture, les bras croisés:

— Qu'espérais-tu réellement en revenant ici? continue-t-elle d'une voix cristalline. Que je te demande pardon?

La capsule doit être détachée à l'heure qu'il est. Et le secret de maman échappe toujours à Émily. Yasmina est rusée. Elle fera tout pour éviter le sujet.

C'est un jeu. Avec ses règles.

—Je veux des réponses, dit Émily en se rapprochant de Yasmina. J'ai toujours fait ce que tu m'as demandé sans rien demander en retour. Tu me dois au moins ça.

— C'est ce que les agentes font : elles exécutent.

Yasmina glisse sa langue sur ses lèvres.

— Tu sais pourquoi ta mère a été condamnée, n'est-ce pas?

— Pour trahison.

Le mot fait mal. Il déchire.

— Son cas était intéressant, mais oui. Elle faisait affaire avec la Confrérie.

Yasmina en parle comme d'une simple expérience ratée. Quel genre de relation avait-elle avec maman? Se connaissaient-elles?

La variation énergétique est à peine perceptible, mais elle est bien là. Est-ce que Yasmina est... affectée par la mort de maman?

— Et j'ai le regret de constater que sa fille marche dans ses traces, lui dit Yasmina en baissant les yeux, comme désolée.

— Quoi? s'exclame Émily sans comprendre. Je n'ai jamais pactisé avec la Confrérie.

Yasmina déloge le bâton électrique des mains du guerrier et Émily recule d'un pas.

— Alors, explique-moi pourquoi tu as libéré Milo avant de venir ici. Je t'avais avertie. Il est reconnu pour être l'un des membres officiels.

—Je ne savais pas.

Traître. Traître.

—Reyes aussi d'ailleurs. Tu as traité leur cas différemment. J'ai dû m'occuper de Reyes personnellement.

Silence.

—Ludo m'a aussi parlé de ton comportement anormal lorsque tu as voulu t'entretenir seule avec Milo alors que j'avais autorisé Ludo à faire son travail avec lui.

Assouvir ses désirs sadiques plutôt. Yasmina croit qu'elle l'a trahie et cette situation risque de jouer en sa défaveur. Elle n'avouera jamais ce que maman savait et ce qui lui a coûté la vie.

Yasmina s'agite quand elle surprend Émily qui regarde partout autour d'elle.

—Je te connais trop bien Émily. Tu crois que tu as une chance contre moi parce que ton imbécile de père t'a illégalement formée au combat.

—Si tu réponds à une simple question, je n'irai pas jusque là.

C'est le moment ou jamais.

—Je sais que ma mère n'a pas été condamnée seulement pour ses liens avec la Confrérie. Il y avait autre chose. Un secret qu'elle gardait.

Le visage de Yasmina reste de marbre, mais l'ondoiement dans son aura ne ment pas. Une corde sensible.

—Est-ce que le Syndrome t'aurait atteinte toi aussi? dit Yasmina avec un rire moqueur. Je sais que ton travail consiste à obliger des hors-la-loi pour qu'ils révèlent leurs secrets, mais... n'abuse pas.

—Comme tu le dis si bien, j'ai l'expérience. Je sais quand on me ment.

L'air crépite, le poil sur sa nuque se dresse.

—Crois ce que tu veux, reprend Yasmina en rapetissant la distance qui les sépare. Si tel était le cas, son secret est noyé avec elle.

—Je sais des choses sur toi. Ma visite aux Archives a été très instructive. Je sais pourquoi tu t'acharnes pour que la gestion de la prison soit impeccable, mais surtout axée sur les résultats. Quand on y pense, venant de toi, j'ai presque envie de rire.

L'expression de Yasmina change :

— Tu joues la carte du chantage avec moi, mais sache...

— Tu l'aimes.

Elles sont chacune d'un côté de la table.

— Tu souhaites que le commandant Hawk te remarque.

— Telle mère, telle fille, se contente de dire Yasmina.

Le coup vient rapidement. Émily s'empare de la seule chose à portée de main : un martinet. Mais le bâton électrique la paralyse au sol presque aussitôt.

Émily lâche un hurlement rauque.

Des picotements courent sur sa peau et la pénètrent comme de petites aiguilles, remontent jusqu'à sa nuque. Son cerveau ralentit. L'image ne suit pas le son de la voix de Yasmina :

— Toi, plus que quiconque, devrais savoir ce qui arrive aux traîtres.

33

———

SKYLER

Skyler a abandonné Chris. L'Arche. Émily. Sa mère.

Quel genre d'homme ferait cela ? Chaque fois, il aurait pu faire mieux. Éviter cette situation insensée. Est-ce que cela fait de lui un monstre ?

Il est pris au piège dans une capsule qui va se détacher de l'Arche à tout jamais et qui va laisser les survivants du Déluge se noyer dans l'abîme. Avec les dommages subis par l'explosion, la température qui chute d'heure en heure, les circuits électriques en panne et le poste de Commandement incapable de contrôler le système d'aération, ils n'ont aucune chance de survie. C'est le manque d'oxygène qui leur sera fatal en premier, à moins qu'il n'y ait une fuite.

Les a-t-il condamnés en croyant Tessa ?

— Je t'ai fait confiance pour venir jusqu'ici. J'aurais pu rester avec Émily. Et ma mère !

— Mais tu ne l'as pas fait.

Le ton de Tessa n'est pas accusateur, mais chargé de compassion. Ou du moins, c'est l'impression qu'il en a.

— Tu as su faire un meilleur choix, celui de leur donner une seconde chance.

—Tu sais comme moi qu'ils ne survivront jamais aussi long-temps sans la capsule. L'Arche va sombrer.

—Ça n'arrivera pas, dit-elle avec assurance. La Confrérie est ici. Nous sommes ici. Une fois que le contrôle du vaisseau sera entre nos mains, on activera la procédure d'urgence et ils pour-ront embarquer dans les douze capsules secondaires de l'Arche.

—Y en aura-t-il assez pour tout le monde ?

Elle détourne les yeux : la réponse est claire.

Que se passe-t-il au juste ? La simulation, les paroles de Léandre, la sphère de mémoire... leurs rencontres impromptues.

Un sourire amer se glisse sur les lèvres de Skyler.

—Le groupe rebelle du Parangon n'a jamais existé. Depuis quand es-tu membre de la Confrérie ?

—Tu en fais aussi partie, réplique-t-elle sans broncher.

Il ignore son commentaire :

—Tu as volé l'identité des Farrell pour passer inaperçue. J'ai eu des doutes lorsque madame Farrell est morte. Ils se sont confirmés quand j'ai visionné sa sphère de mémoire. Elle a bien eu deux petits-enfants. Mais tu n'y figures pas.

—Quelle importance ?

—Tu m'as menti depuis le début.

Le dégoût l'assaille. Et lui qui se méfiait de Chris qui a tout fait pour les aider à parvenir à la capsule et qui est condamné.

—En plus de ne pas être une Farrell, tu es la Confrérie. Et détrompe-toi à mon sujet. Je n'en fais pas partie.

Tessa ouvre la bouche pour dire quelque chose, mais il l'in-terrompt.

—Émily m'a déjà parlé des Dissidents. Vous n'existez pas dans le registre. C'est comme ça que la Confrérie est née.

Une vie sans identité. Comment imaginer pire que de survivre dans l'Arche ? Les Dissidents en savent quelque chose : des passa-gers clandestins. Le désespoir les a tellement rongés de l'intérieur qu'ils sont prêts à sacrifier tout le monde pour se sauver eux-mêmes.

—À vos yeux, les Archéens n'ont pas leur place sur la Terre

promise. Seulement les Dissidents. Vous les triez dans les camps : à l'atrium, au Parc...

— Tu ne sais pas de quoi tu parles, dit-elle en secouant la tête, faisant s'entrechoquer les billes de ses tresses.

— Si elle existe, ajoute-t-il, pensif, et il se trouve bien stupide d'avoir cru à tout ce charabia. Des années... Non, plus d'un siècle à vous raconter des histoires sur ce dont le monde extérieur doit avoir l'air a déformé la réalité.

Il en sait quelque chose... ce qui semble vrai un moment peut être tellement facilement différent l'instant d'après.

— Pourquoi est-ce que tu remets tout en question alors qu'on est si près du but ? Pourquoi compliquer les choses ?

— Mais ce qui me répugne le plus, c'est toi. Tu n'es même pas foutue d'admettre ce que tu as fait. Ce que tu t'apprêtes à faire.

Elle ne répond pas, mais ses yeux se remplissent d'appréhension.

Skyler fait marche arrière pour aller rejoindre Émily, mais Tessa l'arrête :

— Sans le code d'accès, cette porte ne s'ouvrira plus. Termine ce que tu as commencé.

— Pourquoi moi ? La Confrérie n'a rien à voir avec moi. Ils t'ont toi.

— Tu es plus important que tu le penses. On a besoin de toi.

Tessa tend une main son bras, mais il la repousse.

— Ne me touche pas, dit-il entre les dents. Je veux sortir d'ici.

Skyler s'approche de la console, déterminé à ne pas rester une seconde de plus avec une menteuse.

— Je m'appelle Tessa Auberon.

Il arrête son mouvement et se retourne pour lui répondre qu'il n'en a rien à foutre, mais elle le pousse contre le mur, son corps appuyé contre le sien. Il en a le souffle coupé. Tessa profite de sa surprise pour lui couvrir le nez d'un chiffon. Le regard de Tessa est tourmenté, comme étonné par ce qu'elle est en train de faire, et elle se met à fixer le sol.

Le visage tordu par la douleur, Tessa presse plus fort. Il croit même l'entendre pleurer silencieusement. Il tente de se débattre, mais sa clé de jambe et de bras l'empêche de bouger. Une odeur pénétrante d'alcool se glisse dans ses poumons. Son corps défaillit.

—Je suis désolée.

Noir total.

34

ÉMILY

YASMINA NE L'A PAS TUÉE. PAS ENCORE.

Émily est assise à terre. Ses mains sont solidement attachées par des chaînes reliées à la plateforme où sa geôlière se tenait tout à l'heure. Une douleur lancinante pulse dans son dos, mais elle est supportable. Ce n'était pas la pleine puissance du bâton. Yasmina se réchauffe.

— Ma mère, croasse Émily, la bouche sèche. Qu'est-ce qui t'unit à ma mère ?

Yasmina grimpe sur la plateforme d'un pas vif, s'accroupit et saisit le menton d'Émily. Ses ongles acérés lui transpercent les joues. Émily voudrait lui mordre les doigts, mais sa poigne est trop ferme.

— Tu l'aimes encore ?

Son souffle chaud lui pique les yeux.

— C'est ma mère ! gronde-t-elle en tournant la tête.

— Elle est morte. Morte. Tu m'entends ? Morte !

Les lèvres de Yasmina prononcent avec exagération chaque mot d'une voix fluette. Elle a complètement perdu la tête. L'ongle de son pouce fait un va-et-vient qui creuse dans la pommette d'Émily et ne s'arrête pas avant qu'il ne soit reluisant de sang.

—Puisque tu aimes tant ta chère mère...

Yasmina lui libère le menton brusquement et se relève pour la contourner. Elle descend de la plateforme pour rejoindre une section de sa salle qui avait échappé à Émily un peu plus tôt. Ou bien elle était dissimulée ?

Yasmina se retire dans une autre pièce cachée derrière la plateforme et en ressort quelques secondes plus tard avec un objet lumineux dans le creux de sa main.

—Est-ce que tu sais ce que c'est ? dit-elle en découvrant une sphère brillante, dorée tout comme son aura.

La curiosité l'emporte sur le reste. Émily en a déjà vu une. Au parc. Sky.

—Une sphère de mémoire.

—Ça m'aurait étonné que tu n'en connaisses pas l'existence. C'est tout de même ton meilleur ami qui en est l'inventeur. Avec un peu d'aide bien sûr.

Comment a-t-elle réussi à s'en procurer une ? Ce n'était pas un projet récent ?

—Laisse-moi t'éclairer, poursuit Yasmina qui semble lire en elle comme dans un livre ouvert. Cette merveille n'aurait jamais vu le jour si je n'y avais pas personnellement contribué. Ma bonne amie Valentina Siria des Archives m'a tout de suite informée du projet qui nécessitait tout l'appui possible pour devenir réalité. Évidemment que j'étais intéressée. Le projet en lui-même était dérisoire, mais il suffisait d'un peu plus d'imagination. Préserver les mémoires de l'humanité pour le repeuplement est une insulte à la volonté divine. Pourquoi le Créateur mettrait-il en notre possession un tel bijou ? Pour l'utiliser à son plein potentiel bien sûr.

Elle dévore le globe des yeux avec un gloussement.

—Il n'a fallu que le petit ingénieur pour rendre tout ça possible. Ce que l'on ne ferait pas pour protéger son futur bébé.

Elle la dépose avec soin dans un réceptacle raccordé à une machine qui fait partie d'une autre plateforme circulaire identique à celle où Émily est enchaînée. La surface du cercle s'illumine d'un blanc nacré et l'éclairage artificiel de la salle faiblit.

— Je ne vois pas en quoi les sphères de mémoire peuvent t'intéresser, dit Émily à voix haute, confuse.

— Tyna Bates, entonne Yasmina devant un écran qui s'active à sa voix.

La sphère dorée encastrée pétille et lance des bulles qui miroitent sur les murs. La main de Yasmina plane au-dessus de l'écran qu'elle balaie furtivement jusqu'à trouver ce qu'elle cherche.

Le lien qui unit maman à Yasmina ne peut être réel. Et même si c'était le cas, elle l'a tuée elle-même. Elles étaient ennemies tout simplement. Pourquoi jouer à ce jeu de devinette?

— Elle devait te détester, souffle Émily qui tente de se redresser puis se laisse choir contre la plateforme, épuisée. Ou tu te fiches de moi.

— Tu ne me crois pas, n'est-ce pas? Ma pauvre enfant.

Des formes brouillées se matérialisent sur le cercle dans un vrombissement à haute tension. Elles se précisent avec une netteté troublante. Des hologrammes.

Émily a un hoquet de surprise et se couvre la bouche. Les larmes lui brûlent les yeux. Ce n'est pas possible!

Maman! Maman se trouve là, en chair et en os. Elle est plus jeune que dans ses souvenirs, probablement dans la jeune trentaine. Ses cheveux ne lui arrivent qu'aux épaules.

« Encore dans cet atelier? » dit la voix intemporelle de Yasmina.

Le désordre qui règne dans cette petite pièce est digne d'une Bates. Les patrons pour confectionner les vêtements sont empilés pêle-mêle dans un coin et dans l'autre, des rouleaux de tissu sont alignés contre le mur opposé. Une pile d'uniformes bien pliés sont entassés dans une caisse qui a vu de meilleurs jours.

Le regard fatigué de maman se tourne vers Émily.

« Ils ont besoin de moi. »

Maman est attablée et un uniforme ample prend tout l'espace de travail. Le vêtement ressemble en tout point à celui de la mère et de sa fille Dissidentes qui les ont interceptés sur leur chemin vers les laboratoires Delta. Maman s'applique à broder méticuleusement la touche finale, ce même symbole étrange aux contours dorés. Une vague.

La voix méprisante de Yasmina reprend de plus belle :

« Où est passée celle que j'admirais tant à l'Académie ? Celle prête à conquérir l'Arche par ses enseignements et son pouvoir de lire les autres ?

— Le Créateur en a voulu autrement.

— C'est ce que tu veux bien croire. Si l'on en croit sa volonté, le Déluge était un message clair. Pourtant, nous sommes ici aujourd'hui à en parler. »

Maman garde son calme et la regarde amicalement.

Pourquoi est-ce qu'elle n'éprouve aucune haine envers Yasmina ? On dirait presque du respect. C'est insensé !

« Il y a d'autres moyens d'être respectée », poursuit maman qui dépose son aiguille.

« En aidant cette vieille folle ? »

Maman se lève pour se rapprocher du bord de la plateforme. Ses yeux transpercent Émily.

« Je ne te demande pas de comprendre mes choix. Je ne te rabroue pas alors que tu es devenue une agente de prison.

— Bien. Mais sache que je ne te protégerai plus. »

Un voile de tristesse accable maman qui détourne le regard pour fixer le centre du cercle. Un fin sourire se glisse sur ses lèvres.

« Je comprends. Promets-moi que tu prendras soin de ma petite fille Émily.

— Je te l'ai déjà promis il y a longtemps. Je serai une bonne mère. »

Des émotions contradictoires assaillent Émily. Les larmes lui brouillent la vue quand la vision du passé s'évanouit dans la pénombre. Elle sanglote.

— Cinq ans avant sa condamnation, dit Yasmina qui marche lentement au centre du cercle. Tu comprends maintenant ?

— Maman n'aurait jamais pu te faire confiance, hoquette Émily, horrifiée.

— Ce sont mes souvenirs à l'état pur. Ils ne mentent pas comme les humains le peuvent.

Yasmina s'est radoucie, elle a le regard absent. Son teint est plus pâle qu'à l'habitude. Se pourrait-il vraiment qu'elles aient été des amies du temps de l'Académie ? Et pourquoi maman aurait-elle demandé la protection de Yasmina ? Connaissait-elle son avenir ?

— Maintenant, imagine avoir cette technologie dans un lieu qui regorge de ces traîtres de menteurs, ajoute Yasmina qui reprend des couleurs.

Brusque retour à la réalité. Les menteurs ?

— Les prisonniers, comprend Émily. Tu t'en es servi sur les prisonniers ?

— Leur esprit s'ouvre à moi à un niveau jamais atteint. Je m'approprie leur vie et leurs secrets qui sont si chers à leurs yeux. Parce que je le peux. Parce que je le dois. Le Créateur m'a donné un pouvoir divin. Il a fait de moi sa déesse.

Maman ne peut pas avoir confié la vie d'Émily à une déséquilibrée.

— Si seulement tu connaissais toute l'histoire, lui répond Yasmina qui anticipe son raisonnement. Mais ça viendra avec le temps. Je t'instruirai comme il se doit. Le commandant et moi le ferons, tu peux en être sûre. Et ensuite, tout s'éclaircira.

— Le commandant ? Quel rapport avec lui ?

— Vois par toi-même.

Yasmina retourne à son poste et récite le nom du commandant. Puis, elle brandit sa main comme d'une baguette magique.

Une nouvelle forme humaine se matérialise sous les yeux ébahis d'Émily. Le commandant. Il est dans son bureau, à en juger par tout l'espace. Organisé, propre et confortable. Son bureau de travail ordonné est en arrière-plan et il est assis sur une causeuse.

« Les tests sont toujours négatifs ? » demande-t-il l'air préoccupé.

Il semble tenir la main de Yasmina, mais la vision se brouille sur les détails.

« Je ne sais pas ce qui se passe », répond-elle d'une petite voix. « Le Créateur veut nous dire quelque chose.

— Qu'est-ce que tu en penses ? »

Le ton de Yasmina prend une note troublée.

« Il sait. Il sait pour Tyna Bates. Elle m'a confié sa fille. J'ai déjà une fille.

— Le temps approche », dit-il d'une voix ferme. « Je m'assurerai que toutes les deux vous soyez en sécurité.

— Je te la présenterai. Tu vas l'adorer. »

Yasmina met rapidement fin à l'hologramme et rejoint Émily.

— Ma fille. La fille que j'aurais toujours voulue.

Son visage rayonne. Un frisson de dégoût parcourt Émily. Elle est sans voix.

— Je t'aime comme si tu étais ma propre fille. Notre propre fille. Le commandant l'aurait voulu lui aussi. Il voulait te protéger. T'inviter dans la capsule.

Sa rencontre avec le commandant Hawk lui revient en tête. Il était courtois et gentil. Il l'avait fait sentir bien et en sécurité. Il ne la traitait pas comme une Bates.

— Comment est-ce que le commandant peut aimer une personne comme toi ? songe Émily à voix haute. Il est bon. Il ne peut pas… il ne peut pas.

— Il sait ce qui est bon pour nous. Il a sauvé l'humanité une fois déjà. Et il est sur le point de le refaire. Tu as une famille divine, ma chérie.

C'est de la folie pure. Sa mère voulait-elle vraiment la condamner ? Sa propre fille ?

— Est-ce que tu me promets d'être une bonne fille ?

Peu importe ce que sa mère était et ne sera jamais. Émily n'est pas sa mère. Elle n'a pas trahi l'Arche. Elle ne veut rien savoir de Yasmina et de ses plans excentriques.

— Qu'est-ce que tu veux ?

Le ton d'Émily est ferme. Elle se redresse avec une énergie nouvelle.

— Te posséder, lui répond Yasmina avec une voix d'illuminée.

— Va en enfer. Plutôt mourir.

Yasmina s'esclaffe et retourne dans sa pièce secrète. Elle en ressort avec une sphère vierge qui vient remplacer celle sur le réceptacle. Elle replace la sienne dans un coffre coussiné un peu plus loin.

— Non, non, dit Émily le regard affolé. Tu n'as pas le droit de t'infiltrer dans ma tête.

— Nous sommes une même famille, maintenant. Tu m'es revenue.

Émily se débat contre ses chaînes, mais quelque chose la pique aussitôt dans le bras. Un tranquillisant. Yasmina s'approche avec un casque en verre et donne des coups de langue sur son palais.

— Ma fille. Allons, tu ne sentiras rien. Ou presque.

Ses membres sont engourdis. Yasmina lui enfile le casque malgré ses protestations. Il est si froid, les pièces de métal aspirent son front, ses joues et sa nuque. Un bourdonnement lui emplit les oreilles et un courant électrique lui irrite la peau. Quand Yasmina active son appareil diabolique, c'est tout comme si des doigts lui tiraient les nerfs du cou un à un. Émily halète en poussant un cri rauque.

— Regarde, lui dit Yasmina obnubilée par la sphère qui se remplit de fibres rougeoyantes. Toutes tes sensations, tes souvenirs, ta vie et tes secrets les plus enfouis. Ils sont si beaux. Je suis tellement chanceuse d'avoir une fille aussi belle.

La procédure prend environ dix minutes. Émily est vidée, convaincue que son corps saigne de l'intérieur. Yasmina s'empare de la sphère qui pulse d'un rouge écarlate et y dépose un baiser.

— Laisse-moi partir, murmure Émily à demi consciente. Tu as eu ce que tu voulais.

— Pour cela, tu dois me le demander de la manière digne d'une bonne fille.

Émily ravale un sanglot. Un cauchemar comme ceux que Gabrielle avait les premières années après la mort de maman. Ça passera. Ça passera. Non, ça ne passera pas.

— Je n'ai plus rien, s'étrangle Émily. Tu m'as tout pris.

— Ce n'est pas vrai, la contredit-elle. Tu as ta nouvelle famille. Une mère.

Yasmina lui ôte le casque sophistiqué pour le remettre sur son piédestal. Son sourire est satisfait.

— Je m'excuse, marmonne Émily désespérée. Je serai sage. Je ferai tout ce que tu voudras.

Yasmina pose ses lèvres derrière une de ses oreilles qui bourdonnent toujours :

— Appelle-moi maman.

Les yeux d'Émily sont exorbités. Elle ravale un haut-le-cœur.

— Jamais. Ma mère ne ferait jamais ça.

— Mais c'est moi ta mère, Émily.

Le tranquillisant lui donne le tournis. Elle est confuse. Maman ? Non, c'est impossible. Elle est morte. Depuis si longtemps.

— Tu ne seras jamais ma mère Yasmina.

— Je comprends, lui répond-elle. Les familles ne réussissent pas toujours à bien s'entendre.

Une autre aiguille s'enfonce dans son bras.

— Mais pas la mienne. La famille d'une déesse est parfaite. Divine. Il n'y a plus de secrets entre nous. Tu le comprendras quand nous serons tous réunis. Avec ton père, le commandant.

— Il n'est pas...

Sa gorge se noue. Ses membres se liquéfient.

— Ne t'impatiente pas trop. Je t'emmènerai le voir quand tu seras réellement prête. Mais avant...

Yasmina caresse les cheveux d'Émily et replace sa frange qui lui colle au visage avec un sourire. Puis, elle jette un coup d'œil à l'étalage de ses instruments de torture.

— Il nous reste du travail à faire.

35

SKYLER

Skyler est dans la salle de commandement tapissée de larges hublots qui offrent un aperçu de leur destination : les eaux troubles du Grand Océan aux sombres nuances de bleu sarcelle qui aspire toute lumière. Il est debout et contemple leur sombre futur s'ils ne réussissent pas à rejoindre la terre ferme sous ses ordres. Tessa est là, les mains derrière le dos, sourire en coin. Elle a l'air plus détendue, son regard est pétillant. Elle croit en lui, alors qu'il a abandonné sa foi en lui-même.

L'uniforme que Skyler a revêtu n'est pas le sien, c'est celui de son prédécesseur. Les ourlets arrondis du collet bordés par des fils dorés lui remontent au cou, le tissu bleu marin à la coupe carrée retombe droit sur ses épaules et le recouvre jusqu'aux poignets, et de grands boutons qui imitent le bronze parsèment les revers qui sont bien attachés. Le vêtement épouse son corps comme s'il avait toujours été sien et pourtant, il y a une lourdeur étrangère qui l'accompagne. L'étoffe est trop dense, trop épaisse, mais elle le garde au chaud dans la froideur et l'humidité constantes du vaisseau qui ne rajeunit pas. Son vaisseau.

Skyler se retourne sous le regard approbateur de Tessa qui lui désigne les nouveaux venus : l'homme au teint pâle qu'il a vu sur les caméras de surveillance, au milieu du gaz qui a causé l'explosion. Il escorte Chris qu'il tient prisonnier et le pousse au sol sans ménagement. Chris est forcé de s'agenouiller et se retient de justesse avec ses mains attachées pour ne pas frapper le sol. Ses yeux sont emplis d'appréhension. Il l'implore de l'épargner.

Son jugement est arrivé. C'est à Skyler de choisir sa punition pour avoir été complice de Duke Kay et du massacre du Parangon. Quelle place aura-t-il sur la Terre promise autrement ?

Quelqu'un en retrait le fixe intensément. Il est appuyé contre le mur et ses traits sont marqués par le temps. Allen ? Il ne devrait pas avoir le droit d'avoir l'air si réel. Son frère défunt semble attendre qu'il donne son jugement. Est-ce un test ? Skyler veut lui parler d'abord. Allen ouvre grands les yeux quand il se rend compte que Skyler a remarqué sa présence.

Allen s'approche de lui, mais la peur gagne Skyler. Sont-ils tous morts ? Ou bien Allen va l'emporter avec lui ?

La main de son frère le touche presque.

Avant qu'il puisse réagir, Skyler se retrouve dans ses bras. Il se débat, mais son frère est plus fort que lui et Skyler en a le souffle coupé. Ses vêtements ont une étrange odeur de chauffé et de sueur.

Skyler se calme enfin. Allen le tient par les épaules pour mieux le regarder. Est-il en train de rêver ?

— Dieu merci, tu t'es réveillé, petit frère.

Un tatouage dépasse de là où la manche de son uniforme s'arrête : il y a du bleu et des courbes qui rappellent les vagues qui s'échouaient sur les plages d'autrefois. Les tentacules liquides s'estompent sur l'endos de sa main.

Une fois sorti de l'étreinte, Skyler reste figé. Le fait qu'il soit commandant, Tessa, Chris qui le supplie, Allen. Tout cela n'était qu'un rêve. Les effets de la drogue que lui a fait inhaler Tessa. Mais Allen se trouve bien là devant lui. Comment est-ce possible ?

— Tu es mort.

Même s'il est allongé sur un divan censé être confortable, Skyler a l'impression qu'il va tomber, au point qu'il doit se retenir à l'un des bras et à la couverture enroulée autour de lui. Le brusque saut dans la réalité lui donne le vertige. Il se redresse et son cœur bat trop fort. Est-ce à cause du produit qu'il a respiré ou parce que son frère décédé se tient devant lui ?

— Allen est mort, mais Neal continue de vivre à sa place.

Le visage sérieux de son frère se radoucit un peu. À en juger par la grandeur de la pièce, le bureau en verre et les portraits des anciens commandants alignés sur le mur, ils doivent être dans la cabine officielle du commandant Hawk.

— Tu m'as tellement manqué, ajoute Allen.

Sa voix est plus grave, l'émotion palpable. Skyler détaille chacun de ses traits et les imagine comme ils étaient avant. Allen n'avait pas de barbe de trois jours, les cheveux beaucoup plus courts – maintenant, ils sont assez longs pour onduler vers le côté – et encore moins de tatouages.

Il a l'air d'avoir tellement vieilli depuis la dernière fois.

— Où étais-tu ? demande Skyler encore sous le choc. Pendant toutes ces années ?

Allen le scrute comme s'il contemplait la plus belle chose de sa vie, pour en imprimer chacun des détails dans sa mémoire. Sa réponse tarde. Peut-être est-il trop ému pour parler ?

— Ma chute n'a pas été... mortelle. Je me suis retrouvé dans les niveaux inférieurs et des Dissidents m'ont trouvé. Je ne m'en suis pas trop mal sorti.

Allen lève sa manche : son tatouage remplit son bras en totalité. C'est bel et bien une grande vague qui s'étend sur toute sa peau.

— C'est pour cacher mes cicatrices. Je suis tombé sur ce bras, mais je ne voulais pas en avoir qu'un seul de tatoué. J'ai fait faire les deux.

Le deuxième n'a pas de couleurs vives comme le premier dont les verts, les bleus et le blanc s'entremêlent. Celui-là est sombre, à l'encre noire comme si elle coulait de ses veines. C'est un arbre aux longues racines qui courent jusqu'à sa main et aux branches qui remontent à son épaule.

— Pourquoi est-ce que tu n'es pas revenu ?

Skyler sent des émotions contradictoires lui monter dans la

gorge. Il est tellement heureux de le savoir en vie ? Et pourtant, il lui fait des reproches.

— Tu sais ce qu'est devenue maman après ta mort ?

Un battement de cœur. Le visage larmoyant de sa mère tordu de douleur. Un battement de cœur. Leur mère qui hurle de rage contre le fils qui n'aurait pas dû survivre.

— Je... ne pouvais pas.

Allen se rassoit un peu plus loin sur le sofa, visiblement mal à l'aise. Mais Skyler ne peut pas refermer la plaie qui suinte, le sang qui demande à sortir et à être purifié.

— Elle a dépéri jusqu'à en devenir folle.

D'une voix étranglée, il poursuit :

— J'ai cru que c'était ma faute, que je n'avais pas pu te sauver.

Sa vision se brouille, mais il s'en moque. Son frère avait une responsabilité. Allen baisse les yeux et dit :

— On sait tous les deux ce qui est arrivé. Ne te blâme pas pour un accident.

Entendre sa voix devenue un peu plus grave après toutes ces années devrait le réconforter, mais chaque mot lacère son âme.

Skyler a mal. Il a si mal.

— Tu nous as abandonnés. Et tout ça...

Sa voix se brise. Il lève les bras en jetant un regard autour, perdu. Le bureau du commandant. Son frère « mort » depuis cinq ans qui n'a jamais donné de nouvelles, qui a suivi son rêve utopique de prendre l'Arche d'assaut, et qui a envoyé quelqu'un pour venir l'observer et le ramener de gré ou de force. Sans compter leur famille complètement détruite. Le temps a laissé une marque indélébile dans leur vie. Devrait-il rire ou pleurer tellement tout cela est absurde ?

Il poursuit sur sa lancée :

— Tu sais que papa est mort ? Pas d'une mort naturelle. Non. Il s'est fait battre à mort par un de tes agents parce que j'imagine que le Parangon et tout ça sont sous ton contrôle. Comme l'Arche maintenant.

— Calme-toi, s'agite son frère en gesticulant. Je ne savais pas pour papa. Je ne sais pas ce qui est arrivé.

— Eh bien, il serait peut-être temps que tu reviennes de chez les morts pour constater le chaos dans lequel tu nous as tous plongés !

La vérité le frappe douloureusement : Allen est maintenant le leader d'un groupe de Dissidents qui va les mener à leur perte.

Allen est mort.

— Je savais que tu avais des idées tordues, mais là… dit Skyler sur un ton grave, plus maîtrisé. Qu'est-ce qui t'est passé par la tête ?

Des reproches. Ceux que Skyler n'aurait pas dû se faire à lui-même pendant tout ce temps.

— Je t'en avais déjà parlé, dit son frère d'une voix égale. Ne me dis pas que ces cinq dernières années ont été suffisantes pour que tu oublies ? Tout le monde sur cette Arche vit dans le mensonge depuis plus d'un siècle. Tu voulais que je fasse quoi ? Que je reste là à ne rien faire, alors que je sais ?

Les principes de grandeur avant la famille ? Pourquoi ? L'un n'empêche pas l'autre.

— Tu aurais pu revenir à ta famille et nous en parler. M'en parler à moi. Ensemble, on aurait pu trouver une solution.

— N'est-ce pas ce que j'ai fait en envoyant Tessa te chercher ? Tu es ici avec moi. Je ne voulais pas te laisser derrière.

C'était donc cela son objectif. Retrouver son petit frère. Le sauver de son plan anarchique.

— Il y avait d'autres moyens de le faire. Je ne suis pas friand de mensonges non plus. Ça doit être de famille, j'imagine.

Son ton est acerbe et les larmes qui se sont échappées sèchent sur ses joues maintenant froides. L'intérieur de son corps devient rigide.

— Qu'est-ce qui te prend ? répond son frère, visiblement blessé. Je ne suis pas ton ennemi. Je t'ai amené ici pour qu'on travaille ensemble à exposer la vérité sur la Terre promise.

—Est-ce que tu m'as laissé le choix? Qui t'a dit que je soutiendrais tes idées?

Son expression change soudainement et les poches sous ses yeux qui se rapprochent des couleurs sombres de son deuxième tatouage deviennent plus définies.

—Je sais que tu veux la même chose que moi, dit Allen d'une voix plus dure. Tessa aussi le sait, elle a passé ces dernières semaines à t'observer.

—Je ne veux pas sacrifier qui que ce soit pour atteindre une Terre promise que je n'ai jamais vue.

On dirait presque Émily qui parle à sa place. Elle serait probablement fière. Skyler la croyait rabat-joie, voire même trop pessimiste, mais au fond, elle avait raison depuis le début.

—Je ne sais pas ce qui t'a fait changer d'avis, mais je vais te laisser pour que tu te ressaisisses, lui dit son frère. Dors un peu, le temps que le chloroforme se dissipe.

—Je n'ai pas besoin de me reposer, s'indigne Skyler.

Si Allen croit qu'il peut se défiler dès leur première dispute ! Il a des comptes à rendre.

—Émily et maman sont encore sur l'Arche. On doit aller les chercher.

—Rien ni personne n'ouvrira la porte tant que je n'obtiendrai pas le plein contrôle du vaisseau, Sky.

Skyler l'ignore. Les images saisissantes de son rêve sont nettes.

—Chris aussi. C'est ce que tu veux vraiment? Avoir leur mort sur ta conscience?

—Ça n'arrivera pas. Pourquoi est-ce que tu te soucierais de lui? Il est indomptable, comme son père.

—Si ce n'était de lui, je serais mort. Tu es comme Tessa, tu choisis qui devrait vivre ou pas.

Un sentiment de révolte le prend à la gorge. Comment son frère peut-il conserver ce calme? Après tout ce qu'il a fait?

—Chacun choisit sa propre voie et la mienne, c'est de tous nous libérer. Bientôt, tout ça sera terminé. Fais-moi confiance.

— Est-ce que je devrais ?

La confiance. Une monnaie d'échange que trop de gens font miroiter. La réalité est toute autre.

— Bordel, on est frères, Sky ! s'impatiente Allen qui se lève d'un bond. Si on ne peut pas se faire confiance mutuellement, alors tout ça ne mènera à rien.

— Jusqu'à aujourd'hui, je n'avais plus de frère. Et ton objectif n'est pas nécessairement le mien.

— Quand tu sauras ce que je sais...

— Alors, qu'est-ce que t'attends ? dit Skyler avec un air de défi. C'est maintenant ou jamais.

Son frère va brusquement au bureau et tape quelque chose sur son bracelet, ce qui fait surgir un écran holographique qui flotte au-dessus de la table.

Des images de la simulation y sont projetées, celle où Allen et lui se sont presque croisés pour la première fois. Skyler ne l'avait aperçu que de dos avant de perdre tous ses moyens.

Cette fois, au lieu de n'avoir qu'une vue intérieure de l'immeuble dans lequel ils se trouvaient tous les trois incluant Émily, le point de vue se déplace depuis le balcon jusqu'à une vue aérienne d'une ville immaculée, où le soleil se reflète sur les surfaces blanchâtres.

— Est-ce que tu as une idée d'où cet endroit se trouve ? demande son frère qui garde son regard fixé sur l'hologramme.

— Ça ressemble à une ville d'avant le Déluge, comme dans les archives.

— Si je te disais que ce lieu existe encore, me croirais-tu ?

— Non.

Skyler dit cela avec une telle conviction que son frère a un mouvement de recul. Skyler se reprend :

— Cette ville se trouve sous l'eau. À moins que tu y sois déjà allé...

— Non, mais les données qui se trouvent dans les archives révèlent qu'il y a eu un contact avec cette ville aux mêmes coordonnées il y a deux mois.

Cela n'a aucun sens. Toutes les villes du monde ont été englouties et les seuls survivants sont sur l'Arche. Aucun être humain n'a pu survivre à l'extérieur.

— As-tu pensé à l'hypothèse que des signaux de vieilles technologies soient encore émis ? raisonne Skyler pour le faire sortir de sa rêverie.

— Pas besoin. On a aussi trouvé les messages qui ont été transmis. Regarde par toi-même.

Une transcription d'une communication apparaît. C'est très bref, mais ils demandent à l'Arche d'identifier sa position.

— Pourtant, le Commandement refuse de leur fournir, continue Allen.

Une pointe d'excitation teinte sa voix quand il en parle, mais Skyler ne peut pas céder aussi facilement.

— Et s'ils craignaient justement que ce soit un canular ?

— Ce sont des dossiers protégés qui ne peuvent être modifiés. Ils proviennent de l'extérieur, Sky.

— Bon, admettons que ce soit authentique. Qui sont ces gens ? Qui te dit qu'ils ont de bonnes intentions ?

Allen soupire et vient le rejoindre plus près de l'hologramme.

— C'est notre moyen de survivre à long terme, qu'il y ait un risque ou pas. Même si on attendait le moment prédit par nos scientifiques, on ne pourra pas s'y rendre ou, si par miracle c'était possible, ça ne veut pas dire que concrètement on réussirait. L'option qui donne les meilleures chances, c'est celle-là. On doit investiguer dans cette direction.

— Et leur transmettre nos coordonnées ? Et puis quoi après ? Soit on les rejoint, soit ce sont eux. S'ils existent vraiment. Ça ne pourrait être qu'un vieux signal qui tourne en boucle depuis un siècle.

Comment son frère peut-il être aussi naïf ? Si ces images avaient été filmées par un drone de leur ère, peut-être, mais là...

— Je ne peux pas croire que tu risques la survie de tout le monde juste pour des hypothèses sans fondement.

— Qu'est-ce que ça va te prendre, pour te convaincre ?

s'énerve Allen qui lève le ton. Si tu pensais que j'y suis allé, non. Je suis tout aussi prisonnier de cette Arche que toi. Mais ça ne saurait tarder. Et tu seras avec moi.

Son frère ferme l'hologramme et fixe Skyler intensément, comme dans son rêve.

— Et pourquoi le nouveau nom ?

— Une nouvelle vie a commencé quand je suis tombé chez les Dissidents, répond Allen plus calmement. Je suis devenue une nouvelle personne et le potentiel qui sommeillait en moi s'est révélé. J'ai su que j'avais le pouvoir de changer les choses.

Ou bien il voulait renier son passé au détriment de sa famille qui s'inquiétait pour lui nuit et jour. Qui aurait tout fait pour le ravoir ou au moins le savoir sain et sauf.

— Je vais revenir plus tard. Repose-toi.

La porte se verrouille une fois son frère sorti. Skyler a envie de tout casser. Il erre dans le bureau, les mains derrière la tête. Il s'arrête par moment pour soupirer, s'accoter sur le mur, se cacher le visage dans le pli de son bras. Tout cela en se remémorant leurs retrouvailles, un scénario qu'il n'aurait jamais osé imaginer. Se laisser tenter par de pareilles illusions peut être fatal.

Allen. Neal. Une seule et même personne.

Et cette supposée Terre promise.

Que deviendront-ils ?

Skyler s'installe sur le divan et se glisse sous la couverture. Il laisse son regard errer dans le vide un long moment. Il finit par céder à la fatigue sous le regard austère des anciens commandants, leurs portraits alignés au mur et qui sont comme habités d'une présence. Déjà sept commandants se sont succédé. Le premier de tous, le commandant Wolfe n'aurait probablement jamais pu imaginer que l'Arche qu'il dirigeait serait condamnée à naviguer sous les eaux du Grand Océan pour plus d'un siècle. Encore moins que ses passagers se rebelleraient un jour. À quoi pensait-il à ce moment-là ? Croyait-il vraiment qu'ils auraient une chance de s'en sortir et de regagner la terre ?

On cogne, puis quelqu'un entre. Skyler a besoin d'un moment pour le reconnaître, mais c'est Allen. Non, pardon. Neal. Comment a-t-il pu changer au point de choisir un autre nom ? Si c'était une façon de se dissocier de sa famille, c'est lamentable.

— On dirait bien que tu as de la visite petit frère.

Neal essaie de prendre un air fraternel, mais cela sonne encore faux. Après toutes ces années, il ne peut pas simplement revenir dans sa vie en croyant que rien n'a changé pour Skyler. Pour leur famille.

Skyler cligne des yeux pour s'assurer qu'il est bien éveillé. Que tout ceci n'est pas qu'une mauvaise blague. Pourtant, Neal adopte cet air de grand frère qui s'inquiète pour lui, ce dont Skyler a toujours rêvé. Qu'il lui parle de cette façon. Le retrouver. Le savoir en vie.

Skyler l'admirait. Mais aujourd'hui, il en a la confirmation : son frère est vraiment mort.

36

ÉMILY

Émily nage dans l'inconscience. Elle émerge sur une surface froide qui lui mord le visage. Le picotement a disparu, mais son mal de crâne a atteint de nouveaux sommets, comme si le transfert l'avait amplifié.

Elle porte un casque. Encore ? Yasmina a déjà tous ses souvenirs. Tout le contenu de son cerveau ! Il n'y a rien d'autre pour elle !

Pourtant, la sensation du casque est différente : il est plus lourd. Beaucoup plus lourd. Plus vieux aussi. Elle le tâte de la main. Il est connecté à quelque chose de gros et cylindrique.

Elle se relève avec ses chaînes, malgré son équilibre précaire. La silhouette nimbée d'or de Yasmina ne tarde pas à venir la rejoindre.

— C'est tout ? dit Yasmina en faisant la moue. Je croyais que te retrouver emprisonnée dans ce casque te rappellerait quelques bons souvenirs. Tu pourrais me supplier de te l'enlever, de t'épargner.

— Je ne te donnerai pas ce plaisir, répond Émily d'une voix rendue creuse par le verre qui l'emprisonne.

Elle a chaud avec cette grande veste raccrochée au casque et sa bouche est pâteuse. La lumière est agressante et elle se couvre les yeux quelques secondes pour se donner un répit. Bon sang.

— Encore ces maux de tête, n'est-ce pas ? Ça fait longtemps ?

Émily la dévisage, ses paupières brûlantes.

— Qu'est-ce que tu veux dire par encore ?

— Ta mère aussi en avait. Je sais beaucoup de choses sur elle. Malgré ce que tu peux penser, elle n'était pas mon ennemie, même après l'avoir condamnée.

— Alors, pourquoi est-ce que tu n'as pas plaidé sa cause ?

— Ça ne fonctionne pas comme ça. Elle a choisi son destin.

— Dis-moi tout de suite ce que tu as en tête. J'en ai assez.

Émily étouffe. Elle tâte les contours du casque pour trouver un moyen de l'enlever. Elle s'écorche le bout des doigts dans sa piètre tentative.

— On a tout le temps du monde, non ?

Émily a l'impression d'être dans cette salle depuis des heures. Un cauchemar sans fin. Yasmina poursuit sur sa lancée, sa voix sourde contre la paroi de verre :

— Bien que tu me déçoives, tu devrais te sentir privilégiée de pouvoir encore respirer. Chacune de tes respirations est comptée depuis le moment où tes actions t'ont trahie.

— Tu te trompes sur moi. Ces prisonniers, qu'ils soient Dissidents ou non, ne méritent pas qu'on les torture de la sorte. Ce sont des êtres humains.

Sa voix résonne dans le verre du casque qui vibre. Son angoisse s'intensifie.

— Une menace pour la sécurité de tous à un niveau que tu ne peux même pas imaginer, continue Yasmina.

— Tu n'as jamais pensé que tu étais toi-même une menace ?

— Je croyais que l'on pourrait passer un bon moment en famille toi et moi, mais je dois me rendre à l'évidence. Je ne prendrai pas autant de plaisir à t'enseigner comme je l'ai fait avec Reyes.

— Le secret de ma vraie mère, dit Émily fermement. C'est tout ce que je veux savoir.

Yasmina la regarde du coin de l'œil, songeuse. Elle colle son nez à un doigt de la surface de verre. Émily se concentre pour l'entendre chuchoter :

— X2O. Elle savait ce que ça impliquait.

— C'est quoi, ce code ? s'énerve Émily en tirant sur ses chaînes. Qu'est-ce que ça signifie ?

— Puisses-tu le découvrir dans une prochaine vie, ma chère fille. Si le Créateur le veut bien.

Yasmina scanne son bracelet sur une console à même le piédestal et tapote quelque chose. Un bourdonnement s'élève. Émily recule sans avoir nulle part où aller.

— J'avais beaucoup d'espoir pour toi, dit Yasmina d'une voix brisée en quittant la plateforme. Mais c'est le prix à payer pour ce que tu as fait avec ces Dissidents. Je ne laisserai pas ma fille suivre les traces de Tyna Bates et me défier sans relâche. Le commandant ne me le pardonnerait jamais si je ne te montrais pas la bonne voie. Le Créateur décidera si tu dois vivre ou mourir.

Des jets d'eau glacée frappent la mâchoire d'Émily de plein fouet. Elle pousse un cri de stupeur. La réaction de son corps est violente ; des tremblements incontrôlables la secouent. Si elle ne meurt pas noyée, la panique s'en chargera en premier.

Oh mon Dieu, maman.

L'eau monte rapidement. Sa bouche est déjà immergée.

Yasmina contourne la plateforme pour observer ses moindres faits et gestes sous tous les angles possibles. Une vraie bête affamée qui attend que sa proie soit à point.

Rationaliser. Ça ne veut pas dire que tout est perdu. Les dents d'Émily claquent. Elle serre les mâchoires pour que la vibration arrête de lui donner le tournis.

Sous le regard observateur de Yasmina, Émily frappe le verre avec ses poings pour qu'il casse, mais c'est peine perdue. Elle palpe à l'arrière de sa tête. Le tuyau. Elle tire et tire et tire.

Comment fait-elle dans la simulation, d'habitude ? C'est le

moment de tester si ce que le Parangon leur inculque vaut quelque chose dans la réalité.

Quelque chose de dur et de puissant.

L'abandon est une douce tentation surtout avec toutes les atrocités qu'elle a commises au même titre que Yasmina. Mais l'instinct de survie est viscéral. Il l'oblige à agir.

L'eau commence à boucher son nez et sa respiration devient plus laborieuse. Elle penche la tête vers l'arrière pour respirer. La buée sur le verre trouble sa vision.

Un outil. Les outils. Ils sont tous hors de portée. Elle ne voit rien !

Non, non !

Avoir été à la capsule lui aurait évité une mort certaine, mais elle a fait autrement.

Pour un code. Un fichu code qui ne veut absolument rien dire ! Le secret que maman a gardé pour elle pendant toutes ces années, celui qui lui a valu son exécution.

Trouver la paix intérieure. La dernière inspiration dans cette vie.

L'eau lui couvre le nez. S'infiltre dans ses oreilles ; son rythme cardiaque plafonne.

Boire !

Elle commence à boire désespérément pour diminuer le niveau d'eau. L'eau est salée et lui donne mal au cœur. Si elle vomit, c'est terminé.

— Reconnais-moi comme ta mère légitime et vis, dit Yasmina en augmentant la pression des jets d'eau, ou expie tes péchés avec la bonne vieille méthode du Créateur et meurs.

Émily boit encore et encore en retenant la bile qui remonte dans sa gorge. Elle n'en peut plus.

Elle ne peut plus respirer.

Ce serait si facile donner ce que Yasmina veut. Pour survivre et peut-être avoir la chance de se racheter. Mais, non. Yasmina ne la laissera jamais faire. Elle la forcera à devenir une personne exécrable qui croit avoir le pouvoir de posséder les gens et de les briser. D'abandonner tout sens de la morale. De la justice. De l'amour. Renier sa propre famille qui l'a tant aimée et inspirée.

Mieux vaut mourir que de vivre dans le mensonge et suivre l'ombre d'une soi-disant déesse déchue.

Le monde autour d'elle ralentit et la lumière se réfracte dans l'eau meurtrière qui la submerge entièrement. Les images affluent les unes après les autres.

Maman. Papa. Gabrielle. Chris. Mira. Léandre. Des prisonniers dont l'existence lui échappe. Sky.

Elle ouvre les yeux une dernière fois : elle n'a plus d'air.

Il fait noir.

Elle tourne la tête pour voir ce qu'il y a autour, mais tout est plongé dans l'obscurité la plus totale.

Est-ce que l'Arche sombre déjà ?

Un coup sur le verre la fait sursauter. Elle ouvre la bouche instinctivement. Un peu d'eau s'infiltre dans sa gorge. Elle a un hoquet. Panique.

Froid. Tellement froid.

Lumières bleues. Une silhouette. Grande.

Panneau de contrôle. Ne sait pas. Pas comment. Utiliser.

Émily tape son bracelet. Tape. Tape. Tape. Tombe à genoux. Silence.

Des bras la soulèvent.

Lumières bleues. Partout. Fermer les yeux.

RÉVEIL EN SURSAUT.

Emmaillotée comme un ver. Avec quelqu'un allongé derrière elle en cuiller.

En temps normal, Émily ne se serait pas gênée pour enlever le bras, mais la force lui manque. Par contre, le froid s'est dissipé, ce qui est une bonne chose. Même la migraine semble s'être résorbée, mais le mal de tête, lui, est de retour.

— Tu te rétablis vite, dit une voix familière.

Émily tourne la tête : Milo. Qui n'a pas changé depuis la dernière fois.

— Qu'est-ce que tu fais ici ?

La familiarité de l'aura de Milo lui transmet une chaleur réconfortante.

— Pourquoi est-ce que tu m'as sauvée ? Tu as manqué la capsule !

— Je n'ai jamais eu l'intention d'y aller, répond-il en ôtant son bras d'autour de la taille d'Émily. Je voulais savoir ce que toi tu venais faire ici.

— C'est... personnel, s'esquive-t-elle en se défaisant des couvertures.

Le coton glisse sur sa peau nue. Elle rougit et demande où est son uniforme d'un ton de reproche.

— Je n'avais pas le choix, se défend-il. Tu étais trempée et ton corps était glacé. Il doit y avoir des vêtements quelque part. Je n'ai pas pensé à la suite.

— Laisse. Je passerai dans le bureau de Yasmina, cède-t-elle en tirant sur le drap suffisamment fort pour que Milo roule sur le côté.

Il ne rechigne pas, au moins.

— Au fait, où est-elle ?

Yasmina ne voulait pas avoir à l'exécuter, mais elle l'a quand même fait. Elle aurait préféré qu'Émily la reconnaisse comme sa mère. Quel esprit tordu peut s'imaginer pareil scénario ? Yasmina a dû être sérieusement mal aimée pour être devenue ce qu'elle est. Une enfance hors norme à tout le moins. Dire qu'elle a été aux commandes de la prison et de la vie d'Émily pendant tout ce temps.

— Cette garce dormira pendant un bon moment, dit-il en se levant du lit. Je vous observais et j'ai trouvé un moyen de faire flancher le courant. Après, c'était assez simple de la surprendre. Avec tous les jouets qui étaient à ma disposition.

Émily est presque déçue de ne pas avoir vu ça. L'aura écarlate de Milo l'éblouit l'espace d'un instant.

—Je sais tout ce qu'elle a fait subir à Fiona, murmure-t-il, les iris dilatés. Elle s'en est prise à une autre victime. Elle m'a seulement donné une raison de plus pour agir.

Il la regarde droit dans les yeux avec compassion.

—Elle te manipulait, Émily.

Elle voudrait le croire, mais elle avait sa part de responsabilités. Elle le sait maintenant. Elle espère maintenant pouvoir se racheter. Et Milo est un bon point de départ.

Il fait si sombre que si ce n'était de l'aura de Milo, elle le verrait à peine tant il est crasseux.

—Qu'est-ce que tu dirais de te doucher pendant que je vais chercher quelque chose à me mettre ? lui dit-elle sur un ton léger. Sers-toi d'un des jets d'eau dans une cellule.

—Est-ce que ça te dérange tant que ça ? Je croyais que les filles aimaient qu'un homme ait l'air d'avoir travaillé.

Émily lève les yeux au ciel. Cet élan de familiarité est encore... bizarre. Pas plus tard qu'hier, il était encore son prisonnier. Injustement enfermé, en plus.

—J'ai déjà pris la mienne comme tu as pu le constater, dit-elle pour alléger son malaise. Tu ne veux pas mourir en étant propre, toi ? Moi, oui.

Elle sort en traînant le drap trop long sans lui donner la possibilité de répondre. Le couloir des Oubliés est sombre, comme le reste de l'Arche d'ailleurs. Bientôt, les lumières autonomes s'éteindront aussi. Quand le vaisseau sera abandonné par son équipage.

Émily s'introduit dans le bureau de Yasmina comme la première fois et bloque ses souvenirs encore récents. Elle entrouvre d'abord la porte pour s'assurer que Yasmina n'y est pas, son aura dorée serait facile à repérer même dans la semi-obscurité. Émily tâte devant elle jusqu'à toucher le bureau et, lorsqu'elle sent une poignée de l'un des tiroirs, elle tire.

Yasmina a toujours prêté une attention particulière à son apparence, sûrement au cas où le commandant Hawk lui ferait une visite surprise. La relation entre ces deux-là est pour le moins… intense. Désespérée serait plus juste. Venant du commandant lui-même, ce n'est pas rassurant. Il doit y avoir une meilleure explication.

Les mains d'Émily tombent sur des vêtements de rechange. Bon sang. La taille ne lui fera pas. La stature de Yasmina est beaucoup trop petite et sa poitrine généreuse.

Il faudra se contenter d'un des uniformes du département. Un beau gris fade. En fouillant dans l'un des placards de réserve de matériel, elle en trouve un. Il est assez froissé, mais ça fera l'affaire. Elle l'enfile rapidement et soudain, le tissu soyeux de la robe de maman qu'elle a porté à La Orilla lui manque cruellement. Ce qu'elle donnerait pour avoir une autre de ces soirées magiques où elle n'a qu'à se préoccuper de la meilleure façon d'obtenir une réservation et choisir un plat hors de l'ordinaire.

Sur le point de sortir, elle a un mouvement d'hésitation.

La porte de la salle de torture est fermée, mais sa curiosité l'emporte.

Qu'est-ce que Milo a fait à Yasmina exactement ? L'a-t-il… éliminée ? Quand il en parlait, son aura est devenue si claire. S'il peut tuer Yasmina de sang-froid, ça n'augure rien de bon.

Comme Tessa.

Émily ouvre.

La salle est plongée dans une lumière ambrée assez faible : l'énergie de Yasmina.

Son corps est accroché à l'un de ses jouets de torture, une espèce de mur amovible, les bras en croix. Elle fait pitié à voir.

Mais elle n'est pas morte, comme en témoigne la lueur trouble de son aura, comme si elle était endormie.

Émily s'approche d'elle lentement, de peur qu'elle se réveille soudainement, mais sa tête pend mollement. Des marques fraîches du bâton électrique ont brûlé sa peau sur toute sa surface : elle est gondolée, traversée par de véritables cratères et se détache en lambeaux par endroits. Est-ce que ça fait de Milo quelqu'un de bien d'avoir épargné sa vie sans l'achever, ou de pire parce qu'il lui a réservé un traitement sadique ?

La laisser dépérir ferait-il d'Émily une complice une fois de plus ? On repassera pour repartir du bon pied. Il faut que ça change, maintenant. Ça a assez duré. Pourquoi choisir le destin des autres quand ils ont eux-mêmes ce pouvoir ?

Maman l'avait sûrement compris ça aussi. Pour le choix de carrière de Yasmina. Le choix d'Émily. Maman ne s'est pas non plus opposée au fait que Yasmina ne l'appuierait pas dans ses efforts pour soutenir la communauté des Dissidents. Qu'elles deviendraient même des ennemies jusqu'à un certain point.

Émily détache les cordes solidement nouées et dépose le corps de Yasmina au sol. Peut-être que Yasmina ne se réveillera pas avant la fin de l'Arche, mais quand elle le sera, elle pourra changer.

Peut-être.

Pour finir, Yasmina lui a donné ce qu'elle voulait : les secrets de maman. Tyna Bates a été l'amie de Yasmina à l'Académie, et même les années qui ont suivi. Tyna Bates a bien été une traîtresse selon la définition du comité. Ses membres étaient inconscients des ramifications qu'avait eues leur discrimination envers les Dissidents. Après avoir vécu en marge pendant si longtemps, ils se sont éventuellement organisés pour renverser l'ordre établi de l'Arche : un feu alimenté au fil des années par l'injustice. Et avec raison. Le seul fait d'être une Bates a aussi mis Émily à part et chaque jour elle regrettait d'être née dans de pareilles circonstances. Mais Tyna Bates avait touché une autre corde sensible du comité : le code.

X2O. Sa signification est encore obscure pour le moment, mais si elle reste en vie assez longtemps, elle saura ce que cette connaissance interdite est réellement, quitte à se mettre elle-même en danger.

Émily sort de la salle pour rejoindre Milo qui l'attend dans la même cellule défraîchie d'un peu plus tôt. Elle plisse les yeux, éblouie par son aura.

C'est étrange, les auras sont plus fortes qu'avant, les lumières plus vives, voire même agressantes. Ce casque lui a vraiment bousillé la cervelle. Le manque d'oxygène, peut-être ? Sky pourrait lui faire un diagnostic, mais pour ça, elle doit d'abord le retrouver.

— Qu'est-ce que tu as sur le bras ? lui demande Milo, propre, les cheveux en bataille encore humides. Est-ce que ça fait mal ?

Émily passe sa main doucement sur son avant-bras, là où se trouve une cicatrice fraîche de sa rencontre avec un des jouets de torture, et c'est sensible. Ce n'est rien comparé à la peau tuméfiée de Yasmina.

— Ça pourrait être pire, dit-elle en jalousant la peau de Milo parfaitement blanche, tachetée de rousseur. Un souvenir de Yasmina.

— Cette garce, crache-t-il, les mains dans ses poches. Et maintenant, qu'est-ce qu'on fait ?

Bonne question. Gabrielle. Papa. Sky. Ils sont sûrement tous en danger. Mais la situation sur le vaisseau est imprévisible. Sa rencontre avec Duke à l'atrium n'était qu'un avant-goût. Sans compter ses déboires au Parc de l'Humanité. Et la famille de Dissidentes aux laboratoires Delta. Il y a trop d'inconnues. Toutes ces factions semblent agir indépendamment. Un vrai champ de mines, la métaphore préférée de l'Académie pour leur expliquer ce que la Simulation leur réserve. Sauf que cette fois-ci, c'est bien réel.

— C'était quoi le plan initial de la Confrérie ?

— Prendre le contrôle du Commandement avant qu'ils ne s'enfuient.

— C'est vrai, répond-elle en se couvrant la bouche, songeuse. Tu m'avais dit que vous connaissiez leur plan de tous nous abandonner.

— Le Commandement a abusé de son pouvoir pendant tout ce siècle pour tisser des mensonges. La Confrérie les a démêlés pendant des années. Elle est préparée.

La voix de Milo est ferme et son aura résolue. Il ne semble pas inquiet le moins du monde. Elle poursuit :

— Donc, il y a plus ? Quels autres mensonges ?

— Tu le sauras bien assez tôt. Si tu crois en la Confrérie.

Il s'approche d'elle, ses muscles fins saillants. Il pourrait être comme l'un des danseurs de feu à la fête libre s'il y mettait le temps. Qui sait? Il pourrait la surprendre. Ce ne serait pas la première fois.

— Est-ce que tu as décidé de ce que tu voulais faire de ta nouvelle vie? lui demande-t-il.

Une bouffée de savon lui parvient.

— De quoi tu parles? Qu'est-ce qui a changé? le questionne-t-elle en fronçant des sourcils. On est maintenant au moins deux, coincés sur une Arche abandonnée.

— Je t'ai sauvée d'une mort certaine, dit-il d'un air sérieux qui ne colle pas avec son attitude puérile. On peut dire que c'est ta seconde vie, comme les chats.

— Est-ce que j'ai l'air d'un chat? s'offense-t-elle. Fais attention à ce que tu dis.

Ces horribles créatures poilues au regard fourbe. Heureusement qu'il n'y en a pas sur le vaisseau.

— C'est ce que je disais, dit-il en réprimant un rire.

Même si la gravité de la situation ne se porte pas à la blague, Émily sourit malgré tout.

— Je sais où je veux aller, s'exclame-t-elle soudain résolue. Maintenant.

— Où? demande-t-il ses yeux illuminés comme un brasier.

— Au Commandement.

Il la regarde, incrédule, puis un sourire en coin se dessine sur son visage flamboyant.

SE RENDRE au Commandement ne lui apparaît plus une si bonne idée finalement. La pensée a effleuré l'esprit d'Émily, oui, mais ça ne veut pas dire que c'est la meilleure chose à faire en ce moment. Et puis, il a fallu que Milo parle de ces mensonges.

Vivre en étant persuadée que maman a été condamnée sans

raison a été une expérience horrible. Ensuite, elle s'est persuadée qu'il n'y avait qu'une seule façon de suivre les traces de sa mère. En travaillant pour Yasmina et en forçant les Dissidents à parler.

Et bien sûr le Commandement. Ils ne pouvaient qu'avoir de bonnes intentions pour les Archéens, n'est-ce pas, même si certaines de leurs décisions ne faisaient pas l'unanimité. Par exemple, ils auraient pu tenir les Archéens plus au courant de ce qui se passe à l'extérieur. Le département de recherches est tellement grand, même le père de Sky y travaille – travaillait –, mais ils ne partagent aucune de leurs analyses et découvertes. Repeupler était le seul mot qu'ils avaient sur les lèvres, sans autre explication.

Sauf qu'il était pour quand, ce repeuplement ?

Derrière tout mensonge se trouve une vérité. Mais il faut être prêt à aller jusqu'au bout. Croire en ce que la Confrérie a à offrir : leur fameuse Terre promise. Elle ne pourrait être rien d'autre qu'une métaphore, mais Émily leur laisse le bénéfice du doute pour le moment.

Les couloirs de l'Arche sont plongés dans une noirceur méconnaissable. Peu importe où ils se dirigent, c'est la même chose : les lumières d'urgence bleutées qui s'alignent sur chaque côté, au bas du mur.

— Qu'est-ce qui te fait croire que la capsule ne s'est pas encore détachée ? demande Émily, écrasée par l'incertitude.

— C'est toi qui veux qu'on y aille, je te signale, lui dit Milo, son expression indéchiffrable.

Il y a tellement plus que le Dissident en lui. Milo a du charme et un air sympathique contagieux. Fiona a raison de l'aimer pour la personne qu'il est.

Fiona. L'appeler par son prénom semble plus juste maintenant. À force d'entendre Milo, difficile de faire autrement. Émily aurait pu être Fiona si elle avait grandi dans les mêmes conditions. C'est une certitude.

Le contraste des yeux bleu si pâle de Milo avec son aura est frappant. Il ravive son mal de tête si elle le regarde trop longtemps. Elle lui cache sa douleur, sachant à quel point il pourrait se donner du mal pour l'aider comme la dernière fois. Tant qu'elle peut tenir debout, ce ne sera pas nécessaire. Ça passera avec du repos.

—Comment saura-t-on si la capsule ne s'est pas déjà détachée ? demande Émily alors qu'ils viennent d'échapper à la vigilance d'un groupe du Parangon.

—Facile, répond-il en ne regardant même pas où il se dirige, comme s'il avait une carte mentale de l'endroit. On n'aura qu'à demander. Ils se trouvent déjà à l'intérieur depuis un bon moment.

L'ironie de la situation. Aux dernières nouvelles, les Dissidents sont confinés dans les étages inférieurs du vaisseau depuis toujours, à moins sûrement de sorties occasionnelles pour se ravitailler. Il suffit qu'Émily soit plongée dans le noir pour ne plus s'y retrouver.

Ils arrivent à la fameuse porte qui mène à la capsule, celle-là même qu'elle a franchie lors de sa visite avec Chris. Dans la lueur bleutée de l'obscurité, on dirait une porte vers un autre monde.

Milo tapote quelque chose sur la console et scanne son bracelet.

—Comment est-ce que tu as réussi à savoir tout ça, demande-t-elle, curieuse de toutes ses connaissances du vaisseau. Je veux dire, tu connais l'Arche presque mieux que moi.

—Il ne faut pas croire tout ce qu'on te dit, répond Milo qui porte son poignet à son oreille. Pour se fondre parmi la population, on a chacun nos propres bracelets qui, soit dit en passant, sont la seule chose qui nous différencie sur l'Arche. Il faut échapper aux contrôles réguliers qui sont durs à gérer, mais pas impossibles. La preuve : je suis ici avec toi. Et...

« Qu'est-ce que tu fous ? On te cherchait », dit une voix synthétisée.

—J'ai de la compagnie. Tu me laisses entrer ?

La capsule ne s'est finalement pas détachée, mais le soulagement qui devrait accompagner cette nouvelle réalité ne vient pas.

La Confrérie a donc vraiment pris le contrôle de l'Arche ? Mais qu'en est-il du Commandement ?

Rien ne sera plus jamais comme avant. Que sait-on vraiment des Dissidents ? La voix synthétisée n'est pas très avenante. Elle a quelque chose de familier d'ailleurs.

La réponse se fait attendre. Tellement, qu'Émily a l'impression d'avoir rêvé ce moment.

— Mais qu'est-ce qu'il fout ? marmonne Milo.

— Et s'ils ne viennent pas ? On fait quoi ?

— On reste ici. Il faudra bien qu'ils ouvrent un jour s'ils ne veulent pas pourrir là-dedans.

Ils s'assoient finalement au sol. Chaque minute qui passe, Émily appréhende la suite. Qu'est-il arrivé aux autres ?

Ils pourraient être morts.

L'air comprimé siffle soudain et lui ébouriffe les cheveux. La porte tourne et laisse entrevoir un grand mec plutôt baraqué.

Milo se relève en même temps qu'elle.

— Tu l'as ramenée, celle-là, les accueille la grosse brute de la fête libre.

— Elle a changé d'avis, Dan, répond Milo. Comment ça se passe là-dedans ?

— Encore des choses à régler. Sans les codes d'accès, on ne peut rien faire. Walker y travaille.

— Vraiment ? s'exclame Milo, les sourcils froncés.

— Vous essayez de convaincre le commandant Hawk, c'est ça ? intervient Émily sans se démonter devant la silhouette imposante de Dan.

Il la dévisage longuement et c'est Milo qui répond à sa place.

— Pourquoi tu veux savoir ça ? dit-il méfiant.

— Je connais quelqu'un qui pourrait le persuader à sa façon.

Il faut un moment à Milo avant de comprendre où elle veut en venir. Ses yeux s'agrandissent, incrédules :

— N'y pense même pas. Cette garce va crever là où je l'ai laissée.

—Est-ce qu'il y a d'autres options ? Elle le connaît mieux que quiconque. Avec un peu de chance, le commandant l'écoutera.

Milo pince les lèvres et se gratte la nuque.

—Je crois en Walker. Il peut faire des miracles. Tu ne le connais pas encore.

—Il faudra voir avec lui, dit la brute comme si son cerveau venait de se réactiver. Mais si ça continue, on va manquer de temps. Il y a d'autres problèmes.

Il laisse sa phrase en suspens, pleine de sous-entendus. Milo acquiesce et Émily demande qu'on lui explique.

—La Confrérie ne te fera pas confiance alors qu'ils sont si près du but, répond Milo sur un ton amical.

—Je dois faire mes preuves, c'est ça ? s'enquiert-elle exaspérée par la tournure des évènements.

C'est la deuxième fin du monde et elle doit prouver à un groupe louche qu'elle est digne de confiance. Bon sang. Se plier à une organisation terroriste. Son mal de tête empire.

Ouverte à une autre possibilité ? Oui. Se convertir à une secte ? Pas question.

—Personne ne t'oblige à faire quoi que ce soit, ajoute Milo.

—Je sais ce que je dois faire, répond-elle sèchement. Mais merci quand même.

—Comme tu veux.

Puis il se tourne vers Dan :

—Des nouvelles de Fiona ?

Ses yeux sombres et sa barbe fournie lui donnent le même air animal que les horribles chats. En plus, l'aura de Milo se confond avec la sienne, donc impossible de les lire, ni un ni l'autre.

—Désolé Lo, dit la brute de sa voix caverneuse. Rien pour l'instant.

L'énergie de Milo baisse d'un cran. Le regarder plus que quelques secondes ne donne plus mal aux yeux. Émily en profite pour s'éloigner, décidée à régler la question la plus cruciale : qu'ils lui fassent confiance.

— Alors, tu viens ? lui demande Émily, les mains sur les hanches.

Milo la regarde bouche bée.

— Tu veux vraiment y retourner ? Je n'y crois pas.

— C'est ça ou ton ami là ne me laissera pas t'accompagner.

Elle lance un regard noir au barbu.

— Et il y a les codes d'accès.

D'ailleurs, comment Sky et les autres ont-ils pu entrer si la brute s'y trouvait ? Peut-être qu'ils n'y sont pas justement.

— Ouais, bon, cède Milo qui lâche un soupir. Tu es certaine ?

— Sûre.

Émily ravale son inquiétude en revenant sur ses pas, talonnée par Milo qui échange quelques mots rapides avec Dan resté devant la porte tel un chien de garde.

— Il y a quelque chose que tu ne sais pas, lui dit-elle lorsqu'ils tournent le coin du corridor.

L'obscurité leur donne une proximité qu'elle ne pensait jamais partager avec un Dissident, encore moins un qui prendrait possession de l'Arche en toute illégalité.

L'expression de Milo change du tout au tout et la cloue sur place :

— Hey !

Une silhouette bien trop familière clopine dans leur direction. Yasmina, qui ne fait rien pour se cacher. Elle porte les mêmes vêtements depuis sa séance de torture. Un frisson remonte l'échine d'Émily. Les blessures de Yasmina sont telles qu'il est presque inconcevable qu'elle tienne encore debout.

— C'est de ça que je voulais te parler, murmure Émily, inquiète de la réaction de Milo.

— Ne me dis pas que tu... s'indigne-t-il, bouche bée. Émily !

— C'est plus compliqué que tu ne le crois.

— Comment veux-tu que la Confrérie te fasse confiance ? s'emporte-t-il, les yeux grands.

Son aura est redevenue si aveuglante qu'Émily détourne le regard. Yasmina a encore assez d'énergie pour rire.

—Il ne peut pas nous comprendre, dit Yasmina à l'intention d'Émily. Il a grandi dans les étages inférieurs.

—Qu'est-ce que ça peut bien changer? intervient-il en projetant sa colère contre Yasmina. Tu crois que ça te donne le droit de te penser supérieure et nous contrôler? Nous emprisonner? Nous torturer?

—Je fais ce qu'on attend de moi, se défend-elle d'une voix faible, mais ferme.

—Qu'est-ce que tu fiches là? lui demande Milo qui ne contient pas son dégoût.

—Je ne manquerais ça pour rien au monde, répond Yasmina en faisant deux pas dans leur direction.

Si ce n'était de son énergie caractéristique, elle serait méconnaissable. Sa beauté s'est évaporée aussi rapidement qu'une gifle au visage.

—De quoi tu parles? la dévisage Émily, les yeux plissés.

—Je sais ce que vous faites. Venant de toi, Émily, ça ne fait que confirmer mes doutes.

Ne sachant pas comment la lire, Émily décide de jouer franc jeu.

—Si je te dis que tu as le pouvoir de sauver Hawk, est-ce que tu le ferais?

—Ne joue pas cette carte avec moi, siffle-t-elle entre ses dents. Tu préférais mourir plutôt que reconnaître ta famille légitime. À moins qu'embrasser la mort t'ait poussé à reconsidérer?

Milo échange un regard inquiet avec Émily et freine un mouvement en sa direction, comme pour la ramener plus près de lui.

L'air crépite. Yasmina a amené le bâton électrique. Instinctivement, Émily sent sa peau brûler : la mémoire du contact de cette arme du diable est imprégnée à jamais dans ses fibres nerveuses.

Milo fusille Émily du regard tandis qu'elle avance vers Yasmina dont l'aura est encore faible. Il tente de l'empêcher de continuer, mais elle l'ignore. C'est son problème.

—Laisse-moi faire, dit-elle en soutenant le regard de celle qui fut jadis sa patronne.

Milo recule.

—Je sais que c'est toi qui m'as libérée, lui dit Yasmina. Pourquoi ? Je t'ai presque tuée.

—Pourquoi ne l'aurais-je pas fait ?

La présence de maman se fait plus insistante que jamais, encore plus que lors de ses prières quotidiennes. Maman appuie sa décision. Jusqu'à aujourd'hui, donner une deuxième chance lui avait paru déconnecté de la réalité. Plus maintenant.

—Tu étais proche de ma mère. Tu ne voulais pas exécuter les ordres ce jour-là, mais tu l'as fait quand même.

Yasmina ne répond pas, mais elle baisse le bâton qui se désactive. Son visage se contorsionne en une étrange arabesque. Des larmes. De douleur ou de colère ?

—Tu peux éviter que ça se reproduise, continue Émily. La Confrérie a déjà pris possession du Commandement et est à la recherche de certains codes d'accès. S'ils ne réussissent pas à les obtenir par des moyens conventionnels, qui sait ce qu'ils sont capables de faire.

Si les membres de la Confrérie sont ce qu'ils prétendent être. Émily ne les connaît pas. Oui, Milo lui a sauvé la vie même si elle lui a fait la vie dure. Il est proche de Fiona qui ne la porte pas dans son cœur. Il y a aussi Dan, la brute qui se méfie et le dénommé Walker. Mais Neal, le type de la simulation...

Leur leader. Celui qui a le pouvoir de tout changer. Difficile de savoir sur quel pied danser avec lui. Il semblait connaître maman personnellement. Il faudra voir.

—C'est ta deuxième chance, dit Émily qui laisse les mots en suspens.

En disant ça, elle se tourne vers Milo, en quête d'une réponse, mais il fuit son regard. Milo n'approuve pas, c'est évident. Mais Yasmina est leur seul espoir d'obtenir ces codes, elle en est convaincue.

— Allons-y, obtempère Yasmina et Milo lui confisque le bâton d'un geste vif avant de prendre Émily à part.

Yasmina croise les bras avec une grimace de douleur. Milo se gratte le cou et soupire.

— C'est ce que la Confrérie prétend, non ? le devance Émily, son assurance revenue. Une deuxième chance, la Terre promise ?

— Pour ceux qui en valent la peine oui, répond-il tendu.

— En quoi êtes-vous meilleurs si vous pensez de la même façon que le Commandement ? J'ai grandi dans une famille dont les ancêtres avaient à peine de quoi vivre.

— Toi ce n'est pas pareil.

Ses yeux s'adoucissent quand il la regarde à nouveau. Il est difficile à saisir.

— J'ai torturé des prisonniers, Milo, plus que tu ne peux en compter. Probablement plusieurs que tu connais.

Il semble sous le choc. Son énergie vacille si rapidement qu'elle a du mal à suivre. Elle va le perdre. Bon sang, pas maintenant.

— Je ne te crois pas.

— C'est ça, que tu le veuilles ou non. Si tu ne l'acceptes pas, je ne reviendrai pas avec toi. C'est aussi simple.

— Ne fais pas ça.

Il lui saisit l'épaule. Elle ajoute :

— Au point où l'on en est : soit on meurt tout de suite, soit on meurt plus tard. Tu décides.

Il lance un juron presque inaudible, puis prend brusquement le chemin de la capsule. Ils marchent en silence jusqu'à la capsule et Yasmina marmonne :

— Tu es comme ta mère.

Un malaise saisit Émily à la gorge. Elle feint de ne pas l'avoir entendue.

Le mal de tête d'Émily semble sous contrôle pour le moment et les lumières vives ont diminué d'intensité. Enfin.

La brute est encore là et se précipite vers eux quand il les voit arriver. Il tend rapidement quelque chose à Milo qui s'approche d'Émily.

Dan prend Yasmina par surprise et déploie un mécanisme qui lie ses mains dans son dos, d'un genre différent de ce qu'ils utilisent normalement à la prison.

Milo a profité de son moment d'inattention pour faire la même chose avec Émily.

Elle s'exclame, frustrée :

— Si c'est comme ça que vous me remerciez de vous l'avoir ramenée...

— Bâillonne-la aussi, dit Milo qui appuie volontairement sur les cicatrices de Yasmina.

Émily fait la grimace en sachant exactement la sensation que Yasmina a ressentie. Le mal de tête reprend de plus belle : l'image de Yasmina se dédouble momentanément. Son sosie se retourne vers Émily. Il n'a pas d'aura.

Émily cligne des yeux. Le double a disparu. La fatigue va la tuer si ça continue.

Ils entrent dans la capsule. La porte se repressurise derrière eux.

Une drôle d'odeur plane. L'air est figé, électrique. De la peur.

Ils sont coincés.

Milo ne peut pas être sérieux. Pas après s'être donné tout ce mal pour la sauver des griffes de Yasmina. Il la libérera une fois qu'ils sauront tous qu'elle est digne de confiance. Ils ont une solution de rechange, maintenant, pour les codes qu'ils convoitent.

Dan la brute s'occupe de Yasmina en la malmenant avec des gestes brusques qui doivent lui causer une douleur insupportable.

— Je n'ai pas oublié la dernière fois, lance Émily à l'intention de Dan. On dirait que ça t'allume de nous trimbaler comme si l'on était de la marchandise.

— Ne me fais pas changer d'avis sur ton cas, dit-il d'un ton menaçant. Sérieux, Lo, je ne peux pas croire que tu l'as amenée.

— Allez, Dan. N'oublie pas pourquoi on est ici.

Milo et Émily bifurquent de l'allée centrale et se séparent de Dan et Yasmina du même coup. Quelque chose ne tourne pas rond. Milo entraîne Émily dans une pièce. Ils sont seuls et l'étrange silence qui plane la met mal à l'aise.

— Pourquoi est-ce tu nous amènes pas voir le commandant ensemble ?

— Ce n'est pas ce qui est planifié. Walker travaille dessus d'abord. Si ça ne fonctionne pas, on aura notre solution de rechange.

— Et moi ? Je veux rencontrer les autres. Tu as dit qu'il y avait de la place pour tout le monde.

— Émily. Avec ce que tu m'as avoué plus tôt, je...

Ce n'est pas possible. Après tout ce qu'ils ont traversé.

Inutile de le convaincre à ce stade-ci. Il doit faire le chemin par lui-même. Comprendre ses bonnes intentions.

— Dis-moi au moins si Skyler est ici, demande-t-elle de peur que le désespoir la gagne. Vérifie pour moi.

Il inspire profondément.

— Désolé.

Il baisse le regard.

— Milo !

La porte se referme. Et elle est verrouillée.

37

SKYLER

La porte est ouverte et l'odeur synthétique de l'air recyclé pénètre dans la pièce. Neal se tient sur le seuil, ses tatouages bien en évidence. Le temps qui les sépare est encore plus frappant.

—Je veux la voir, dit Skyler qui bondit du divan en se débarrassant de la couverture encore chaude.

D'après Neal, Émily a rejoint la capsule avant qu'ils la scellent pour de bon. Skyler savait qu'elle réussirait. À moins que cela soit une des tactiques de Neal pour s'attirer ses faveurs.

—Seulement si tu m'assures que tu m'aideras à atteindre la Terre promise.

—Est-ce un chantage pour me convaincre ? De toute façon, même si c'était vrai, tu n'as pas besoin de moi pour ça. Tu as déjà ta Confrérie pour le faire.

—Je ne peux pas le faire sans toi, insiste son frère, les lèvres pincées.

—Tu t'es bien débrouillé jusqu'ici.

Le souvenir amer de leurs accrochages passés le submerge. C'est à croire que les vieilles habitudes restent, même au-delà de la mort.

—J'ai besoin de ta parole, poursuit Neal dont la mâchoire

tressaille. Tu es celui en qui j'ai le plus confiance. Je sais qu'une fois que tu t'engageras, tu ne me laisseras pas tomber.

— Bien, lâche Skyler qui hoche la tête. J'espère ne pas le regretter.

Neal se rapproche de lui et s'empare de son bras, sourire aux lèvres. Il a dû se doucher, car l'odeur de sueur de la veille est remplacée par un arôme piquant de sapin.

Skyler lui renvoie son sourire pour cacher son incertitude. Leur relation de confiance pourra-t-elle jamais redevenir comme avant ? Tout est si... récent.

Leurs bracelets s'entrechoquent et Neal tapote quelque chose.

— Qu'est-ce que tu fais ?

Le sourire de Skyler s'évanouit aussi vite qu'il est apparu.

— Nous sommes liés maintenant, répond Neal, satisfait, qui rompt le contact. Tu ne peux plus enlever ton bracelet. De cette façon, quoi qu'il arrive je saurai où tu te trouves en tout temps. Ça nous évitera de nous perdre de nouveau de vue. Et c'est réciproque.

Les liens du sang sont ce qui les unit véritablement, à moins que son frère ne l'ait oublié avec les années. Pourvu qu'il tienne sa promesse et que ce lien physique soit suffisant pour empêcher que le passé ne se répète.

Devant son incertitude, Neal explique :

— C'est pareil pour tous les membres de la Confrérie. Je ne peux pas risquer que quelqu'un nous trahisse.

— Je ne savais pas que c'était ta définition de la confiance.

— Vois-le plutôt comme un gage de confiance.

Skyler espère ne pas regretter sa décision de soutenir son frère dans sa folie de commander l'Arche et de conquérir la Terre promise.

— Et maintenant ? s'enquiert Skyler.

— Bienvenue dans la Confrérie, petit frère, dit Neal qui le prend par l'épaule pour le guider hors de la cabine.

Le poste de Commandement est plus grand que ce que Skyler s'était imaginé. Ou bien Neal veut s'assurer qu'il ne puisse pas s'y retrouver. En chemin, ils croisent des dizaines de Dissidents qui arborent le même uniforme qui pourrait facilement se fondre parmi les autres divisions de l'Arche. Par contre, quelque chose dans leurs façons de saluer Neal et de regarder Skyler est différent, sans qu'il puisse mettre le doigt dessus. Peut-être une sorte d'anticipation d'un moment crucial, ou le sentiment de partager une histoire commune. Son frère est à son aise et renvoie les salutations d'un signe de tête sans pour autant les ignorer. Comme s'il avait toujours été l'un des leurs.

Avec toute la sécurité que la Confrérie a mise en place, ils doivent avoir maîtrisé tout l'équipage.

—Toute une réussite, dit Skyler après qu'ils ont parlé avec une paire de Dissidents qui gardent l'entrée d'une cabine. Ils te respectent.

Son frère lui lance un regard amusé.

—Ce n'est que le début. J'espère pouvoir compter sur toi pour la suite des choses, petit frère.

Un coup de feu à glacer le sang ricoche dans le dédale. Les traits de Neal se creusent :

—Reste ici. Je vais aller voir ce qui se passe.

—Ce n'est pas toi qui disais que tu avais besoin de mon aide ?

D'autres coups de feu suivent. Ils pressent le pas pour arriver dans la salle de commandement qui ressemble en tout point au rêve de Skyler. Même les hublots qui donnent sur les fonds marins désolés comme si la vie s'était éteinte. L'odeur métallique du sang le ramène sur la vision d'horreur qui se présente. Des corps ensanglantés sont affalés, des Dissidents jappent des menaces aux membres de l'équipage qui ont une mine affreuse, mais résistent avec le peu de force dont ils sont capables. Chacun d'eux est retenu par au moins deux ou trois gardes.

—Bordel, mais qu'est-ce que vous avez fait ? vocifère Neal par-dessus le tumulte. Qui sont tous ces gens ?

Le commandant se trouve parmi eux. L'uniforme est identique à ce que Skyler s'imaginait. Une grimace de douleur traverse son visage.

—Diana, souffle le commandant Hawk qui fixe un corps inanimé.

Les murs sont criblés de balles. Deux écrans ont même été touchés. Neal sonde les lieux et marche d'un pas ferme jusqu'au milieu des Dissidents qui le saluent tous avec respect.

—Ils ont réussi à se regrouper ici en vue d'une contre-attaque, explique Laurène qui se relève avec peine, refusant l'aide d'un Dissident du revers de la main. Nous sommes arrivés juste à temps.

Laurène a mauvaise mine malgré le tailleur qu'elle porte. Elle se masse la joue. Neal fait signe à deux gardes postés à l'entrée de disposer des corps et soupire :

—Commandant. Vous ne voyez donc pas qu'il est temps de céder votre place ?

—Si j'avais abandonné chaque fois que j'ai dû faire face à un défi, je serais déjà mort.

Le ton de Hawk est ferme, il demeure placide.

—Ce n'est pas un jour comme les autres, poursuit Neal qui se rapproche de lui.

—Liquider tout mon équipage ne t'amènera que la colère du Créateur.

Neal a un rire sans joie et se gratte la joue.

—C'est ce que nous allons voir.

—Même si tu te débarrasses de nous et que tu rejoins cette fameuse Terre promise que tu fais miroiter à tout le monde, le Créateur te punira. Tu n'as aucune idée de ce dont il est capable.

—Vous avez l'air d'en savoir plus que vous ne voulez en dire. J'écoute.

Neal croise les bras. Ses tatouages reluisent sous l'éclairage cuisant.

—Je sais comment garder notre Arche en vie. Un faux mouvement et nous sommes tous morts. Le Créateur nous observe.

Hawk avale difficilement et son regard se voile.

— Il s'entête à ne pas révéler le code, s'énerve Laurène qui a repris des couleurs.

— Toi, jure le commandant qui la pointe du doigt avec un air de défi. Comment oses-tu, alors que je t'ai tout donné ! Je t'ai accueillie...

Le visage du commandant blêmit et un hoquet de douleur s'échappe de sa gorge. Sa garde le retient juste à temps pour ne pas que sa tête se fracasse au sol. Il est blessé à voir la façon dont il se tient le côté.

— Qu'est-ce que tu lui as fait ? dit Neal qui lance un regard menaçant à Laurène. Je n'accepterai pas que tu le blesses.

—Je ne lui ai rien fait, réplique-t-elle avec suffisance. D'ailleurs, surveille ton langage. Rappelle-toi qui t'a permis de devenir le prochain commandant.

Elle sort prestement en compagnie de sa garde personnelle. Neal renâcle et s'adresse avec force aux autres :

—Enfermez les membres d'équipage restants. Fouillez chaque recoin du poste de commandement et évitez qu'ils communiquent ensemble. Tant qu'on n'obtiendra pas le code, on demeure vulnérable.

Les Dissidents s'exécutent et ce n'est qu'à ce moment que Skyler prend en note la dizaine de prisonniers qui n'ont pas l'air d'avoir dormi depuis longtemps. Leur nombre est suffisant pour leur donner du fil à retordre.

Tessa entre en trombe au même moment, suivie d'un homme qui porte une chemise blanche au lieu de l'uniforme. Ils s'approchent de Neal et elle ne fait pas mine de remarquer la présence de Skyler.

— Des ennuis ? s'informe Tessa.

—Comme d'habitude. Walker, qu'est-ce qui se passe ? demande Neal d'une voix agacée.

L'homme tapote sur sa tablette et lui montre quelque chose qui lui fait hausser des sourcils.

—Tous les accès au serveur, quels qu'ils soient, exigent le code. Et les dommages de l'Arche sont plus importants que je ne le croyais. Le Feu Sacré a été rudement affecté par les explosions de gaz qui se sont déployées dans la ventilation.

—Comment est-ce possible ? Toujours pas de traces du coupable ?

Walker fait signe que non, l'air désolé.

—Sans le Feu... bordel. Tout ça n'aura servi à rien.

—Qu'est-ce qu'on fait de lui ? s'enquiert Tessa qui est accroupie auprès de Hawk.

Skyler se sent de trop et se rapproche de la sortie. Ils n'ont pas besoin de lui. Tessa ajoute :

—Laurène est une imbécile ! Maintenant que le Premier Officier Diana est morte, seul le commandant connaît le code.

—Skyler, l'interpelle Neal avant qu'il n'ait le temps de s'échapper. Qu'est-ce que tu fais ?

Le dénommé Walker ajuste ses lunettes comme s'il l'apercevait pour la première fois.

—Alors, c'est lui.

Qu'est-ce que cela veut dire au juste ? On dirait que tout le monde le connaît. Va savoir ce que Neal a dit à son sujet. Ils seront déçus d'apprendre qu'il ne peut rien à leur cause.

—Eh bien...

—Je veux que tu veilles sur le commandant, dit Neal sérieusement en plaçant sa main sur l'épaule de Skyler. Il doit rester en vie, coûte que coûte. Est-ce que je peux compter sur toi ?

Tessa lui jette un coup d'œil à la dérobée alors qu'elle s'occupe de donner des directives aux gardes qui transportent Hawk, inconscient.

Le regard de Neal est insistant.

—Très bien.

L'infirmerie de la capsule est mieux équipée que Skyler l'aurait cru. Force est d'admettre qu'ils avaient planifié leur fuite depuis longtemps, puisqu'ils ont transféré des caisses d'antibiotiques, de désinfectant et de matériel médical qui suffiraient pour des mois, voire des années s'ils en font un usage limité. Ce sont les stocks qui encombraient le centre de soins. Ils les avaient marqués, croyant que la commande était une erreur. Jamais ils n'en auraient eu besoin d'autant.

La pièce peut accueillir deux patients simultanément, et les murs insonorisés les isolent de tout le brouhaha causé par les Dissidents qui passe le poste de commandement au peigne fin. Skyler a dû justifier sa présence au moins trois fois depuis son arrivée à l'infirmerie.

Le commandant ne semble pas être dans un état critique. Ce n'est qu'une simple chute de pression qui a provoqué sa perte de conscience. Il a perdu du sang, oui, mais la fatigue y est aussi pour quelque chose. Ces jours-ci n'ont pas été faciles pour lui non plus.

Alors que Hawk sommeille, Skyler vérifie que ses signes vitaux sont stables et que son taux de glycémie est au bon niveau. Les gestes machinaux et les effluves familiers de javellisant le calment, un sentiment rare ces derniers temps.

La blancheur des draps détonne avec la noirceur de la peau du commandant. Ce n'est pas inhabituel sur l'Arche. Puisque les survivants de différentes origines se côtoient, la couleur de la peau importe peu, mais pour Skyler, elle est le témoin d'un héri-tage ancestral inestimable, un rappel que chacun d'entre eux compte dans la reconstruction de leur humanité.

Qui est réellement cet homme ? Il ne saurait qu'en dire. Depuis la naissance de Skyler, Hawk est celui qui commandait l'Arche. Un règne de vingt et un ans qui s'achève aujourd'hui. Il est le successeur de l'ancien commandant Herrera, qui a ouvert la voie sur une nouvelle ère marquant la fin de la période des Furies, cette même époque où Ivanka Torres a découvert les premiers signes du Syndrome. Chaque commandant a connu son lot d'épreuves, mais jamais un groupe de rebelles n'avait renversé le pouvoir en place. Est-ce une preuve suffisante des manquements du commandant Hawk ? À vrai dire, Skyler ne sait pas s'il aurait pu faire mieux. Son rêve de la veille n'était que cela, un rêve. Le fardeau de diriger les dernières graines de l'humanité le clouerait sur place, juste à penser aux conséquences imprévisibles de chaque décision. Skyler ne soutient pas pour autant toutes les décisions que Hawk a prises, mais il mérite un respect dont la Confrérie le prive.

— Merci.

Skyler se retourne vivement, comme s'il entendait un mort revenir à la vie. Hawk a les yeux entrouverts et lève son bras relié au soluté. Il n'a plus rien du commandant. Seulement un malade comme un autre.

— Je dois changer votre bandage.

Skyler lui ôte son pansement un peu plus fort que voulu, ce qui lui arrache un gémissement. La plaie ne cicatrise pas aussi bien que Skyler l'aurait cru. Les satanés bâtons électriques du Parangon sont un vrai fléau qui requiert de sérieux soins de désinfection.

— Votre groupe doit être fier d'avoir pu se débarrasser d'un vieux commandant incompétent dans mon genre, dit Hawk d'une voix amère.

— Je ne fais pas partie de la Confrérie.

Et pourtant, son frère l'a accueilli officiellement. Son bracelet... n'est pas suffisant. Skyler a besoin de temps. Peut-être lorsqu'il aura rencontré tous les membres et qu'ils travailleront ensemble pour la Terre promise. Ou bien s'ils font preuve de compassion pour ceux qui ont sacrifié leur vie pour leur survie.

— S'ils te laissent seul en ma compagnie, alors ils doivent te faire confiance, reprend le commandant.

— C'est plutôt un... problème de famille.

Est-ce vraiment ce que c'est, un problème ? Qu'il le veuille ou non, le fait que son frère est à la tête de l'Arche est leur nouvelle réalité. Les choses ne pourront jamais redevenir comme avant.

— Nous sommes une grande famille.

— Alors, pourquoi avoir ignoré les Dissidents ? dit Skyler en jetant le bandage noirci d'un geste vif.

— Si seulement c'était aussi simple. Il y a des choses qu'on ne peut contrôler.

— Même pour le commandant ?

Hawk acquiesce lentement.

— Certaines… circonstances nous contraignent à un seul choix. Du moins, celui qui comporte un risque avec lequel on peut composer.

— Je n'y crois pas. Vous avez tous les pouvoirs sur ce vaisseau. Vous n'avez pas hérité de la réputation salie de votre famille.

Il repense à Émily et aux privations imposées à sa famille. Et à tous les Dissidents qui n'ont jamais eu la chance de naître dans une famille reconnue dans le registre. Un refus flagrant de les accepter dans toute leur infortune. Le commandant se doit pourtant de prioriser tous les habitants de l'Arche et pas seulement quelques privilégiés. C'est un principe élémentaire. Sinon, que se passera-t-il quand viendra le temps de reconstruire ?

— Le système de l'Arche date de plus d'un siècle, explique Hawk d'un ton las. Les vieilles habitudes ne se changent pas facilement.

Madame Farrell disait cela, elle aussi. Skyler avait cru que c'était en raison de Hawk.

— Plus maintenant.

— C'est ce que tout le monde veut croire. Je ne les blâme pas.

Skyler humecte d'alcool un morceau de gaze et nettoie la plaie en tapotant doucement. Devant son mutisme, le commandant poursuit :

— Mais quand on comprend mieux tous les éléments en jeu, les possibilités se referment sur nous à tel point qu'on se demande si ce n'est pas le Créateur qui nous mène par le bout du nez sans même que l'on ait notre mot à dire. Son Œuvre va bien au-delà de notre imagination.

— Vous y croyez vraiment à ce Créateur ?

Hawk le dévisage comme si c'était la chose la plus absurde qu'il avait entendue de sa vie.

— Le Déluge n'était que le début, et depuis il nous teste chaque jour. Ce n'est pas parce qu'il est invisible qu'il est absent. Il faut savoir écouter les signes.

Skyler tapote un peu plus fort là où des vrilles verdâtres foisonnent. Il change la gaze bien imbibée pour une nouvelle.

— Je ne l'ai jamais entendu.

— Il peut prendre plusieurs formes. Seulement, tout le monde n'est pas prêt à l'accepter.

— S'il existait réellement, ma famille n'aurait pas été détruite comme elle l'a été.

Si seulement il avait la pommade antibiotique de Tessa : la mousse serait mille fois mieux que ce simple désinfectant. Pourquoi doit-il toujours travailler avec des saloperies ?

— Alors, c'est cela ton problème de famille, dit Hawk qui pèse ses mots.

Skyler freine son mouvement, la main tremblante.

C'est beaucoup plus que cela. Mais comment Hawk le saurait-il ? Et qu'est-ce que ça peut lui faire ? Il n'a pas été à la place de Skyler : s'occuper d'une mère prêt à le renier ; culpabiliser chaque jour pour avoir causé la mort d'un frère qui a miraculeusement survécu et qui n'a pas songé une seule seconde à donner signe de vie pendant cinq ans.

Skyler serre la mâchoire. Le pus est encore bien logé au fond de la plaie de Hawk, mais Skyler appose quand même un nouveau bandage. Sans la pommade, seul un antibiotique puissant fera un meilleur travail. Hawk grimace sous la pression et insiste :

— J'en suis désolé, mais nier son existence, c'est refuser d'admettre que les humains foulent la terre.

Skyler hausse les épaules et se lève pour attraper une fiole d'antibiotique dans l'armoire. Une femme ravagée par des cicatrices familières pénètre au même moment dans l'infirmerie, accompagnée de deux Dissidents qui la placent avec brutalité sur le lit encore disponible.

Un autre dégât collatéral du Parangon.

— Je ne peux pas croire que Neal nous demande d'escorter cette salope, siffle la Dissidente à la longue chevelure sombre. Pire, lui donner des soins.

— Ça ne me réjouit pas plus que toi, mais on ne peut rien faire, dit son partenaire. Je fais confiance à Neal.

— J'aurais dû vous tuer tous les deux quand je le pouvais, grogne la patiente.

La femme la gifle au visage et l'homme l'arrête juste avant qu'elle ne la frappe à nouveau.

— Qu'est-ce que vous faites ? intervient Skyler en levant le ton. Vous ne voyez pas qu'elle est blessée ?

— Ça nous regarde, répond l'homme en crachant vers la prisonnière : compte-toi chanceuse qu'elle t'ait libérée. Le karma se chargera bien de ton cas.

Les deux Dissidents attachent les chevilles de la femme aux barreaux du lit. Puis, il se retourne vers Skyler.

— C'est toi le frère de Neal ?

Son expression s'adoucit, mais Skyler demeure tendu.

— Je suis censé te connaître ?

— Moi c'est Milo et elle c'est Fiona. On aura l'occasion de travailler ensemble bientôt pour mieux faire connaissance.

Milo lui fait un sourire qui contraste avec son attitude brutale de tout à l'heure.

— Neal voudrait que tu t'occupes d'elle aussi. Il dit qu'elle est vitale pour le plan.

Génial. Dès qu'ils sont repartis, la femme gémit de douleur. Skyler s'empresse d'administrer un antibiotique au commandant avant de se mettre sur son cas. Les cicatrices sont profondes et l'infection a commencé à se répandre. Le désinfectant ne sera pas suffisant non plus. Ni même une seule injection d'antibiotique. Pendant que Skyler prépare un cocktail d'antidouleurs, Hawk croasse :

—Tout cela est ma faute. Je suis tellement désolé, mon amour.

Skyler se fige et fronce des sourcils. Quoi?

—Elle n'était pas... friande à cette idée, dit la femme.

Hawk grogne. Suit un silence durant lequel Skyler a le temps de donner une première dose d'opioïdes à sa nouvelle patiente. Les signes vitaux de Hawk s'emballent quand il reprend d'une voix fatiguée :

—Yasmina, s'il m'arrivait quoi que ce soit...

—Ne dites pas de telles choses. Je ne les laisserai pas vous toucher mon commandant.

—Ma sphère?

Elle soupire et ferme les yeux, sûrement pour se laisser emporter par les calmants.

—Elle est à l'abri. J'ai fait comme vous m'avez demandé.

Mais de quoi parlent-ils?

—La sphère? ne peut s'empêcher de demander Skyler.

Yasmina cligne des yeux et le dévisage au ralenti. Un faible sourire flotte sur son visage : les cratères de son visage défiguré se tordent de façon anormale. Skyler en a la nausée.

—Bien sûr. Nous sommes en présence de son inventeur, dit-elle finalement en remuant légèrement. J'allais presque oublier. Je devrais te remercier.

—Qu'est-ce que vous avez fait des sphères?

—Tu pourras demander à ta très chère meilleure amie. Elle en sait quelque chose.

Sa voix n'est plus qu'un murmure ensommeillé. Skyler est sous le choc. La docteure Siria ne lui a jamais dit que les autres Divisions utilisaient ses sphères.

—Tiens donc. Comme on se retrouve.

Laurène entre dans l'infirmerie alors que Skyler s'apprête à installer le cathéter pour l'antibiotique intraveineux, obnubilé par sa découverte. Une des pommettes du Second Officier a pris une teinte violacée délimitée par une ligne rouge bien définie.

—Tu m'as déjà tout pris ! rugit le commandant qui se redresse sur son lit.

Son rythme cardiaque monte en flèche.

—Qu'est-ce qui se passe mon commandant ? demande Yasmina, somnolente.

—Vous me rendez les choses beaucoup trop faciles, poursuit Laurène.

Elle fait claquer ses talons sur le sol d'un bruit sourd et aigu, comme si le métal poussait une plainte à chacun de ses pas. Son visage est tendu.

—Tu peux nous attendre à l'extérieur, ordonne Laurène d'une voix égale.

—Je dois rester, dit Skyler, perplexe. Mon frère...

—Ton frère...

Elle semble songer à quelque chose et se lèche les lèvres. Elle se rapproche de lui, beaucoup, beaucoup trop près.

—Je ne crois pas que tu veuilles être témoin de notre petite discussion, dit-elle en braquant son pistolet sur Skyler. Ce ne sera pas long, je te le promets.

Skyler serre les mâchoires et se débarrasse de l'intraveineuse d'un mouvement brusque. Il sort de la clinique sous le regard perçant de Laurène et lâche un soupir de frustration une fois à l'extérieur. La voix mielleuse de Laurène lui parvient cependant :

—Cher commandant. J'espère que l'on se comprend bien sur le fait que vous ne devez pas divulguer le code à la Confrérie.

—Que le Créateur m'en garde.

Skyler doit faire quelque chose !

Il court à l'aveuglette dans le dédale de corridors jusqu'à ce qu'il tombe sur un groupe de Dissidents armés. Quand il leur explique la situation, ils se mettent à courir vers l'infirmerie, suivis par Skyler.

Ils surgissent dans la clinique et trouvent le commandant agenouillé au sol, le visage enfoui dans le creux de son bras. Sa main tient fermement celle de Yasmina qui pend mollement.

Aucune trace de Laurène.

L'un des Dissidents ordonne aux autres de fouiller les environs pour la retrouver.

Skyler prend les signes vitaux de Yasmina, mais il connaît déjà la réponse. L'odeur infecte du sang mélangé au liquide cérébral lui fait plisser le nez. La tache sur l'oreiller ne tarde pas à se répandre sur le matelas immaculé. Skyler tire le drap sur le visage immobile de Yasmina : il ressemble à celui d'une poupée de cire qui a fondu par endroits. Dans le silence pesant de l'infirmerie, le commandant sanglote en sourdine.

Skyler a échoué.

***

SKYLER et son frère marchent côte à côte dans le couloir grouillant de Dissidents qui peinent à contrôler l'équipage cloîtré. Plusieurs d'entre eux transportent de maigres repas et échangent leur rôle de ravitaillement pour être de garde en alternance. Cette transition de commandement ne pourra pas durer éternellement. Sans le code, la prise du vaisseau sera un échec. Et c'est sans compter tous les Archéens qui sont sous le contrôle du Parangon. C'est presque un miracle que Duke n'ait pas pris la capsule d'assaut. Soit il croit qu'elle est détachée, soit il est déjà débordé.

—Je ne peux pas croire qu'elle ait osé faire ça dans mon dos ! fulmine Neal.

—Je suis désolé de ne pas avoir fait mieux, plaide Skyler qui repasse constamment dans sa tête ce qu'il aurait pu faire pour empêcher Laurène d'agir.

—Si elle pense qu'elle va s'en sortir indemne !

Neal serre les poings. La veine dans son cou pulse. Skyler ne sait pas quoi dire pour le calmer. Après toutes ces années à grandir chacun de leur côté, aucun mot ne paraît adéquat. Encore heureux que Neal le laisse voir Émily, même s'il a insisté pour l'accompagner.

—Pas plus de dix minutes, dit Neal en ouvrant la porte.

Skyler acquiesce et entre. La cabine est nettement plus petite que celle du commandant, mais semble tout de même confortable, surtout le matelas bien moelleux dans le coin.

— Émily.

Sous la lumière tamisée, elle bondit du canapé pour venir le trouver. Ses cheveux sont aplatis et son maquillage lui macule le visage jusqu'aux tempes.

— Que se passe-t-il ? demande-t-elle, sur la défensive.

Le vacarme extérieur est encore audible même si la porte est fermée. Est-ce que Neal écoute leur conversation ?

— Yasmina. Je crois que tu la connais.

Émily a l'air surprise et se met à se tortiller les doigts.

— Je vois que tu n'es pas venu discuter de la façon de se sortir de ce pétrin.

— C'est à toi de me le dire.

— Qu'est-ce que tu veux dire ?

Skyler lui raconte la conversation qu'il a surprise entre le commandant et Yasmina. Il n'en a pas informé son frère, qui ignore les possibles implications.

— Elle s'est approprié ta technologie, explique Émily qui s'éloigne de lui, visiblement troublée. Pas de la manière la plus... honnête, comme tu peux te l'imaginer.

Il n'est pas là pour faire le procès des défunts. Tout ce qu'il sait, c'est que personne ne mérite de se faire tuer.

— Maintenant qu'elle est morte, Hawk refusera de lui donner le code, insiste Skyler qui essaie de chasser de son esprit le visage défiguré de Yasmina.

— Tu les soutiens réellement, la Confrérie ? s'enquiert Émily d'une voix où perce la tristesse.

Si la Confrérie menée par son frère prône un traitement équitable de tous les habitants de l'Arche et leur offre l'opportunité de rebâtir la civilisation, pourquoi pas ? Ils réussiront peut-être là où le commandant Hawk a échoué.

— Ce n'est pas la question. Ils ont besoin du code pour

garder l'Arche en fonction et mettre à exécution leur plan, répond-il finalement.

— Alors pourquoi ne rendent-ils pas au commandant Hawk le poste qui lui revient de droit ?

Émy lui lance un de ces regards inquisiteurs qui le désarçonnent chaque fois. Quand elle a une idée derrière la tête, rien ne peut l'en faire démordre.

— Tu sais que ça ne fonctionne pas comme ça.

— Et pourquoi pas ?

Skyler soupire. Émily le soutiendrait en temps normal, mais quelque chose semble l'en empêcher. Et si une de ses merveilleuses idées implique de saboter les plans de Neal, ce n'est ni l'endroit ni le moment pour en parler. Si cela venait à se savoir, Émy pourrait devenir un obstacle. Allen a beaucoup changé en cinq ans et ses réactions sont imprévisibles.

— On n'a pas beaucoup de temps. Mon frère ne m'a donné que dix minutes.

Elle tressaille à la mention de Neal et répond :

— Yasmina était ma patronne à la prison. Et elle a trouvé un moyen d'encoder la mémoire des détenus.

— Ceux qui mouraient dans la prison ?

— Non. Pendant les interrogatoires, alors qu'ils sont en vie. D'après leur conversation, j'ai l'impression qu'elle a fait la même chose avec le commandant.

Les yeux de Skyler s'agrandissent. Les implications sont énormes. Il ne s'est jamais risqué à effectuer ce genre de tests sur des sujets en pleine santé au cas où cela causerait des dommages irréversibles au cerveau. Mais jusqu'à preuve du contraire, le processus de transfert pourrait réussir.

— Dans ce cas, le code doit bien s'y trouver quelque part, conclut Skyler. On doit y aller. Maintenant.

— Attends.

Émily le retient par le bras et un éclair d'appréhension voile son regard. Elle s'apprête à parler, mais secoue la tête et dit finalement :

— Ce n'est rien. Allons-y.

Ils exposent leur idée à Neal qui attendait derrière la porte. Il se gratte la joue. Émily prend les devants :

— Si le commandant refuse de nous donner le code, alors il faut trouver le moyen d'aller le chercher nous-mêmes. La torture ne le fera pas parler maintenant qu'il a perdu l'amour de sa vie.

Skyler l'interroge du regard. N'était-elle pas opposée à ce que la Confrérie prenne le contrôle de l'Arche ?

— On ne perd rien à essayer, tranche Neal qui les regarde tour à tour. Dan vous escortera.

— La grosse brute ?

Neal a un rire franc et Skyler sourit. Elle ne changera jamais.

— Ça le mettra de mauvais poil si tu l'appelles comme ça, dit Neal une fois qu'il a repris son sérieux. Mais bon, c'est à toi de voir comment tu peux le gérer.

Il lui fait un clin d'œil et Émily lève les yeux au ciel.

— Je vous fais confiance, dit Neal une fois que le grand barbu prénommé Dan les a rejoints.

— Vous devez vraiment lui avoir fait bonne impression pour qu'il vous laisse sortir de la capsule, grogne Dan alors qu'ils sont en route.

— On ne fait que notre travail, lâche Émy d'un ton désinvolte.

Skyler est heureux qu'elle lui fasse la conversation, car Dan ne lui inspire pas confiance. La dernière fois qu'il l'a vu, il crachait littéralement du feu. Neal a vraiment le don de s'entourer de drôles de personnages. Et pourtant, les Goldberg ont toujours été reconnus pour être plutôt classiques. C'est à se demander où il a appris à avoir un tel charisme qui les attire vers lui comme un aimant.

Ils laissent Dan prendre de l'avance et Émily lui chuchote :

— Si tu te demandais... je ne fais pas ça pour aider la Confrérie, mais pour nous sauver tous.

Puis elle rattrape le cracheur de feu.

DAN A DÉCIDÉ de les attendre à l'extérieur du bureau de Yasmina tandis que Skyler et Émily cherchent la sphère du commandant. Skyler examine la nouvelle technologie holographique qui lui a passé sous le nez. Ceci dépasse tout ce qu'il aurait pu imaginer. Était-ce ce que l'ingénieur Nathan avait en tête ?

—Je ne peux pas croire que Yasmina a réellement conservé toutes ces sphères de prisonniers, s'exclame Émily depuis l'antichambre.

Une étrange odeur d'eau salée et d'humidité flotte dans la pièce. Skyler n'ose même pas penser au genre de tortures auxquels les détenus ont eu droit entre ces murs. L'arsenal est... impressionnant. Et d'ailleurs, qu'est-ce que Yasmina comptait vraiment faire de ces sphères ?

Émily lâche un rire.

—Je crois que je l'ai trouvée.

Elle revient, sourire en coin, avec une sphère soigneusement conservée dans un coffret qui ressemble à une coquille décorée de fils d'or qui auraient pu être prélevés de l'uniforme du commandant lui-même. Un tissu d'un même bleu foncé le recouvre, enroulé d'un ruban, comme un présent. Une inscription luit sous la boucle : pour toujours.

—Ils s'aimaient, dit Skyler d'un air sérieux devant l'amusement d'Émily.

—Je suis surprise, c'est tout. Disons que ce n'est pas l'image que je me faisais de Yasmina.

Même dans la douleur, elle s'inquiétait de Hawk. Son corps était horriblement meurtri. Qui mérite ce genre de traitement ?

—Donc, tu travaillais avec Yasmina ? s'enquiert-il en rejoignant Émy près de la console.

—C'est vrai. Je ne t'en ai jamais parlé.

Émily hésite, puis lâche un soupir douloureux, toute trace d'amusement disparue.

— Yasmina était... une patronne qui n'a pas su reconnaître ses limites.

Émily place la sphère sur le réceptacle et active la console qu'elle fait fonctionner avec une aisance déconcertante : Commandant Kevin Hawk. Quand la machine ronronne au son de sa voix, Émily pousse un cri de joie.

— Je ne te demanderai pas comment tu as appris à t'en servir, commente Skyler.

— Il ne vaut mieux pas, non.

L'hologramme prend vie. Skyler s'exalte devant cette merveille de la technologie. Les détails sont tellement plus nets et l'expérience formidablement vivante. Les Nefs font pâle figure à côté. Il se rembrunit assez vite quand Dan vient les informer de changements de dernière minute :

— On doit retourner à la capsule dans moins d'une heure. Ordres de Neal.

— Pourquoi ? s'énerve Émily. S'il veut ce foutu code, il devra attendre.

Le grand barbu hausse des épaules et marmonne que ce n'est pas son problème.

Ils utilisent chaque minute pour trouver un moment où Hawk s'est servi du code. Le contenu est riche et ils ne peuvent pas tout bonnement y aller à l'aveuglette. Au début, Émily s'occupe de naviguer dans la sphère pendant que Skyler reste aux aguets pour essayer de repérer un indice sur la projection holographique. Comme si ce n'était pas assez, ils doivent aussi jongler avec l'impatience de Dan aux cinq minutes.

Ils assistent à plus d'une scène intime entre Yasmina et Hawk, et Émily les balaie d'une commande vocale aussitôt, à bout de nerfs.

— Bon sang ! On ne trouvera jamais ce fichu code ! s'énerve Émily qui passe une autre scène où Hawk visitait Yasmina en cachette. On dirait de vrais adolescents ces deux-là.

— Je crois que plusieurs personnes donneraient cher pour avoir cette chance. Pas toi ?

— Ce n'est pas pareil, balbutie-t-elle en rougissant. Je veux dire, si je tombais en amour, je ne ferais pas... ça.

— Qui voudrait tomber en amour avec un tyran dans ton genre de toute façon, dit-il nonchalamment.

— Ce n'est vraiment pas le moment.

Elle lui fait les gros yeux et se remet au travail.

— Au lieu de chercher dans les souvenirs avec Yasmina, essaie plutôt de trier les moments où il était seul dans sa cabine. Il a un ordinateur personnel qui doit être relié au système central.

Skyler lui montre ce à quoi ressemble le bureau et lui indique comment faire. Le système holographique n'est qu'une version augmentée des Nefs, rien de bien compliqué.

— Tiens, comme ça.

Émily contrôle la vitesse de visionnement avec sa main appuyée sur une demi-sphère.

— Ralentis.

Hawk est à son bureau et donc, puisqu'ils voient à travers ses yeux, l'écran d'ordinateur est bien net. Il tape son mot de passe, mais évidemment, il est crypté.

— Bon sang, on ne réussira jamais, se plaint Émily.

— Reviens un peu en arrière. J'ai une idée.

Skyler embarque sur la plateforme et la chaleur des jets de lumière lui réchauffe la peau. Comme il s'y attendait, les touches sur lesquelles Hawk appuie bougent. Ils en prennent bonne note et revérifient à trois reprises. Puis Dan vient les chercher pour retourner au Commandement.

— Rappelle-moi la prochaine fois que ce n'est pas la méthode la plus rapide pour trouver un code, gémit Émily qui soupire. J'ai les yeux qui vont me sortir de la tête.

C'est au tour de Skyler de rire cette fois.

— Amarante... c'est plutôt étrange tu ne crois pas ? songe-t-il alors qu'ils pénètrent dans la capsule. Ça ne me dit rien.

— Est-ce que les codes doivent vraiment avoir un sens ?

— Pourquoi pas ? Ça les rend plus faciles à mémoriser.

— Et plus facile à pirater.

Amarante. Skyler est sûr d'avoir aperçu ce mot quelque part. À moins que...

— C'est le nom d'une fleur.

— Vraiment ?

— Oui. Je crois même en avoir vu au parc.

Pas seulement là. Il a lu quelque chose là-dessus dans les archives. Étrange que le commandant ait aussi eu un intérêt pour les fleurs. Lorsque Dan les livre à eux-mêmes, il dit :

— Prête à aller informer mon frère que l'on a trouvé le code ?

Émily l'entraîne à l'intérieur d'une cabine vacante et le fusille du regard, les mains sur les hanches.

— On doit parler.

38

ÉMILY

— Ton frère est mort, Skyler.

Une fois que la porte s'est enclenchée, elle a explosé. Elle qui avait cru qu'au premier moment qu'ils auraient à eux, tout se réglerait. Et maintenant, Sky lui sort ces sornettes ! Et puis quoi encore ?

— Ce qui est fait est fait, ajoute-t-elle d'une voix ferme. Tu ne peux pas changer le passé.

Une étrange odeur de mort règne dans ce bureau maintenant inhabité.

Sky la darde du regard.

— Pourquoi ne peux-tu juste pas accepter le fait qu'il ait survécu ?

— Ça fait cinq ans. Et tu l'as dit toi-même : une chute à cette hauteur est fatale.

Il se tait, probablement en train de rationaliser. Bien. Mieux vaut lui enlever les graines du doute qu'ils ont semé avant qu'il ne franchisse le point de non-retour.

— On n'a jamais retrouvé son corps, murmure-t-il, le visage figé.

— Justement. D'ailleurs, Neal ne ressemble pas à mon souvenir d'Allen.

Ce Neal paraît plus vieux et... différent ? Allen était téméraire et fougueux, un brin idéaliste, mais il n'aurait pas été jusqu'à avoir des tatouages tout le long de son bras. Sans compter son visage plus effilé, surtout la ligne de la mâchoire, ses cheveux plus cendrés presque bruns. Même son aura semble différente. Non, ça fait trop.

— Émily, tu ne peux pas te méfier de tout le monde.

Les doigts d'Émily trouvent un fil qui dépasse de son uniforme emprunté et qu'elle enroule autour de son index, encore et encore. La fibre creuse sa peau qui devient chaude jusqu'à pulser.

— Crois ce que tu veux. Mais si c'est ce que tu appelles être un frère... le leader d'une rébellion. Quelqu'un qui t'encourage à appuyer leurs méthodes brutales.

— C'est ma décision, pas la sienne, rétorque-t-il les dents serrées.

Les étincelles courent entre leurs auras qui se dilatent de façon anormale. Se calmer. C'est Sky après tout. Émily lâche un profond soupir et se défait du fil qui la tenait occupée. Elle se croise les bras.

— Je pensais que tu conserverais un minimum de bon sens. Cette Confrérie vend du rêve. Ils te font croire que tu es leur frère d'armes, un concept complètement dépassé.

— Émily.

La façon dont il prononce son nom la laisse sans voix. Toute douceur s'est évaporée. Le Skyler doux et attentif, toujours prêt à aider, à réconforter, tellement qu'il s'en oublie lui-même, est chose du passé.

— Neal est mon frère de sang, continue-t-il sans sourciller. Il a passé les dernières années avec les Dissidents où il a pris en charge la Confrérie pour l'amener jusqu'ici. Mon frère n'est pas mort. Neal est mon frère Allen.

Il reste tellement de questions sans réponse. D'abord, comment Allen s'est-il remis de ses blessures à la suite de sa chute ? À quel point les Dissidents étaient-ils organisés à l'époque pour avoir accès à des soins? Et même s'ils avaient pu réussir à le guérir, pourquoi n'est-il tout simplement pas retourné dans sa famille? Les Goldberg ont bonne réputation et ils aimaient leurs enfants. Sky ne s'est jamais plaint d'avoir eu de quelconque mauvais traitement de ses parents, au contraire de Chris qui devait subir son père au quotidien.

—C'est insensé! conclut-elle sans réussir à tempérer son énervement. As-tu songé au fait qu'il peut très bien nous manipuler? Chacun d'entre nous. Milo m'a expliqué qu'ils savent absolument tout. Ils savent pour ton frère, et Neal peut aussi bien utiliser ça à son avantage juste pour que tu te joignes à eux. Tant que tu n'auras pas des tests d'ADN...

—Émily, tu exagères, tranche-t-il, l'air préoccupé. Est-ce que tu es certaine que ça va? Tu n'es pas comme d'habitude.

Elle avale de travers. Avec tout ce qui est arrivé ces derniers jours, elle n'a pas besoin que son meilleur ami la remette en question.

—Je ne sais pas quoi te dire pour te faire entendre raison, réplique-t-elle exaspérée. Tu ne sais rien d'eux. Ils se servent de toi pour commettre leurs atrocités.

—Ne dis rien et accepte la réalité, dit-il avec un calme plat. Je ne peux pas être ce que tu veux que je sois.

Sky ne lui laisse pas le temps de répondre et sort du bureau.

Cette impression de mort qui plane se fait plus pesante. Si ce n'était des bruits de pas et des conversations en provenance du couloir, elle pourrait se considérer tout aussi morte elle-même. Après un bon moment, elle se cale sur le sofa qui semble n'avoir jamais été utilisé. Le tissu est encore sec et raide sous son poids, mais ô combien plus confortable que n'importe quel mobilier que les Bates ont jamais possédé. Elle devrait s'en réjouir, mais elle ne peut contenir son envie de frotter machinalement l'appui-bras jusqu'à s'irriter la peau. Elle donnerait tout pour pouvoir dessiner dans son cahier à dessins. Elle esquisserait le portrait de Sky, mais aussi de son soi-disant frère. Pour trouver les différences... ou les similarités entre les deux. Des frères de sang?

La fatigue finit par la gagner et le visage de Skyler se fond avec celui de Neal dans son esprit.

Son ami a... changé.

Yasmina est morte, mais l'homme qu'est réellement le commandant Hawk reste un mystère.

La nuit de sommeil d'Émily a été écourtée par la position inconfortable dans laquelle elle a dormi. Avec toutes les blessures qui lui criblent le corps, elle en aura bien pour des semaines avant de pouvoir se coucher sur le côté sans grimacer. Comme si ce n'était pas assez, il y avait aussi eu des bribes de conversations nocturnes qui filtraient à travers les murs. Et puis, son cerveau s'est occupé du reste.

À une heure raisonnable, quoique très matinale, elle s'est levée pour mettre à exécution son plan de la journée : chercher des réponses. Elle n'a pas survécu aux tortures de Yasmina pour oublier les pistes que son ancienne patronne lui a laissées.

Heureuse de pouvoir jouir d'un semblant de liberté, Émily s'extirpe de la cabine qui lui tient lieu d'abri temporaire, du moins jusqu'à ce que la Confrérie officialise la passation de pouvoir de l'Arche. En attendant, Milo pourra l'aider.

Tous les Dissidents qui se sont joints à la rébellion ont dû se terrer dans leur nouvelle cabine, un luxe auquel ils n'avaient jamais eu droit, car le corridor est anormalement désert. Pourvu qu'il y ait quelqu'un pour lui donner les bonnes directions. Cette partie du vaisseau est un vrai labyrinthe ou presque. Chris saurait s'orienter bien sûr, mais il n'est pas là. Il était pourtant censé rejoindre la capsule lui aussi. Émily espère qu'il ne lui soit rien arrivé.

— La mission était pourtant claire.

Elle ralentit, stupéfaite, car il n'y a personne dans les environs. Ça doit venir des conduits de ventilation. Sinon ça veut dire que l'isolation est vraiment mauvaise. Qui sait, si cette capsule s'était détachée, elle n'aurait peut-être même pas été en mesure de voguer dans l'océan sans l'Arche pour l'alimenter.

— Tu ne peux pas changer d'idée à la dernière minute sans m'en parler et faire comme si de rien n'était. Ce n'est pas vrai que je me suis tuée à la tâche toutes ces années pour en arriver là et te laisser en faire rien qu'à ta tête.

Cette voix lui dit quelque chose. C'est elle. La fameuse Tessa. Pas certaine de vouloir lui demander des directions à elle. En plus, elle a l'air dans tous ses états.

— Si je le perds à cause de toi, je ne te le pardonnerai jamais. Tu m'entends ? Jamais !

Des sanglots ? Son cœur de glace a réussi à fondre ?

— Laisse-moi plus de temps.

Mal à l'aise, Émily presse le pas. Ça ne la regarde pas et surtout, elle ne veut pas devoir la réconforter. Ou devrait-elle ?

Une espèce d'intello du nom de Walker arrive pour la sauver de son dilemme et lui indique le chemin qui mène à la cabine de Milo. Pas de complications, pas d'explications. Bien.

C'est une bonne chose que ce Walker se soit trouvé dans les parages, car Émily allait dans la direction inverse. Après quelques tournants, elle cogne. Pas de réponse, mais des voix étouffées. En tout cas, pour l'intimité de la capsule on repassera. Peut-être Milo ne l'a pas entendue.

— Milo ? C'est moi, je voulais seulement...

Son bracelet a malencontreusement ouvert la porte et la scène la fige sur place. Le lit est défait et Fiona se tient debout, accrochée au cou de Milo à moitié nu, sa langue fichée dans sa bouche. Certains ont le réveil moins difficile que d'autres.

Reyes fait durer le moment quand elle se rend compte qu'Émily est là. C'est Milo qui doit la repousser, les joues rosies.

— Comme ça tu as survécu, siffle Fiona Reyes qui rajuste sa camisole de sport.

— J'allais te dire la même chose, se moque Émily.

Il fait une de ces chaleurs dans cette cabine ! Tout le

contraire du reste du vaisseau qui pourrait tout aussi bien être le compartiment réfrigéré dans la cuisine de Violette.

—Je reviens, dit Milo une fois habillé d'un uniforme pareil à celui que maman confectionnait.

—C'est quoi ton problème ? s'insurge Reyes, probablement jalouse. On n'a pas d'affaires avec cette garce.

—Elle est mon problème maintenant, dit Milo.

Difficile de dire si c'est un prétexte ou une critique.

—Tu me devras des explications, lui ordonne Reyes qui tire furieusement sur les draps pour les remettre en place. Et toi...

Reyes la pointe du doigt :

—...ne lui fais pas de mal ou sinon tu auras affaire à moi. Personnellement.

Émily veut répliquer, mais Milo la pousse hors de la cabine et ferme la porte brusquement.

—Qu'est-ce qu'il y a ?

Il ne sent pas aussi bon que la dernière fois. Non, cette fois il sent Reyes à plein nez. Un mélange de sueur et de poisson.

Émily doit lever légèrement la tête pour le regarder dans les yeux. Ils sont brillants comme s'il n'avait pas assez dormi. La profondeur qu'ils avaient la veille n'est pas au rendez-vous.

—Je veux voir le commandant Hawk, dit-elle sans façon.

Les états d'âme de Milo devraient l'occuper, mais c'est plutôt les ébats qu'elle a interrompus qui l'obsèdent. Pourtant, ce n'était pas une nouvelle qu'ils formaient un couple. Tous les signes étaient là.

—Il y a une raison ? s'enquiert-il avec une pointe d'agacement dans la voix.

—Je préfère ne pas en parler.

—Tout pour me convaincre, lâche-t-il.

—Je sais.

Il regarde à gauche et à droite comme s'il craignait que quelqu'un les surprenne.

—Au fait, je suis désolé.

De quoi s'excuse-t-il ? Qu'elle ait assisté à sa vie privée qui va se rejouer continuellement dans son esprit pour les prochains jours ou qu'il l'ait traitée sans ménagement la veille quand il l'a *gentiment* escortée dans la capsule ? Va pour le deuxième. Moins compliqué.

— De m'avoir ligotée ?

Il attend un moment. Espère-t-il qu'elle va ajouter quelque chose ? Elle n'en fait rien. Il se gratte la nuque et poursuit malgré lui :

— C'était la seule façon pour que Dan me fasse confiance.

— Ça va. On est quitte.

C'est le moindre de ses soucis en ce moment.

— C'est tout ? demande-t-il en inclinant la tête.

— Oui, c'est tout.

Il semble méfiant, puis dit nonchalamment :

— Suis-moi.

Il l'amène à une cabine dans le dédale du Commandement et dans le silence le plus total. Une fois qu'ils sont arrivés, Milo échange quelques mots avec le Dissident posté qui s'éloigne pour prendre une pause.

— Est-ce que ça va ? Je te sens... bizarre.

Milo refait son petit tour de la cellule avec son aura qui s'embrase pour la consumer, mais elle résiste de peine et de misère. C'est malsain. Elle ne veut rien à voir à faire avec ça.

— J'ai des choses à régler.

Il fait la moue, puis se résigne à lui ouvrir.

— Je vais t'attendre ici, insiste-t-il dans une ultime tentative pour l'amadouer.

— Pas nécessaire. Je vais me débrouiller pour revenir à la cabine qu'on m'a si gentiment assignée.

Elle évite son regard pour se concentrer sur ce qui va suivre.

— Bon, lâche-t-il une pointe de déception dans sa voix. Dans ce cas, j'insiste pas.

Elle imagine que Milo lui frôle l'épaule avant de partir – ou bien était-ce son aura ? – et elle entre.

Un nouvel interrogatoire. Ça lui avait drôlement manqué.

Assis dans un fauteuil, le commandant Kevin Hawk psalmodie en fixant quelque chose sur sa tablette.

La cabine dans laquelle il est détenu n'est définitivement pas aussi luxueuse que celle habituellement réservée au commandant. Une feuille de papier pliée repose sur le dessus du bureau et la chaise est tirée. Hawk semble à peine remarquer sa présence, mais finit par arrêter son monologue. Sa sombre aura violacée se rétracte jusqu'au point où on dirait qu'il étouffe.

—Émily ? demande-t-il d'une petite voix.

Elle acquiesce sans trouver le bon mot. Cet homme vient d'assister à la mort de l'être aimé. Il n'y a pas de mot qui puisse être dit.

Étonnamment, l'ombre de son air paternel de leur première rencontre transparaît quand il lui adresse la parole :

—Je suis content que tu aies réussi à te rendre à la capsule. Pour ce que ça vaut maintenant.

—Ça ne doit pas être facile.

Il la regarde d'un air intrigué. L'image qu'il regardait tant sur sa tablette est celle de Laurène. Il a un sourire malaisé quand il s'aperçoit qu'il a été découvert.

—C'était le membre de l'équipage avec le plus grand potentiel. Un talent arrivé à l'improviste.

Ses mains tremblent légèrement, mais Émily ne saurait dire pourquoi exactement. De la colère ? De la déception ? De la peur ?

—Où ai-je eu tort en lui faisant confiance ?

Sa voix est enrouée, ses mots laissés en suspens comme une sentence prête à s'abattre sur lui.

—Je ne suis pas ici pour vous parler de la Confrérie, dit-elle en prenant les devants. Leurs affaires ne me regardent pas. Ils ne savent pas que je suis ici avec vous.

Ses doigts sont tachés d'encre, comme Émily après une session de dessin.

—Vous aimez dessiner ?

—Ça m'arrive, mais je n'ai pas le talent, lâche-t-il en se calmant un peu, le regard fixé sur ses doigts.

Elle vient s'asseoir sur le fauteuil en face de lui.

—Mes premiers portraits étaient moches aussi, concède-t-elle en se croisant les jambes.

Il lève les yeux pour la regarder.

—Je n'ai jamais réussi quoique ce soit qui vaut la peine d'être vu à l'Académie. Le côté artistique ne m'a pas souri. Mes dessins ont toujours été trop organisés. Quand on dit d'être original et de penser à l'extérieur de la boîte, moi je veux dessiner la boîte, pas ce qui est à l'extérieur.

—Je n'ai pas le côté artistique non plus. Je dessine les gens, leur portrait. Je dessine ce que je vois. Pas très imaginatif non plus.

Il a un rire nerveux.

—J'aimais bien faire des croquis du vaisseau. Je crois que j'aurais voulu être ingénieur. Faire le design. Mais on ne choisit pas toujours notre carrière.

—Je comprends, dit Émily.

Elle aurait troqué son poste d'agente pour être chasseuse de relique n'importe quand, elle l'a toujours dit. Mais elle ne serait pas devenue ce qu'elle est maintenant. Elle ne serait pas en train de discuter avec le commandant de l'Arche en privé. Combien de personnes sur le vaisseau ont-elles eu ce privilège ? Malgré sa destitution, il n'en reste pas moins un homme qui a sacrifié toute sa vie à les protéger, quelles qu'aient été ses méthodes. C'est une charge énorme.

—Tu es pourtant la meilleure agente de Yasmina, réagit-il.

Sa marque au présent indique bien où il en est rendu dans son deuil. Ou plutôt, là où il n'est pas encore rendu. Émily ne sait pas si elle serait capable de faire différemment si c'était Gabrielle, papa ou Skyler qui était mort.

—On n'est pas toujours doué pour les choses qui nous importent le plus, répond-elle.

Il hoche la tête. Ils ont ça en commun.

— Vos enfants doivent être fiers de votre parcours malgré tout. Ce n'est pas rien.

Kevin Hawk lui lance ce regard intéressé à nouveau et ses traits se détendent.

— J'aurais aimé que mon enfant vive plus longtemps pour le rendre fier.

— Désolée, je ne savais pas.

Un père de famille dans l'âme. Ça explique des choses.

— Ça fait longtemps, mais je le garde dans mon cœur. Je ne sais pas ce que Yasmina t'a dit exactement à mon sujet …

— Je sais qu'elle avait des plans. Que vous aviez des plans.

Son cœur s'accélère et elle croise l'autre jambe.

— La perte d'un bébé est difficile, surtout pour la femme qui l'a porté, explique-t-il en se frottant le visage. Yasmina a insisté pour que nous réessayions, mais son corps ne pouvait tout simplement pas.

Les tests sont toujours négatifs ? Voilà ce dont ils discutaient dans la vision de l'hologramme.

— Elle parlait souvent de toi, Émily, ajoute-t-il. Tu étais presque une figure mythique. L'essence même de sa meilleure amie qu'était ta mère. J'ai essayé de la raisonner, mais...

Elle s'attendait à tout sauf ça. Yasmina l'idolâtrait elle ? Maman était sa meilleure amie ? C'est le monde à l'envers.

— Pourtant, vous aviez dit que vous me prendriez comme père, s'empresse-t-elle de dire pendant que l'opportunité se présente à elle.

Il soupire d'agacement :

— Je n'ai jamais dit ça, répond-il d'une voix ferme, mais sans reproche. Je pouvais t'offrir la protection nécessaire pour acheter sa tranquillité d'esprit. Je connais aussi la situation des Bates et la période difficile qui a suivi la condamnation de ta mère.

Il place la tablette sur le coussin à côté de lui et joint le bout de ses doigts.

— Mais ces derniers temps, Yasmina a sombré dans une

forme de folie. Et avec tout ce qui se passait au Commandement et avec la Confrérie, je ne lui ai pas donné le temps nécessaire. Ça l'a chamboulé. Ne lui en veux pas.

Si seulement il savait tout ce dont cette femme était vraiment capable. L'ignore-t-il ? Ce n'est pas le moment de briser les souvenirs qu'il a d'elle. Céder son vaisseau est une épreuve déjà assez difficile à supporter. Comme s'il avait suivi le cours de ses pensées, son visage se décompose.

—Elle avait besoin d'aide, mais je l'ai déçue, marmonne-t-il. Et je l'ai perdue.

Il laisse échapper un sanglot. Émily sait qu'elle doit le laisser accepter sa nouvelle réalité.

—Je suis désolée.

L'interrogatoire étant fini, elle retourne à sa cabine sans croiser Milo. Un père qui a perdu son bébé, l'amour de sa vie et maintenant son vaisseau. Rien de plus humain.

Il aurait fait un bon père de famille.

Au beau milieu de la nuit, le tumulte la réveille. Le commandant est mort. Pendu.

LE LENDEMAIN, le réveil est encore plus pénible, même si elle a utilisé le lit pliable qui se fond dans le mur. Elle a dû fouiller un bon moment, mais la trouvaille en a valu le coup, du moins pour s'endormir. Un matelas divinement confortable en comparaison avec celui de leur cabine familiale, mais qui ne suffit pas pour placer ses os fêlés et engourdir ses muscles endoloris.

Après un maigre déjeuner de gruau et de pain aux odeurs douteuses, Neal vient la remercier personnellement de les avoir aidés à obtenir l'accès aux serveurs du vaisseau.

—Bien qu'on ait aucune idée de la signification de ce code, il nous a permis de prendre le contrôle de l'Arche.

Il s'accote sur le bord du bureau et croise les bras, ce qui met en évidence son tatouage qui luit sous la lumière fluorescente.

Émily préfère rester sur le sofa qui commence à ramollir pour être juste à point plutôt que d'aller l'accueillir. Il poursuit avec sérieux :

— Sans toi, nous serions dans un cul-de-sac.

— Je n'ai pas besoin de tes remerciements. Je l'ai fait dans mon propre intérêt.

Il a meilleure mine que la dernière fois. Son teint est un peu plus coloré et ses cheveux ondulent de façon élégante. Ça devrait être bon signe pour leur avenir à tous, maintenant qu'il est le seul responsable du vaisseau. Pour le moment. C'est aussi le moment idéal pour aller au fond des choses. Neal la jauge du regard :

— Est-ce qu'il y a quelque chose que tu voudrais me dire ?

Au moins, il a l'esprit sagace, c'est déjà ça.

— J'aimerais que l'on parle de Tyna Bates. Ma mère.

— Ah.

Il hoche la tête comme pour lui-même.

— C'est une longue histoire.

— J'ai tout mon temps.

Elle croise les bras à son tour alors qu'il esquisse un rictus. Il ne doit pas avoir l'habitude qu'on l'affronte.

— Pose-moi tes questions et j'y répondrai du mieux que je peux, répond-il en saisissant le bord de la table de ses mains.

— En quoi a-t-elle contribué aux plans de la Confrérie ?

Il réagit sans hésiter.

— Elle connaissait notre existence, de même que celle de tous les Dissidents. Elle savait la situation injuste et voulait y prendre part.

— En vous offrant des uniformes ?

Il est surpris, mais ne le laisse pas voir. C'est son aura qui le trahit.

— Entre autres. Mais ses contributions vont au-delà des choses matérielles. Elle a été un soutien moral important. Elle nous a permis de nous sentir comme des personnes à part entière, pas des rebuts de la société de l'Arche qui a tout fait pour se débarrasser de nous.

La situation des Dissidents n'a pas préoccupé Émily jusqu'à tout récemment. Ils étaient une nuisance au système, mais ça n'a finalement pas de sens puisqu'ils en sont le produit.

Le visage de Neal se crispe.

—Et elle a été condamnée pour vous avoir aidé, complète Émily sans ménagement.

Le commandant Hawk méritait l'empathie d'Émily. La triste réalité de son échec à protéger son équipage et l'amour de sa vie a été trop lourde à supporter. Et il avait eu de nobles intentions. Pour Neal, c'est différent. Oui, être Dissident et avoir connu la discrimination est exécrable, mais la situation actuelle, il devait s'y être préparé. En fondant la Confrérie et en entraînant les autres dans cette spirale dangereuse, il doit en assumer les conséquences. Y compris la mort de maman.

—C'est plus compliqué que ça, répond-il, visiblement mal à l'aise.

Il la considère pendant un moment et semble réfléchir. Émily se cale dans le sofa et s'empare d'un coussin qu'elle triture nerveusement.

—Elle a appris au sujet du X2O que le Commandement a essayé de cacher à tout le monde.

—Et qu'est-ce que c'est au juste ?

Encore ce code étrange. Les dirigeants de ce vaisseau en ont fait une habitude, on dirait.

—C'est une maladie, une conséquence directe du Déluge. La furie de Dieu pour certains. Le Parangon faisait des expériences, sans pitié pour les cobayes utilisés. Ils voulaient percer le mystère à n'importe quel prix. Peut-être même pour s'en servir à leur avantage.

Le B-248.

—Cette maladie... est-ce que c'est le Syndrome des Fées ? On a eu des prisonniers, Griffin et Reed par exemple, qui avaient des accès de folie et...

Neal lève les mains pour l'arrêter :

—C'est une conversation que tu devrais avoir avec Skyler. Je ne suis pas ferré en médecine. Tout ce que je sais, c'est que ta mère avait découvert qu'ils voulaient l'utiliser pour contrôler les passagers, possiblement une idée du commandant.

À quoi servirait un contrôle total des passagers si ce n'est pour assouvir un désir pervers de manipulation ? Quelqu'un avec de bien sombres plans qui ne pourraient se limiter au vaisseau lui-même. À quoi bon, sinon ?

— J'en doute, rétorque-t-elle. Le commandant ne m'apparaît pas comme ce genre de personne.

— Il y a une autre possibilité, continue-t-il en hochant de la tête. Duke Kay, le leader du Parangon, est reconnu pour être sans merci. Mais il n'a pas l'autorité pour agir par lui-même.

— Maintenant oui, il l'a. Il devait y avoir quelqu'un d'autre, avec des motivations plus précises. Quelqu'un avide de pouvoir et d'expériences, avance-t-elle pensive. Et donc ma mère savait ces choses.

— Elle était sur une piste solide pour démasquer la tête pensante de ce plan. Son identité, mais aussi comment celle-ci comptait s'en servir exactement. Il y a eu une fuite et on a voulu se débarrasser d'elle. La Confrérie a réussi à lui faire gagner du temps en lui fournissant une couverture, mais nos ressources étaient limitées à l'époque. Ça a changé quand Laurène nous a aidés.

— Laurène ? s'exclame-t-elle surprise.

— Oui.

— Elle a abattu Yasmina de sang-froid.

— Elle devait avoir une vengeance personnelle à régler. D'ailleurs, elle ne causera plus de tort à personne. On l'a arrêtée, elle aussi.

Émily acquiesce. Un électron libre dans son genre peut en effet être dangereux. Pourtant, elle ne donnait vraiment pas cette impression les fois où elles se sont rencontrées. Chris l'admirait. Avait-il vu dans son jeu ? Et si oui, pourquoi n'avait-il rien fait pour l'arrêter ?

—Malgré son aide précieuse, si elle décidait de se retourner d'un seul coup contre la Confrérie, ce serait la pagaille.

—Ça peut être à double tranchant, lâche Émily qui se débarrasse du coussin. Son emprisonnement pourrait lui causer du ressentiment. Ça arrive souvent avec les détenus. Ils essaient par tous les moyens de se lier d'amitié avec le personnel, mais quand ils s'aperçoivent qu'ils n'auront pas de traitement de faveur, les attaques commencent.

Griffin avait été le parfait exemple, avec sa pauvre collègue Iris, devenue aveugle à cause de l'agression. Il y a eu d'autres incidents, mais heureusement, c'était avant qu'Émily entre en fonction.

—Donc, c'est tout ce que ma mère a fait ? reprend-elle pour lui tirer tous les vers du nez.

Neal se lève pour se dégourdir les jambes et enchaîne :

—Tyna n'a rien fait de mal, si c'est ce qui te préoccupe. Elle nous a rappelé ce qui faisait de nous des humains. Tu as sûrement les qualités qu'il faut pour suivre ses traces, d'ailleurs.

Un tintement sonore en provenance du bracelet de Neal lui fait froncer les sourcils. Son énergie tressaille.

—Je dois y aller, mais j'espère que l'on pourra travailler ensemble dans le futur pour redresser cette Arche. Avec Skyler, bien entendu. Je suis convaincu que tu pourras aider les Dissidents à s'intégrer dans la communauté. Tu pourras terminer l'œuvre de ta mère.

Une proposition ? Ce serait l'occasion d'en apprendre plus sur les Dissidents et aussi sur les liens que maman entretenait avec eux. Neal semble avoir dit tout ce qu'il daignera lui révéler. Pour le reste, elle devra partir à la chasse aux informations.

—J'y songerai, répond-elle en se levant.

—Et si tu le veux, tu pourrais même nous aider à trouver la Terre promise, bien sûr, ajoute-t-il sur le pas de la porte.

—J'ai bien hâte de voir à quoi elle ressemble, Allen.

Son aura se contracte, et Neal la salue d'une étrange façon, deux doigts appuyés sur son front.

39

ÉMILY

Gabrielle. Papa. Où êtes-vous ?

Maintenant que la Confrérie a le contrôle du commandement, il est temps de les retrouver.

Émily décide de sortir de sa cabine après avoir ingurgité le plat de poisson laissé par un Dissident. Dommage que l'équipage n'ait pas accès à mieux. Peut-être qu'en temps normal c'est le cas, mais le vaisseau est encore sens dessus dessous. D'ici là, elle devra s'armer de patience.

Elle réussit à rejoindre la salle de commandement où une discussion envenimée fait rage. Même Milo ne prend pas conscience de sa présence.

Un immense écran flotte au centre devant les hublots qui donnent sur le Grand Océan. La séquence montre l'atrium précipité dans le chaos. Le son manque et il est difficile de connaître la cause de tout ce cafouillage.

—Je savais qu'il était dangereux, dit Tessa entre ses dents.

Elle a repris son air habituel, rien de sa crise de larmes de l'autre jour ne paraît.

—Ce n'est qu'un des deux problèmes majeurs, dit Neal.

—Qu'est-ce qu'ils font ? demande Émily qui voit sur la vidéo

Duke Kay mimer des ordres à ses agents qui encerclent les Archéens par groupes.

Les mots d'Émily se perdent dans le tumulte, mais une réponse lui parvient tout de même :

— Il leur fait passer une espèce de test et certains se font emmener, dit Tessa d'une voix troublée par l'émotion. J'aurais dû les arrêter quand j'en ai eu la chance.

Bon sang ! Et si papa et Gabrielle se trouvaient parmi les réfugiés à l'atrium ?

Sky est un peu en retrait, du même côté que Tessa, les poings serrés, les yeux rivés sur Chris. Ce dernier parle aux agents du Parangon qui mettent les gens en rangs. Il a l'air énervé lui aussi.

Évidemment que Duke est derrière cette machination de vouloir contrôler l'Arche, et Chris est là pour l'en empêcher. Son père a l'habitude d'utiliser les gens comme ses soldats qui lui répondent au doigt et à l'œil. Papa en parlait à l'occasion. En l'absence des officières Diana et Laurène, rien ne peut arrêter Duke qui devient le prétendant légitime au poste de commandant. Il le revendiquera aussitôt qu'il saura que le commandant Hawk est mort. Reste à voir comment la Confrérie pourra le gérer.

— Et le son ? demande Émily à tout vent. Ça pourrait nous aider.

— Le système a complètement grillé avec l'explosion. Seules certaines caméras sont encore fonctionnelles, lui répond quelqu'un parmi les murmures agités.

— Il faut qu'on sache ce qui se trame là-bas, tranche Neal d'une voix qui surplombe le brouhaha.

Émily ne peut s'empêcher de penser qu'avec l'aide de Laurène, ils pourraient rallier le Parangon à eux et libérer les passagers. Mais ce n'est pas à elle de décider de ce qu'il faut faire. C'est vraiment trop pour elle seule.

— Mais qu'est-ce qu'ils font ? marmonne Émily, captivée par les images.

Les visages sur la vidéo sont terrifiés. Ils crient, ils pleurent, mais les agents du Parangon les tiennent solidement et en frappent certains avec la crosse de leurs armes à feu. Certains menacent même de leur bâton électrique chargé à bloc, d'après les éclats lumineux. Des Archéens tombent, beaucoup s'accroupissent, les mains derrière la tête. Les enfants pleurent. L'atrium est bondé. Plus de la moitié des passagers y sont entassés, à vue de nez. Des agents traînent les prisonniers sur la plateforme centrale pour les tester. L'image est trop floue pour voir ce qu'ils leur font exactement.

—À quoi bon se rendre sur la Terre promise s'il n'y a personne pour la peupler ? s'énerve la grosse brute qui grogne. Je vais aller m'occuper de son cas.

—Je le connais, je peux essayer de le raisonner, intervient Sky en faisant un pas vers Neal.

Sky est resté silencieux jusqu'ici. Il a dû ruminer au sujet de Chris pendant tout ce temps. Mauvaise idée.

—Tu n'iras pas, c'est trop risqué, répond Neal avant qu'Émily puisse s'en mêler. Je ne peux pas me permettre de te perdre à nouveau.

—Je vais m'en occuper, s'exclame Tessa qui rajuste son bandana. Mes contacts au sein du Parangon pourront m'aider à maîtriser la situation.

Fiona et Milo, quant à eux, se disputent, insouciants de ce qui se passe autour.

—Je tiens à vous rappeler qu'on ne pourra pas les sauver réellement si on ne répare pas le Feu Sacré, intervient le type qui est venu à sa rescousse pour la guider jusqu'à la cabine de Milo.

—Qu'est-ce que tu proposes, Walker ? le presse Neal.

La salle de commandement est pleine de monde, mais Émily reste seule dans son coin. Personne ne lui prête attention. Il n'y a que leurs auras fantomatiques pour l'accompagner et elles sont bien dérangeantes. Qu'ils apprennent à se contrôler à la fin ! La migraine revient en force. Qu'est-ce qu'elle donnerait pour prendre Gabrielle dans ses bras, ou juste entendre papa la rabrouer d'avoir oublié de lui rapporter une pâtisserie offerte par Skyler pendant le déjeuner.

Sa vue se trouble et les auras se dédoublent.

— Émily ! s'exclame une voix lointaine. Est-ce que tu es toujours là ?

Elle murmure un faible oui en tentant de chasser la vision d'horreur qui s'est imposée à elle.

Gabrielle. Papa. Si Duke Kay leur faisait quoique ce soit…

Une main sur son épaule la ramène au beau milieu des cris d'indignation. On commence à reconnaître des visages parmi les réfugiés. Le partenaire d'armes de Tessa, et Léandre qui doit sûrement encore pleurer la mort de Mira. Une tunique à l'aspect familier attire l'attention d'Émily : Violette et son frère !

Pas de traces de papa ou Gabrielle. Ils pourraient avoir été transférés comme les autres. Mon Dieu, non !

— Émily, l'appelle Milo qui la touche inconsciemment de son énergie embrasée.

— Milo ? lui demande-t-elle bêtement encore sous le choc. Qu'est-ce qui se passe ? Où est parti tout le monde ?

— On y va. Est-ce que tu veux venir ?

Elle hoche la tête et se laisse entraîner par Milo hors de la salle de commandement.

PAS QUESTION pour le grondement des auras de se calmer. Milo lui a lâché la main aussitôt qu'ils ont rejoint le groupe qui a pris une légère avance sur eux. La première fois depuis leur mésaventure où elle a du temps seule avec Milo.

Ils sont environ une trentaine : des membres de la Confrérie, des Dissidents bien armés et Laurène. Émily avait vu juste dans le rôle qu'elle pourrait jouer dans les négociations.

— C'est quoi le plan ? demande Émily, tandis que tous les regards se rivent sur elle.

Laurène a l'air de s'amuser. Ses poignets sont attachés devant elle et son escorte composée de trois Dissidents la garde à l'œil. Avec ce qu'elle a fait à Yasmina, ils ne peuvent pas être trop prudents.

—On ne peut pas tous y aller. C'est trop risqué, dit Neal la main posée sur une arme.

La voix de Walker résonne à travers le bracelet de Neal :

—Le redémarrage du Feu Sacré ne peut pas attendre. S'il flanche, on est fichus !

—Séparons-nous, propose Tessa qui prend les devants. Ceux qui savent se battre devraient se rendre à l'atrium. Quant aux autres...

Neal accepte et chacun décide de son groupe.

—L'atrium, dit fermement Émily en premier.

—Émily, non, s'objecte Milo en s'approchant d'elle sous le regard désapprobateur de Fiona.

Émily lève les yeux vers lui pour l'inciter à ravaler ses paroles. Pour qui il se prend ?

—Ma famille s'y trouve probablement. Donc, j'y vais.

Elle fait un pas vers le groupe désigné pour l'atrium, mais Milo lui attrape le bras pour l'en empêcher.

—Pas avec toutes les blessures que tu as subies.

Milo se tourne vers Neal et parle pour elle :

—Elle vient avec moi au Feu Sacré.

—D'accord, dit Neal qui désigne quatre Dissidents. Trois groupes iront au Feu Sacré chacun de leur côté. Avec tous les dommages de l'Arche, certains accès pourraient être difficiles. On ne peut pas se permettre d'échouer.

Une fois que chaque groupe est formé, Neal donne le signal:

—Allons-y.

Sky reste un peu en retrait et conseille à Émily d'être prudente. Elle se contente d'un grognement en guise de réponse.

— Ton regard démoniaque ne me fait pas peur, lui dit Milo en se moquant d'elle.

Ils traversent le même couloir où il l'a abandonnée après la fête libre. Autant cet endroit lui avait paru sombre et peu accueillant, autant c'est tout le vaisseau qui est plongé dans cette ambiance étrange de ténèbres teintées des lumières d'urgence. La forte odeur d'humidité prolonge la migraine d'Émily qui aurait dû se dissiper en même temps que le groupe s'est dissocié. Les choses ne pourraient pas mieux aller, vraiment.

—Tu devrais être effrayé, gronde-t-elle, médusée par l'audace de Milo.

—Et puis quoi encore ? On t'a déjà dit que tu avais l'air d'un tyran ?

—Ça ne te regarde pas.

—Je le savais.

Il est dur à suivre. Depuis qu'ils partagent cette récente intimité, il s'en donne à cœur joie. Considérant sa relation avec Fiona Reyes, il ne peut que tester les limites d'Émily. Toute autre éventualité ne pourrait qu'aggraver sa situation délicate avec sa fougueuse ancienne prisonnière. Son nouveau départ doit se faire en douceur, sans traîner les erreurs passées.

—Je me demande bien comment Fiona fait pour t'endurer, ironise-t-elle avec exagération. Tu es insupportable.

—Ça fait mon charme.

—Parle pour toi.

Trêve de plaisanteries. Papa et Gabrielle pourraient être en train de se faire liquider par Duke Kay. Et le sort de l'Arche repose entre leurs mains.

Milo les fait bifurquer dans un couloir qu'elle ne reconnaît pas. Ils débouchent ensuite dans un renfoncement qui abrite des Strahls probablement non enregistrés. Leur revêtement est un peu abîmé, témoin de leur manque d'entretien. Émily préfère ignorer leur état pour sa tranquillité d'esprit.

Émily entre dans le véhicule en premier, ce qui lui vaut un regard surpris de Milo.

— Des talents cachés à ce que je vois, dit-il en prenant le siège passager.

— Tais-toi et boucle ta ceinture, lui intime-t-elle en ajustant les attaches de son harnais de sécurité.

Le Strahl démarre et toute une gamme d'options disponibles s'illumine. Beaucoup plus pratique que la dernière fois où le système de navigation posait un tas de questions inutiles. Il doit s'agir d'un autre modèle. Voyons voir : mode manuel, mode exploration...

Émily a un sourire satisfait quand elle embraye.

Le mode manuel est génial. Milo est collé dans son siège, visiblement secoué par la témérité d'Émily et ça suffit à lui faire ravaler ses moqueries.

— Tu n'aimes pas te faire dire quoi faire, dit Milo qui se tortille sur son siège.

L'écran du copilote montre une carte détaillée des alentours.

— Non, mais tu le savais déjà, dit Émily qui dirige le vaisseau hors du renfoncement.

La tentation de se rendre directement à l'atrium sans passer par le Feu Sacré est grande, mais les autres s'en chargeront. Apprendre à faire confiance. Elle ne pourrait effectivement pas faire grand-chose dans son état. Et le cœur de l'Arche est tout aussi important. Sans lui, ils mourront tous dans une carcasse de métal à la dérive.

Milo lui pointe la direction indiquée sur la carte. Émily s'engage dans le hangar qui s'ouvre, Dieu merci, à leur approche.

— Est-ce que je peux compter sur toi ? lance-t-elle avant qu'ils n'arrivent.

— Qu'est-ce que tu vas me demander cette fois ? répond Milo d'une voix cinglante. Le coup de Yasmina était déjà quelque chose.

— C'est elle qui nous a sauvés. D'une certaine façon.

Milo ne semble pas comprendre.

— Le code, continue-t-elle. C'est grâce à elle.

Il arque un sourcil.

—Bon, admettons. Je ne suis pas prêt à refaire un tel sacrifice.

Émily lève les yeux au ciel, même s'il est invisible à cette profondeur, et Milo ricane.

—Après le redémarrage du Feu Sacré, j'aimerais visiter les niveaux inférieurs, reprend Émily sur un ton plus sérieux. Comprendre les Dissidents.

Le Strahl pénètre par l'ouverture cylindrique où toute l'eau se fait drainer. Puis, ils émergent dans le hangar où deux autres vaisseaux dorment. Les fenêtres du Strahl s'embuent rapidement. Lorsqu'ils ouvrent les portes du Strahl, l'humidité les prend immédiatement à la gorge.

—Je ne t'en veux pas pour Yasmina, dit Milo lentement comme s'il pesait chacun de ses mots. Au début oui, mais j'ai réalisé que tu as un pouvoir de pardonner que je n'ai pas. Non seulement de pardonner, mais de voir à travers les gens, de lire leur cœur. Tu as un instinct.

C'est vrai, depuis toutes ces années, cette habileté est comme une seconde nature chez elle. Mais si elle est pratique à l'occasion, elle a de sombres côtés. Traduire les états d'âme des autres pour les juger est factice. Sans compter ces atroces migraines. Elles sont épuisantes.

Cependant, les paroles de Milo sont rafraîchissantes. Elle n'a pas la force de le contredire :

—Merci.

Ils s'extirpent du compartiment. La rouille qui a rongé la plupart des surfaces métalliques est bien apparente. Le ventre du vaisseau semble délaissé avec toutes sortes de cargaisons étalées sur une bonne distance. Cet endroit aurait cruellement besoin d'être entretenu.

—C'est ici qu'ils récupèrent les trouvailles des chasseurs de reliques, explique Milo qui navigue dans le labyrinthe comme s'il y était né. C'est aussi le lieu où les Dissidents pouvaient se réapprovisionner en toutes sortes de choses.

Ils serpentent à travers plusieurs conteneurs sans l'ombre

d'une indication pour trouver la sortie. D'un coup, une porte double apparaît, nichée entre deux imposants bacs de triage.

— Tu seras surprise de voir à quel point les générations de clandestins ont réussi à se débrouiller avec peu. Je t'y amènerai.

La sueur chatouille le dos d'Émily. Elle s'éponge avec la manche de son uniforme qui mériterait un bon lavage. Elle se tourne vers Milo qui se sert de son haut pour se sécher le visage.

— Comment fonctionne le Feu Sacré ?

— C'est complexe, dit-il en reniflant. Je vais t'expliquer en chemin.

Le Feu Sacré est une fonderie cachée au cœur de l'Arche dont ils parlent à peine à l'Académie. La chaleur qui règne dans le vaisseau est encore plus écrasante dans le corridor. C'est toujours mieux que l'odeur du fond océanique qui donne la nausée.

La panne d'électricité a sévèrement atteint cette section. Même les lumières d'urgence clignotent par intervalles. Milo est devant.

— Le Feu Sacré est une flamme éternelle créée artificiellement grâce à l'énergie hydroélectrique recueillie par des palmes, lui enseigne-t-il. C'est cette flamme qui sert de propulsion, mais aussi de source d'énergie alternative. Elle se diffuse dans toute l'Arche. Les courants marins ne jouent pas toujours en notre faveur, bien que les tempêtes à la Surface soient fréquentes. Lorsqu'il y en a, l'onde se propage jusque dans les abysses et on le ressent même à l'intérieur.

Par le passé − Émily était jeune −, une tempête avait été si intense que les Archéens avaient dû se regrouper dans le Refuge, l'endroit le plus sûr en cas d'urgence. Ce serait le lieu idéal où se retrouver si le Feu Sacré venait à mourir ou si la capsule principale se détachait, mais le Refuge n'est autonome que pour un mois... et au-delà, la fin est inévitable.

— Et pourquoi est-ce qu'il fait aussi chaud ?

— Un problème de synchronisation, répond-il d'une voix assurée. Sûrement les dommages dus à l'explosion.

L'air sérieux que Milo adopte quand il explique le fonctionnement de cette machine montre son grand intérêt pour le sujet. Que serait-il devenu s'il n'était pas né parmi les Dissidents ?

— Si vous aviez été plus prudent avec votre bombe, ça ne serait jamais arrivé, grogne Émily.

— Attends, tu ne crois tout de même pas que c'est nous qui avons fait ça ?

— Tout ce grabuge des derniers jours, qui l'aurait fait sinon ? ajoute-t-elle.

— On l'ignore. Walker a enquêté sur la question, mais les caméras ont été endommagées comme tu le sais. Et ensuite, il y a eu l'équipage et le code.

Qui d'autre aurait pu provoquer l'explosion ? Déployer des bombes fumigènes et s'attaquer au Feu Sacré ? Duke Kay et le Parangon ? Ce serait utiliser de très gros moyens puisque les plans de la Confrérie sont déjà lancés.

— Le père de Chris aurait pu tout orchestrer depuis le début, dit-elle néanmoins. Ça leur a donné la chance de monter les camps de réfugiés. Mais je ne comprends toujours pas pourquoi ils voudraient simplement les tuer.

— Ça n'a aucun sens.

Elle hoche la tête et poursuit :

— Duke faisait des tests expérimentaux sur le X2O. Ça doit avoir un lien. Et si le Parangon triait les Archéens en fonction de l'infection au Syndrome ?

Sa question reste en suspens. Une porte immense, comme elle en a jamais vu, se dresse avec ses tonnes de métal compacté. Milo s'active pour l'ouvrir et le vent chaud qui souffle les force à se couvrir le visage le temps que la bourrasque s'atténue.

Une immense salle, plus grande que l'atrium, occupe près de la moitié d'un étage. En son centre est emprisonnée une flamme, cachée par une série de blocs sombres que Milo désigne comme des réserves d'énergie. Elle éclaire toute la pièce et ses reflets accompagnent la lueur verdoyante des circuits sur la surface des blocs qui l'entourent.

Une pression comprime la poitrine d'Émily, sa respiration devient superficielle. L'énergie interfère avec la sienne. Du moins, c'est l'impression qu'elle donne. Un peu plus, et elle vomirait.

— On ne devrait pas avoir à rester longtemps, dit Milo, une main rassurante dans le dos d'Émily. Juste ce qu'il faut pour resynchroniser et on fiche le camp d'ici.

La nausée se fait de plus en plus forte à mesure qu'ils avancent vers le centre. Et le constant vrombissement ne fait rien pour aider.

Ils dépassent chaque rangée de blocs l'une après l'autre, vers une large console. Malgré la lueur qui s'échappe de la matière noire dont ils sont faits, rien n'est visible à plus de quelques mètres, de sorte que le Feu Sacré crée une enfilade d'ombres qui s'étirent.

Milo lui indique exactement quoi faire pendant qu'il calibre une seconde machine et Émily s'exécute devant la série de codes qui s'affichent. D'abord, il faut effectuer différents tests pour s'assurer que les niveaux d'énergie sont suffisants.

Elle suit ses instructions à la lettre sans poser de questions. Elle se masse le ventre en attendant que Milo ait terminé de son côté. Le malaise se fait plus pesant. Cet endroit interfère vraiment avec sa propre énergie. D'ailleurs, l'aura de Milo a disparu.

— Tu es prête ? lui demande-t-il.

Elle acquiesce et active la procédure.

Une voix électronique les guide pendant que chacun des neuf cœurs redémarre.

— Tu es toute pâle, dit Milo qui s'approche d'elle beaucoup trop près.

— Tu es capable de voir ça ici, toi ? raille-t-elle, la gorge serrée. Tout ce que j'aperçois de toi c'est un teint orange.

— Je suis sérieux, répond-il en lui prenant doucement les épaules. Tu ferais mieux de demander à Sky de t'examiner.

— Ça ira aussitôt qu'on partira. L'atmosphère est... bizarre.

Une voix synthétique retentit soudain : « La synchronisation a échoué. »

— C'est quoi le problème ? s'exclame Milo qui retourne à sa console.

— Qu'est-ce qu'on a fait de travers ? s'énerve Émily en faisant les cent pas. Pourtant, j'ai suivi les instructions à la lettre.

— Ce n'est pas toi.

Il pianote quelque chose, puis déclare :

— Il y a un problème avec le bloc C-24. Il faut que j'aille vérifier. Pendant ce temps-là, attends-moi. Quand cette icône deviendra verte, appuie ici.

— Dépêche-toi.

— Si tu as envie de vomir, ne le fais pas sur la console, ricane-t-il en s'éloignant.

Émily soupire et ferme les yeux pour se donner un répit de cet éclairage bizarre.

Il faut que ça fonctionne. Milo semble confiant, mais si ça tourne au vinaigre, ils n'auront nulle part où aller.

L'Arche est leur maison. Le seul endroit sur cette planète où mener une vie normale est possible. Après tout cet enfer, papa et Gabrielle seront mieux traités. Ils déménageront dans une plus grande cabine et apprendront à cuisiner tous ensemble. Oui, ce sera parfait. Aussi bien que cet après-midi avec Violette, mais à l'avenir, elle partagera avec eux ses nouvelles recettes. Peut-être même que son insupportable frère pourrait se joindre à eux. Tout compte fait, il vaudrait sans doute mieux que non. Il est trop agaçant. Sky et sa famille seraient les bienvenus, par contre. Ils n'ont jamais fait de souper en famille d'autant qu'elle se souvienne.

Maintenant libérée de ses obligations de la prison, elle pourra essayer quelque chose de nouveau. La proposition de Neal est alléchante. Si elle peut se racheter en apportant son aide aux Dissidents, ça ferait son bonheur. Rencontrer d'autres Milo.

Quant à celui-ci... c'est difficile à savoir pour l'instant. Ce sera compliqué de distinguer le travail et leur étrange amitié. Mais il y a espoir.

Elle inspire profondément. On dirait que le vrombissement monte en intensité. Et toujours pas de nouvelles de Milo. Qu'est-ce qui lui prend autant de temps ?

Émily se retourne subitement, croyant voir une ombre, mais il n'est pas là. Avec le mal de tête, ses sens sont engourdis.

La voix électronique confirme au même instant que le bloc C-24 a été reconnecté. La main toujours appuyée sur son ventre, Émily attend que l'icône soit verte comme Milo l'a indiqué. Soudain une violente douleur se répand dans son estomac. Elle lâche un hoquet de surprise.

La sensation de brûlure l'oblige à se plier en deux. Émily gémit, les larmes aux yeux.

Elle tente de se retenir à la console, prise de vertige. Pour se relever, elle prend appui sur la main avec laquelle elle se massait le ventre. Un liquide chaud lui coule entre les doigts.

La panique la submerge. Elle presse à nouveau sa main sur son ventre pour arrêter le sang. Elle sonde rapidement les environs, à la recherche de l'énergie de Milo, mais le champ magnétique est trop puissant pour sentir quoi que ce soit. C'est le néant.

La tache sombre qui teinte son uniforme est effrayante. On lui a tiré dessus ? On l'a poignardée ?

Elle n'a rien entendu.

Émily s'éloigne de la console. Montre-toi enfoiré ! Est-ce que c'est Milo ? A-t-il voulu l'accompagner uniquement pour la tuer ? Sur ordre de Neal ?

Les hypothèses se bousculent. Elle en oublie presque le sang qui coule entre ses doigts.

Elle était un obstacle à éliminer.

Idiote !

— Si tu as un minimum de courage, montre ton visage. Enfoiré.

Prononcer chaque mot est un supplice.

Elle gémit et est soudain prise d'un hoquet. Les larmes lui brûlent les yeux.

Elle va mourir.

Un mouvement furtif à sa droite. Elle se retourne, mais ses jambes se dérobent et elle tombe violemment à genoux. La peur gèle ses veines, son pouls ralentit.

Elle va perdre connaissance. Une voix familière s'élève :

— Elle n'est même pas venue d'elle-même.

Cette voix. Chaque jour depuis deux ans. Chaque simulation du Parangon. Cette voix...

40

SKYLER

Sa mère dort.

Devrait-il s'en réjouir ou avoir peur ? Avec tous les changements à venir, ils auront besoin des conditions parfaites pour que tout se déroule pour le mieux. Pour son futur. Pour le nouveau membre qui se joindra à leur famille.

Sa mère est tombée enceinte alors qu'elle n'aurait pas dû, surtout pas avec sa dépression. Ses symptômes récurrents étaient un signal d'alarme et non pas sa maladie qui empirait. Skyler se sent idiot de ne pas avoir repéré la grossesse. Ils ne savent d'ailleurs pas si ce sera un garçon ou une fille. Skyler a refusé le test génétique pour garder la surprise.

Neal ne sait pas. Skyler attend que l'état de leur mère soit stabilisé pour le mettre au courant. Skyler se permet un léger sourire : un nouveau venu dans la famille. Et quand Murielle apprendra qu'Allen est toujours en vie, elle guérira.

Neal. Skyler a encore besoin de temps pour s'habituer à cette nouvelle identité. Mais les jours sur l'Arche sont comptés. Il n'y a aucun moyen de rallumer le Feu Sacré. La technologie pour fabriquer les pièces a été submergée en même temps que tout le reste lors du Déluge.

La Confrérie travaille d'arrache-pied pour préparer la migration de tous les Archéens – ceux qui ont survécu aux tests morbides du père de Chris du moins – vers le Refuge. Heureusement que Tessa a été rapide et efficace à l'atrium. Avec l'aide de ses contacts au sein du Parangon, ils ont neutralisé le père et le fils, et tous les agents à la solde de Duke. Pourquoi Chris se trouvait là, ce n'est pas encore clair. Skyler espère ne pas s'être trompé à son sujet. Quant au système de ventilation, il fonctionne grâce à Walker qui a redistribué les dernières réserves d'énergie du Feu Sacré, juste assez pour terminer les préparatifs pour migrer vers le Refuge.

La synchronisation du Feu Sacré aurait pu l'éviter, mais il est trop tard maintenant. Et Émily... Skyler réprime un sanglot.

Il sort de la chambre où repose Murielle et s'arrête devant celle d'à côté. Il se mord la lèvre, la gorge nouée. Adossé contre le mur, il combat l'émotion qui risque de le noyer.

Qu'a-t-il fait de mal pour que tous ceux qu'il aime souffrent autant ? N'a-t-il pas déjà assez payé ?

Il se laisse glisser vers le sol, désemparé. Il fixe le vide, incapable de bouger, puis est pris de tremblements. Quoi qu'il fasse, ils disparaissent tous. Tous.

Comment croire en ce fichu Créateur ? N'y aura-t-il jamais de fin ?

Skyler reste là pendant si longtemps qu'il en perd la notion du temps. Son visage lui fait mal, sa gorge aussi. Tout.

Une fille qu'il ne reconnaît pas sort de la chambre dans un bruissement de tissu.

— Tu la connais ? lui demande-t-il d'une voix enrouée.

Il déglutit l'excédent de salive qui s'est accumulée dans sa bouche.

Le visage encadré d'une longue chevelure raide se tourne vers lui. Elle semble le reconnaître et s'arrête. Elle tire sur sa longue robe et vient s'asseoir à côté de lui au sol.

—Les voies du Créateur nous ont mises sur le chemin de l'une et l'autre.

La jeune fille ne le regarde pas directement et fixe le mur opposé. Il apprécie.

—Merci pour Élaine, dit-elle après un moment. Mon frère m'a dit pour la sphère.

La sphère ? Oui, il se rappelle maintenant où il a vu le visage de cette fille. Quand il a visionné la sphère de madame Farrell. Sa petite-fille légitime.

—Ce n'est rien.

—Il ne faut pas perdre espoir, même si tout semble perdu, lui dit-elle.

Skyler ne dit rien. Il n'en a pas la force. L'espoir est épuisant. Ce qu'il croyait être la flamme éternelle qui le guidait depuis son enfance s'est lentement éteinte. Elle n'est plus qu'une volute de fumée qui s'étire vers le ciel.

—Les réponses ne se trouvent pas toujours là où on le croit, continue la jeune fille comme dans un songe.

Il tourne la tête vers elle et même ce mouvement banal lui demande un effort. Elle lui sourit timidement. Il discerne les traits de madame Farrell dans ses arcades sourcilières, son front, et même les coins de sa bouche. Le visage de la jeune fille s'éclaire subitement et elle plonge la main dans un panier à ses pieds.

—Ce n'est pas grand-chose, mais... Il était dans les affaires de grand-maman avec une note qui t'était adressée. Elle devait vraiment t'apprécier pour t'en faire cadeau.

D'une main tremblante, Skyler s'empare du vieux bouquin à la couverture usée. Les pages sont jaunies par le temps. Il le fixe comme si c'était le premier livre qu'il voyait de sa vie. Il l'ouvre d'un geste incertain et y lit le titre d'une voix rauque :

—Journal de bord d'Amarante.

Le sourire de la fille s'agrandit.

—Oui, c'était la première commandante de l'Arche.

—Ce n'était pas le commandant Wolfe ?

—Tout ce que je sais provient de ma grand-mère, mais Amarante Bellerose a bel et bien été la première personne à diriger ce vaisseau. C'est pourquoi son nom a été immortalisé.

Le visage de Skyler se fige.

— Que veux-tu dire ?

Elle le regarde d'un air intrigué, puis amusé, presque enfantin.

—Tu ne sais pas ? Grand-maman Élaine nous a toujours enseigné que notre maison c'est l'Amarante. C'est le nom officiel de l'Arche.

Skyler regarde de nouveau le vieux journal à la couverture rugueuse. Des murmures inintelligibles bourdonnent. Ils sont nombreux et semblent s'échapper du vieux papier qui vibre sous ses doigts endoloris.

Skyler presse le journal contre son torse et expire lentement, les yeux fermés.

Combien d'autres secrets leur a-t-on cachés ?

FIN DU TOME 1

NOTE DE L'AUTEUR

Merci infiniment d'avoir embarqué sur l'Arche d'*Amarante* avec moi!

Saviez-vous que vos commentaires et évaluations font en sorte qu'il est possible de vendre des livres?

Si vous avez aimé ce roman, j'apprécierais grandement si vous pouviez laisser une note sur Amazon.ca ou Amazon.fr.

J'adore faire la connaissance de mes lecteurs et n'hésitez surtout pas à m'écrire au davidmsnow@davidmsnow.com. Je vous répondrai, promis!

N'oubliez pas de vous abonner à mon club des lecteurs sur mon site web pour recevoir

Fleur de Mémoire, la préquelle d'Amarante

Ainsi que des infos et promotions exclusives réservées aux fans !

www.davidmsnow.com

Merci et à très bientôt pour la suite !

BIOGRAPHIE

David M. Snow est un auteur de science-fiction et fantasy pour adultes. Quand il n'est pas occupé à bouquiner avec une tasse de thé vert, courir son 5 km, chercher des nouveaux mots dans le dictionnaire pendant des heures, ou apprendre le mandarin, le tagalog, le japonais ou le coréen, il s'assoit devant son MacBook Pro et tape furieusement son prochain roman.

Avec une maîtrise en didactique des langues et plus de cinq ans d'expérience en enseignement de l'anglais, il est aussi linguiste, polyglotte, entrepreneur et enseignant. Après son aventure de trois ans en Chine, il compte parcourir le monde en quête de nouvelles terres à explorer.

REMERCIEMENTS

Pour un premier roman, je dois dire que ce fut toute qu'une aventure ! Pendant cinq années, j'ai fait la connaissance de nombreuses personnes qui m'ont permis de publier Amarante.

Je remercie tout d'abord Pascal Raud, mon directeur littéraire hors pair. Il est non seulement un mentor, mais aussi un ami qui sait toujours repousser les limites d'un manuscrit.

Ma meilleure amie Kim Archambault pour toutes nos discussions enrichissantes qui alimentent mon désir d'écrire même dans mes moments de remises en question. Merci d'avoir participé à la bêta-lecture d'une ancienne version de ce bouquin et de continuer de me supporter dans mes projets. J'attends toujours de pouvoir lire ton premier roman!

Célia Chalfoun, une éditrice et directrice littéraire devenue amie qui a bien voulu participer à la bêta-lecture du roman dans sa vieille version. Ses commentaires constructifs ont modelé la réécriture et m'ont permis de mieux comprendre le jeu des narrateurs.

Des remerciements tout spéciaux à mes parents pour leur support moral sans faille. Ils ont toujours cru en mes projets même quand je n'y croyais plus.

Merci à vous mes lecteurs pour m'inciter à devenir un meilleur romancier et me permettre de créer des histoires à partager. On se revoit pour une prochaine aventure!

David M. Snow